U0650410

二马

老舍 —— 著

湖南文艺出版社
HUNAN LITERATURE AND ART PUBLISHING HOUSE

博集天卷
CS-BOOKY

图书在版编目（CIP）数据

二马 / 老舍著. — 长沙 : 湖南文艺出版社, 2017.9
ISBN 978-7-5404-8176-6

Ⅰ . ①二… Ⅱ . ①老… Ⅲ . ①长篇小说—中国—现代 Ⅳ . ①I246.5

中国版本图书馆CIP数据核字（2017）第148177号

© 中南博集天卷文化传媒有限公司。本书版权受法律保护。未经权利人许可，任何人不得以任何方式使用本书包括正文、插图、封面、版式等任何部分内容，违者将受到法律制裁。

上架建议：名家经典·长篇小说

ER MA
二马

作　　者：老　舍
出 版 人：曾赛丰
责任编辑：薛　健　刘诗哲
监　　制：蔡明菲　邢越超
特约策划：王　维
特约编辑：蔡文婷
营销支持：李　群　张锦涵　姚长杰
封面设计：利　锐
版式设计：李　洁
出版发行：湖南文艺出版社
　　　　　（长沙市雨花区东二环一段 508 号　邮编：410014）
网　　址：www.hnwy.net
印　　刷：北京鹏润伟业印刷有限公司
经　　销：新华书店
开　　本：880mm × 1270mm　1/32
字　　数：257 千字
印　　张：11.5
版　　次：2017 年 9 月第 1 版
印　　次：2017 年 9 月第 1 次印刷
书　　号：ISBN 978-7-5404-8176-6
定　　价：29.80 元

质量监督电话：010-59096394
团购电话：010-59320018

目录

contents

二马

第一段

1

马威低着头儿往玉石牌楼走。走几步儿，不知不觉的就愣磕磕的站住一会儿。抬起头来，有时候向左，有时候向右，看一眼。他看什么呢？他不想看什么，也真的没看见什么。他想着的那点事，像块化透了的鳔胶，把他的心整个儿糊满了；不但没有给外面的东西留个钻得进去的小缝儿，连他身上筋肉的一切动作也满没受他的心的指挥。他的眼光只是直着出去，又直着回来了，并没有带回什么东西来。他早把世界忘了，他恨不得世界和他自己一齐消灭了，立刻消灭了，何苦再看呢！

猛孤丁的他站定不走啦。站了总有两三分钟，才慢慢的把面前的东西看清楚了。

"啊，今天是礼拜。"他自己低声儿说。

礼拜下半天，玉石牌楼向来是很热闹的。绿草地上和细沙垫的便道上，都一圈儿一圈儿的站满了人。打着红旗的工人，伸着脖子，张着黑粗的大毛手，扯着小闷雷似的嗓子喊"打倒资本阶级"。把天下所有的坏事全加在资本家的身上，连昨儿晚上没睡好觉，也是资本家闹的。紧靠着这面红旗，便是打着国旗的守旧党，脖子伸得更长，（因为戴着二寸高的硬领儿，脖子是没法缩短的。）张着细白的大毛手，拼着命喊："打倒社会党，""打倒不爱国的奸细。"把天下所有的罪恶都擂在工人的肩膀上，连今天早晨下雨，和早饭的时候煮了一个臭鸡蛋，全是工人捣乱的结果。紧靠着这一圈儿是打蓝旗的救世军，敲着八角鼓，吹着小笛儿，没结没完的唱圣诗。他们赞美上帝越欢，红旗下的工人嚷得越加劲。有时候圣灵充满，他们唱得惊天动地，叫那边红旗下的朋友不得不用字典上找不出来的字骂街。紧靠着救世军便是天主教讲道的，再过去还有多少圈儿：讲印度独立的，讲赶快灭中国的，讲自由党复兴的；也有什么也不讲，大伙儿光围着个红胡子小干老头儿，彼此对看着笑。

红旗下站着的人们，差不多是小泥烟袋嘴里一叼，双手插在裤兜儿里。台上说什么，他们点头赞成什么。站在国旗下面听讲的，多半是戴着小硬壳儿黑呢帽，点头咂嘴的嘟囔着："对了！""可不是！"有时候两个人说对了劲，同时说出来："对了。"还彼此挤着眼，一咧嘴，从嘴犄角儿挤出个十分之一的笑。至于那些小圈儿就不像这些大圈儿这么整齐一致了。他们多半是以讨论辩驳为主体，把脑瓜儿挤热羊似的凑在一块儿，低着声儿彼此嚼争理儿。此外单有一群歪戴帽，横眉立目的年青小伙子，绕着这些小圈儿，说俏皮话，打哈哈，不为别的，只为招大家一笑，露露自己的精细。圈儿外边围着三五成群的巡警，都是一边儿高，一样的大手大脚，好像伦敦的巡警都是一母所生的哥儿们。

这群人里最出锋头，叫好儿的，是穿红军衣的禁卫军。他们的腰板儿挺得比图画板还平还直，裤子的中缝像里面撑着一条铁棍儿似的那么直溜溜的立着。个个干净抹腻，脸上永远是笑着，露着雪白的门牙，头发剪得正好露出青青的头皮儿。他们是什么也不听，光在圈儿外边最惹人注目的地方站着，眼睛往四下里溜。站个三五分钟，不知道怎么一股子劲儿，就把胳臂插在姑娘的白手腕上，然后干跺着脚后跟，一同在草地上谈心去了。

青草地上的男男女女，也有脸对脸坐着的，也有搂着脖子躺着的，也有单人孤坐拿着张晚报，不看报，光看姑娘的腿的。一群群的肥狗都撒着欢儿乱跳，莫明其妙的汪汪的咬着。小孩儿们，有的穿着满身的白羊绒，有的从头到脚一身红绒的连脚裤，都拐着胖腿东倒西歪的在草地上跑来跑去，奶妈子们戴着小白风帽，唠里唠叨的跟着这些小神仙们跑。

马威站了好大半天，没心去听讲，也想不起上那儿去好。

他大概有二十二三岁的样子。身量不矮，可是很瘦。黄白的脸色儿，瘦，可是不显着枯弱。两条长眉往上稍微的竖着一些，眼角儿也往上吊着一点；要是没有那双永远含笑的大眼睛，他的面目便有些可怕了。他的眼珠儿是非常的黑，非常的亮；黑与亮的调和，叫他的黑眼珠的边儿上浅了一些，恰好不让黑白眼珠像冥衣铺糊的纸人儿那样死呆呆的黑白分明。一条不很高的鼻子，因为脸上不很胖，看着高矮正合适。嘴唇儿往上兜着一点，和他笑迷迷的眼睛正好联成一团和气。

从他的面貌和年纪看起来，他似乎不应当这样愁苦。可是，他的眉毛拧着，头儿低着，脊梁也略弯着一点，青年活泼的气象确是丢了好些。

他穿着一身灰呢的衣裳，罩着一件黑呢大氅。衣裳作得是很讲究，可是老没有掸刷，看着正像他的脸，因为颓丧把原来的光彩减少了一大些。拿他和那些穿红军衣，夹着姑娘胳臂的青年比起来，他真算是有点不幸了。

无心中的他掏出手巾擦了擦脸；擦完了，照旧的在那里愣磕磕的站着。

已经快落太阳了，一片一片的红云彩把绿绒似的草地照成紫不溜儿的。工人的红旗慢慢的变成一块定住了的紫血似的。听讲的人也一会儿比一会儿稀少了。

马威把手揣在大氅兜儿里，往前只走了几步，在草地边儿上的铁栏杆上靠住了。

西边的红云彩慢慢的把太阳的余光散尽了。先是一层一层的蒙上浅葡萄灰色，借着太阳最后的那点反照，好像野鸽脖子上的那层灰里透蓝的霜儿。这个灰色越来越深，无形的和地上的雾圈儿联成一片，把地上一切的颜色，全吞进黑暗里去了。工人的红旗也跟着变成一个黑点儿。远处的大树悄悄的把这层黑影儿抱住，一同往夜里走了去。

人们一来二去的差不多散净了。四面的煤气灯全点着了。围着玉石牌楼红的绿的大汽车，一闪一闪的绕着圈儿跑，远远的从雾中看过去，好像一条活动的长虹。

草地上没有人了，只是铁栏杆的旁边还有个黑影儿。

2

李子荣已经钻了被窝。正在往左伸伸腿，又往右挪挪手，半睡不睡的时候，恍恍忽忽的似乎听见门铃响了一声。眼睛刚要睁开，可是脑袋不由的往枕头下面溜了下去。心里还迷迷忽忽的记得：刚才有个什么东西响了一声。可是，……

"吱——喽！"门铃又响了。

他把才闭好的眼睛睁开了一小半，又慢慢把耳朵唇儿往枕头上面凑了一凑。

"吱——喽！"

"半夜三更鬼叫门！谁呢？"他一手支着褥子坐起来，一手把窗帘掀开一点往外看。胡同里虽有煤气灯，可是雾下得很厚，黑咕笼咚的什么也看不见。

"吱——喽！"比上一回的响声重了一些，也长了一些。

李子荣起来了。摸着黑儿穿上鞋，冰凉的鞋底碰上脚心的热汗，他不由的身上起了一层小鸡皮疙瘩；虽然是四月底的天气，可是夜间还是凉渗渗的。他摸着把电灯开开。然后披上大氅，大气不出的，用脚尖儿往楼下走。楼下的老太太已经睡了觉，一不小心把她吵醒了，是非挨骂不可的。他轻轻的开了门，问了声："谁呀？"他的声音真低，低得好像怕把外边的稠雾吓着似的。

"我。"

"老马？怎么一个劲儿的按铃儿呀！"

马威一声儿没言语，进来就往楼上走。李子荣把街门轻轻的对好，也一声不出的随着马威上了楼。快走到自己的屋门，他站住听了听，楼下一点声儿也没有，心里说：

"还好，老太太没醒。不然，明儿的早饭是一半面包，一半儿骂！"

两个人都进了屋子，马威脱了大氅放在椅子背儿上，还是一语不发。

"怎么啦，老马？又和老头儿拌了嘴？"李子荣问。

马威摇了摇头。他的脸色在灯底下看，更黄得难瞧了。眉毛皱得要皱出水珠儿来似的。眼眶儿有一点发青，鼻子尖上出着些小碎汗珠儿。

"怎么啦？"李子荣又问了一句。

待了半天，马威叹了口气，又舐了舐干黄的嘴唇，才说：

"我乏极了，老李！我可以在你这儿住一夜吗？"

"这儿可就有一张床啊。"李子荣指着他的床，笑着说。

"我来这张躺椅。"马威低着头说："好歹对付一夜，明天就好办了！"

"明天又怎么样呢？"李子荣问。

马威又摇了摇头。

李子荣知道马威的脾气！他要是不说，问也无益。

"好吧，"李子荣抓了抓头发，还是笑着说："你上床去睡，我照顾照顾这个躺椅。"说着他就往椅子上铺毡子。"可有一样，一天亮你就得走，别让楼底下老太太瞧见！好，睡你的呀！"

"不，老李！你睡你的去，我在椅子上忍一会儿就成。"马威脸上带出一钉点儿笑容来："我天亮就走，准走！"

"上那儿呢？"李子荣看见马威的笑容，又想往外套他的话："告诉我吧！不然，这一夜不用打算睡着觉！又跟老头儿闹了气，是不是？"

"不用提了！"马威打了个哈哧："我本不想找你来，不凑巧今天晚上没走了，只好来打搅你！"

"上那儿去，到底？"李子荣看出马威是决不上床去睡，一面说话，一面把他自己的大氅和毡子全细细的给马威围好。然后把电灯捻下去，自己又上了床。

"德国，法国，——没准儿！"

"给老头儿张罗买卖去？"

"父亲不要我啦！"

"啊！"李子荣愣磕磕的答应了一声，没说别的。

两个人都不出声了。

街上静极了，只有远远的火车和轮船的笛儿，还一阵阵的响，什么别的声音也听不见了。

街后教堂的钟打了两点。

"你不冷啊？"李子荣问。

"不冷！"

…………

李子荣临睡的时候，心里边一个劲儿的盘算："早早儿起来，别叫老马跑了！起来用凉水洗洗脸，给楼下老太太写个字条儿，告诉她：有急事，不必等吃早饭啦！然后和他出去，送他回家——对，还是上铺子去好，父子见面也不好意思在铺子里再捣乱。……常有的事，父子拌嘴罢咧！……年青，老马！……太认真！……"

在梦里他还不断的这么想着。……胡同里送牛奶的小车子唔噼唔噼的响起来了，大街上汽车的声音也越来越多了。李子荣一机灵睁开了眼，太阳已经从窗帘的缝儿射进一条金丝儿。

"老马！"

毡子大氅都在椅子背儿上搭拉着，可是马威没影儿啦！

他起来，把后面的窗帘打开，披上大氅，呆呆的站在窗子旁边。从窗子往外看，正看太晤士河。河岸上还没有什么走道儿的，河上的小船可是都活动开了。岸上的小树刚吐出浅绿的叶子，树梢儿上绕着一层轻雾。太阳光从雾薄的地方射到嫩树叶儿上，一星星的闪着，像刚由水里捞出的小淡绿珠子。河上的大船差不多全没挂着帆，只有几支小划子挂着白帆，在大船中间忽悠忽悠的摇动，好像几支要往花儿上落的大白蝴蝶儿。

早潮正往上涨，一滚一滚的浪头都被阳光镶上了一层金鳞：高起来的地方，一拥一拥的把这层金光挤破；这挤破了的金星儿，往下落的时候，又被后浪激起一堆小白花儿，真白，恰像刚由蒲公英梗子上挤出来的嫩白浆儿。

最远的那支小帆船慢慢的忽悠着走，河浪还是一滚一滚的往前追，好像这条金龙要把那个小蝴蝶儿赶跑似的。这样赶来赶去，小帆船拐过河湾去了。

李子荣呆呆的一直看着小帆船拐了河湾，才收了收神，走到前面靠街的窗子，把窗户挡儿打开。然后想收拾收拾书桌上的东西。桌子上有个小玩艺儿，一闪一闪的发亮。这个小东西底下还放着一个小字条儿。他把这些东西一齐拿起来，心里凉了多半截。慢慢的走到躺椅那里去，坐下，细细的看纸条上的字。只有几个字，是用铅笔写的，笔画东扭西歪，好像是摸着黑儿写的：

"子荣兄：谢谢你！小钻石戒指一个祈交温都姑娘。再见！威。"

第二段

1

这段事情现在应从马威从李子荣那里走了的那一天往回倒退一年。

伊牧师是个在中国传过二十多年教的老教师。对于中国事儿，上自伏羲画卦，下至袁世凯作皇上，（他最喜欢听的一件事）他全知道。除了中国话说不好，简直的他可以算一本带着腿的"中国百科全书"。他真爱中国人：半夜睡不着的时候，总是祷告上帝快快的叫中国变成英国的属国；他含着热泪告诉上帝：中国人要不叫英国人管起来，这群黄脸黑头发的东西，怎么也升不了天堂！

伊牧师顺着牛津大街往东走，虽然六十多了，他走得还是飞快。

从太阳一出来直到半夜，牛津大街总是被妇女挤满了的。这条大街上的铺子，除了几个卖烟卷儿的，差不多全是卖妇女用的东西的。她们走到这条街上，无论有什么急事，是不会在一分钟里往前挪两步的。铺子里摆着的花红柳绿的帽子，皮鞋，小手套，小提箱儿……都有一种特别的吸力，把她们的眼睛，身体，和灵魂一齐吸住。伊牧师的宗教上的尊严到了这条街上至少要减去百分之九十九：往前迈一大步，那支高而碍事的鼻子非碰在老太太的小汗伞上不可；往回一煞步，大皮鞋的底儿（他永远不安橡皮底儿）十之八九是正放在姑娘的小脚指头上；伸手一掏手巾，胳臂肘儿准放在妇人提着的小竹筐儿里，……。每次他由这条街走过，至少回家要换一件汗衫，两条手巾。至于"对不起"，"没留神"这路的话，起码总说百八十个的。

好容易挤过了牛津圈了，他深深的吸了一口气，说了声"谢谢上帝！"脚底下更加了劲，一直往东走。汗珠子好像雪化了似的从雪白的鬓角儿往下流。

伊牧师虽然六十多岁了，腰板还挺得笔直。头发不多，可是全白了。没留胡子，腮上刮得晶亮；要是脸上没有褶儿，简直的像两块茶青色的磁砖。两只大眼睛，歇歇松松的安着一对小黄眼珠儿。眼睛上面挂着两条肉棱儿，大概在二三十年前棱儿上也长过眉毛。眼睛下面搭拉着一对小眼镜，因为鼻子过高的原故，眼镜和眼睛的距离足有二寸来的；所以从眼镜框儿上边看东西，比从眼镜中间看方便多了。嘴唇儿很薄，而且嘴犄角往下垂着一点。传道的时候，两个小黄眼珠儿在眼镜框儿上一定，薄嘴片往下一垂，真是不用说话，就叫人发抖。可是平常见了人，他是非常的和蔼；传教师是非有两副面孔办不了事的。

到了博物院街，他往左拐了去。穿过陶灵吞大院，进了戈登胡同。

这一带胡同住着不少中国学生。

在伦敦的中国人，大概可以分作两等，工人和学生。工人多半是住在东伦敦，最给中国人丢脸的中国城。没钱到东方旅行的德国人，法国人，美国人，到伦敦的时候，总要到中国城去看一眼，为是找些写小说，日记，新闻的材料。中国城并没有什么出奇的地方，住着的工人也没有什么了不得的举动。就是因为那里住着中国人，所以他们要瞧一瞧。就是因为中国是个弱国，所以他们随便给那群勤苦耐劳，在异域找饭吃的华人加上一切的罪名。中国城要是住着二十个中国人，他们的记载上一定是五千；而且这五千黄脸鬼是个个抽大烟，私运军火，害死人把尸首往床底下藏，强奸妇女不问老少，和作一切至少该千刀万剐的事情的。作小说的，写戏剧的，作电影的，描写中国人全根据着这种传说和报告。然后看戏，看电影，念小说的姑娘，老太太，小孩子，和英国皇帝，把这种出乎情理的事牢牢的记在脑子里，于是中国人就变成世界上最阴险，最污浊，最讨厌，最卑鄙的一种两条腿儿的动物！

二十世纪的"人"是与"国家"相对待的：强国的人是"人"，弱国的呢？狗！

中国是个弱国，中国"人"呢？是——！

中国人！你们该睁开眼看一看了，到了该睁眼的时候了！你们该挺挺腰板了，到了挺腰板的时候了！——除非你们愿意永远当狗！

中国城有这样的好名誉，中国学生当然也不会吃香的。稍微大一点的旅馆就不租中国人，更不用说讲体面的人家了。只有大英博物院后面一带的房子，和小旅馆，还可以租给中国人；并不是这一带的人们特别多长着一分善心，是他们吃惯了东方人，不得不把长脸一拉，不得不和这群黄脸的怪物对付一气。鸡贩子养鸡不见得他准爱鸡，英国人把房子租给中国人又何尝是爱中国人呢。

戈登胡同门牌三十五号是温都寡妇的房子。房子不很大，三层小楼，一共不过七八间房。门外拦着一排绿栅栏。三层白石的台阶，刷得一钉点儿土也没有。一个小红漆门，门上的铜环子擦得晶光。一进门是一间小客厅。客厅后面是一间小饭厅。从这间小饭厅绕过去，由楼梯下去，还有三间小房子。楼上只有三间屋子，临街一间，后面两间。

伊牧师离着这个小红门还老远，就把帽子摘下来了。擦了擦脸上的汗，又正了正领带，觉得身上一点缺点没有了，才轻轻的上了台阶。在台阶上又站了一会儿，才拿着音乐家在钢琴上试音的那个轻巧劲儿，在门环上敲了两三下。

一串细碎的脚步儿从楼上跑下来，跟着，门儿稍微开开一个缝儿，温都太太的脸露出一半儿来。

"伊牧师！近来好？"她把门开大了一点，伸出小白手，在伊牧师的手上轻轻的挨了一挨。

伊牧师随着她进去，把帽子和大氅挂在过道儿的衣架上，然后同她进了客厅。

小客厅里收拾得真叫干净爽利，连挂画的小铜钉子都像含着笑。屋子当中铺着一块长方儿的绿毯子，毯子上放着两个不十分大的卧椅。靠着窗户摆着一只小茶几，茶几上一个小三彩中国磁瓶，插着两朵小白玫瑰花。茶几两旁是两把橡木椅子，镶着绿绒的椅垫儿。里手的山墙前面摆着一架小钢琴，琴盖儿上放着两三张照像片儿。琴的前边放着一支小油漆凳儿。凳儿上卧着个白胖白胖的小狮子狗，见伊牧师进来，慌着忙着跳下来，摇头摆尾的在老牧师的腿中间乱窜。顺着屋门的墙上挂着张油画，两旁配着一对小磁碟子。画儿底下一个小书架子，摆着些本诗集小说什么的。

温都寡妇坐在钢琴前面的小凳儿上，小白狗跳在她怀里，歪着头儿逗伊牧师。

伊牧师坐在卧椅上，把眼镜往上推了一推，开始夸奖小白狗。夸奖了好大半天，才慢慢的说到：

"温都太太，楼上的屋子还闲着吗？"

"可不是吗。"她一手抱着狗，一手把烟碟儿递给伊牧师。

"还想租人吗？"他一面装烟一面问。

"有合适的人才敢租。"她拿着尺寸这么回答。

"有两位朋友，急于找房。我确知道他们很可靠。"他从眼镜框儿上面瞅了她一眼，把"确"字说得特别的清楚有劲。他停顿了一会儿，把声音放低了些；鼻子周围还画出个要笑的圈儿，"两个中国人——"说到"中国"两个字，他的声音差不多将将儿的能叫她听见："两个极老实的中国人。"

"中国人？"温都寡妇整着脸说。

"极老实的中国人！"他又重了一句，又偷偷的看了她一眼。

"对不——"

"我担保！有什么错儿朝我说！"他没等温都太太说完，赶紧把话接过来："我实在没地方给他们找房去，温都太太，你得成全成全我！他们是父子爷儿俩，父亲还是个基督徒。看上帝的面上，你得——"伊牧师故意不再往下说，看看"看上帝的面上"到底发生什么效力不发。

"可是——"温都太太好像一点没把上帝搁在心上，脸上挂着一千多个不耐烦的样子。

伊牧师又没等她说完就插嘴：

"那怕多要他们一点房租呢！看他们不对路，撵他们搬家，我也就不再——"他觉得往下要说的话似乎和《圣经》的体裁不大相合，于是吸了一口烟，连烟带话一齐咽下去了。

"伊牧师！"温都太太站起来说："你知道我的脾气：这条街的人们靠着租外国人发财的不少，差不多只剩我这一处，宁可少赚钱，不租外国人！这一点我觉得是很可以自傲的！你为什么不到别处给他们找找房呢？"

"谁说没找呢！"伊牧师露着很为难的样子说："陶灵吞大院，高威胡同，都挨着门问到了，房子全不合适。我就是看你的楼上三间小屋子正好，正够他们住的：两间作他们的卧房，一间作书房，多么好！"

"可是，牧师！"她从兜儿里掏出小手绢擦了擦嘴，其实满没有擦的必要："你想我能叫两个中国人在我的房子里煮老鼠吃吗？"

"中国人不——"他正想说："中国人不吃老鼠，"继而一想，这么一说是分明给她个小钉子碰，房子还能租到手吗？于是连忙改嘴："我自然嘱咐他们别吃老鼠！温都太太，我也不耽误你的工夫了；这么说吧：租给他们一个礼拜，看他们不好，叫他们搬家。房租呢，你说多少是多少。旅馆他们住不起，不三不四的人家呢，我又不肯叫两个中国人跟他们打交道。咱们都是真正的基督徒，咱们总得受点屈，成全成全他们爷儿两个！"

温都太太用手搓着小狗脖子下的长毛，半天没言语。心里一个劲儿颠算：到底是多租几个钱好呢，还是一定不伺候杀人放火吃老鼠的中国人好呢？想了半天，还是不能决定；又怕把伊牧师僵在那里，只好顺口支应着：

"他们也不抽鸦片？"

"不！不！"伊牧师连三并四的说。

她跟着又问了无数的问题，把她从小说，电影，戏剧，和传教士造的谣言里所得来的中国事儿，兜着底儿问了个水落石出。问完了，心里又后悔了：这么问，岂不是明明的表示已经有意把房租给他们吗？

"谢谢你！温都太太！"伊牧师笑着说："就这么办了！四镑十五个先令一个礼拜，管早晚饭！"

"不准他们用我的澡盆！"

"对！我告诉他们，出去洗澡。"

伊牧师说完，连小狗儿也没顾得再逗一逗，抓起帽子大氅就跑。跑到街上，找了个清静地方才低声的说：

"他妈的！为两个破中国人……"

2

马家父子从上海坐上轮船，一直忽忽悠悠的来到伦敦。马老先生在海上四十天的工夫，就扎挣着爬起来一回；刚一出舱门，船往外手里一歪，摔了个毛儿跟头；一声没出，又扶着舱门回去了。第二次起来的时候，船已经纹丝不动的在伦敦码头靠了岸。小马先生比他父亲强多了，只是船过台湾的时候，头有点发晕；过了香港就一点事没有了。

小马先生的模样儿，我们已经看见过了。所不同的是：在船上的时候，他并不那么瘦，眉头子也不皱得那么紧。又是第一次坐海船出外，事事看着新鲜有趣；在船栏杆上一靠，卷着水花的海风把脸吹得通红，他心里差不多和海水一样开畅。

老马先生的年纪至多也不过去五十，可是老故意带出颓唐的样子，好像人活到五十就应该横草不动，竖草不拿的，一天吃了睡，睡了吃；多迈一步，都似乎与理不合。他的身量比他的儿子还矮着一点，脸上可比马威富泰多了。重重的眉毛，圆圆的脸，上嘴唇上留着小月牙儿似的黑胡子，在最近的一二年来才有几根惨白的。眼睛和马威的一样，又大，又亮，又好看；永远戴着玳瑁边的大眼镜。他既不近视，又不远视，戴着大眼镜只是为叫人看着年高有威。

马则仁（这是马老先生的名字）年青的时候在美以美会的英文学校念过书。英文单字儿记得真不少，文法的定义也背得飞熟，可是考试的时候永远至多得三十五分。有时候拿着《英华字典》，把得一百分的同学拉到清静地方去："来！咱们搞搞！你问咱五十个单字，咱问你五十个，倒得领教领教您这得一百分的怎么个高明法儿！"于是把那得一百分的英雄撅得干瞪眼。他把字典在夹肢窝里一夹，嘴里哼唧着"A Noun is……"把得三十五分的羞耻，算是一扫儿光，雪得干干净净。

他是广州人，自幼生在北京。他永远告诉人他是北京人，直到孙中山先生的三民主义价值增高，广东国民政府的势力扩大的时候，他才在名片上印上了"广州人"三个字。

在教会学校毕业后，便慌手忙脚的抓了个妻子。仗着点祖产，又有哥哥的帮助，小两口儿一心一气的把份小日子过得挺火炽。他考过几回学部的录事，白折子写不好，作录事的希望只好打消。托人找洋事，英文又跟不上劲。有人给他往学堂里荐举去教英文，作官心盛，那肯去拿藤子棍儿当小教员呢。闲着没事也偷着去嫖一嫖，回来晚了，小夫妇也拌一通儿嘴，好在是在夜里，谁也不知道。还有时候把老婆的金戒指偷出去押了宝，可是永远笑着应许哥哥寄来钱就再给她买个新的。她半恼半笑的说他一顿，他反倒高了兴，把押输了的情形一五一十说给她听。

结婚后三年多，马威才降生了。马则仁在事前就给哥哥写信要钱，以备大办满月。哥哥的钱真来了，于是亲戚朋友全在马威降世的第三十天上，吃了个"泰山不下土"；连街坊家的四眼狗也跟着啃了回猪脚鱼骨头。

现在小夫妇在世上的地位高多了，因为已经由"夫妇"变成"父母"。他们对于作父母的责任虽然没十分细想，可是作父母的威严和身分总得拿出来。于是马则仁老爷把上嘴唇的毫毛留住不剃，两三个月的工夫居然养成一部小黑胡子。马夫人呢，把脸上的胭脂擦浅了半分，为是陪衬着他的小黑胡子。

最痛心的：马威八岁的时候，马夫人，不知道是吃多了，还是着了凉，一命呜呼的死了。马则仁伤心极了：扔下个八岁的孩子没人管，还算小事。结婚一场，并没给夫人弄个皇封官诰，这有多么对不起死去的灵魂！由不得大眼泪珠儿一串跟着一串的往下流，把小胡子都哭得像卖蜜麻花的那把小糖刷子！

丧事一切又是哥哥给的钱，不管谁的钱吧，反正不能不给死鬼个体面发送。接三，放焰口，出殡，办得比马威的满月又热闹多了。

一来二去的，马先生的悲哀减少了。亲戚朋友们都张罗着给他再说个家室。他自己也有这个意思，可是选择个姑娘真不是件容易事。续弦不像初婚那么容易对付，现在他对于妇人总算有了经验：好看的得养活着，不好看的也得养活着，一样的养活着，为什么不来个好看的呢。可是，天下可有多少好看的妇人呢。这个续弦问题倒真不容易解决了：有一回差点儿就成功了，不知是谁多嘴爱说话，说马则仁先生好吃懒作没出息，于是女的那头儿打了退堂鼓。又有一回，也在快成功的时候，有人告诉他：女的鼻子上有三个星点儿，好像骨牌里的"长三"；又散了，娶媳妇那能要鼻子上有"长三"的呢！

还有一层：马先生唯一增光耀祖的事，就是作官。虽然一回官儿还没作过，可是作官的那点虔诚劲儿是永远不会歇松的。凡是能作官的机会，没有轻易放过去的；续弦也是个得官儿的机会，自然也不能随便的拍拍脑袋算一个。假如娶个官儿老爷的女儿，靠着老丈人的力量，还不来份差事？假如，……他的"假如"多了，可是"假如"到底是"假如"，一回也没成了事实。

"假如我能娶个总长的女儿，至小咱还不弄个主事。"他常对人们说。

"假如总长有个女儿，能嫁你不能？"人们这样回答他。

婚事和官事算是都没希望。

马威在家里把三本小书和四书念完之后，马老先生把他送到西城一个教会学堂里去，因为那里可以住宿，省去许多麻烦。没事的时候，老马先生常到教会去看儿子；一来二去的，被伊牧师说活了心，居然领了洗入了基督教。左右是没事作，闲着上教会去逛逛，又透着虔诚，又不用花钱。领洗之后，一共有一个多礼拜没有打牌，喝酒；而且给儿子买了一本红皮的英文《圣经》。

在欧战停了的那年，马则仁的哥哥上了英国，作贩卖古玩的生意。隔个三五个月总给兄弟寄点钱来，有时候也托他在北京给搜寻点货物。马则仁是天生来看不起买卖人的，好歹的给哥哥买几个古瓶小茶碗什么的。每次到琉璃厂去买这些东西，总绕到前门桥头都一处去喝几碗黄酒，吃一顿炸三角儿。

马先生的哥哥死在英国了，留下遗嘱教兄弟上伦敦来继续着作买卖。

这时候伊牧师已经回了英国二三年，马老先生拿着《英华字典》给他写了封长信，问他到底应该上英国去不去。伊牧师自然乐意有中国教友到英国来，好叫英国人看看：传教的人们在中国不是光吃饭拿钱不作事。他回了马先生一封信，叫他们父子千万上英国来。于是马先生带着儿子到上海，买了两张二等船票，两身洋服，几筒茶叶，和些个零七八碎的东西。轮船出了江口，马老先生把大眼镜摘下来，在船舱里一躺，身上纹丝不敢动，还觉得五脏一齐往上翻。

3

英国海关上的小官儿们，模样长像虽然不同，可是都有那么一点派头儿，叫长着眼睛的一看，就看得出来他们是干什么的。他们的眼睛总是一只看着人，那一只看着些早已撕破的旧章程本子。铅笔，永远是半截的，在耳朵上插着。鼻子老是皱皱着几个褶儿，为是叫脸上没一处不显着忙的"了不得"的样子。他们对本国人是极和气的，一边查护照，一边打哈哈说俏皮话；遇见女子，他们的话是特别的多。对外国人的态度，就不同了：肩膀儿往起一端，嘴犄角儿往下一扣，把帝国主义十足的露出来；有时候也微微的一笑，笑完了准是不许你登岸。护照都验完，他们和大家一同下了船，故意的搓着手告诉你："天气很冷。"然后还夸奖你的英国话说得不错……

马家父子的护照验完了。老马先生有他哥哥的几件公文在手，小马先生有教育部的留学证书，于是平平安安过去，一点麻烦没有。验完护照，跟着去验身体。两位马先生都没有脏病，也没有五痨七伤，于是又平安的过了一关。而且大夫笑着告诉他们：在英国多吃点牛肉，身体还要更好；这次欧战，英国能把德国打败，就是英国兵天天吃牛肉的缘故。身体检查完了，父子又把箱子盒子都打开，叫人家查验东西。幸而他们既没带着鸦片，又没带着军火，只有马先生的几件绸子衣裳，和几筒茶叶，上了十几镑钱的税。马老先生既不知为什么把这些宝贝带来，又不知为什么要上税；把小胡子一撅，糊里糊涂的交了钱完事。种种手续办完，马老先生差点没晕过去；心里说，早知道这么麻烦，要命也不上外国来！

下了船就上火车，马老先生在车犄角儿一靠，什么没说，两眼一闭，又睡了。马威顺着窗子往外看：高高低低没有一处是平的，高的土岗儿是绿的，洼下去的地方也是绿的。火车跑得飞快，看不清别的东西，只有这个高低不平的绿地随着眼睛走，看哪儿，哪儿是绿的。火车越走越快，高低不平的绿地渐渐变成一起一落的一片绿浪，远远的有些牛羊，好像在春浪上飘着的各色花儿。

绿地越来越少了，楼房渐渐多起来。过了一会儿，车走得慢多了，车道两旁都是大街。汽笛响了两声，车进了利务普街车站。

马老先生还小菩萨似的睡着，忽然咧了咧嘴，大概是说梦话呢。

站台上的人真多。"嘿喽，这边！"脚夫推着小车向客人招呼。"嘿喽，那边！"丈夫摇着帽子叫媳妇。那边的车开了，车上和站台上的人们彼此点手的点手，摇手巾的摇手巾，一溜黑烟，车不见了。卖报的，卖花的，卖烟卷儿的，都一声不言语推着小车各处出溜，英国人作买卖和送殡是拿着一样的态度的。

马威把父亲推醒。马老先生打了个哈哧，刚要再睡，一位姑娘提着皮包往外走，使劲一开门，皮包的角儿正打在他的鼻子上。姑娘说了声"对不起，"马先生摸了摸鼻子，算是醒过来了。马威七手八脚的把箱子什么的搬下去，正要往车外走，伊牧师跳上来了。他没顾得和马老先生拉手，提起最大的那只箱子就往外走。

"你们来得真快！海上没受罪？"伊牧师把大箱子放在站台上问马氏父子。

马老先生提着个小盒子，慢慢的下了车，派头满像前清"道台"下大轿似的。

"伊牧师好？"他把小盒子也放在站台上，对伊牧师说："伊太太好？伊小姐好？伊——？"

伊牧师没等马先生问完了好，又把大箱子抄起来了："马威！把箱子搬到这边来！除了那只手提箱，你拿着；剩下的全搬过来！"

马威努着力随着伊牧师把箱子全搬到行李房去。马老先生手里什么也没拿，慢慢的扭过来。

伊牧师在柜台上把寄放东西的单子写好，问明白了价钱，然后向马老先生说："给钱，今天晚上，箱子什么的就全给你们送了去。这省事不省事？"

马老先生给了钱，有点不放心："箱子丢不了哇？"

"没错！"伊牧师用小黄眼珠绕着弯儿看了老马一眼，跟着向马威说："你们饿不饿？"

"不——"马老先生赶紧把话接过来，一来是：刚到英国就嚷嚷饿，未免太不合体统。二来是：叫伊牧师花钱请客，于心也不安。

伊牧师没等他把"饿"字说出来，就说："你们来吧！随便吃一点东西。不饿？我不信！"

马老先生不好意思再客气，低声的和马威用中国话说："他要请客，别驳他的面子。"

他们父子随着伊牧师从人群里挤出站台来。马威把腰板挺得像棺材板一样的直，脖子梗梗着，噔噔的往前走。马老先生两手撒着，大氅后襟往起撅着一点，慢条斯礼的摇晃着。站台外边的大玻璃棚底下有两三家小酒馆，伊牧师领着他们进了一家。他挑了一张小桌，三个人围着坐下，然后问他们吃什么。马老先生依然说是不饿，可是肚子里直叫唤。马威没有他父亲那样客气，可是初来乍到，不知道要什么好。

伊牧师看出来了：问是没用，于是出了主意："这么着好不好？每人一杯啤酒，两块火腿面包。"说完了，他便走到柜上去要。马威跟着站起来，帮着把酒和面包端过来。老马连一动也没动，心里说："花钱吃东西，还得他妈的自己端过来，哼！"

"我平常不喝酒，"伊牧师把酒杯端起来，对他们说："只是遇着朋友，爱来一杯半碗的喝着玩儿。"他在中国喝酒的时候，总是偷偷的不叫教友们看见，今天和他们父子一块儿喝，不得不这么说明一下。一气下去了半杯，对马威开始夸奖酒馆的干净，然后夸奖英国的有秩序："到底是老英国呀！马威，看见没有？啊！"嚼了一口面包，用假牙细细的磨着，好大半天才咽下去。"马威，晕船没有？"

"倒不觉得怎么的，"马威说："父亲可是始终没起来。"

"我说什么来着？马先生！你还说不饿！马威，再去给你父亲要杯啤酒，啊，也再给我来一杯，爱喝着玩儿。马先生，我已经给你们找好了房，回来我带你们去，你得好好的歇一歇！"

马威又给他们的酒端来，伊牧师一气灌下去，还一个劲儿说："喝着玩儿。"

三个人都吃完了，伊牧师叫马威把酒杯和碟子都送回去，然后对马老先生说："一个人一个先令。不对，咱们俩还多喝着一杯酒，马威是一个先令，你是一个零六，还有零钱？"

老马先生真没想到这一招儿，心里说：几个先令的事，你作牧师的还不花，你算那道牧师呢！他故意的透着俏皮，反张罗着会伊牧师的账。

"不！不！到英国按着英国法子办，自己吃自己，不让！"伊牧师说。

三个人出了酒馆，伊牧师掏出六个铜子来，递着马威："去，买三张票，两个铜子一张。说：大英博物馆，三张，会不会？"

马威只接过两个铜子，自己掏出四个来，往伊牧师指着的那个小窗户洞儿去买票。把票买来，伊牧师乐了："好孩子！明白怎么买票了吧？"

说着，在衣襟的里面掏了半天，掏出一张小地图来："马威，给你这个。看，咱们现在是在利务普街。看见这条红线没有？再走四站就是博物院。这是伦敦中央地道火车。记着，别忘了！"

伊牧师领着二马下了地道。

4

温都先生死了十几多年了。他只给温都夫人留下一处小房子和一些股票。

每逢温都寡妇想起丈夫的时候，总把二寸见方的小手绢哭湿了两三块。除了他没死在战场上，和没给她留下几百万的财产，她对于死去的丈夫没有什么不满意的地方。可是这些问题是每逢一哭丈夫，就捎带脚儿想起来的。他设若死在战场上，除了得个为国捐躯的英名，至少她还不得份儿恤金。恤金纵然赶不上几百万财产，到底也可以叫她一年多买几顶新帽子，几双长筒的丝袜子；礼拜天不喜欢上教堂的时候，还可以喝瓶啤酒什么的。

在她丈夫死后不久，欧洲就打开了大仗。她一来是为爱国，二来为挣钱，到一个汽油公司里去打字。那时候正当各处缺人，每个礼拜她能挣到三镑来钱。在打字的时候，忽然想起男人来，或者是恨男人死得早，错过了这个尽忠报国的机会，她的泪珠儿随着打字机键子的一起一落，吧哒吧哒的往下落。设若他还活着，至不济还不去打死百八十来个德国兵！万一把德皇生擒活捉，他岂不升了元帅，她还不稳稳当当的作元帅太太！她越这么想，越恨德国人，好像德国故意在她丈夫死后才开仗，成心不叫温都先生得个"战士"的英名。杀德国人！鸡犬不留！这么一想，手下的打字机响得分外有劲；打完了一看，竟会把纸戳破了好几个小窟窿——只好从新再打！

温都姑娘的年纪比她母亲小着一半。出了学校，就入了六个月的传习所，学习怎么卖帽子，怎么在玻璃窗里摆帽子，怎么替姑娘太太往头上试帽子。……出了传习所，就在伦敦城里帽铺找了个事，一个礼拜挣十六个先令。

温都寡妇在大战的时候剩了几个钱，战后她只在公司缺人的时候去帮十天半个月的忙，所以她总是在家里的时候多，出门的时候少。温都姑娘念书的时候，母女老是和和气气的，母亲说什么，女儿听什么。到了温都姑娘上帽铺作事以后，母女的感情可不像先前那么好了；时常的母女一顶一句的拌嘴。"叫她去她的！黄头发的小东西子！"温都太太含着泪对小狗儿说。说完，还在狗的小尖耳朵上要个嘴儿，小狗儿有时候也傻瓜似的陪着吊一对眼泪。

吃饭时间的问题，就是她们俩拌嘴的一个大原因。母亲是凡事有条有款，有一定的时候。女儿是初到外边作事，小皮包里老有自己挣的几个先令，回家的时候在卖糖的那里看几分钟，裁缝铺外边看几分钟，珠宝店外又看几分钟。一边看一边想：等着，慢慢的长薪水，买那包红盒子的皮糖，买那件绿绸子绣边儿的大衫。越看越爱看，越爱看越不爱走，把回家那回事简直的忘死了。不但光是回来晚了，吃完晚饭，立刻扣上小帽子，小鸟儿似的又飞出去了。她母亲准知道女儿是和男朋友出去玩，这本来不算怎么新奇；她所不高兴的是：姑娘夜间回来，把和男人出去的一切经过，没结没完的告诉母亲。跟着，还谈好些个结婚问题，离婚问题，谈得有来有去，一点拘束没有。有一回伊牧师来看她们，温都姑娘把情人给她的信，挑了几篇长的，念给老牧师听；牧师本是来劝温都姑娘礼拜天去上教堂，一听姑娘念的信，没等劝她，拿起帽子就跑了。

温都太太年青的时候，一样的享过这种爱的生活。可是她的理想和她女儿的不同了。她心目中的英雄是一拳打死老虎，两脚踹倒野象，可是一见女人便千般的柔媚，万般的奉承。女的呢，总是腰儿很细，手儿很小，动不动就晕过去，晕的时候还永远是倒在英雄的胳臂上。这样的英雄美人，只能在月下花前没人的地方说些知心话，小树林里偷偷的要个嘴儿。如今温都姑娘的爱的理想和经验，与这种小说式的一点也不同了：一张嘴便是结婚后怎么和情人坐汽车一点钟跑八十英里；怎么性情不相投就到法厅离婚；怎么喜欢嫁个意大利的厨子，好到意国去看看莫索里尼到底长着胡子没有；要不然就是嫁个俄国人，到莫斯科去看一眼。专为看俄国妇人的裙子是将盖住磕膝盖儿，还是简直的光腿不穿裙子。

温都寡妇自从丈夫死后，有时候也想再嫁。再嫁最大的难处是经济问题，没有准进项的男人简直不敢拉拢。可是这点难处，她向来没跟别人提过。爱情的甜美是要暗中哑摸的，就是心中想到经济问题，也不能不设法包上一层爱的蜜皮儿。

"去！去！嫁那个俄国鬼去！"温都太太急了，就这样对她女儿说。

"那是！在莫斯科买皮子一定便宜，叫他给我买一打皮袄，一天换一件，看美不美？啊？妈妈！"温都姑娘撒着娇儿说。

温都太太一声不出，抱着小狗睡觉去了。

温都姑娘不但关于爱情的意见和母亲不同，穿衣裳，戴帽子，挂珠子的式样也都不一样。她的美的观念是：什么东西都是越新越好，自要是新的便是好的，美不美不去管。衣裳越短越好，帽子越合时样越好。据她看：她母亲的衣裳都该至少剪去一尺；母亲的帽子不但帽沿儿大得过火，帽子上的长瓣子花儿更可笑的要命。母亲一张嘴便是讲材料的好坏，女儿一张嘴便是巴黎出了什么新样子。说着说着，母女又说僵了。

母亲说："你要是再买那小鸡蛋壳似的帽子，不用再跟我一个桌儿上吃饭！"

女儿回答："你要是还穿那件乡下老的青褂子，我再不和你一块儿上街！"

母女的长像儿也不一样。温都太太的脸是长长儿的，自上而下的往下溜，溜到下巴颏儿只剩下尖尖的一个小三角儿。浅黄的头发，已经有了几根白的，盘成两个圆髻儿，在脑瓢上扣着。一双黄眼珠儿，一支小尖鼻子，一张小薄嘴，只有笑的时候，才能把少年的俊俏露出一点来。身量不高，戴上宽沿帽子的时候更显得矮了。

温都姑娘和她母亲站在一块儿，她要高出一头来。那双大脚和她母亲的又瘦又尖的脚比起来，她们娘儿俩好像不是一家的人。因为要显着脚小，她老买比脚小看一号儿的皮鞋；系上鞋带儿，脚面上凸出两个小肉馒头。母亲走道儿好像小公鸡啄米粒儿似的，一逗一逗的好看。女儿走起道儿来是咚咚的山响，连脸蛋上的肉都震得一哆嗦一哆嗦的。顺着脚往上看，这一对儿长腿！裙子刚压住磕膝盖儿，连袜子带腿一年到头的老是公众陈列品。衣裳短，裙子瘦，又要走得快，于是走道儿的时候，总是介乎"跑"与"扭"之间；左手夹着旱伞皮包，右手因而不能不僵着一点摇晃，只用手腕贴着大腿一个一个的从左而右画半圆的小圈。帽子将把脑袋盖住，脖子不能不往回缩着一点。（不然，脖子就显着太长了。）这样，周身上下整像个扣着盖儿的小圆缩脖坛子。

她的脸是圆圆的，胖胖的。两个笑涡儿，不笑的时候也老有两个像水泡儿将散了的小坑儿。黄头发剪得像男人一样。蓝眼珠儿的光彩真足，把她全身的淘气，和天真烂漫，都由这两个蓝点儿射发出来。笑涡四围的红润，只有刚下树儿的嫩红苹果敢跟她比一比。嘴唇儿往上兜着一点，而且是永远微微的动着。

温都太太看着女儿又可爱又可气，时常的说："看你的腿！裙子还要怎么短！"

女儿把小笑涡儿一缩，拢着短头发说，"人家都这样吗！妈！"

5

温都太太整忙了一早晨，把楼上三间屋子全收拾得有条有理。头上罩着块绿绸子，把头发一丝不乱的包起来。袖子挽到胳臂肘儿上面，露着胳臂上的细青筋，好像地图上画着的山脉。褂子上系着条白布围裙。把桌子全用水洗了一遍。地毯全搬到小后院细细的抽了一个过儿。地板用油擦了。擦完了电灯泡儿，还换上两个新绿纱灯罩儿。

收拾完了，她插着手儿四围看了看，觉得书房里的粉色窗帘，和墙上的蓝花儿纸不大配合，又跑到楼下，把自己屋里的那幅浅蓝地，细白花的，摘下来换上。换完了窗帘，坐在一把小椅子上，把手放在磕膝盖儿上，轻轻的叹了口气。然后把"拿破仑"，（那支小白胖狗。）叫上来，抱在怀里；歪着头儿，把小尖鼻子搁在拿破仑的脑门儿上，说："看看！地板擦得亮不亮？窗户帘好看不好看？"拿破仑四下瞧了一眼，摇了摇尾巴。"两个中国人！他们配住这个房吗？"拿破仑又摇了摇尾巴。温都太太一看，狗都不爱中国人，心中又有点后悔了："早知道，不租给他们！"她一面叨唠着，一面抱着小狗下楼去吃午饭。

吃完了饭，温都太太慌忙着收拾打扮：把头发从新梳了一回，脸上也擦上点粉，把最心爱的那件有狐皮领子的青绉子袄穿上，（英国妇女穿皮子是不论时节的。）预备迎接客人。她虽然由心里看不起中国人，可是既然答应了租给他们房子，就得当一回正经事儿作。换好了衣裳，才消消停停的在客厅里坐下，把狄·昆西的《鸦片鬼自状》找出来念；为是中国客人到了的时候，好有话和他们说。

快到了温都太太的门口，伊牧师对马老先生说："见了房东太太，她向你伸手，你可以跟她拉手；不然，你向她一点头就满够了。这是我们的规矩，你不怪我告诉你吧？"

马先生不但没怪伊牧师教训他，反说了声"谢谢您哪！"

三个人在门外站住，温都太太早已看见了他们。她赶紧又掏出小镜子照了一照，回手又用手指头肚儿轻轻的按按耳后的鬓儿。听见拍门，才抱着拿破仑出来。开开了门，拿破仑把耳朵竖起来吧吧的叫了两声。温都太太连忙的说："淘气！不准！"小狗儿翻了翻眼珠，把耳朵搭拉下去，一声也不出了。

温都太太一手抱着狗，一手和伊牧师握手。伊牧师给马家父子和她介绍了一回，她挺着脖梗儿，只是"下巴颏儿"和眉毛往下垂了一垂，算是向他们行了见面礼。马老先生深深鞠了一躬，他的腰还没直起来，她已经走进客厅去了。马威提着小箱儿，在伊牧师背后瞪了她一眼，并没行礼。三个人把帽子什么的全放在过道儿，然后一齐进了客厅。温都太太用小手指头指着两个大椅请伊牧师和马老先生坐下，然后叫马威坐在小茶几旁边的椅子上，她自己坐在钢琴前面的小凳儿上。

伊牧师没等别人说话，先夸奖了拿破仑一顿。温都太太开始讲演狗的历史，她说一句，他夸一声好，虽然这些故事他已经听过二十多回了。

在讲狗史的时候，温都太太用"眉毛"看了看他们父子。看着：这俩中国人倒不像电影上的那么难看，心中未免有点疑惑：他们也许不是真正中国人；不是中国人？又是……

老马先生坐着的姿式，正和小官儿见上司一样规矩：脊梁背儿正和椅子垫成直角，两手拿着劲在膝上摆着。小马先生是学着伊牧师，把腿落在一块儿，左手插在裤兜儿里。当伊牧师夸奖拿破仑的时候，他已经把屋子里的东西看了一个过儿；伊牧师笑的时候，他也随着抿抿嘴。

"伊牧师，到楼上看看去？"温都太太把狗史讲到一个结束，才这样说："马先生？"

老马先生看着伊牧师站起来，也僵着身子立起来；小马先生没等让，连忙站起来替温都太太开开门。

到了楼上，温都太太告诉他们一切放东西的地方。她说一句，伊牧师回答一句："好极了！"

马老先生一心要去躺下歇歇，随着伊牧师的"好极了"向她点头，其实她的话满没听见。他也没细看屋里的东西，心里说：反正有个地方睡觉就行，管别的干吗！只有一样，他有点不放心：床上铺着的东西看着似乎太少。他走过去摸了摸，只有两层毡子。他自己跟自己说："这不冷吗！"在北京的时候，他总是盖两床厚被，外加皮袄棉裤的。

把屋子都看完了，伊牧师见马先生没说什么，赶快的向温都太太说："好极了！我在道儿上就对他们说来着：回来你们看，温都太太的房子管保在伦敦找不出第二家来！马先生！"他的两个黄眼珠钉着马老先生："现在你信我的话了吧！"

马老先生笑了一笑，没说什么。

马威看出伊牧师的意思，赶紧向温都太太说："房子是好极了，我们谢谢你！"

他们都从楼上下来，又到客厅坐下。温都太太把房钱，吃饭的时间，晚上锁门的时候，和一切的规矩，都当着伊牧师一字一板的交待明白了。伊牧师不管听见没有，自要她一停顿，一喘气的时候，他便加个"好极了"，好像乐队里打鼓的，在喇叭停顿的时候，加个鼓轮子似的。马老先生一声没出，心里说："好大规矩呀！这要娶个外国老婆，还不叫她管得避猫鼠似的呀！"

温都太太说完了，伊牧师站起来说："温都太太，我不知道怎么谢谢你才好！改天到我家里去喝茶，和伊太太说半天子话儿，好不好？"

马老先生听伊牧师说：请温都寡妇喝茶，心里一动。低声的问马威："咱们的茶叶呢？"

马威说小箱儿里只有两筒，其余的都在大箱子里呢。

"你把小箱子带来了不是？"马老先生问。

马威告诉父亲，他把小箱子带来了。

"拿过来！"马老先生沉着气说。

马威把小箱子打开，把两筒茶叶递给父亲。马老先生一手托着一筒，对他们说：

"从北京带来点茶叶。伊牧师一筒，温都太太一筒，不成敬意！"说完把一筒交给伊牧师，那一筒放在钢琴上了；男女授受不亲，那能交给温都太太的手里呢！

伊牧师在中国多年，知道中国人的脾气，把茶叶接过去，对温都寡妇说："准保是好茶叶！"

温都太太忙着把拿破仑放在小凳上，把茶叶筒拿起来。小嘴微微的张着一点，细细的看筒上的小方块中国字，和"嫦娥奔月"的商标。

"多么有趣！有趣！"她说着，正式的用眼睛——不用眉毛了——看了马老先生一眼。"我可以这么白白的收这么好的东西吗？真是给我的吗？马先生！"

"可不是真的！"马先生撅着小胡子说。

"呕！谢谢你，马先生！"

伊牧师跟温都太太要了张纸，把茶叶筒包好，一边包，一边说："伊太太最爱喝中国茶。马先生，她喝完你的茶，看她得怎么替你祷告上帝！"

把茶叶筒儿包好，伊牧师愣了一会儿，全身纹丝不动，只是两个黄眼珠慢慢的转了几个圈儿。心里想：白受他的茶叶不带他们出去逛一逛，透着不大和气；再说当着温都太太，总得显一手儿，叫她看看咱这传教的到底与众不同；虽然心里真不喜欢跟着两个中国人在街上走。

"马先生，"伊牧师说："明天见。带你们去看一看伦敦；明天早点起来呀！"他说着出了屋门，把茶叶筒卷在大氅里，在腋下一夹；单拿着那个圆溜溜的筒儿，怕人家疑心是瓶酒；传教师的行为是要处处对得起上帝的。

马老先生要往外送，伊牧师从温都太太的肩膀旁边对他摇了摇头。

温都太太把伊牧师送出去，两个人站在门外，又谈了半天。马老先生才明白伊牧师摇头的意思。心里说："洋鬼子颇有些讲究，跟他们非讲圈套不可呢！"

"看这俩中国人怎样？"伊牧师问。

"还算不错！"温都太太回答："那个老头儿倒挺漂亮的，看那筒茶叶！"

同时，屋子里马威对父亲说：

"刚才伊牧师夸奖房子的时候，你怎么一声不出呢？还没看出来吗：对外国人，尤其是妇女，事事得捧着说。不夸奖他们，他们是真不愿意！"

"好，不好，心里知道，得了！何必说出来呢！"马老先生把马威干了回去，然后掏出"川绸"手巾，照掸绿皮脸官靴的架式掸了掸皮鞋。

6

正是四月底的天气：晴一会儿，阴一会儿，忽然一阵小雨；雨点还落着，太阳又出来了。窗户棱上横挂着一串小水珠，太阳一出来，都慢慢化成股白气。屋外刚吐绿叶的细高挑儿杨树，经过了雨，树干儿潮润的像刚洗过澡的象腿，又润，又亮，可是灰唧噜嘟的。

马老先生虽然在海上已经睡了四十天的觉，还是非常的疲倦。躺在床上还觉得床铺一上一下的动，也好像还听得见海水沙沙的响。夜里醒了好几次，睁开眼，屋子里漆黑，迷迷糊糊的忘了自己到底是在那儿呢。船上？北京？上海？心里觉得无着无靠的，及至醒明白了，想起来已经是在伦敦，又觉得有点说不出来的凄惨！北京的朋友，致美斋的馄饨，广德楼的坤戏，故去的妻子，哥哥……上海……全想起来了，一会儿又全忘了，可是从眼犄角流下两个大泪珠儿来。

"离合悲欢，人生不过如此！转到那儿吃那儿吧！"马老先生安慰着自己："等马威学成了，再享几天福，当几天老爷吧！"这么一想，心里痛快多了。把一手心热汗的手伸出来，顺着毡子边儿，理了理小胡子。跟着把脑袋从枕头上抬起一点来，听听隔壁有声音没有。一点声儿没有。"年青力壮，吃得饱，睡得着！有出息，那孩子！"他自己嘟囔着，慢慢的把眼睛又闭上。

醒一会儿又睡，睡一会儿又醒，到了出太阳的时候，他才睡安稳了。好像听见马威起来了，好像听见街上过车的声音，可是始终没睁眼。大概有七点半钟了，门上轻轻的响了两声，跟着，温都太太说："马先生，热水！"

"谢——哼，啊，"他又睡着了。

不到七点钟，马威就起来了。一心的想逛伦敦，抓耳挠腮的无论怎样也不能再睡。况且昨天只见了温都姑娘一面，当着父亲的面儿，也没好意思和她谈话。今天吃早饭是他的好机会，反正父亲是决起不来的。他起来，轻轻的把窗子开开。雨刚住了，太阳光像回窝的黄蜂，带着春天的甜蜜，随着马威的手由窗户缝儿挤进来。他把在上海买的那件印花的西式长袍穿上，大气不出的等着热水来好刮脸。刮脸的习惯是在船上才学来的，上船之前，在上海先施公司买了把保险刀儿。在船上的时候，人家还都没起来，他便跑到浴室里去，细细的刮一回；脸上共总有十来根比较重一点的胡子茬儿，可是刮过几天之后，不刮有点刺闹的慌；而且刮完了，对着镜子一照，觉得脸上分外精神，有点英雄的气象。他常看电影里的英雄，刮脸的时候，满脸抹着胰子，就和人家打起来；打完了，手连颤也不颤，又去继续刮脸；有的时候，打完了，抱着姑娘要嘴儿，还把脸上的胰子沫儿印在她的腮上。刮脸，这么看起来，不光是一种习惯，里面还含着些情韵呢。

好容易把热水等来了，赶紧漱口刮脸。梳洗完了，把衣裳细细的刷了一回。穿戴好了，想下楼去；又怕下去太早，叫房东太太不愿意。轻轻开了门往外看：父亲门外的白磁水罐，还冒着点热气。楼下母女说话的声音，他听得真真的。温都姑娘的声音听得尤其真切，而且含着点刺激性，叫他听见一个字，心里像雨点儿打花瓣似的那么颤一下。

楼下铃儿响了，他猜着：早饭必定是得了。又在镜子里照了一照：两条眉毛不但没有向上吊着，居然是往下弯弯着，差不多要弯到眼睛下面来。又正了正领带，拉了拉衣襟，然后才咚咚的下了楼。

温都母女平常是在厨房吃早饭的。因为马家父子来了，所以改在小饭厅里。马威进了饭厅，温都太太还在厨房里，只有温都姑娘在桌子旁边坐着，手里拿着张报纸，正看最新式帽子的图样。见马威进来，她说了声："咳喽！"头也没抬，还看她的报。

她只穿着件有肩无袖的绿单衫，胸脯和胳臂全在外边露着。两条白胖的胳臂好像一对不知道用什么东西作的一种象牙：又绵软，又柔润，又光泽，好像还有股香味儿。

马威端了端肩膀，说了声："天气不错？"

"冷！"她由红嘴唇挤出这么个字来，还是没看他。

温都太太托着茶盘进来，问马威："你父亲呢？"

"恐怕还没起呢。"马威低声儿说。

她没说什么，可是脸像小帘子似的摺下来了。她坐在她女儿的对面，给他们倒茶。她特意沏的马先生给的茶叶，要不是看着这点茶叶上面，她非炸了不可。饶这么着，倒茶的时候还低声说了一句："反正我不能做两回早饭！"

"谁叫你把房租给中国人呢！"温都姑娘把报纸扔在一边，歪着头儿向她母亲说。

马威脸上一红，想站起来就走。皱了皱眉，——并没往起站。

温都姑娘看着他，笑了，好像是说："中国人，挨打的货！就不会生气！"

温都太太看了她女儿一眼，赶紧递给马威一碗茶，跟着说："茶真香！中国人最会喝茶。是不是？"

"对了！"马威点了点头。

温都太太咬了口面包，刚要端茶碗，温都姑娘忙着拉了她一把：

"招呼毒药!"她把这四字说得那么诚恳,自然;好像马威并没在那里;好像中国人的用毒药害人是千真万确,一点含忽没有的。她的嘴唇自自然然的颤了一颤,让你看出来:她决没意思得罪马威,也决不是她特意要精细;她的话纯是"自然而然"说出来的,没心得罪人,她就不懂得什么叫得罪人。自要戏里有个中国人,他一定是用毒药害人的。电影,小说,也都是如此。温都姑娘这个警告是有历史的,是含着点近于宗教信仰的:回回不吃猪肉,谁都知道;中国人用毒药害人——一种信仰!

马威反倒笑了。端起茶碗喝了一口,一声没言语。他明白她的意思,因为他看过英国小说——中国人用毒药害人的小说。

温都太太用小薄嘴唇抿了半口茶,然后搭讪着问马威:中国茶有多少种?中国什么地方出茶?他们现在喝的这种叫什么名字?是怎么制造的?

马威把一肚子气用力压制着,随便回答了几句,并且告诉她,他们现在喝的叫作"香片"。

温都太太又叫他说了一回,然后把嘴唔嘟着说:"杭便,"还问马威她学的对不对。

温都姑娘警告她母亲留心毒药以后,想起前几天看的那个电影:一个英国英雄打死了十几个黄脸没鼻子的中国人,打得真痛快,她把两只肉嘟嘟的手都拍红了,红得像搁在热水里的红胡萝卜。她想入了神,一手往嘴里送面包,一手握着拳在桌底下向马威比画着心里说:不光是英国男子能打你们这群找揍的货,女英雄也能把你打一溜跟头!心里也同时想到她的朋友约翰:约翰在上海不定多么出锋头呢!

他那两只大拳头，一拳头还不捶死几十个中国鬼！她的蓝眼珠一层一层的往外发着不同的光彩，约翰是她心目中的英雄！……他来信说："加入义勇军，昨天一排枪打死了五个黄鬼，内中还有个女的！"……"打死个女人，不大合人道！"温都姑娘本来可以这样想，可是，约翰打死的，打死的又是个中国女人；她只觉得约翰的英勇，把别的都忘了。……报纸上说：中国人屠宰了英国人，英国人没打死半个中国人，难道约翰是吹牛撒谎？她正想到这里，听见她母亲说："杭便。"她歪过头去问："什么？妈！"她母亲告诉她这个茶叫"杭便"，于是她也跟着学。英国人是事事要逞能的，事事要叫别人说好的，所以她忘了马威——只是因为他是中国人——的讨厌。"杭办""杭办""对不对"？她问马威。

马威当然是说："对了！"

吃完了早饭，马威正要上楼看父亲去。温都姑娘从楼下跑了上来，戴着昨天买的新帽子，帽子上插着一捆老鼠尾巴，看着好像一把儿荞麦面面条；戴老鼠尾巴是最新的花样，——所以她也戴。她斜着眼看了马威一下，说了声"再见，"一溜烟似的跑了。

7

温都姑娘上铺子去作工，温都寡妇出来进去的收拾房屋，拿破仑跟着她左右前后的乱跑。马威一个人坐在客厅里等着伊牧师来。

马威自从八岁的时候死了母亲，差不多没有经过什么女性的爱护。在小学里的时候，成天和一群小泥鬼儿打交道；在中学里，跟一群稍微个儿大一点的泥鬼瞎混；只有礼拜天到教堂作礼拜去，能看见几位妇女：祈祷的时候，他低着头从眼角偷偷的看她们；可是好几回都被伊太太看见，然后报告给伊牧师，叫伊牧师用一半中国话，一半英国话臭骂他一顿："小孩子！不要看姑娘！在祷告的时候！明白？See？……"伊太太祷告的时候，永远是闭着一只眼往天堂上看上帝，睁着一只眼看那群该下地狱的学生；马威的"看姑娘"是逃不出伊太太的眼线的。

教堂的姑娘十之八九是比伊太太还难看的。他横着走的眼光撞到她们的脸上，有时候叫他不由的赶快闭上眼，默想上帝造人的时候或者有点错儿；不然，……有时候也真看到一两个好看的，可是她们的好看只在脸上那一块，纵然脸上真美，到底叫他不能不联想到冥衣铺糊的纸人儿；于是心中未免有点儿害怕！且不管纸人儿吧，不纸人儿吧，能看到她们已经是不容易！跟她们说说话，拉拉手，——妄想！

就是有一回，他真和女人们在一块儿作了好几天的事。这回事是在他上英国来的前一年，学界闹风潮：校长罢长，教员罢教，学生也罢了学；没有多少人知道为什么这样闹，可是一个不剩，全闹起活儿来；连教会的学堂也把《圣经》扔了一地，加入战团。马威是向来能说会道，长得体面，说话又甜甘受听，父亲又不大管他，当然被举为代表。代表会里当然有女代表，于是他在风潮里颇得着些机会和她们说几句话，有一回还跟她们拉手。风潮时期的长短是不能一定的，也许三天，也许五个月；虽然人人盼着越长越好，可是事事总要有个结束，好叫人家看着像一回事儿似的。这回风潮恰巧是个短期的，于是马威和女人们交际的命运像舞台上的小武丑儿，刚翻了一个跟头，就从台帘底下爬进后台去了。

马威和温都姑娘不一定有什么前缘，也不是月下老人把他和她的大拇脚趾头隔着印度洋地中海拴上了根无形的细红线。她不过是西洋女子中的一个。可是，马威头一个见的恰巧是她。她那种小野猫似的欢蹦乱跳，一见面他心里便由惊讶而羡慕而怜爱而痴迷，好像头一次喝酒的人，一盅下去？脸上便立刻红起来了。可是，她的神气，言语，……叫他心里凉了好多……她说"再见"的时候确是笑着，眼睛还向他一飞……或者她不见得是讨厌他……对了：她不过是不喜欢中国人罢了！等着，走着瞧，日子多了叫她明白明白中国人到底是怎么回事！……何必一定跟她套交情呢，女子可多了，……

马威翻过来掉过去的想，问题很多，可是结论只有一个："等着吧，瞧！"摸了摸自己的脸蛋儿，颧骨尖儿上那一点特别的热，像有个香火头儿在那里烧着。"等着瞧，别忙！""别忙！"他这么叨唠着，嘴唇张着一些，好像是要笑，可是没笑出来；好像要恼——恼她？——，又不忍的。一会儿照照镜子看自己的白牙，一会儿手插在裤兜里来回走……"别忙！走着瞧！"

"马威！马威！"马老先生一嗓子痰在楼上叫，跟着嗽了嗽，声音才尖溜了一点："马威！"

马威收了收神，三步两步跑上楼上。马老先生一手开着门，一手端着那个磁水罐。脸上睡的许多红褶儿，小胡子也在一块拧拧着。

"去，弄点热水来！"他把磁罐交给马威。

"我不敢上厨房去呀！"马威说："昨天晚上您没听房东说吗：不叫咱们到厨房去！早饭的时候，您没去，她已经说了闲话；您看——"

"别说了！别说了！"马老先生揉着眼睛说："不刮脸啦，行不行？"

"回来伊牧师不是要和咱们一块儿出去哪吗——"

"不去，行不行？"

马威没言语，把水倒在漱口盂里，递给父亲。

马老先生漱口的当儿，马威把昨天晚上带来的箱子打开，问父亲换衣裳不换。马老先生是一脑门子官司，没理马威。马威本想告诉父亲：在英国就得随着英国办法走；一看父亲脸上的神气，他一声没出，溜出去了。

马老先生越想越有气："这是上外国吗？没事找罪受吗！——找罪受吗！起晚了不行，热水没有！没有！早知道这么着，要命也不来！"想了半天："有啦！住旅馆去！多少钱也花，自要不受这个臭罪！"跟着看了看箱子什么的，心里又冷静下去一点："东西太多，搬着太麻烦！"又待了一会儿，气更少了："先在这儿忍着吧，有合适的地方再搬吧！"这么一想，气全没有了，戴上大眼镜，拿起烟袋往书房里去了。

思想是生命里最贱的东西：想一回，觉着有点理；再想一回，觉得第一次所想的并不怎么高明；第三次再想——老实待着吧，越想越糊涂！于是以前所想的全算白饶！马先生的由"住旅馆去！"到"忍着吧！"便是这么一档子事；要不怎么他轻易不思想呢！

温都太太专等着马先生起来问她要早饭，她好抡圆了给他个钉子碰；头一次钉子碰得疼，管保他不再想碰第二次。她听见他起来了，约摸着他已经梳洗完，她嘴里哼唧着往楼上走。走到马先生的屋门外，门儿半开着，一点声儿没有。忽然听见马先生咳嗽了两声，她回头一看，书房的门也开着呢；马先生叼着烟袋在椅子上坐着呢。

"怪不得伊牧师说：中国人有些神魔鬼道儿的，"她心里说："你不给他早饭吃，他更好，连问也不问！好！你就饿着！"

马先生一动也没动，吧嗒着烟袋，头上一圈一圈的冒着蓝烟。

伊牧师到十一点多钟才来，他没见温都太太，在街门口问马威："你父亲呢？出去不出去？"马威跑到楼上去问父亲，马老先生摇了摇头，把头上绕着的蓝烟圈弄散开一些。马威跑下来告诉伊牧师：他父亲还没歇过来，不打算出去，于是他自己和伊牧师走下去了。

8

民族要是老了，人人生下来就是"出窝儿老"。出窝老是生下来便眼花耳聋痰喘咳嗽的！一国里要有这么四万万出窝老，这个老国便越来越老，直到老得爬也爬不动，便一声不出的呜呼哀哉了！

"我们的文明比你们的，先生，老得多呀！"到欧洲宣传中国文化的先生们撇着嘴对洋鬼子说："再说四万万人民，大国！大国！"看这"老"字和"大"字用得多么有劲头儿！

"要是'老的'便是'好的'，为什么贵国老而不见得好呢？"不得人心的老鬼子笑着回答："要是四万万人都是饭桶，再添四万万又有什么用呢？"

于是这些宣传中国文化的先生们，（凡是上西洋来念书的，都是以宣传中国文化为主，念鬼子书不过是那么一回事；鬼子书多么不好念！）听了这类的话，只好溜到中国人唯一的海外事业，中国饭馆，去吃顿叉烧肉，把肚子中的恶气往外挤一挤。

马则仁先生是一点不含糊的"老"民族里的一个"老"分子。由这两层"老"的关系，可以断定：他一辈子不但没用过他的脑子，就是他的眼睛也没有一回钉在一件东西上看三分钟的。为什么活着？为作官！怎么能作官？先请客运动呀！为什么要娶老婆？年岁到了吗！怎么娶？先找媒人呀！娶了老婆干吗还讨姨太太？一个不够吗！……这些东西满够老民族的人们享受一辈子的了。马老先生的志愿也自然止于此。

他到英国来，真像个摸不清的梦：作买卖他不懂；不但不懂，而且向来看不起作买卖的人。发财大道是作官；作买卖，拿着血汗挣钱，没出息！不高明！俗气！一点目的没有，一点计划没有，还叼着烟袋在书房里坐着。"已到了英国，"坐腻了，忽然这么想："马威有机会念书，将来回去作官！……咱呢？吃太平饭吧！哈哈！……"除此以外，连把窗帘打开看看到底伦敦的胡同什么样子都没看；已经到了伦敦，干什么还看，这不是多此一举吗！不但没有看一看伦敦，北京什么样儿也有点记不清了，虽然才离开了四五十天的工夫。到底四牌楼南边有个饽饽铺没有？想不起来了！哎呀，北京的饽饽也吃不着了，这是怎话说的！这么一来，想家的心更重了，把别的事全忘了。咳！——北京的饽饽！

快一点钟了，马老先生的肚子微微响了几声；还勉强吸着烟，烟下去之后，肚子透着分外的空得慌。心里说："看这样儿，是非吃点什么不可呀！"好几次要下楼去向房东说，总觉得还是不开口好。站起来走了几步，不行，越活动越饿。又坐下，从新装上一袋烟；没抽，把烟袋又放下了。又坐了半天，肚子不但响，也有点疼了。"下楼试试去！"站起来慢慢往楼下走。

"马先生，夜里睡得好吧？"温都太太带着点讥讽的意思问。

"很好！很好！"马先生回答："温都太太，你好？姑娘出去了吧？"

温都寡妇哼儿哈儿的回答。马先生好几回话到嘴边——要吃饭——又吞回去了；而且问她的话越来越离"吃饭"远："天气还是冷呀？啊！姑娘出去了？——呕，已经问过了，对不起！拿破仑呢？"

温都太太把拿破仑叫来，马老先生把它抱起来，拿破仑喜欢极了，直舐马先生的耳朵。

"小狗真聪明！"马先生开始夸奖拿破仑。

温都太太早已不耐烦了，可是一听老马称赞狗，登时拉不断扯不断的和他说起来。

"中国人也爱狗吗？"她问。

"爱狗！我妻子活着的时候，她养着三个哈巴狗，一只小兔，四只小东西在一块儿吃食，决不打架！"他回答。

"真有趣！有趣极了！"

他又告诉了她一些中国狗的故事，她越听越爱听。马先生是没事儿惯会和三姥姥五姨儿谈天的，所以他对温都太太满有话回答；妇女全是一样的，据他瞧，所不同的，是西洋妇女的鼻子比中国老娘儿们的高一点儿罢了。

说完了狗事，马先生还是不说他要吃饭。温都太太是无论怎么也想不到：他是饿了。英国人是事事讲法律的，履行条件，便完事大吉，不管别的。早饭他没吃，因为他起晚了，起晚了没早饭吃是当然的。午饭呢，租房的时候交待明白了，不管午饭。温都太太在条件上没有作午饭的责任，谁还管你饿不饿呢。

马先生看着没希望，爽得饿一回试试！把拿破仑放下，往楼上走。拿破仑好像很喜爱马先生，摇着尾巴追了上来。马先生又归了位坐下，拿破仑是东咬西抓跟他一个劲儿闹：一会儿藏在椅子背儿后面揪他的衣襟，一会儿绕到前面啃他的皮鞋。

"我说，见好儿就收，别过了火！"马先生对拿破仑说："你吃饱了，在这儿乱蹦；不管别人肚子里有东西没有！……"

温都太太不放心拿破仑，上楼来看；走到书房门口，门是开着的，正听见马先生对拿破仑报委屈。

"呕！马先生，我不知道你要吃饭，我以为你出去吃饭呢！"

"没什么，还不十分——"

"你要吃，我可以给你弄点什么，一个先令一顿。"

"算我两个先令吧，多弄点！"

待了半天，温都太太给他端上来一壶茶，一盘子凉牛肉，几片面包，还有一点青菜。马先生一看东西都是凉的，（除了那壶茶。）皱了皱眉；可是真饿，不吃真不行。慢慢的把茶全喝了，凉牛肉只吃了一半，面包和青菜一点没剩。吃饱喝足又回到椅子上一坐，打了几个沉重的嗝儿，然后撅短了一根火柴当牙签，有滋有味的剔着牙缝。

拿破仑还在那里，斜着眼儿等着马先生和它闹着玩。马先生没心再逗它，它委委屈屈的在椅子旁边一卧。

温都太太进来收拾家伙；看见拿破仑，赶快放下东西，走过来跪在地毯上，把狗抱起来，问它和马先生干什么玩来着。

马先生从一进门到现在，始终没敢正眼看温都太太；君子人吗，哪能随便看妇人呢。现在她的头发上的香味，他闻得真真的。心里未免一热，跟着一颤，简直不知怎么办才好。

温都夫人问他：北京一年开多少次"赛狗会"，中国法律上对于狗有什么保护，哈巴狗是由中国来的不是……

马先生对于"狗学"和"科学"一样的没有研究，只好敷衍她几句；反正找她爱听的说，不至于出错儿。一边说，一边放大了胆子看着她。她虽然已经差不多有三十七八岁了，可是脸上还不显得老。身上的衣裳穿得干净抹腻，更显得年青一些。

他由静而动的试着伸手去逗拿破仑。她不但不躲，反倒把狗往前送了一送；马先生的手差点儿没贴着她的胸脯儿。——他身上一哆嗦！忽然一阵明白，把椅子让给温都太太坐，自己搬过一只小凳儿来。两个人由狗学一直谈到作买卖，她似乎都有些经验。

"现在作买卖顶要紧的是广告。"她说。

"我卖古玩，广告似乎没用！"他回答。

"就是卖古玩，也非有广告不行！"

"可不是！"他很快的由辩论而承认，反倒吓了她一跳。她站起来说：

"把拿破仑留在这儿吧？"

他知道拿破仑是不可轻视的，连忙接过来。

她把家伙都收拾在托盘里，临走的时候对小狗说：

"好好的！不准淘气！"

她出去了，老马先生把狗放在地上，在卧椅上一躺又睡着了。

…………

马威到六点多钟才回来，累得脑筋涨起多高，白眼珠上横着几条血丝儿。伊牧师带他先上了伦敦故宫，（就手儿看伦敦桥。）圣保罗教堂和上下议院。伦敦不是一天能逛完的，也不是一天就能看懂的；伊牧师只带他逛了这三处，其余的博物院，美术馆，动物园什么的，等他慢慢的把伦敦走熟了再自己去。上圣保罗教堂的时候，伊牧师就手儿指给马威，他伯父的古玩铺就正在教堂左边的一个小巷儿里。

伊牧师的两条秫秸棍儿腿是真走得快，马威把腰躬起一点，还追不上；可是他到底不肯折脖子，拼命和伊牧师赛了半天的跑。

他刚进门，温都姑娘也回来了，走的很热，她脸更红得好看。他搭讪着要告诉她刚才看见的东西，可是她往厨房跑了去。

马威到楼上去看父亲，马老先生还叼着烟袋在书房里坐着。马威一一把看见的东西告诉了父亲，马老先生并没十分注意的听。直说到古玩铺，马老先生忽然想起个主意来：

"马威！明天咱们先上你伯父的坟，然后到铺子去看一眼，别忘了！"

铃儿响了，父子到饭厅去吃饭。

吃完饭，温都寡妇忙着刷洗家伙。马老先生又回到书房去吃烟。

马威一个人在客厅里坐着，温都姑娘忽然跑进来："看见我的皮夹儿没有？"

马威刚要答声，她又跑出去了，一边跑一边说："对了，在厨房里呢。"

马威站在客厅门口看着她，她从厨房把小皮夹找着，跑上来，慌着忙着把帽子扣上。

"出去吗？"他问。

"可不是，看电影去。"

马威从客厅的窗户往外看：她和一个男的，挨着肩膀一路说笑走下去了。

9

马老先生想起上坟，也就手儿想起哥哥来了；夜里梦见哥哥好几回，彼此都吊了几个眼泪。想起哥哥的好处来，心中稍有一点发愧：花过哥哥多少钱！哥哥的钱是容易挣得！不但净花哥哥的钱，那回哥哥寄来钱，还喝得醉猫儿似的，叫两个巡警把他搀回家去。拿哥哥的钱喝酒！还醉得人事不知！……可是又说回来了，过去的事反正是过去的了，还想它作什么？……现在呢，在伦敦当掌柜的，纵然没有作官那么荣耀，到底总得说八字儿不错，命星儿有起色！……对了，怎么没带本阴阳合历来！明天上坟是好日子不是呢？……信基督教的人什么也不怕，上帝的势力比别的神都大的多；太岁？不行！太岁还敢跟上帝比比劲头儿！……可是……种种问题，七个上来，八个下去，叫他一夜没能睡实在了。

第二天早晨，天还是阴的很沉，东风也挺凉。老马先生把驼绒紧身法兰绒汗衫，厚青呢衣裤，全穿上了。还怕出去着了凉，试着把小棉袄絮在汗衫上面，可是棉袄太肥，穿上系不上裤子。于是骂了鬼子衣裳一顿，又把棉袄脱下来了。……要不怎么说，东西文化不能调和呢！看，小棉袄和洋裤子就弄不到一块儿！……

吃过早饭，吧嗒了几袋烟，才张罗着出去。

马威领着父亲出了戈登胡同，穿过陶灵吞大院，一直往牛津街走。

马威一边走，一边问父亲：是坐地道火车去，还是坐公众汽车去。坟地的地点，他昨天已经和伊牧师打听明白了。马老先生没有主意，只说了声："到街上再说吧。"

到了牛津街，街上的汽车东往的西来的，一串一串，你顶着我，我挤着你。大汽车中间夹着小汽车，小汽车后面紧钉着摩托自行车，好像走欢了的驼鸟带着一群小驼鸟。好像都要挤在一块儿碰个粉碎，也不是怎股劲儿没挤上；都像要把前面的车顶出多远去，打个毛跟头，也不怎么没顶上。车后面突突的冒着蓝烟，车轮磁拉磁拉的响，喇叭也有仆仆的，有的吧吧的乱叫。远处也是车，近处也是车，前后左右也全是车：全冒着烟，全磁拉磁拉的响，全仆仆吧吧的叫，把这条大街整个儿的作成一条"车海"。两旁便道上的人，男女老少全像丢了点东西似的，扯着脖子往前跑。往下看，只看见一把儿一把儿的腿，往上看只见一片脑袋一点一点的动；正像"车海"的波浪把两岸的沙石冲得一动一动的。

马老先生抬头看看天，阴得灰糊糊的；本想告诉马威不去了，又不好意思；呆了一会儿，看见街心站着一溜汽车："马威，这些车可以雇吗？"

"价钱可贵呢！"马威说。

"贵也得雇！"马老先生越看那些大公众汽车越眼晕。

"坐地道火车呢？"马威问。

"地道里我出不来气儿！"马先生想起到伦敦那天坐地道车的经验。

"咱们可别太费钱哪。"马威笑着说。

"你是怎么着？——不但雇车，还得告诉赶车的绕着走，找清静道儿走！我告诉你！晕！——"

马威无法，只得叫了辆汽车，并且嘱咐赶车的绕着走。

上了车，马老先生还不放心：不定那一时就碰个脑浆迸裂呀！低着声说：

"怎么没带本宪书来呢！这东西赶上'点儿低'，非死不可呀！"

"带宪书干吗？"马威问。

"我跟我自己说呢，少搭碴儿！"马老先生斜着眼瞪了马威一眼。

赶车的真是挑着清静道儿走。一会儿向东，一会儿往西，绕过一片草地，又进了一个小胡同……走了四五十分钟，到了个空场儿。空场四围圈着一人来高的铁栅栏，栅栏里面绕着圈儿种着一行小树。草地上高高矮矮的都是石桩和石碑。伦敦真有点奇怪：热闹的地方是真热闹，清静的地方是真清静。

车顺着铁栏杆转，直转到一个小铁门才站住。父子下了车，马威打算把车打发了，马老先生非叫车等着不可。小铁门里边有间小红房子，孤孤零仃的在那群石桩子前面站着，山墙上的小烟筒曲曲弯弯的冒着一股烟儿。他们敲了敲那个小铁门，小红屋子的门开了一个缝儿。门缝儿越开越大，慢慢的一个又圆又胖的脸探出来了。两腮一凸一凹的大概是正嚼着东西。门又开大了一些，这个胖脸和脸以下的那些东西全露出来，把这些东西凑在一块儿，原来是个矮胖的小老太太。

老太太的脸上好像没长着什么玩艺儿，光是"光出溜的"一个软肉球。身上要是把胳臂腿儿去了，整个儿是个小圆辘轴。她一面用围裙擦着嘴，一面问他们找谁的坟墓。她走到他们跟前，他们才看出来：她的脸上确是五官俱全，而且两只小眼睛是笑眯眯的；说话的时候露出嘴里只有一个牙,因为没有什么陪衬,这一个牙看着又长又宽,颇有独霸一方的劲儿。

"我们找马先生的坟,一个中国人。"马威向老太太说。她已经擦完了嘴,用力把手往上凑,大概是要擦眼睛。

"我知道,记得!去年秋天死的!怪可怜的!"老太太又要往起撩围裙:"棺材上有三个花圈,记得!秋天——十月七号。头一个中国人埋在这里,头一个!可怜!"说着,老太太的眼泪在脸上横流;脸上肉太多,泪珠不容易一直流下来。"你们跟我来,我知道,记得!"老太太开始向前走,小短腿像刚孵出来的小鸭子的;走的时候,脸上的肉一哆嗦一哆嗦的动,好像冬天吃的鱼冻儿。

他们跟着老太太走,走了几箭远,她指着一个小石桩子说:"那里!"马家父子忙着过去,石桩上的姓名是个外国人的。他们刚要问她,她又说了,"不对!不对!还得走!我知道,记得!那里——头一个中国人!"

又走了一两箭远,马威眼快,看见左边一块小石碑,上面刻着中国字;他拉了马老先生一把,两个人一齐走过去。

"对了!就是那里!记得!知道!"老太太在后面用胖手指着他们已经找着的石碑说。

石碑不过有二尺来高,上面刻着马威伯父的名字,马唯仁,名字下面刻着生死年月。碑是用人造石作的,浅灰的地儿,灰紫色的花纹。石碑前面的花圈已经叫雨水冲得没有什么颜色了,上面的纸条已早被风刮去了。石碑前面的草地上,淡淡的开着几朵浅黄野花,花瓣儿上带着几点露水,好像泪珠儿。天上的黑云,地上的石碑和零散的花圈,都带出一股凄凉惨淡的气象；马老先生心中一阵难过，不由的落下泪来；马威虽然没有看见过他的伯父，眼圈儿也红了。

马老先生没管马威和那个老太太，跪在石碑前头恭恭敬敬的磕了三个头，低声的说："哥哥！保佑你兄弟发财，把你的灵运回中国去吧！"说到这里，他不觉的哭得失了声。

马威在父亲背后向石碑行了三鞠躬礼。老太太已经走过来，哭得满脸是水，小短胳臂连围裙都撩不起来了，只好用手在脸上横来竖去的抹。

哭着哭着，她说了话："要鲜花不要？我有！"

"多少钱？"马威问。

"拿来！"马老先生在那里跪着说。

"是，我拿去，拿去。"老太太说完，撩着裙子，意思是要快跑，可是腿腕始终没有一点弯的趋向，干跺着脚，前仰后合的走了。去了老大半天才慢慢的扭回来，连脖子带脸全红得像她那间小红房子的砖一样。一手撩着裙子，一手拿着一把儿杏黄的郁金香。

"先生，花儿来了。真新鲜！知道——"说着，哆哩哆嗦的把花交给马老先生。他捡起一个花圈来，从新把铁条紧了一紧，把花儿都插上；插好了，把花圈放在石碑前面；然后退了两步，端详了一番，眼泪又落下来了。

他哭了，老太太也又哭了。"钱呢！"她正哭得高兴，忽然把手伸出来："钱呢！"

马老先生没言语，掏出一张十个先令的票子递给她了。

她看了看钱票，抬起头来细细的看了看马老先生："谢谢！谢谢！头一个中国人埋在这里。谢谢！我知道。谢谢！盼着多死几个中国人，都埋在这里！"这末两句话本来是她对自己说的，可是马家父子听得真真的。

太阳忽然从一块破云彩射出一条光来，正把他们的影子遮在石碑上，把那点地方——埋着人的那点地方——弄得特别的惨淡。马老先生叹了一口气，擦了擦眼泪，回头看了看马威："马威，咱们走吧！"

爷儿俩慢慢的往外走，老太太在后面跟着跑，问他们还要花儿不要，她还有别样的。马威看了她一眼，马老先生摇了摇头。两个人走到小铁门，已经把老太太落下老远，可是还听得见她说："头一个中国人……"

父子又上了车。马老先生闭着眼睛想：怎么把哥哥的灵运回去。又想到哥哥不到六十岁就死了，自己呢，现在已奔着五十走啦！生命就是个梦呀！有什么意思！——梦！

马威也还没把坟地上那点印象忘了，斜靠着车角，两眼直瞪着驶车的宽脊梁背儿。心里想：伯父，英雄！到国外来作事业！英雄！自然卖古玩算不了什么大事业，可是，挣外国的钱，——总算可以！父亲是没用的，他看了马老先生一眼，不是作官，便是弄盅酒充穷酸。作官，名士，该死！真本事是——拿真知识挣公道钱！

10

马家的小古玩铺是在圣保罗教堂左边一个小斜胡同儿里。站在铺子外边，可以看见教堂塔尖的一部分，好像一牙儿西瓜。铺子是一间门面，左边有个小门，门的右边是通上到下的琉璃窗户。窗子里摆着些磁器，铜器，旧扇面，小佛像，和些个零七八碎儿的。窗子右边还有个小门，是楼上那家修理汗伞、箱子的出入口儿。铺子左边是一连气三个小铺子，紧靠马家的铺子也是个卖古玩的。铺子右边是个大衣装存货的地方，门前放着两辆马车，人们出来进去的往车上搬货。铺子的对面，没有什么，只有一溜山墙。

马家父子正在铺子外面左右前后的端详，李子荣从铺子里出来了。他笑着向他们说：

"马先生吧？请进来。"

马老先生看了看李子荣：脸上还没有什么下不去的地方，只是笑容太过火。再说，李子荣只穿着件汗衫，袖子卷过胳臂肘儿，手上好些铜锈和灰土，因为他正刷洗整理货物架子。马老先生心里不由的给他下了两个字的批语："俗气！"

"李先生吧？"马威赶紧过来要拉李子荣的手。

"别拉手，我手上有泥！"李子荣忙着向裤袋里找手巾，没有找着，只好叫马威拉了拉他的手腕。腕子是又粗又有力气，筋是筋骨是骨的好看。马威亲热的拉着这个滚热的手腕，他算是头一眼就爱上李子荣了。汗衫，挽袖子，一手泥，粗手腕，是个干将！不真干还能和外国人竞争吗！

从外国人眼里看起来，李子荣比马威多带着一点中国味儿。外国人心中的中国人是：矮身量，带辫子，扁脸，肿颧骨，没鼻子，眼睛是一寸来长的两道缝儿，撇着嘴，唇上挂着迎风而动的小胡子，两条哈巴狗腿，一走一扭。这还不过是从表面上看，至于中国人的阴险诡诈，袖子里揣着毒蛇，耳朵眼里放着砒霜，出气是绿气泡，一挤眼便叫人一命呜呼，更是叫外国男女老少从心里打哆嗦的。

李子荣的脸差不多正合"扁而肿"的格式。若是他身量高一点，外国人也许高抬他一下，叫他声日本人；（凡是黄脸而稍微有点好处的便是日本人。）不幸，他只有五尺来高，而且两条短腿确乎是罗圈着一点。头上的黑发又粗又多，因脑门儿的扁窄和头发的蓬松，差不多眉毛以上，头发以下，没有多大的空地方了。眼睛鼻子和嘴全不难看，可惜颧骨太平了一些。他的体格可是真好，腰板又宽又直，脖子挺粗，又加着腿有点弯儿，站在那里老像座小过山炮似的。

李子荣算把外国人弄糊涂了：你说他是日本人吧，他的脸真不能说是体面。（日本人都是体面的！）说他是中国人吧，他的黄脸确是洗得晶光；中国人可有舍得钱买胰子洗脸的？再说，看他的腰板多直；中国人向来是哈着腰挨打的货，直着腰板，多么于理不合！虽然他的腿弯着一点，可是走起路来，一点不含糊，真咯噔呼噔的招呼；不但不扭，并且走得飞快，……外国老爷们真弄不清了，到底这个家伙是那种下等人类的产物呢？"啊！"李子荣的房东太太想出来了："这个家伙是中日合种，"她背地里跟人家说："决不是真正中国人；日本人？他那配！"

马威和李子荣还没松手，马老先生早挺着腰板儿进了门。李子荣慌忙跑进来，把地上的东西都收拾起来，然后让马老先生到柜房里坐。小铺子是两间的进身，一间是作生意的，一间作柜房。柜房很小，靠后山墙放着个保险箱，箱子前面只有放三四把椅子和一张桌子的地方。保险箱旁边放着个小茶几，上面是电话机和电话簿子。屋子里有些潮气味儿，加上一股酸溜溜的擦桐油儿，颇有点像北京的小洋货店的味儿。

"李伙计，"马老先生想了半天，才想起"伙计"这么两个字："先沏壶茶来。"

李子荣抓了抓头上乱蓬蓬的黑头发，瞧了老马一眼，然后笑着对马威说：

"这里没茶壶茶碗，老先生一定要喝茶呢，只好到外边去买；你有钱没有？"

马威刚要掏钱，马老先生沉着脸对李子荣说：

"伙计！"这回把"李"字也省下了："难道掌柜的喝碗茶，还得自己掏腰包吗！再说，架子上有的是茶壶茶碗，你愣说没有？"马老先生拉过张椅子来，在小茶几前面坐下；把脊梁往后一仰的时候，差点儿没把电话机碰倒了。

李子荣慢慢的把汗衫袖子放下来，转过身来看着马老先生说：

"马先生，在你哥哥活着的时候，我就在这里帮过一年多的忙；他死的时候，把买卖托付给我照应着；我不能不照着买卖作！喝茶是个人的事，不能由公账上开销。这里不同中国，公账是由律师签字，然后政府好收税，咱们不能随意开支乱用。至于架子上的茶壶茶碗是为卖的，不是为咱们用的。"他又回过身来对马威说："你们大概明白我的意思？也许你们看我太不客气；可是咱们现在是在英国，英国的办法是人情是人情，买卖是买卖，咱们也非照着这么走不可。"

"对！"马威低声说，没敢看他父亲。

"够了！够了！不喝啦，不喝行不行！"老马先生低着头说，好像有点怕李子荣的样儿。

李子荣没言语，到外间屋把保险箱的钥匙拿进来，开开箱子，拿出几本账簿和文书，都放在马老先生眼前的一把椅子上。

"马先生，这是咱们的账本子什么的，请过过眼，你看完了，我还有话说。"

"干什么呀？反正是那么一回事，我还能疑心你不诚实吗？"马老先生说。

李子荣笑了。

"马老先生，你大概没作过买卖——"

"作买卖？哼——"马老先生插嘴说。

"——好，作过买卖也罢，没作过也罢，还是那句话：公事公办。这是一种手续，提不到疑心不疑心。"李子荣笑也不好，不笑也不好的直为难。明知道中国人的脾气是讲客气，套人情的；又明知道英国人是直说直办，除了办外交，没有转磨绕圈作文章的。进退两难，把他闹得真不知道怎么办才好。只好抓了抓头发，而且把脑门子上的那缕长的，卷，卷，卷成个小圈儿。

马威没等父亲说话，笑着对李子荣说：

"父亲刚由伯父坟地里回来，心里还不大消停，等明天再看账吧。"

马老先生点了点头，心里说："到底还是儿子护着爸爸，这个李小子有点成心挤兑我！"

李子荣看了看老马，看了看小马，噗哧一笑，把账本子什么的又全收回去。把东西搁好，又在保险箱的深处轻轻的摸；摸了半天，掏出一个藕荷色的小锦匣儿来。马老先生看着李子荣，直要笑，心里说："这小子变戏法儿玩呢！还有完哪！"

李子荣把小锦匣递给马威。马威看了看父亲，然后慢慢的把小匣打开，里面满塞着细白棉花；把棉花揭开，当中放着一个钻石戒指。

马威把戒指放在手心上细细的看，是件女人的首饰：一个拧着麻花的细金箍，背儿上稍微宽出一点来，镶着一粒钻石，一闪一闪的放着光。

"这是你伯父给你的纪念物。"李子荣把保险箱锁好，对马威说。

"给我瞧瞧！"马老先生说。

马威赶紧把戒指递过去。马老先生要在李子荣面前显一手儿：翻过来掉后去的看，看了外面，又探着头，半闭着眼睛看戒指里面刻着的字。又用手指头抹上点唾沫在钻石上擦了几下。

"钻石，不错，女戒指。"马先生点头咂嘴的说，说着顺手把戒指撂在自己的衣兜里啦。

李子荣刚要张嘴，马威看了他一眼，他把话又吞回去了。

待了一会儿，李子荣把保险箱的钥匙和一串小钥匙托在手掌上，递给马老先生。

"这是铺子的钥匙，你收着吧，马先生！"

"你拿着就结了，喽！"马先生的手还在兜儿里摸着那个戒指。

"马老先生，咱们该把事情说明白了，你还用我不用？"李子荣问，手掌上还托着那些钥匙。

马威向父亲点了点头。

"我叫你拿着钥匙，还能不用你！"

"好！谢谢！你哥哥活着的时候，我是早十点来，下午四点走，一个礼拜他给我两镑钱；我的事情是招待客人，整理货物。他病了的时候，我还是早十点来，可是下午六点才能走；他给我三镑钱一个礼拜。现在呢，请告诉我：工钱，事情，和作事的时间。我愿意只作半天工，工钱少一点倒不要紧；因为我总得匀出点工夫去念书。"

"啊，你还念书？"马先生真没想到李子荣是个念书的。心里说："这份儿俗气，还会念书，瞧不透！中国念书的人不这样！"

"我本来是个学生。"李子荣说："你——"

"马威！——"马老先生没主意，看着马威，眼睛里似乎是说："你给出个主意！"

"我看，我和李先生谈一谈，然后再定规一切，好不好？"马威说。

"就这么办吧！"马老先生站起来了，屋里挺凉，磕膝盖儿有点发僵。"你先把我送回家去，你再回来和李伙计谈一谈，就手儿看看账；其实看不看并不要紧。"他说着慢慢往外走，走到外间屋的货架子前面又站住了。看了半天，回头向李子荣说：

"李伙计，把那个小白茶壶给我拿下来。"

李子荣把壶轻轻的拿下来，递给马老先生。马老先生掏出手绢来，把茶壶包好，交给马威提着。

"等着我，咱们一块儿吃饭，回头见！"马威向李子荣说。

11

父子两个出了古玩铺。走了几步，马老先生站住了，从新细看看铺子的外面。这一回才看见窗子上边横着条长匾，黑地金字，外面罩着层玻璃。"俗气！"他摇着头儿说。说完了，又欠着脚儿，看楼上的牌匾；然后又转过身来，看对面的山墙。"烟筒正对着咱们的窗口，风水不见强！"

马威没管他父亲说什么，仰着头儿看圣保罗堂的塔尖，越看越觉得好看。

"父亲，赶明儿个你上这儿来作礼拜倒不错。"马威说。

"教堂是不坏，可是塔尖把风水都夺去了，咱们受不了哇！"马老先生似乎把基督教全忘了，一个劲儿抱怨风水不强。

出了小胡同口儿，马先生还连连的摇头，抱怨风水不好。马威看见一辆公众汽车是往牛津街去的，圣保罗堂的外边正好是停车的地方，他没问父亲坐不坐，拉着老头儿就往车上跳；马老先生还迷迷糊糊的不知道是怎么回事，车已经开了。马威买了票，跟父亲说：

"别叫李子荣'伙计'呀。你看，这车上的人买张票还对卖票的说'谢谢'呢。他在铺子里又真有用，你叫他'伙计'，不是叫他不好受吗！况且——"

"你说该叫他什么？我是掌柜的，难道掌柜的管伙计叫老爷？"马老先生说着伸手把马威拿着的小茶壶拿过来，掀开手巾，细细看壶底上的篆字。老先生对于篆字本来有限，加上汽车左右乱摇，越发的看不清楚；心里骂马威，不该一声儿不出便上了汽车。

"叫他声李先生，也不失咱们的身分哪！"马威把眉毛皱在一处，可是没有和父亲拌嘴的意思。

汽车正从一个铁桥底下过，桥上面的火车唧咚咕咚的把耳朵震得什么也听不见了；马威的话，自然老马先生一点没听见。汽车忽然往左边一闪，马老先生往前一出溜，差点没把小茶壶撒了手；嘴里嘟囔着骂了几句，好在汽车的声音真乱，马威也没听见。

"你到底愿意用他不愿意呢？"马威乘着汽车站住的工夫问他父亲。

"怎么不用他呢！他会作买卖，我不会！"马老先生的脸蛋红了一块，把脚伸出去一点，好像如果马威再问，他就往车下跳啦。脚伸出去太猛，差点没踩着对面坐着的老太太的小脚尖，于是赶快把腿收回来，同时把跳车的心也取消了。

马威知道问也无益，反正是这么一回事："你还用他不用？"——"怎么不用呀！""何不叫他声先生呢？"——"我是掌柜的，我叫他先生，他该管我叫什么！"算了吧，不必问了！他回过头去，留神看街上的牌子，怕走过了站；卖票的虽然到一站喊一站的地名，可是卖票人的英文字的拼法不是马威一天半天能明白的。

到了牛津街，父子下了车，马威领着父亲往家走。走不远，马老先生就站住一会儿，喘口气，又拿起小茶壶来看一看。有时候忽然站住了，后头走道的人们，全赶紧往左右躲；不然，非都撞上，跌成一堆不止。马先生不管别人，那时高兴便那时站住；马威也无法，只好随着父亲背后慢慢轧着步儿走。爷儿俩好像鱼盆里的泥鳅，忽然一动，忽然一静，都叫盆里的鱼儿乱腾一回。好容易到了家了，马老先生站在门外，用袖口儿把小茶壶擦了一个过儿。然后一手捧着茶壶，一手拿钥匙开门。

温都太太早已吃过午饭，正在客厅里歇着。看见他们回来，一声也没言语。

马老先生进了街门，便叫："温都太太！"

"进来，马先生。"她在屋里说。

马老先生进去了，马威也跟进去。拿破仑正睡午觉，听见他们进来，没睁眼睛，只从鼻子里哼哼了两声。

"温都太太，瞧！"马老先生把小茶壶举起多高，满脸堆着笑，说话的声音也嫩了许多，好像颇有返老还童的希望。

温都太太刚吃完了饭，困眼巴唧的，鼻子上的粉也谢了，露着小红鼻子尖儿，像个半熟的山里红；可是据马老先生看，这个小红鼻子尖有说不出的美。她刚要往起站，马老先生已经把小茶壶送到她的眼前。他还记得那天逗拿破仑玩的时候，她的头发差点没挨着他的衣裳；现在他所以的放大了胆子往前巴结：爱情是得进一步便进一步的事儿；老不往前迈步，便永远没有接上吻的希望；不接吻还讲什么爱情！马老先生是凡事退步，只有对妇女，他是主张进取的，而且进取的手段也不坏；在这一点，我们不能不说马则仁先生有一点天才。

温都太太欠着身把小壶儿接过去，歪着头儿细细的看；马老先生也陪着看，脸上笑得像个小红气球儿。

"多么好看！真好！中国磁，是不是？"温都太太指着壶上的红鸡冠子花和两只小芦花鸡说。

马老先生听她夸奖中国磁，心里喜欢的都痒痒了。

"温都太太，我给你拿来的！"

"给我？真的？马先生？"她的两只小眼睛都睁圆了，薄片嘴也成个大写的"O"，锁子骨底下露着的那点胸脯也红了一点。"这个小壶得值好几镑钱吧？"

"不算什么，"马老先生指着茶几上的小瓶儿说："我知道你爱中国磁，那个小瓶儿就是中国的，是不是？"

"你真有眼力，真细心！那只小瓶是我由一个兵手里买的。拿破仑，还不起来谢谢马先生！"她说着把拿破仑抱起来，用手按着狗头向马先生点了两点；拿破仑是真困，始终没睁眼。叫拿破仑谢完了马先生，她还是觉得不好意思白收下那个小壶，转了转眼珠儿，又说："马先生，咱们对换好不好？我真爱这个小壶儿，我要你的壶，你拿我的瓶去卖——大概那个小瓶也值些个钱，我花——多少钱买的呢？你看，我可忘了！"

"对换？别捣麻烦啦！"马老先生笑着说。

马威站在窗前，眼睛钉着他父亲，心里想：他也许把那个戒指给她呢。马老先生确是在兜儿里摸了摸，可是没有把戒指拿出来。

"马先生，告诉我，这个小壶到底值多少钱？人家问我的时候，我好说呀！"温都太太把壶抱在胸口前面，好像小姑娘抱着新买的小布人一样。

"值多少钱？"马老先生往上推了推大眼镜，回过头去问马威："你说值多少钱？"

"我那知道呢！"马威说："看看壶盖里面号着价码没有。"

"对，来，咱看上一看。"马老先生把这几个字说得真像音乐一般的有腔有调。

"不，等我看！"温都太太逞着能说，然后轻轻把壶盖拿下来："喝！五镑十个先令！五镑十个先令！"

马老先生把头歪着挤过去看："可不是，合多少中国钱？六十来块！冤人的事，六十来块买个茶壶！在东安市场花一块二毛钱买把，准比这个大！"

马威越听越觉得不入耳，抓起帽子来说："父亲，我得去找李子荣，他还等着我吃饭呢。"

"对了，马先生，你还没吃饭哪吧？"温都寡妇问："我还有块凉牛肉，很好，你吃不吃？"

马威已经走出了街口，隔着窗帘的缝儿看见父亲的嘴一动一动的还和她说话。

12

马威又回到古玩铺去找李子荣。

"李先生，对不起！你饿坏了吧？上哪儿去吃饭？"马威问。

"叫我老李，别先生先生的！"李子荣笑着说。他已经把货架子的一部分收拾干净了，也洗了脸，黄脸蛋上光润了许多。"出了这个胡同就是个小饭馆，好歹吃点东西算了。"说完他把铺子锁好，带着马威去吃饭。

小饭铺正斜对着圣保罗教堂，隔着窗子把教堂的前脸和外边的石像看得真真的。一群老太太，小孩子，都拿着些个干粮，面包什么的，围着石像喂鸽子。

"你吃什么？"李子荣问："我天天就是一碗茶，两块面包，和一块甜点心。这是伦敦最下等的饭铺子，真想吃好的，这里也没有；好在我也吃不起好的。"

"你要什么，就给我要什么吧。"马威想不出主意来。

李子荣照例要的是茶和面包，可是给马威另要了一根炸肠儿。

小饭铺的桌子都是石头面儿，铁腿儿，桌面擦得晶光，怪爱人儿的。四面墙上都安着大镜子，把屋子里照得光明痛快，也特别显着人多火炽。点心和面包什么的，都在一进门的玻璃窗子里摆着，东西好吃不好吃先放在一边，反正看着漂亮干净。跑堂的都是姑娘，并且是很好看的姑娘：一个个穿着小短裙子，头上箍着带褶儿的小白包头，穿梭似的来回端茶拿菜；脸蛋儿都是红扑扑的，和玻璃罩儿里的红苹果一样鲜润。吃饭的人差不多都是附近铺子里的，人人手里拿着张晚报，（伦敦的晚报是早晨九点多钟就下街的。）专看赛马赛狗的新闻。屋里只听得见姑娘们沙沙的来回跑，和刀叉的声音，差不多没有说话的；英国人自要有报看，是什么也不想说的。马威再细看人们吃的东西，大概都是一碗茶，面包黄油，很少有吃菜的。

"这算最下等的饭铺？"马威问。

"不像啊？"李子荣低声的说。

"真干净！"马威嘴里说，心里回想北京的二荤铺，大碗居的那些长条桌子上的黑泥。

"唉，英国人摆饭的时间比吃饭的时间长，稍微体面一点的人就宁可少吃一口，不能不把吃饭的地方弄干净了！咱们中国人是真吃，不管吃的地方好歹。结果是：在干净地方少吃一口饭的身体倒强，在脏地方吃熏鸡烧鸭子的倒越吃越瘦……"

他还没说完，一个姑娘把他们的吃食拿来了。他们一面吃，一面低声的说话。

"老李，父亲早上说话有点儿——"马威很真诚的说。

"没关系！"李子荣没等马威说完，就接过来了："老人们可不都是那样吗！"

"你还愿意帮助我父亲？"

"你们没我不行，我呢，非挣钱不可！放心吧，咱们散不了伙！"李子荣不知不觉的笑的声音大了一点，对面吃饭的老头子们一齐狠狠的瞪他一眼，他连忙低下头去嚼了一口面包。

"你还念书？"

"不念书还行吗！"李子荣说着又要笑，他总觉得他的话说得俏皮可笑，还是不管别人笑不笑，他自己总先笑出来："我说，快吃，回铺子去说。话多着呢，这里说着不痛快，老头子们净瞪我！"

两个人忙着把东西吃完了，茶也喝净了，李子荣立起来和小姑娘要账单儿。他把账单儿接过来，指着马威对她说："你看他体面不体面？他已经告诉我了，你长的真好看！"

"去你的吧！"小姑娘笑着对李子荣说，然后看了马威一眼，好像很高兴有人夸她长的美。

马威也向她笑了一笑，看李子荣和她说话的神气，大概是李子荣天天上这里吃饭来，所以很熟。李子荣掏出两个铜子，轻轻的放在盘子底下，作为小账。李子荣给了饭钱，告诉马威该出十个便士；马威登时还了他。

"英国办法，彼此不客气。"李子荣接过钱来笑着对马威说。

两个人回到铺子，好在没有照顾主儿，李子荣的嘴像开了闸一样，长江大河的说下去："我说，先告诉你一件事：喝茶的时候别带响儿！刚才你喝茶的时候，没看见对面坐着的老头儿直瞪你吗！英国人擤鼻子的时候是有多大力量用多大力量，可是喝东西的时候不准出声儿；风俗吗，没有对不对的理由；你不照着人家那么办，便是野蛮；况且他们本来就看不起我们中国人！当着人别抓脑袋，别剔指甲，别打嗝儿；喝！规矩多啦！有些留学的名士满不管这一套，可是外国人本来就看不起我们，何必再非讨人家的厌烦不可呢！我本来也不注意这些事，有一回可真碰了钉子啦！是这么回事：有一回跟一个朋友到人家里去吃饭，我是吃饱了气足，仰着脖儿来了个深长的嗝儿；喝！可坏了！旁边站着的一位姑娘，顿时把脸子一摆，扭过头去跟我的朋友说：'不懂得规矩礼道的人，顶好不出来交际！'请吃饭的人呢是在中国传过教的老牧师，登时得着机会，对那位姑娘说：'要不咱们怎得到东方去传教呢，连吃饭喝茶的规矩都等着咱们教给他们呢！'我怎么办？在那里吧，真僵的慌；走吧，又觉得不好意思，好难过啦！其实打个嗝儿算得了什么，他们可是真拿你当野蛮人对待呢！老马，留点神吧！你不怪我告诉你？"

"不！"马威坐下说。

李子荣也坐下了，跟着说："好，我该告诉你，我的历史啦！我原是出来留学的，山东官费留学生。先到了美国，住了三年，得了个商业学士。得了学位就上欧洲来了，先上了法国；到了巴黎可就坏了，国内打起仗来，官费简直的算无望了。我是个穷小子，跟家里要钱算是办不到的事。于是我东胡搂西抓弄，弄了几个钱上英国来了。我准知道英国生活程度比法国高，可是我也准知道在英国找事，工钱也高；再说英国是个商业国，多少可以学点什么。还有一层，不瞒你说！巴黎的妇女我真惹不起；这里，在伦敦，除非妓女没有人看得起中国人，倒可以少受一点试探。"说到这里，李子荣又乐起来了；而且横三竖四的抓了抓头发。

"老李，你不是说，别当着人抓脑袋吗？"马威故意和他开玩笑。

"可是你不是外国人哪！当着外国人决不干！说到哪儿啦——对，到了伦敦，官费还是不来，我可真抓了瞎啦！在东伦敦住了一个来月，除了几本书和身上的衣裳，简直成了光屁股狗啦！一来二去，巡警局给我找了去啦，叫我给中国工人当翻译。中国工人的英国话有限，巡警是动不动就察验他们，（多么好的中国人也是一脑门子官司，要不怎么说别投生个中国人呢！）我替他们来回作翻译；我的广东话本来有限，可是还能对付，反正我比英国巡警强。我要是不怕饿死，我决不作这个事；可是人到快饿死的时候是不想死的！看着这群老同乡叫英国巡警要笑！咳，无法！饿，没法子！我和咱们这群同乡一样没法子！作这个事情，一个月不过能得个三四镑钱，那够花的；后来又慢慢的弄些个广告什么的翻成中国文，这笔买卖倒不错：能到中国卖货的，自然不是小买卖，一篇广告翻完了，总挣个一镑两镑的。这两笔钱凑在一处，对付着够吃面包的了，可还是没钱去念书。可巧你伯父要找个伙计，得懂得作买卖，会说英国话；我一去见他，事情就成了功。你想，留学的老爷们谁肯一礼拜挣两镑钱作碎催；可是两镑钱到我手里，我好像登了天堂一样。行了，可以念书了！白天作翻译，作买卖，晚上到大学去听讲。你看怎样？老马！"

"不容易，老李你行！"马威说。

"不容易？天下没有容易的事！"李子荣咚的一声站起来，颇有点自傲的神气。

"在伦敦一个人至少要花多少钱？论月说吧。"马威问。

"至少二十镑钱一个月，我是个例外！我在这儿这么些日子了，一顿中国饭还没吃过；不是我吃不起一顿，是怕一吃开了头儿，就非常吃不可！"

"这儿有中国饭馆吗？"

"有！作饭，洗衣裳，中国人在海外的两大事业！"李子荣又坐下了："日本人所到的地方，就有日本窑子；中国人所到的地方，就有小饭铺和洗衣裳房。中国人和日本人不同的地方，是日本人除了窑子以外，还有轮船公司，银行，和别的大买卖。中国人除了作饭，洗衣裳，没有别的事业。要不然怎么人家日本人老挺着胸脯子，我们老不敢伸腰呢！欧美人对日本人和对中国人一样的看不起；可是，对日本人于藐视之中含着点'怕'，'佩服'的劲儿。对中国人就完全不搁在眼里了。对日本人是背后叫Jap，当面总是奉承；对中国人是当着面儿骂，满不客气！别提啦，咱们自己不争气，别怨人家！问我点别的事好不好？别提这个了，真把谁气死！"

"该告诉我点关于这个铺子的事啦。"

"好，你听着。你的伯父真是把手，真能干！他不专靠着卖古玩，古玩又不是面包，那能天天有买卖；他也买卖股票，替广东一带商人买办货物什么的。这个古玩铺一年作好了不过赚上，除了一切开销，二百来镑钱；他给你们留下个二千来镑钱，都是他作别的事情赚下的。你们现在有这点钱，顶好把这个生意扩充一下，好好的干一下，还许有希望；要是还守着这点事情作，连你们爷俩的花销恐怕也赚不出来；等把那二千来镑钱都零花出来，事情可就不好办了。老马，你得劝你父亲立刻打主意：扩充这个买卖，或是另开个别的小买卖。据我看呢，还是往大了弄这个买卖好，因为古玩是没有定价的，凑巧了一样东西就赚个几百镑；自然这全凭咱们的能力本事。开别的买卖简直的不容易，你看街上的小铺子，什么卖烟的，卖酒的，全是几家大公司的小分号，他们的资本是成千累万的，咱们打算用千十来镑钱跟他们竞争，不是白饶吗！"

"父亲不是个作买卖的人，很难说话！"马威的眉毛又皱在一块，脸上好像也白了一点。

"老人家是个官迷，糟！糟！中国人不把官迷打破，永不会有出息！"李子荣愣了一会儿，又说："好在这里有咱们两个呢，咱们非逼着他干不可！不然，铺子一赔钱，你们的将来，实在有点危险呢！我说，你打算干什么呢？"

"我？念书啊！"

"念什么？又是翻译篇《庄子》骗个学位呀？"李子荣笑着说。

"我打算学商业，你看怎么样？"

"学商业，好哇！你先去补习英文，把英文弄好，去学商业，我看这个主意不错。"

两个人又说了半天，马威越看李子荣越可爱，李子荣是越说越上精神。两个人一直说到四点多钟才散。马威临走的时候，李子荣告诉他：明天早晨他同他们父子到巡警局去报到：

"律师，医生，是英国人离不开身的两件宝贝。可是咱们别用他们才好。我告诉你：别犯法，别生病，在英国最要紧的两件事！"李子荣拉不断扯不断的和马威说，"我说，从明天起，咱们见面就说英国话，非练习不可。有许多留学生最讨厌说外国话，好在你我是'下等'留学生，不用和老爷们学，对不对？"

两个人站在铺子外面又说了半天的话。说话的时候，隔壁那家古玩铺的掌柜的出来了，李子荣赶紧的给马威介绍了一下。

马威抬头看着圣保罗堂的塔尖，李子荣还没等他问，又把他拉回去，给他说这个教堂的历史。

"我可该回去啦！"马威把圣保罗堂的历史听完，又往外走。

李子荣又跟出来，他好像是鲁滨孙遇见礼拜五那么亲热。

"老马，问你一件事：你那个戒指，父亲给了你没有？"

"他还拿着呢！"马威低声儿说。

"跟他要过来，那是你伯父给你的；谁的东西是谁的！"

马威点了点头，慢慢的往街上走。圣保罗教堂的钟正打五点。

第三段

1

春天随着落花走了，夏天披着一身的绿叶儿在暖风儿里跳动着来了。伦敦也居然有了响晴的蓝天，戴着草帽的美国人一车一车的在街上跑，大概其的看看伦敦到底什么样儿。街上高杨树的叶子在阳光底下一动一动的放着一层绿光，楼上的蓝天四围挂着一层似雾非雾的白气；这层绿光和白气叫人觉着心里非常的痛快，可是有一点发燥。顶可怜的是大"牛狗"，把全身的力量似乎都放在舌头上，喘吁吁的跟着姑娘们腿底下跑。街上的车更多了，旅行的人们都是四五十个坐着一辆大汽车，戴着各色的小纸帽子，狼嚎鬼叫的飞跑，简直的要把伦敦挤破了似的。车站上，大街上，汽车上，全花红柳绿的贴着避暑的广告。街上的人除了左右前后的躲车马，都好像心里盘算着怎样到海岸或乡下去歇几天。姑娘们更显着漂亮了，一个个的把白胳臂露在外面，头上戴着压肩的大草帽，帽沿上插着无奇不有的玩艺儿，什么老中国绣花荷包咧，什么日本的小磁娃娃咧，什么驼鸟翎儿咧，什么大朵的鲜蜀菊花咧，……坐在公众汽车的顶上往下看，街两旁好像走着无数的大花蘑菇。

每逢马威看到这种热闹的光景，他的大眼睛里总含着两颗热泪，他自言自语的说："看看人家！挣钱，享受！快乐，希望！看看咱们，省吃俭用的苦耐——省下两个铜子还叫兵大爷抢了去！哼！……"

温都姑娘从五月里就盘算着到海岸上去歇复，每天晚上和母亲讨论，可是始终没有决定。母亲打算到苏格兰去看亲戚，女儿嫌车费太贵，不如到近处海岸多住几天。母亲改了主意要和女儿到海岸去，女儿又觉着上苏格兰去的锋头比上海岸去的高的多。母亲刚要给在苏格兰的亲戚写信，女儿又想起来了：海岸上比苏格兰热闹的多。本来姑娘们的歇夏并不为是歇着，是为找个人多的地方欢蹦乱跳的闹几天：露露新衣裳，显显自己的白胳臂；自然是在海岸上还能露露白腿。于是母亲一句，女儿一句，本着英国人的独立精神，一人一个主意，谁也不肯让谁，越商量双方的意见越离的远。

有一天温都太太说了：

"玛力！咱们不能一块儿去；咱们都走了，谁给马先生作饭呢！"（玛力是温都姑娘的名字。）

"叫他们也去歇夏呀！"温都姑娘说，脸上的笑涡一动一动的像个小淘气儿。

"我问过马老先生了，他不歇工！"温都太太把"不"字说得特别有力，小鼻子尖儿往上指着，好像要把棚顶上倒落着的那个苍蝇哄跑似的——棚顶上恰巧有个苍蝇。

"什么？什么？"玛力把眼睛睁得连眼毛全一根一根的立起来了："不歇夏？没听说过！"——英国人真是没听说过，世界上会有终年干活，不歇工的！待了一会儿，她噗哧一笑，说："那个小马对我说了，他要和我一块儿上海岸去玩。我告诉了他，我不愿和中——国——人——一块儿去！跟着他去，笑话！"

"玛力！你不应当那么顶撞人家！说真的，他们父子也没有什么多大不好的地方！"

温都太太虽然不喜欢中国人，可是天生来的有点愿意和别人嚼争理儿；别人要说玫瑰是红的最香，她非说白的香得要命不可；至不济也是粉玫瑰顶香；其实她早知道粉玫瑰不如红的香。

"得啦，妈！"玛力把脑袋一歪，撇着红嘴唇说："我知道，你爱上那个老马先生啦！你看，他给你一筒茶叶，一把小茶壶！要是我呀，我就不收那些宝贝！看那个老东西的脸，老像叫人给打肿了似的！瞧他坐在那里半天不说一句话！那个小马，更讨厌！没事儿就问我出去不出去，昨天又要跟我去看电影，我——"

"他跟你看电影去，他老给你买票，啊？"温都太太板着脸给了玛力一句！

"我没叫他给我买票呀！我给他钱，他不要！说起来了，妈！你还该我六个铜子呢，对不对，妈？"

"明天还你，一定！"温都太太摸了摸小兜儿，真是没有六个铜子："据我看，中国人比咱们还宽宏，你看马老先生给马威钱的时候，老是往手里一塞，没数过数儿。马威给他父亲买东西的时候，也不逼着命要钱。再说，"温都太太把脑袋摇了两摇，赶紧用手指肚儿轻轻的按了按脑袋后边挂着的小髻儿："老马先生每礼拜给房钱的时候，一手把账条往兜儿里一塞，一手交钱，永远没问过一个字。你说——"

"那不新新！"玛力笑着说。

"怎么？"她母亲问。

"伦理是随着经济状况变动的。"玛力把食指插在胸前的小袋里，腆着胸脯儿，颇有点大学教授的派头："咱们的祖先也是一家老少住在一块，大家花大家的钱，和中国人一样；现在经济制度改变了，人人挣自己的钱，吃自己的饭，咱们的道德观念也就随着改了：人人拿独立为荣，谁的钱是谁的，不能有一点儿含糊的地方！中国人，他们又何尝比咱们宽宏呢！他们的经济的制度还没有发展得——"

"这又是打那里听来的，跟我显排？"温都太太问。

"不用管我那儿听来的！"玛力姑娘的蓝眼珠一转，歪棱着脑袋噗哧一笑："反正这些话有理！有理没有？有理没有？妈？"看着她妈妈点了点头，玛力才接着说："妈，不用护着中国人，他们要是不讨人嫌为什么电影上，戏里，小说上的中国人老是些杀人放火抢女人的呢？"

（玛力姑娘的经济和伦理的关系是由报纸上看来的，她的讨厌中国人也全是由报纸上，电影上看来的，其实她对于经济与中国人的知识，全不是她自己揣摸出来的。也难怪她，设若中国不是一团乱糟，外国报纸又何从得到这些坏新闻呢！）

"电影上都不是真事！"温都太太心里也并不十分爱中国人，不过为和女儿辩驳，不得不这么说："我看，拿弱国的人打哈哈，开玩笑，是顶下贱的事！"

"啊哈，妈妈！不是真事？篇篇电影是那样，出出戏是那样，本本小说是那样，就算有五成谎吧，不是还有五成真的吗？"玛力非要把母亲说服了不可，往前探着头问："对不对，妈？对不对？"

温都太太干嗽了一声，没有言语。心里正预备别的理由去攻击女儿。

客厅的门响了两声，好像一根麻绳碰在门上一样。

"拿破仑来了，"温都太太对玛力说："把它放进来。"

玛力把门开开，拿破仑摇着尾巴跳进来了。

"拿破仑，宝贝儿，来！帮助我跟她抬杠！"温都太太拍着手叫拿破仑："她没事儿去听些臭议论，回家来跟咱们露精细！是不是？宝贝儿？"

温都姑娘没等拿破仑往里跑，早并着腿跪在地毯上和它顶起牛儿来。她爬着往后退，小狗儿就前腿伸平了预备往前扑。她撅着嘴忽然说："忽！"小狗儿往后一塌腰，然后往前一伸脖，说："吧！"她斜着眼看它，它横着身往前凑，轻轻的叼住她的胖手腕。……闹了半天，玛力的头发也叫小狗给顶乱了，鼻子上的粉也抹没了；然后拿破仑转回她的身后，咬住她的鞋跟儿。

"妈！瞧你的狗，咬我的新鞋！"

"快来，拿破仑不用跟她玩！"

玛力站起来，一边喘，一边理头发，又握着小白拳头向拿破仑比画着。小狗儿藏在温都太太的脚底下，用小眼睛一眨巴一眨巴的瞅着玛力。

玛力喘过气儿来，又继续和母亲商议旅行的事。温都太太还是主张母女分着去歇夏，玛力不干，她不肯给马家父子作饭。

"再说，我也不会作饭呀！是不是？妈！"

"也该学着点儿啦！"温都太太借机会给女儿一句俏皮的！

"这么办：咱们一块去，写信把多瑞姑姑找来，替他们作饭，好不好？她在乡下住，一定喜欢到城里来住几天；可是咱们得替她出火车费！"

"好吧，你给她写信，我出火车费。"

温都姑娘先去洗了手，又照着镜子，歪着脸，用粉扑儿掸了粉。左照照，右照照，直到把脸上的粉匀得一星星缺点没有了，才去把信封信纸钢笔墨水都拿来。把小茶几推到紧靠窗户；坐下；先把衣裳的褶儿拉好；然后把钢笔插在墨水瓶儿里。窗外卖苹果的吆喝了一声，搁下笔，掀开窗帘看了看。又拿起笔来，歪着脖，先在吃墨纸上画了几个小苹果，然后又用中指轻轻的弹笔管儿，一滴一滴的墨水慢慢的把画的小苹果都阴过去；又把笔插在墨水瓶儿里；低着头看自己的胖手；掏出小刀修了修指甲；把小刀儿放在吃墨纸上；又觉得不好，把刀子拿起来，吹了吹，放在信封旁边。又拿起笔来，又在吃墨纸上弹了几个墨点儿；有几个墨点弹得不十分圆，都慢慢的用笔尖描好。描完了圆点，站起来了：

"妈，你写吧！我去给拿破仑洗个澡，好不好？"

"我还要上街买东西呢！"温都太太抱着小狗走过来："你怎么给男朋友写信的时候，一写就是五六篇呢？怪！"

"谁爱给姑姑写信呢！"玛力把笔交给母亲，接过拿破仑就跑：

"跟我洗澡去，你个小脏东西子！"

2

马老先生在伦敦三四个月所得的经验，并不算很多：找着了三四个小中国饭铺，天天去吃顿午饭。自己能不用马威领着，由铺子走回家去。英文长进了不少，可是把文法忘了好些，因为许多下等英国人说话是不管文法的。

他的生活是没有一定规律的：有时候早晨九点钟便跑到铺子去，一个人慢条斯理的把窗户上摆着的古玩都从新摆列一回；因为他老看李子荣摆的俗气，不对！李子荣跟他说了好几回，东西该怎么摆，颜色应当怎么配，怎么才能惹行人的注意……。他微微的一摇头，作为没听见。

头一回摆的时候，他把东西像抱灵牌似的双手捧定，舌头伸着一点，闭住气，直到把东西摆好才敢呼吸。摆过两回，胆子渐渐的大了。有时候故意要俏：端着东西，两眼特意的不瞧着手，颇像饭馆里跑堂的端菜那么飘洒。遇着李子荣在铺子的时候，他的飘洒劲儿更要得出神；不但手里端着东西，小胡子嘴还叼着一把小茶壶，小胡子撅撅着，斜着眼看李子荣，心里说：

"咱是看不起买卖人，要真讲作买卖，咱不比谁不懂行，嗖！"

正在得意，嘴里一干，要咳嗽；茶壶被地心吸力吸下去，——粉碎！两手急于要救茶壶，手里的一个小瓶，两个盘子，也都分外的滑溜：李子荣跑过来接住了盘子；小瓶儿的脖子细嫩，掉在地上就碎了！

把东西摆好，马老先生出去，偷偷的看一看隔壁那家古玩铺的窗户。他捻着小胡子向自己刚摆好的东西点了点头，觉得那家古玩铺的东西和摆列的方法都俗气！可是隔壁那家的买卖确是比自己的强，他猜不透，是什么原因，只好骂英国人全俗气！隔壁那家的掌柜的是个又肥又大，有脑袋，没头发的老家伙！还有个又肥又大，有脑袋，也有头发的（而且头发不少）老妇人。他们好几次赶着马老先生套亲热说话，马老先生把头一扭，给他们个小钉子碰。然后坐在小椅子上自己想着磕儿笑："你们的买卖好哇，架不住咱不理你！俗气！"

李子荣劝他好几回，怎么应当添货物，怎么应当印些货物的目录和说明书，怎么应当不专卖中国货。马老先生酸酸的给了他几句：

"添货物！这些东西还不够摆半天的呀！还不够眼花的呀！"

有时候马老先生一高兴，整天的不到铺子去，在家里给温都太太种花草什么的。她房后的那块一间屋子大的空地，当马家父子刚到伦敦的时候，只长着一片青草，和两棵快死的月季花。温都太太最喜欢花草，可是没有工夫去种，也舍不得花钱买花秧儿。她的女儿是永远在街上买现成的花，也不大注意养花这回事。有一天，马老先生并没告诉温都太太，在街上买来一捆花秧儿：五六棵玫瑰，十几棵桂竹香，还有一堆刚出芽的西番莲根子，几棵没有很大希望的菊花，梗子很高，叶儿不多，而且不见得一定是绿颜色。

他把花儿堆在墙角儿，浇上了两罐子水，然后到厨房把铁锹花铲全搬运出来。把草地中间用土围成一个圆岗儿，把几棵玫瑰顺着圆圈种上。圆圈的外边用桂竹香种成一个十字。西番莲全埋在墙根底下。那些没什么希望的菊秧子都插在一进园门的小路两旁。种完了花，他把铁锹什么的都送回原地方去，就手儿拿了一桶水，浇了一个过儿。……洗了洗手，一声没言语回到书房抽了一袋烟。……跑到铺子去，找了些小木条和麻绳儿，连哈带喘的又跑回来，把刚种的花儿全扶上一根木条，用麻绳松松的捆好。正好捆完了，来了一阵小雨，他站在那里呆呆的看着那些花儿，在雨水下一点头一点头的微动；直到头发都淋得往下流水啦，才想起往屋里跑。

温都太太下午到小院里放狗，慌着忙着跑上楼去，眼睛和嘴都张着：

"马先生！后面的花是你种的呀？！"

马老先生把烟袋往嘴角上挪了挪，微微的一笑。

"呕！马先生！你是又好又淘气！怎么一声儿不言语！多少钱买的花？"

"没花多少钱！有些花草看着痛快！"马先生笑着说。

"中国人也爱花儿吧？"温都寡妇问。——英国人决想不到：除了英国人，天下还会有懂得爱花的。

"可不是！"马老先生听出她的话味来，可是不好意思顶撞她，只把这三个字说得重一些，并且从嘴里挤出个似笑非笑的笑。愣了一会儿，他又说："自从我妻子去世以后，我没事就种花儿玩。"想到他的妻子，马老先生的眼睛稍微湿润了一些。

温都太太点了点头，也想起她的丈夫；他在世的时候，那个小院是一年四季不短花儿的。

马老先生让她坐下，两个谈了一点多钟。她问马太太爱穿什么衣服，爱戴什么帽子。他问她丈夫爱吃什么烟，作过什么官。两个越说越彼此不了解；可是越谈越亲热。他告诉她：马太太爱穿紫宁绸坎肩，她没瞧见过。她说：温都先生没作过官，他简直的想不透为什么一个人不作官。……

晚上温都姑娘回来，她母亲没等她摘了帽子就扯着她往后院儿跑。

"快来，玛力！给你点新东西看。"

"呕！妈妈！你怎么花钱买这么些个花儿？"玛力说着，哈着腰在花上闻了一鼻子。

"我？马老先生买的，种的！你老说中国人不好，你看——"

"种些花儿也算不了怎么出奇了不得呀！"玛力听说花儿是马先生种的，赶紧的直起腰来，不闻了。

"我是要证明中国人也和文明人一样的懂得爱花——"

"爱花儿不见得就不爱杀人放火呀！妈，说真的，我今天在报纸又看见三张相片，都是在上海照来的。好难看啦，妈！妈！他们把人头杀下来，挂在电线杆子上。不但是挂着，底下还有一群人，男女老少都有，在那块看电影似的看着！"玛力说着，脸上都白了一些，嘴唇不住的颤，忙着跑回屋里去了。

后院种上花之后，马老先生又得了个义务差事：遇到温都太太忙的时候，他得领着拿破仑上街去散逛。小后院儿本来是拿破仑游戏的地方，现在种上花儿，它最好管闲事，看见小蜜蜂儿，它蹦起多高想把蜂儿捉住；它这一跳，虫儿是飞了，花儿可是倒啦；所以天天非把它拉出去溜溜不可；老马先生因而得着这份美差。玛力姑娘劝她母亲好几回，不叫老马带狗出去。她听说中国人吃狗肉，万一老马一犯馋，半道儿上用小刀把拿破仑宰了，开开斋，可怎么好！

"我问过马老先生，他说中国人不吃狗。"温都太太板着脸说。

"我明白你了，妈！"玛力成心戏弄她的母亲："他爱花儿，爱狗，就差爱小孩子啦！"

（英国普通人以为一个人爱花爱狗爱儿女便是好丈夫。玛力的意思是：温都太太爱上老马啦。）

温都寡妇没言语，半恼半笑的瞪了她女儿一眼。

马威也劝过他父亲不用带小狗儿出去，因为他看见好几次：他父亲拉着狗在街上或是空地上转，一群孩子在后面跟着起哄：

"瞧这个老黄脸！瞧他的脸！又黄又肿！……"

一个没有门牙的黄毛孩子还过去揪马老先生的衣裳。一个姥姥不疼，舅舅不爱的瘦孩子，抱起拿破仑就跑，成心叫老马先生追他。他一追，别的孩子全扯着脖子嚷：

"看他的腿呀！看他的腿呀！和哈巴狗一样呀！"……"陶马！"——大概那个姥姥不疼，舅舅不爱的瘦孩子叫陶马——"快呀！别叫他追上！"……"陶马！"一个尖嗓儿的小姑娘，头发差不多和脸一样红，喊："好好抱着狗，别摔了它！"

英国的普通学校里教历史是不教中国事的。知道中国事的人只是到过中国做买卖的，传教的；这两种人对中国人自然没有好感，回国来说中国事儿，自然不会往好里说。又搭着中国不强，海军不成海军，陆军不成陆军，怎么不叫专以海陆军的好坏定文明程度高低的欧洲人看低了！再说，中国还没出一个惊动世界的科学家，文学家，探险家——甚至连在万国运动会下场的人材都没有，你想想，人家怎能看得起咱们！

马威劝了父亲，父亲不听。他（马老先生）积攒了好些洋烟画儿，想去贿赂那群小淘气儿；这么一来，小孩子们更闹得欢了。

"叫他Chink！叫他Chink！一叫他，他就给烟卷画儿！"……"陶马！抢他的狗哇！"……

3

在蓝加司特街的一所小红房子里，伊太太下了命令：请马家父子，温都母女，和她自己的哥哥吃饭。第一个说"得令"的，自然是伊牧师。伊夫人在家庭里的势力对于伊牧师是绝对的。她的儿女，（现在都长成人了）有时候还不能完全服从她。儿女是越大越难管，丈夫是越老越好管教；要不怎么西洋女子多数挑着老家伙嫁呢。

伊太太不但嘴里出命令，干脆的说，她一身全是命令。她一睁眼，——两只大黄眼睛，比她丈夫的至少大三倍，而且眼皮老肿着一点儿——丈夫，女儿，儿子全鸦雀无声，屋子里比法庭还严肃一些。

她长着一部小黑胡子，挺软挺黑还挺长；要不然伊牧师怎不敢留胡子呢，他要是也有胡子，那不是有意和她竞争吗！她的身量比伊牧师高出一头来，高，大，外带着真结实。脸上没什么肉，可是所有的那些，全好像洋灰和麻刀作成的，真叫有筋骨！鼻子两旁有两条不浅的小沟，一直通到嘴犄角上；哭的时候，（连伊太太有时候也哭一回！）眼泪很容易流到嘴里去，而且是随流随干，不占什么时间。她的头发已经半白了，歇歇松松的在脑后挽着个髻儿，不留神看，好像一团絮鞋底子的破干棉花。

伊牧师是在天津遇见她的，那时候她鼻子旁边的沟儿已经不浅，可是脑后的髻儿还不完全像干棉花。伊牧师是急于成家，她是不反对有个丈夫，于是他们三七二十一的就结了婚。她的哥哥，亚力山大，不大喜欢作这门子亲，他是个买卖人，自然看不起讲道德说仁义，而挣不了多少钱的一个小牧师；可是他并没说什么；看着她脸上的两条沟儿，和头上那团有名无实的头发，他心里说："嫁个人也好，管他是牧师不是呢！再搁几年，她脸上的沟儿变成河道，还许连个牧师也弄不到手呢！"这么一想，亚力山大自己笑了一阵，没对他妹妹说什么。到了结婚的那天，他还给他们买了一对福建漆瓶。到如今伊太太看见这对瓶子就说："哥哥多么有审美的能力！这对瓶子至少还不值六七镑钱！"除了这对瓶子，亚力山大还给了妹妹四十镑钱的一张支票。

他们的儿女（正好一儿一女，不多不少，不偏不向。）都是在中国生的，可是都不很会说中国话。伊太太的教育原理是：小孩子们一开口就学下等言语——如中国话，印度话等等。——以后绝对不能有高尚的思想。比如一个中国小孩儿在怀抱里便说英国话，成啦，这个孩子长大成人不会像普通中国人那么讨厌。反之，假如一个英国孩子一学话的时候就说中国话，无论怎样，这孩子也不会有起色！英国的茄子用中国水浇，还能长得薄皮大肚一兜儿水吗！她不许她的儿女和中国小孩子们一块儿玩，只许他们对中国人说必不可少的那几句话，像是："拿茶来！""去！""一只小鸡！"……每句话后面带着个"！"。

伊牧师不很赞成这个办法，本着他的英国世传实利主义，他很愿意叫他的儿女学点中国话，将来回国或者也是挣钱的一条道儿。可是他不敢公然和他的夫人挑战；再说伊太太也不是不明白实利主义的人，她不是不许他们说中国话吗，可是她不反对他们学法文呢。其实伊太太又何尝看得起法文呢；天下还有比英国话再好的！英国贵族，有学问的人，都要学学法文，所以她也不情愿甘落人后；要不然，学法文？嘘！……

她的儿子叫保罗，女儿叫凯萨林。保罗在十二岁的时候就到英国来念书，到了英国把所知道的那些中国话全忘了，只剩下最得意的那几句骂街的话。凯萨林是在中国的外国学校念书的，而且背着母亲学了不少中国话，拿着字典也能念浅近的中国书。

…………

"凯！"伊太太在厨房下了命令："预备个甜米布丁！中国人爱吃米！"

"可是中国人不爱吃搁了牛奶和糖的米，妈！"凯萨林姑娘说。

"你知道多少中国事？你知道的比我多？"伊太太梗着脖子说。她向来是不许世界上再有第二个人知道中国事像她自己知道的那么多。什么驻华公使咧，中国文学教授咧，她全没看在眼里。她常对伊牧师说：（跟别人说总得多费几句话。）"马公使懂得什么？白拉西博士懂得什么？也许他们懂得一点半点的中国事，可是咱们才真明白中国人，中国人的灵魂！"

凯萨林知道母亲的脾气，没说什么，低着头预备甜米布丁去了。

伊太太的哥哥来了。

"俩中国人还没来？"亚力山大在他妹妹的乱头发底下鼻子上边找了块空地亲了一亲。

"没哪，进去坐着吧。"伊太太说，说完又到厨房去预备饭。

亚力山大来的目的是在吃饭，并不要和伊牧师谈天，跟个传教师有什么可说的。

伊牧师把烟荷包递给亚力山大。

"不，谢谢，我有——"亚力山大随手把半尺长的一个金盒子掏出来，挑了支吕宋烟递给伊牧师。自己又挑了一支插在嘴里。噌的一声划着一支火柴，腮梆子一凹，吸了一口；然后一凸，噗！把烟喷出老远。看了看烟，微微笑了一笑，顺手把火柴往烟碟儿里一扔。

亚力山大跟他的妹妹一样高，宽肩膀，粗脖子，秃脑袋，一嘴假牙。两腮非常的红，老像刚挨过两个很激烈的嘴巴似的。衣裳穿得讲究，从头至脚没有一点含忽的地方。

他一手夹着吕宋烟，一手在脑门上按着，好像想什么事，想了半天：

"我说，那个中国人叫什么来着？天津美利公司跑外的，愣头磕脑的那小子。你明白我的意思？"

"张元。"伊牧师拿着那根吕宋烟，始终没点，又不好意思放下，叫人家看出没有吃吕宋的本事。

"对！张元！我爱那小子；你看，我告诉你，"亚力山大跟着吸了一口烟，又噗的一下把烟喷了个满堂红："别看他傻头傻脑的，他，更聪明。你看我的中国话有限，他又不会英文，可是我们办事非常快当。你看，他进来说'二千块！'我一点头；他把货单子递给我。我说：'写名字？'他点点头；我把货单签了字。你看，完事！"说到这里，亚力山大捧着肚子，哈哈的乐开了，吕宋烟的灰一层一层的全落在地毯上，直乐得脑皮和脸蛋一样红了，才怪不高兴的止住。

伊牧师觉不出有什么可笑来，推了推眼镜，咧着嘴看着地毯上的烟灰。

马家父子和温都太太来了。她穿着件黄色的衫子，戴着宽沿的草帽。一进门被吕宋烟呛的咳嗽了两声。马老先生手里捧着黑呢帽，不知道放在那里好。马威把帽子接过去，挂在衣架上，马老先生才觉得舒坦一点。

"嘿喽！温都太太！"亚力山大没等别人说话，站起来，举着吕宋烟，瓮声瓮气的说："有几年没看见你了！温都先生好？他作什么买卖呢？"

伊太太和凯萨林正进来，伊太太忙着把哥哥的话接过来：

"亚力！温都先生已经不在了！温都太太！谢谢你来！温都姑娘呢？"

"嘿喽！马先生！"亚力山大没管他妹妹，扑过马老先生来握手："常听我妹妹说道你们！你从上海来的？上海的买卖怎么样？近来闹很多的乱子，是不是？北京还是老张管着吧？那老家伙成！我告诉你，他管东三省这些年啦，没闹过一回排外的风潮！你明白我的意思？在天津的时候我告诉他，不用管——"

"亚力！饭好了，请到饭厅坐吧！"伊太太用全身之力气喊；不然，简直的压不过去他哥哥的声音。

"怎么着？饭得了？有什么喝的没有？"亚力山大把吕宋烟扔下，跟着大家走出客厅来。

"姜汁啤酒！"伊太太梗着脖子说。——她爱她的哥哥，又有点怕他，不然，她连啤酒也不预备。

大家都坐好了，亚力山大又嚷起来了："至不济还不来瓶香槟！"

英国人本来是最讲规矩的，亚力山大少年的时候也是规矩礼道一点不差；自从到中国作买卖，他觉得对中国人不屑于讲礼貌，对他手下的中国人永远是吹胡子瞪眼睛，所以现在要改也改不了啦。因为他这么乱嚷不客气，许多的老朋友现在全不理他了；这是他肯上伊牧师家来吃饭的原因；要是他朋友多，到处受欢迎，他那肯到这里来受罪，喝姜汁啤酒！

"伊太太，保罗呢？"温都太太问。

"他到乡下去啦，还没回来。"伊太太说，跟着用鼻子一指伊牧师："伊牧师，祷告谢饭！"

伊牧师从心里腻烦亚力山大，始终没什么说话，现在他得着机会，没结没完的祷告；他准知道亚力山大不愿，成心叫他多饿一会儿。亚力山大睁开好几回眼看桌上的啤酒，心里一个劲儿骂伊牧师。伊牧师刚说"阿门！"他就把瓶子抓起来，替大家斟起来，一边斟酒一边问马老先生：

"看英国怎样？"

"美极了！"马老先生近来跟温都太太学的，什么问题全答以：好极了！美极了！对极了！……

"什么意思？美？"亚力山大透着有点糊涂，他心里想不到什么叫做美，除非告诉他"美"值多少钱一斤。他知道古玩铺的大彩瓶美，展览会的画儿美，因为都号着价码。

"啊？"马老先生不知说什么好，翻了翻白眼。

"亚力！"伊太太说："递给温都太太盐瓶儿！"

"对不起！"亚力山大把盐瓶抓起来送给温都太太，就手儿差点把胡椒面瓶碰倒了。

"马威，你爱吃肥的，还是爱吃瘦的？"伊姑娘问。

伊太太没等马威说话，梗着脖子说："中国人都爱吃肥的！"跟着一手用叉子按着牛肉，一手用刀切；嘴唇咧着一点，一条眉毛往上挑着，好像要把谁杀了的神气。

"好极了！"马老先生忽然又用了个温都太太的字眼，谁也不知道他为什么说的。

牛肉吃完了，甜米布丁上来了。

"你能吃这个呀？"伊姑娘问马威。

"可以，"马威向她一笑。

"中国人没有不爱吃米的，是不是？马先生！"伊太太看着凯萨林，问马先生。

"对极了！"马老先生点着头说。

亚力山大笑开了，笑得红脸蛋全变紫了。没有人理他，他妹妹也没管他，直笑到嘴咧的有点疼了，他自己停住了。

马威舀了一匙子甜米布丁，放在嘴唇上，半天没敢往嘴里送。马老先生吞了一口布丁，伸着脖子半天没转眼珠，似乎是要晕过去。

"要点凉水吧？"伊姑娘问马威。马威点了点头。

"你也要点凉水？"温都太太很亲热的问马老先生。

马老先生还伸着脖子，极不自然的向温都太太一笑。

亚力山大又乐起来了。

"亚力！再来一点布丁？"伊太太斜着眼问。

伊牧师没言语，慢慢的给马家父子倒了两碗凉水。他们一口布丁，一口凉水，算是把这场罪忍过去了。

"我说个笑话！"亚力山大对大伙儿说，一点没管人家爱听不爱听。

温都太太用小手轻轻的拍了几下，欢迎亚力山大说笑话。马老先生见她鼓掌，忙着说了好几个："好极了！"

"那年我到北京，"亚力山大把大拇指插在背心的小兜儿里，两腿一直伸出去，脊梁在椅子背上放平了。"我告诉你们，北京，穷地方！一个大铺子没有，一个工厂没有，街上挺脏！有人告诉我北京很好看，我看不出来；脏和美揍不到一块！明白我的意思？"

"凯！"伊太太看见马威的脸有点发红，赶紧说："你带马威去看看你兄弟的书房，回来咱们在客厅里喝咖啡。保罗搜集了不少的书籍，他的书房简直是个小图书馆，马威，你同凯去看看。"

"你听着呀！"亚力山大有点不愿意的样子："我住在北京饭店，真叫好地方，你说喝酒，打台球，跳舞，赌钱，全行！北京只有这么一个好地方，你明白我的意思？吃完饭没事，我到楼下打台球，球房里站着个黑胡子老头儿，中国人，老派的中国人；我就是爱老派的中国人，你明白我的意思？我一打，他撅着胡子嘴一笑。我心里说，这个老家伙倒怪有意思的。我打完球，他还在那里站着。我过去问他，用中国话问的，'喝酒不喝？'"亚力山大说这四个中国字的时候，脖子一仰，把拳头搁在嘴上，闭着眼，嘴里"磁"的响了一声——学中国人的举动。

伊太太乘着他学中国人的机会，赶紧说："请到客厅坐吧！"

伊牧师忙着站起来去开门，亚力山大奔过马老先生去，想继续说他的笑话。温都太太很想听到过中国的人说中国事，对亚力山大说：

"到客厅里去说，叫大家听。"

"温都太太，你的黄衫子可真是好看！"伊太太设尽方法想打断亚力山大的笑话。

"好看极了！"老马给伊太太补了一句。

大家到了客厅，伊太太给他们倒咖啡。

伊牧师笑着对温都太太说：

"听话匣子吧？爱听什么片子？"

"好极了！可是请等兰茉先生说完了笑话。"（兰茉是亚力山大的姓。）

伊牧师无法，端起咖啡坐下了。亚力山大嗽了两声，继续说他的笑话，心里十分高兴。

"温都太太，你看，我问他喝酒不喝，他点了点头，又笑了。我在前头走，他在后面跟着，像个老狗——"

"亚力，递给温都太太一个——，温都太太，爱吃苹果，还是香蕉？"

亚力山大把果碟子递给她，马不停蹄的往下说：

"'你喝什么？'我说。'你喝什么？'他说。'我喝灰色剂，'我说。'我陪着，'他说。我们一对一个的喝起来了，老家伙真成，陪着我喝了五个，一点不含忽！"

"哈哈，兰茉先生，你在中国敢情教给人家中国人喝灰色剂呀！"温都太太笑着说。

伊牧师和伊太太一齐想张嘴说话，把亚力山大的笑话岔过去；可是两个人同时开口，谁也没听出谁的话来，亚力山大乘着机会又说下去了：

"喝完了酒，更新新了，那个老家伙给了酒钱。会了账，他可开了口啦，问我上海赛马的马票怎么买，还是一定求我给他买，你们中国人都好赌钱，是不是？"他问马老先生。

马老先生点了点头。

温都太太嘴里嚼着一点香蕉，低声儿说：

"教给人家赛马赌钱，还说人家——"

她还没说完，伊牧师说：

"温都太太，张伯伦牧师还在——"

伊太太也开了口："马先生，你礼拜到那里作礼拜去呢？"

亚力山大一口跟着一口喝他的咖啡，越想自己的笑话越可笑；结果，哈哈的乐起来了。

4

在保罗的书房里，伊姑娘坐在她兄弟的转椅上，马威站在书架前面看：书架里大概有二三十本书，莎士比亚的全集已经占去十五六本。墙上挂着三四张彩印的名画，都是保罗由小市上六个铜子一张买来的。书架旁边一张小桌上摆着一根鸦片烟枪，一对新小脚儿鞋，一个破三彩鼻烟壶儿，和一对半绣花的旧荷包。

保罗的朋友都知道他是在中国生的，所以他不能不给他们些中国东西看。每逢朋友来的时候，他总是把这几件宝贝编成一套说词：裹着小脚儿抽鸦片，这是装鸦片的小壶，这是装小壶之荷包。好在英国小孩子不懂得中国事，他怎说怎好。

"这就是保罗的收藏啊？"马威回过身来向凯萨林笑着说。

伊姑娘点了点头。

她大概有二十七八岁的样子。像她父亲，身量不高，眼睛大，可是眼珠儿小。头发和她母亲的一样多，因为她没有她妈妈那样高大的身量，这一脑袋头发好像把她的全身全压得不轻俏了。可是她并不难看，尤其是坐着的时候，小脊梁一挺，带光的黄头发往后垂着，颇有一点东方妇女的静美。说话的时候，嘴唇上老带着点笑意，可是不常笑出来。两只手特别肥润好看，不时的抬起来拢拢脑后的长头发。

"马威，你在英国还舒服吧？"伊姑娘看着他问。

"可不是！"

"真的？"她微微的一笑。

马威低着头摆弄桌上那个小烟壶，待了半天才说：

"英国人对待我们的态度，我不很注意。父亲的事业可是——我一想起来就揪心！你知道，姐姐！"他在中国叫惯了她姐姐，现在还改不过来："中国人的脾气，看不起买卖人，父亲简直的对作买卖一点不经心！现在我们指着这个铺子吃饭，不经心成吗！我的话，他不听；李子荣的话，他也不听。他能一天不到铺子去，给温都太太种花草。到铺子去的时候，一听照顾主儿夸奖中国东西，他就能白给人家点什么。伯父留下的那点钱，我们来了这么几个月，已经花了二百多镑。他今天请人吃饭，明天请人喝酒，姐姐，你看这不糟心吗！自要人家一说中国人好，他非请人家吃饭不可；人家再一夸他的饭好，得，非请第二回不可。这还不提，人家问他什么，他老顺着人家的意思爬：普通英人知道的中国事没有一件是好的，他们最喜把这些坏事在中国人嘴里证明了。比如人家问他有几个妻子，他说'五六个！'我一问他，他急扯白脸的说：'人家信中国人都有好几个妻子，为什么不随着他们说，讨他们的喜欢！'有些个老头儿老太太都把他爱成宝贝似的，因为他老随着他们的意思说话吗！

"那天高耳将军讲演英国往上海送兵的事，特意请父亲去听。高耳将军讲到半中腰，指着我父亲说：'英国兵要老在中国，是不是中国人的福气造化？我们问问中国人，马先生，你说——'好，父亲站起来规规矩矩的说："欢迎英国兵！'

"那天有位老太太告诉他，中国衣裳好看。他第二天穿上绸子大褂满街上走，招得一群小孩子在后面叫他Chink！他要是自动的穿中国衣裳也本来没有什么；不是，他只是为穿上讨那位老太婆的喜欢。姐姐，你知道，我父亲那一辈的中国人是被外国人打怕了，一听外国人夸奖他们几句，他们觉得非常的光荣。他连一钉点国家观念也没有，没有——"

伊姑娘笑着叹了一口气。

"国家主义。姐姐，只有国家主义能救中国！我不赞成中国人，像日本人一样，造大炮飞艇和一切杀人的利器；可是在今日的世界上，大炮飞艇就是文明的表现！普通的英国人全咧着嘴笑我们，因为我们的陆海军不成。我们打算抬起头来，非打一回不可！——这个不合人道，可是不如此我们便永久不用想在世界上站住脚！"

"马威！"伊姑娘拉住马威的手："马威！好好的念书，不用管别的！我知道你的苦处，你受的刺激！可是空暴燥一回，能把中国就变好了吗？不能！当国家乱的时候，没人跟你表同情。你就是把嘴说破了，告诉英国人，法国人，日本人：'我们是古国，古国变新了是不容易的，你们应当跟我们表同情呀，不应当借火打劫呀！'这不是白饶吗！人家看你弱就欺侮你，看你起革命就讥笑你，国与国的关系本来是你死我活的事。除非你们自己把国变好了，变强了，没人看得起你，没人跟你讲交情。马威，听我的话，只有念书能救国；中国不但短大炮飞艇，也短各样的人才；除了你成了个人材，你不配说什么救国不救国！！现在你总算有这个机会到外国来，看看外国的错处，看看自己国家的错处，——咱们都有错处，是不是？——然后冷静的想一想。不必因着外面的些个刺激，便瞎生气。英国的危险是英国人不念书；看保罗的这几本破书，我妈妈居然有脸叫你来看；可是，英国真有几位真念书的，真人材；这几个真人材便叫英国站得住脚。一个人发明了治霍乱的药，全国的人，全世界的人，便随着享福。一个人发明了电话，全世界的人跟着享受。从一有世界直到世界消灭的那天，人类是不能平等的，永远是普通人随着几个真人物脚后头走。中国人的毛病也是不念书，中国所以不如英国的，就是连一个真念书的人物也没有。马威，不用瞎着急，念书，只有念书！你念什么？商业，好，只有你能真明白商业，你才能帮助你的同胞和外国商人竞争！至于马老先生，你和李子荣应当强迫他干！我知道你的难处，你一方面要顾着你们的孝道，一方面又看着眼前的危险；可是二者不可得兼，从英国人眼中看，避危险比糊涂的讲孝道好！我生在中国，我可以说我知道一点中国事；我是个英国人，我又可以说我明白英国事；拿两国不同的地方比较一下，往往可以得到一个很明确妥当的结论。马威，你有什么过不去的地方，请找我来，我要是不能帮助你，至少我可以给你出个主意。

"你看，马威！我在家里也不十分快乐：父母和我说不到一块儿，兄弟更不用提；可是我自己有我自己的事，作完了事，念我的书，也就不觉得有什么苦恼啦！人生，据我看，只有两件快活事：用自己的知识，和得知识！"

说到这里，凯萨林又微微的一笑。

"马威！"她很亲热的说："我还要多学一点中文，咱们俩交换好不好？你教我中文，我教你英文，可是——"她用手拢了拢头发，想了一会儿："在什么地方呢？我不愿意叫你常上这儿来，实在告诉你说，母亲不喜欢中国人！上你那里去？你们——"

"我们倒有间小书房，"马威赶紧接过来说："可是叫你来回跑道儿，未免——"

"那倒不要紧，因为我常上博物院去念书，离你们那里不远。等等，我还得想想；这么着吧，你听我的信吧！"

谈到念英文，凯萨林又告诉了马威许多应念的书籍，又告诉他怎么到图书馆去借书的方法。

"马威，咱们该到客厅瞧瞧去啦。"

"姐姐，我谢谢你，咱们这一谈，叫我心里痛快多了！"马威低声儿说。

凯萨林没言语，微微的笑了笑。

5

伊太太和温都寡妇的脑门儿差不多都挤到一块了。伊太太的左手在磕膝盖儿上放着，右手在肩膀那溜儿向温都寡妇指着；好几回差一点戳着温都寡妇的小尖鼻子。温都太太的小鼻子耸着一点，小嘴儿张着，脑袋随着伊太太的手指头上下左右的动，好像要咬伊太太的手。两位喊喊喳喳的说，没人知道她们说的是什么。

亚力山大坐在椅子上，两只大脚伸出多远，手里的吕宋烟已经慢慢的自己烧灭了。他的两眼闭着，脸蛋儿分外的红，嘴里哧呼哧呼的直响。

马老先生和伊牧师低声的谈，伊牧师的眼镜已经快由鼻子上溜下来了。

伊姑娘和马威进来，伊太太忙着让马威喝咖啡。伊姑娘坐在温都太太边旁，加入她们的谈话。

亚力山大的呼声越来越响，特噜一声，把自己吓醒了："谁打呼来着？"他眨巴着眼睛问。

这一问，大家全笑了；连他妹妹都笑得脑后的乱头发直颤动。他自己也明白过来，也笑开了，比别人笑的声音都高着一个调门儿。

"我说，马先生，喝两盅去！"亚力山大扶着马老先生的肩膀说："伊牧师，你也去，是不是？"

伊牧师推了推眼镜，看着伊太太。

"伊牧师还有事呢！"伊太太说："你和马先生去吧，你可不许把马先生灌醉了，听见没有？"

亚力山大向马先生一挤眼，没说什么。

马老先生微微一笑，站起来对马威说：

"你同温都太太回家，我去喝一盅，就是一盅，不多喝；我老没喝酒啦！"

马威没言语，看了看凯萨林。

亚力山大跟他外甥女亲了个嘴，一把拉住马先生的胳臂："咱们走哇！"

伊太太和她哥哥说了声"再见"，并没站起来。伊牧师把他们送到门口。

"你真不去？"在门口亚力山大问。

"不！"伊牧师说，然后向马先生："一半天见，还有事跟你商议呢！"

两个人出了蓝加司特街，过了马路，顺着公园的铁栏杆往西走。正是夏天日长，街上还不很黑，公园里人还很多。公园里的树叶真是连半个黄的也没有，花池里的晚郁金香开得像一片金红的晚霞。池子边上，挨着地的小白花，一片一片的像刚下的雪，叫人看着心中凉快了好多。隔着树林，还看得见远远的一片水，一群白鸥上下的飞。水的那边奏着军乐，隔着树叶，有时候看见乐人的红军衣。凉风儿吹过来，军乐的声音随着一阵阵的送到耳边。天上没有什么云彩，只有西边的树上挂着一层淡霞，一条儿白，一条儿红，和公园中的姑娘们的帽子一样花哨。

公园对面的旅馆全开着窗子，支着白地粉条，或是绿条的帘子，帘子底下有的坐着露着胳臂的姑娘，端着茶碗，赏玩着公园的晚景。

马老先生看看公园，看看对面的花帘子，一个劲点头夸好。心中好像有点诗意，可是始终作不成一句，因为他向来没作过诗。

亚力山大是一直往前走，有时候向着公园里的男女一冷笑。看见了皇后门街把口的一个酒馆，他真笑了；舐了舐嘴唇，向马老先生一努嘴。马老先生点了点头。

酒馆外面一个瘸子拉着提琴要钱，亚力山大一扭头作为没看见。一个白胡子老头撅着嘴喊："晚报——！晚报！"亚力山大买了一张夹在胳臂底下。

进了门，男男女女全在柜台前面挤满了。一人手里端着杯酒，一边说笑一边喝。一个没牙的老太太在人群里挤，脸蛋红着，问大伙儿："看见我的孩子没有？"她只顾喝酒，不知道什么工夫她的孩子跑出去啦。亚力山大等着这个老太太跑出去，拉着马先生进了里面的雅座。

雅座里三面围着墙全是椅子，中间有一块地毯，地毯上一张镶着玻璃心的方桌，桌子旁边有一架深紫色的钢琴。几个老头子，一人抱着一个墙角，闭着眼吸烟，酒杯在手里托着。一个又胖又高的妇人，眼睛已经喝红，摇着脑袋，正打钢琴。她的旁边站着个脸红胡子黄的家伙，举着酒杯，张着大嘴，（嘴里只有三四个黑而危险的牙。）高唱军歌。他的声音很足，表情也好，就是唱的调子和钢琴一点不发生关系。看见马先生进来，那个弹琴的妇人脸上忽然一红，忽然一白，肩膀向上一耸，说："喝！老天爷！来了个Chink！"说完，一摇头，弹得更欢了，大胖腿在小凳上一起一落的碰得噗哧噗哧的响。那个唱的也忽然停住了，灌了一气酒。四犄角的老头儿全没睁眼，都用烟袋大概其的向屋子当中指着，一齐说："唱呀！乔治！"乔治又灌了一气酒，吧的一声把杯子放在小桌上，又唱起活儿来；还是歌和琴不发生关系。

"喝什么，马先生？"亚力山大问。

"随便！"马老先生规规矩矩的坐在靠墙的椅子上。

亚力山大要了酒，一边喝一边说他的中国故事。四角的老头子全睁开了眼，看了马先生一眼，又闭上了。亚力山大说话的声音比乔治唱的还高还足，乔治赌气子不唱了，那个胖妇人也赌气子不弹了，都听着亚力山大说。马老先生看这个一眼，看那个一眼，抿着嘴笑一笑，喝一口酒。乔治凑过来打算和亚力山大说话，因为他的妹夫在香港当过兵，颇听说过一些中国事。亚力山大是连片子嘴一直往下说，没有乔治开口的机会；乔治咧了咧嘴，用他的黑而危险的牙示了示威，坐下了。

"再来一个？"亚力山大把笑话说到一个结束，问马先生。

马老先生点了点头。

"再来一个？"亚力山大把笑话又说到一个结束，又问马先生。

马老先生又点了点头。

…………

喝来喝去，四个老头全先后脚儿两腿拧着麻花扭出去了。跟着，那个胖妇人也扣上帽子，一步三摇的摇出去。乔治还等着机会告诉亚力山大中国事，亚力山大是始终不露空。乔治看了看表，一声没言语，溜出去；出了门，一个人唱开了。

…………

酒馆的一位姑娘进来，笑着说："先生，对不起！到关门的时候了！"

"谢谢，姑娘！"亚力山大的酒还没喝足。可是政府有令，酒馆是十一点关门；无法，只好走吧："马先生，走啊！"

天上的星密得好像要挤不开了。大街两旁的树在凉风儿里摇动着叶儿，沙沙的有些声韵。汽车不多了，偶尔过来一辆，两只大灯把空寂的马路照得像一条发光的冰河。车跑过去，两旁的黑影登时把这条亮冰又遮盖起来。公园里的树全在黑暗里鼓动着花草的香味，一点声音没有，把公园弄成一片甜美的梦境。

马老先生扶着公园的栏杆，往公园里看，黑丛丛的大树都像长了腿儿，前后左右乱动。而且树的四围挂着些乱飞的火星，随着他的眼睛转。他转过身来，靠定铁栏杆，用手揉了揉眼睛，那些金星儿还是在前面乱飞，而且街旁的煤气灯全是一个灯两道灯苗儿；有的灯杆子是弯的，好像被风吹倒的高粱秆儿。

脑袋也跟他说不来，不扶着点东西脑袋便往前探，有点要把两脚都带起来的意思；一不小心，两脚还真就往空中探险。手扶住些东西，头的"猴儿啃桃"运动不十分激烈了，可是两条腿又成心捣乱。不错，从磕膝盖往上还在身上挂着，但是磕膝盖下的那一截似乎没有再服从上部的倾向——真正劳工革命！街上的人也奇怪，没有单行客，全是一对一对的，可笑！也不是谁把话匣子片上在马先生的脑子里啦，一个劲儿转，耳朵里听得见，吱，吱，嗡，嗡，吱嗡吱嗡，一劲儿响。

心虽还很明白，而且很喜欢：看什么都可笑；不看什么时，也可笑。他看看灯杆子笑开了！笑完了，从栏杆上搬下一只手来，往前一抢，嘴一咧："那边是家！慢慢的走，不忙！忙什么？有什么可忙的呀？喊！"……"亚力山大，不对，是亚力山大，他上那儿啦？好人！"说完了，低着头满处找："刚才谁说话来着？"找了半天，手向上一抢，碰着鼻子了："喊！这儿！这儿说话来着！对不对，老伙计？"

　　…………

6

马威和温都太太到了家。因为和伊太太说话太多了，她有点乏啦。

进了门，房里一点声音没有，只听见拿破仑在后院里叫唤呢。温都太太没顾得摘帽子，三步两步跑到后花园，拿破仑正在一棵玫瑰花下坐着：两条前腿壁直，头儿扬着，向天上的星星叫唤呢！听见它主母的脚步声儿，它一蹿蹿到她的眼前，一团毛似的在她腿上乱滚乱绕。

"哈喽！宝贝！剩你一个人啦？玛力呢？"温都太太问。

拿破仑一劲儿往上跳，吧吧的叫着，意思是说："快抱抱我吧！玛力出去不管我！我一共抄了三个大苍蝇吃，吓走了一个黑猫。"

温都太太把狗抱到客厅里去。马威正从窗子往外望，见她进来，他低声儿说：

"父亲怎么还不回来呢！"

"玛力也不知上那儿玩去啦？"温都太太坐下说。

拿破仑在它主母的怀里，一劲儿乱动：甩它的脖子在她的胸上蹭来蹭去。

"拿破仑，老实一点！我乏了！跟马威去玩！"她捧着拿破仑递给马威，拿破仑乘机会用小尾巴抽了她的新帽子一下。

马威把他接过来，拿破仑还是乱动乱顶，一点不老实。马威轻轻的给它从耳朵根儿往脖子底下抓，抓了几下，拿破仑老实多了；用鼻子顶住马威的胸口，伸着脖子等他抓。抓着抓着，马威摸着点东西在小狗的领圈上掖着；细一看，原来是个小纸阄儿，用两根红丝线拴着，马威慢慢的解，拿破仑一动也不动的等着，只是小尾巴的尖儿轻轻的摇着。

马威把纸条解下来，递给温都太太。她把纸条舒展开，上面写着：

"妈：晚饭全做糊啦，鸡蛋摊在锅上弄不下来。华盛顿找我来了，一块去吃冰吉凌，晚上见。拿破仑在后院看着老马的玫瑰呢。玛力。"

温都太太看完，顺手把字条撕了；然后用手背遮着小嘴打了个哈欠。

"温都太太，你去歇着吧，我等着他们！"马威说。

"对了，你等着他们！你不喝碗咖啡呀？"

"谢谢，不喝了！"

"来呀，拿破仑！"温都太太抱着小狗走出去。

温都太太近来颇有点喜欢马威，一半是因为他守规矩，说话甜甘；一半是因为玛力不喜欢他；温都太太有点怪脾气，最爱成心和别人别扭着。

马威把窗子开开一点，坐在茶几旁边的椅子上，往街上看。听见个脚步声儿，便往外看看，看了好几回，都不是父亲。从书架上拿下一本小说来，翻了几篇，念不下去，又送回去了。有心试试钢琴，一想天太晚了，没敢弹。又回来坐在窗子里面，皱着眉头想：人家的青年男女多乐！什么也不想，什么也不虑。有烟卷吃，有钱看电影，有足球踢，完事！咱们？……那个亚力山大！伊太太的那脑袋头发！伊姐姐，她的话是从心里说出来的吗？一定是！看她笑得多么恳切！她也不快乐？反正也比我强！想到这里，伊姑娘的影儿站在他面前了：头发在肩上垂着，嘴唇微动的要笑。他心里痛快了一些，好像要想些什么，可是没等想出来，脸就红了。……玛力真可——，可是——她美！她又跟谁玩去了？叫别人看着她的脸，或者还许享受她的红嘴唇？他的眉毛皱起来，握着拳头在腿上捶了两下。凉风儿从窗缝吹进来，他立起来对着窗户深深的吸了一口气。

一辆汽车远远的来了，马威心中一跳；探头往外看了看。车一闪的工夫到了门口，车里说了声："就是这儿！"——玛力的声音！车门开开了，下来的并不是玛力，是个大巡警！马威慌着跑出来，还没说话，那个大巡警向他一点头。他跳过去，玛力正从车里出来。她的脸挺白，眼睛睁得挺大，帽子在手里拿着，可是举动还不十分惊慌。她指着车里向马威说：

"你父亲！"

"死——，怎么啦？"马威拉着车门向里边看。他不顾得想什么，可是自然的想到：他父亲一定是叫汽车给轧——至少是轧伤了！跟着，他嗓子里像有些东西糊住，说不出话来，嘴唇儿不住的颤。

"往下抬呀！"那个大巡警稳稳当当的说。

马威听见巡警的话，才敢瞧他的父亲。马老先生的脑袋在车犄角里掖着，两条腿斜伸着，看着分外的长。一只手歇歇松松的在怀里放着；那一只手心朝上在车垫子上摆着。脑门子上青了一块，鼻子眼上有些血点，小胡子嘴还像笑着。

"父亲！父亲！"马威拉住父亲一只手叫；手是冰凉，可是手心上有点凉汗；大拇指头破了一块，血已经定了。

"抬呀！没死，不要紧！"那个大巡警笑着说。

马威把手放在父亲的嘴上，确是还有呼吸，小胡子也还微微的动着。他心里安静多了，看了大巡警一眼，跟着脸上一红。

巡警，马威和驶车的把醉马抬下来，他的头四面八方的乱摇，好像要和脖子脱离关系。

嗓子里咯喽咯喽的直出声儿。三个人把他抬上楼去，放在床上，他嗓子里又咯喽了一声，吐出一些白沫来。

玛力的脸也红过来了，从楼下端了一罐凉水和半瓶白兰地酒来。马威把罐子和瓶儿接过来，她忙着拢了拢头发，然后又把水罐子拿过来，说："我灌他，你去开发车钱！"马威摸了摸口袋，只有几个铜子，忙着过来轻轻的摸父亲的钱包。打开钱包，拿出一镑钱来递给驶车的。驶车的眉开眼笑的咚咚一步下三层楼梯，跑出去了。马威把钱包掖在父亲的褥子底下，钱包的角儿上有个小硬东西，大概是那个钻石戒指，马威也没心细看。

驶车的跑了，马威赶紧给巡警道谢，把父亲新买的几支吕宋烟递给他。巡警笑着挑了一支，放在兜儿里，跟着过去摸了摸马先生的脑门，他说：

"不要紧了！喝大发了点儿，哎？"巡警说完，看了看屋里，慢慢的往外走："再见吧！"

玛力把凉水给马先生灌下去一点，又拢了拢头发，两个腮梆儿一鼓，叹了一口气。

马威把父亲的纽子解开，领子解下来，回头对她说：

"温都姑娘，今个晚上先不用对温都太太说！"

"不说！"她的脸又红扑扑的和平常一样好看了。

"你怎么碰见父亲的？"马威问。

哇！马老先生把刚灌下去的凉水又吐出来了。

玛力看了看马老先生，然后走到镜子前面照了照，才说：

"我和华盛顿上亥德公园了。公园的门关了以后，我们顺着公园外的小道儿走。我一脚踩上一个软的东西，吓了我一大跳。往下一看，他，你父亲！在地上大鳄鱼似的爬着呢。我在那里看着他，华盛顿去叫了辆汽车来，和一个巡警。巡警要把他送到医院去，华盛顿说，你的父亲是喝醉了，还是送回家来好。你看，多么凑巧！我可吓坏了，我知道我的嘴直颤！"

"温都姑娘，我不知道怎么谢谢你才好！再见着华盛顿的时候，替我给他道谢！"马威一手扶着床，一面看着她说。心里真恨华盛顿，可是还非这么说不可！

"好啦！睡觉去喽！"玛力又看了马老先生一眼，往外走，走到门口回过头来说："再灌他点凉水。"

温都太太听见楼上的声音，玛力刚一下楼就问：

"怎么啦，玛力？"

"没事，我们都回来晚啦！拿破仑呢？"

"反正不能还在花园里！"

"哈！得！明天见，妈！"

7

马威把父亲的衣裳脱下来，把毡子替他盖好。马老先生的眼睛睁开一点，嘴唇也动了一动，眼睛刚一睁，就闭上了！可是眼皮还微微的动，好像受不住灯光似的。马威坐在床旁边，看见父亲动一下，心里放下一点去。

"华盛顿那小子，天天跟她出去！"马威皱着眉头儿想："可是他们救了父亲！她今天真不错；或者她的心眼儿本来不坏？父亲？真糟！这要是叫汽车轧死呢？白死！亚力山大！好，明天找伊姑娘去！"

马威正上下古今的乱想，看见父亲的手在毡子里动了一动，好像是要翻身；跟着，嘴也张开了：干呕了两声，迷迷忽忽的说：

"不喝了！马威！"

说完，把头往枕头下一溜，又不言语了。

夜里三点多钟，马老先生醒过来了。伸出手来摸了摸脑门上青了的那块，已经凸起来，当中青，四边儿红，像个要坏的鸭蛋黄儿。心口上好像烧着一堆干劈柴，把嗓子烧得一点一点的往外裂，真像年久失修的烟筒，忽然下面升上火。手也有点发僵，大拇指头有点刺着疼。脑袋在枕头上，倒好像在半空里悬着，无着无靠的四下摇动。嘴里和嗓子一样干，舌头贴在下面，像块干透的木塞子。张张嘴，进来点凉气，舒服多了；可是里边那股酸辣劲儿，一气的往上顶，几乎疑心嗓子里有个小干酸枣儿。

"马威！我渴！马威！你在哪儿哪？"

马威在椅子上打盹，脑子飘飘荡荡的似乎是做梦，可又不是梦。听见父亲叫，他的头往下一低，忽然向上一抬，眼睛跟着睁开了。电灯还开着，他揉了揉眼睛，说：

"父亲，你好点啦？"

马先生又闭上了眼，一手摸着胸口：

"渴！"

马威把一碗凉水递给父亲，马老先生摇了摇头，从干嘴唇里挤出一个字来，"茶！"

"没地方去做水呀，父亲！"

马老先生半天没言语，打算忍一忍；嗓子里辣得要命，忍不住了：

"凉水也行！"

马威捧着碗，马老先生欠起一点身来，瞪着眼睛，一气把水喝净。喝完，舐了舐嘴唇，把脑袋大咧咧的一摞，摞在枕头旁边了。

待了一会儿：

"把水罐给我，马威！"

把一罐凉水又三下五除二的灌下去了，灌得嗓子里直起水泡，还从鼻子呛出来几个水珠。肚子随着噜咪噜响了几声，把手放在心口上，嘻！深深吸了一口气。

"马威！我死不了哇？"马先生的小胡子嘴一咧，低声的说："把镜子递给我！"

对着镜子，他点了点头。别处还都好，就是眼睛离离光光的不大好着。眼珠上横着些血丝儿，下面还堆着一层黄不唧的朦。脑门上那块坏鸭蛋黄儿倒不要紧，浮伤，浮伤！

眼睛真不像样儿了！

"马威！我死不了哇？"

"那能死呢！"马威还要说别的，可是没好意思说。

马老先生把镜子放下，跟着又拿起来了，吐出舌头来照了照。照完了舌头，还是不能决定到底是"死不了哇"，还是"或者也许死了"。

"马威！我怎么——什么时候回来的？"马老先生还麻麻胡胡的记得：亚力山大，酒馆，和公园；就是想不起怎么由公园来到家里了。

"温都姑娘用汽车把你送回来了！"

"啊！"马先生没说别的，心里有点要责备自己，可是觉得没有下"罪己诏"的必要；况且父亲对儿子本来没有道歉的道理；况且"老要颠狂少要稳"，老人喝醉了是应当的；况且还不至于死；况且……想到这里，心里舒服多了；故意大大方方的说：

"马威，你睡觉去，我——死不了！"

"我还不困！"马威说。

"去你的！"马老先生看见儿子不去睡觉，心里高兴极了，可是不能不故意的这么说。好，"父慈子孝"吗，什么话呢！

马威又把父亲的毡子从新盖好，自己围上条毯子在椅子上一坐。

马老先生又忍了一个盹儿；醒了之后，身上可疼开了。大拇指头和脑门子自然不用提，大腿根，胳臂肘，连脊梁盖儿，全都拧着疼。用手周身的摸，本想发现些破碎的骨头；没有，什么地方也没伤，就是疼！知道马威在旁边，不愿意哼哼出来；不行，非哼哼不可；而且干嗓子一哼哼，分外的不是味儿。平日有些头疼脑热的时候，哼哼和念诗似的有腔有调；今天可不然了，腿根一紧，跟着就得哼哼，没有拿腔作调的工夫！可是一哼哼出来，心里舒服多了——自要舒服就好，管他有腔儿没有呢！

哼哼了一阵，匀着空想到"死"的问题：人要死的时候可是都哼哼呀！就是别死，老天爷，上帝！一辈子还没享过福，这么死了太冤啊！……下次可别喝这么多了，不受用！可是陪着人家，怎好不多喝点？交际吗！自要不死就得！别哼哼了，哼哼不是好现象；把脑袋往枕头下一缩，慢慢的又睡着了。

含着露水的空气又被太阳的玫瑰嘴唇给吹暖了。伦敦又忙起来，送牛奶的，卖青菜的，都西力哗啷的推着车子跑。工人们拐着腿，叼着小烟袋，一群群的上工。后院的花儿又有好些朵吐了蕊儿。拿破仑起来便到园中细细闻了一回香气，还带手儿活捉了两个没大睡醒的绿苍蝇吃。

马先生被街上的声音惊醒，心里还是苦辣，嘴里干的厉害，舌头是软中硬的像块新配的鞋底儿。肚子有点空，可是胸口堵得慌，嗓子里不住的要呕，一嘴粘涎子简直没有地方销售。脑门上的鹅头，不那么高了；可是还疼。

"死是死不了啦，还是不舒服！"

一想起自己是病人，马先生心里安慰多了：谁不可怜有病的人！回来，李子荣都得来瞧我！小孩吃生苹果，非挨打不可；可是吃得太多，以至于病了，好办了；谁还能打病孩子一顿；不但不打，大家还给买糖来。现在是老人了，老人而变为病老人，不是更讨人的怜爱吗！对！病呀！于是马先生又哼哼起来，而且颇有韵调。

马威给父亲用热手巾擦了脸和手，问父亲吃什么。马老先生只是摇头。死是不会啦，有病是真的；有病还能说话？不说。

温都太太已经听说马先生的探险史，觉得可笑又可气；及至到楼上一看他的神气，她立刻把母亲的慈善拿出来，站在床前，问他吃什么，喝什么；他还是摇头。她坚决的主张请医生，他还是摇头，而且摇得很凶。

温都姑娘吃完早饭也来了。

"我说马先生，今天再喝一回吧！"玛力笑着说。

马老先生忽然噗哧一笑，倒把温都太太吓了一跳；笑完，觉着不大合适，故意哼唧着说：

"嘻！玛力姑娘，多亏了你！等我好了，给你好好的买个帽子。"

"好啦，可别忘了！"玛力说完跑出去了。

温都太太到底给早饭端来了，马老先生只喝了一碗茶。茶到食道里都有点刺的慌。

马威去找李子荣，叫他早一点上铺子去。温都太太下楼去作事，把拿破仑留在楼上给老马作伴儿。拿破仑跳上床去，从头到脚把病人闻了一个透，然后偷偷的把马先生没喝了的牛奶全喝了。

马威回来，听见父亲还哼哼，主张去请医生，父亲一定不答应。

"找医生干什么？我一哼哼，一痛快，就好了！"

温都太太从后院折来几朵玫瑰，和一把桂竹香，都插在瓶儿里摆在床旁边。马先生闻着花香，心里喜欢了，一边哼哼，一边对拿破仑说：

"你闻闻！你看看！世界上还有比花儿再美的东西没有！谁叫花儿这么美？你大概不知道，我呢——也不知道。花儿开了，挺香；忽然又谢了，没了；没意思！人也是如此，你们狗也是如此；谁也不知道是怎么一回事！……哎！别死！你看，我死不了吧？"

拿破仑没说什么，眼睛钉住托盘里的白糖块，直舐嘴，可是不敢动。

晚上李子荣来了，给马老先生买了一把儿香蕉，一小筐儿洋梅。马老先生怕李子荣教训他一场，一个劲儿哼哼。李子荣并没说什么，可是和马威在书房里嘀咕了半天。

亚力山大也不是那儿听来的，也知道马先生病啦，他很得意的给老马买了一瓶白兰地来。

"马先生，真不济呀，喝了那么点儿就倒在街上啊？好，来这瓶儿吧！"他把酒放在小桌上，把吕宋烟点着，喷了几口就把屋里全熏到了。

"没喝多！"老马不哼哼了，脸上勉强着笑："老没喝了，乍一来，没底气！下回看，你看咱能喝多少！"

"反正街上有的是巡警！"亚力山大说完笑开了。

拿破仑听见这个笑声，偷偷跑来，把亚力山大的大皮鞋闻了个透，始终没敢咬他的脚后跟——虽然知道这对肥脚满有尝尝的价值。

8

伦敦的天气变动的不大，可是变动得很快。天一阴，凉风立刻把姑娘们光着的白胳臂吹得直起小鸡皮疙瘩，老头儿老太太便立刻迎时当令的咳嗽起来，争先恐后的着了凉。伊牧师对于着凉是向来不落后的：看马老先生回来，在公园大树底下坐了一会儿。坐着坐着，鼻子里有点发痒，跟着哆嗦了一下，打了个喷嚏。赶紧回家，到家就上床睡觉。伊太太给了他一杯热柠檬水，又把暖水壶放在他被窝里。他的喷嚏是一个比一个响，一个比一个猛；要不是鼻子长得结实，早几下儿就打飞了。

伊牧师是向来不惹伊太太的，除了有点病，脾气不好，才敢和她吵一回半回的。看着老马摔得那个样，心里已经不大高兴；回来自己又着了凉，更气上加气，越想越不自在。

"好容易运来个中国教徒，好容易！叫亚力山大给弄成醉猫似的！咱劝人信教还不过来，他给你破坏！咱教人念《圣经》，他灌人家老白酒！全是他，亚力山大！啊——嚏！瞧！他要不把老马弄醉，我怎能着了凉！全是他！啊——嚏！亚力山大？她的哥哥！非先跟她干点什么不可！他不该灌他酒，她就不该请他，亚力山大，吃饭！看，啊——啊——啊嚏！先教训她一顿！"

想到这里，有心把被子一撩，下去跟她捣一回乱；刚把毡子掀起一点，仅够一股凉气钻得进来的，啊——嚏！老实着吧！性命比什么也要紧！等明天再说！——可是病好一点，还有这点胆气没有呢？倒难说了：从经验上看，他和她拌嘴，他只得过两三次胜利，都是在他病着的时候。她说："别说了，你有理，行不行？我不跟病人捣乱！"就算她虚砍一刀，佯败下去吧，到底"得胜鼓"是他的！病好了再说？她要是虚砍一刀才怪！……这回非真跟她干不可啦，非干不可！她？她的哥哥？一块儿来！我给老马施洗，你哥哥灌他酒！你还有什么说的，我问你！再说，凯萨林一定帮助我。保罗向着他妈，哈哈，他没在家。……其实为老马也犯不上闹架，不过，不闹闹怎么对得起上帝！万一马威问我几句呢！这群年青的中国人，比那群老黄脸鬼可精明多了！可恶！万一温都太太问我几句呢？对，非闹一场不可！再说，向来看亚力山大不顺眼！

他把热水瓶用脚往下推了推，把脚心烫得麻麻苏苏怪好受的，闭上了眼，慢慢的睡着了。

夜里醒了，窗外正沙沙的下着小雨——又他妈的下雨！清香的凉风从窗子吹进来，把他的鼻子尖吹凉了好些。把头往下一缩，刚要想明天怎么和伊太太闹，赶紧闭上眼：别想了，越想心越软，心软还能在这个世界上站得住！这个世界！吧，吧！吧，吧！街坊的大狗叫了几声。你叫什么？这个世界不是为狗预备的！……

第二天早晨，凯萨林姑娘把他的早饭端来，伊牧师本想不吃，闻着鸡子和咸肉怪香的，哎，吃吧！况且，世界上除了英国人，谁能吃这么好的早饭？不吃早饭？白作英国人！吃！而且都吃了！吃完了，心气又壮起来了，非跟他们闹一回不可；不然，对不起这顿早饭！

伊姑娘又进来问父亲吃够了没有。他说了话：

"凯！你母亲呢？"

"在厨房呢，干什么？"伊姑娘端着托盘，笑着问。她的头发还没梳好，乱蓬蓬的在雪白的脖子上堆着。

"马老先生叫她的哥哥给灌醉了！"伊牧师眼睛乱动，因为没戴着眼镜，眼珠不知道往那儿瞧才对。

伊姑娘笑了一笑，没说什么。

"我用尽了心血劝他信了教，现在叫亚力山大给一扫而光弄得干干净净！"他又不说了，眼睛钉着她。

她又笑了笑——其实只是她嘴唇儿动了动，可是笑的意思满有了，而且非常好看。

"你帮助我，凯？"

伊姑娘把托盘又放下，坐在父亲的床边儿上，轻轻拍着他的手。

"我帮助你，父亲！我永远帮助你！可是，何必跟母亲闹气呢？以后遇见亚力山大舅舅的时候，跟他说一声儿好了！"

"他不听我的！他老笑我！"伊牧师自己也纳闷：今天说话怎么这样有力气呢："非你妈跟他说不可；我不跟她闹，她不肯和他说！"他说完自己有点疑心：或者今天是真急了。

伊姑娘看见父亲的鼻子伸出多远，脑筋也蹦着，知道他是真急了。她慢慢的说：

"先养病吧，父亲，过两天再说。"

"我不能等！"他知道：病好了再说，没有取胜的拿手；继而又怕叫女儿看破，赶紧说："我不怕她！我是家长！这是我的家！"

"我去跟母亲说，你信任我，是不是，父亲！"

伊牧师没言语，用手擦了擦嘴角上挂着的鸡蛋黄儿。——嘴要是小一点颇像刚出窝的小家雀。

"你不再要碗茶啦？父亲！"凯萨林又把托盘拿起来。

"够了！跟你妈去说！听见没有？"伊牧师明知道自己有点碎嘴子，病人吗，当然如此！"跟你妈去说！"

"是了，我就去说！"伊姑娘笑着点了点头，托着盘子轻轻走出去了。

"好，你去说！不成，再看我的！"他女儿出去以后，伊牧师向自己发横："她？啊！忘了告诉凯萨林把烟袋递给我了！"他欠起身来看了看，看不见烟袋在那块儿。"对了，亚力山大那天给我一支吕宋还没抽呢。亚力山大！吕宋！想起他就生气！"

吃过午饭，母女正谈马先生的醉事，保罗回来了。他有二十四五岁，比他母亲个子还高。一脑袋稀黄头发，分得整齐，梳得亮。两只黄眼珠发着光往四下里转，可是不一定要看什么。上身穿着件天蓝的褂子，下边一条法兰绒的宽腿裤子。软领子，系着一条红黄道儿的领带。两手插在裤兜儿里，好像长在那块儿。嘴里叼着小烟袋，烟早就灭了。

进了门，他从裤袋里掏出一只手来，把烟袋从嘴里拔出来，跟他母亲和姐姐大咧咧的亲了个嘴。

"保罗，你都干吗来着，这些天？"伊太太看见儿子回来，脸上的干肉颇有点发红的趋势，嘴也要笑。

"反正是那些事罢咧。"保罗坐下，把烟袋又送回嘴里去，手又插在袋里，从牙缝儿挤出这几个字。

伊太太乐了。大丈夫吗，说话越简单越表示出男性来。本来吗，几个青年小伙子到野地扎帐棚玩几天，有什么可说的：反正是那些事罢咧！

"母亲，你回来跟父亲说说得了，他不舒服，脾气不好。"凯萨林想把那件事结束一下，不用再提了。

"什么事？"保罗像审判官似的问他姐姐。

"马先生喝醉了！"伊太太替凯萨林回答。

"和咱们有什么关系？"保罗的鼻子中间皱起一层没秩序的纹儿来。

"我请他们吃饭，马先生和亚力山大一齐出去了。"伊太太捎了凯萨林一眼。

"告诉父亲，别再叫他们来，没事叫中国人往家里跑，不是什么体面事！"保罗掏出根火柴，用指甲一掐，掐着了。

"呕，保罗，别那么说呀！咱们是真正基督徒，跟别人——，你舅舅请老马喝了点——"

"全喝醉了？"

"亚力山大没有，马先生倒在街上了！"

"我知道亚力山大有根，我爱这老头子，他行！"保罗把烟袋（又灭了）拔出来，搁在鼻子底下闻了闻。回头向他姐姐说："老姑娘，这回又帮助中国人说舅舅不好哇？不用理他们，中国人！你记得咱们小的时候用小泥弹打中国人的脑袋，打得他们乱叫！"

"我不记得了！"凯萨林很冷静的说。

冷不防，屋门开了，伊牧师披着长袍子，像个不害人的鬼，进来了。

"你快回去！刚好一点，我不许你下来！"伊太太把他拦住。

伊牧师看了他儿子一眼。

"哈喽！老朋友！你又着了凉？快睡觉去！来，我背着你。"保罗说完，扔下烟袋，连拉带扯把父亲弄到楼上去了。

伊牧师一肚子气，没得发散，倒叫儿子抬回来，气更大了。躺在床上，把亚力山大给的那支吕宋烟一气抽完，一边抽烟，一边骂亚力山大。

9

城市生活发展到英国这样，时间是拿金子计算的：白费一刻钟的工夫，便是丢了，说，一块钱吧。除了有金山银海的人们，敢把时间随便消磨在跳舞，看戏，吃饭，请客，说废话，传布谣言，打猎，游泳，生病；其余普通人的生活是要和时辰钟一对一步的走，在极忙极乱极吵的社会背后，站着个极冷酷极有规律的小东西——钟摆！人们的交际来往叫"时间经济"给减去好大一些，于是"电话"和"写信"成了文明人的两件宝贝。白太太的丈夫死了，黑太太给她写封安慰的信，好了，忙！白太太跟着给黑太太在电话上道了谢，忙！

马老先生常纳闷：送信的一天送四五次信，而且差不多老是挨着家儿拍门；那儿来的这么多的信呢？温都太太几乎每天晚上拿着小钢笔，皱着眉头写信；给谁写呢？有什么可写的呢？他有点怀疑，也不由的有点醋劲儿：她，拿着小钢笔，皱着眉头，怪好看的；可是，决不是给他写信！外国娘们都有野——！马老先生说不清自己是否和她发生了恋爱，只是一看见她给人家写信，心里便有点发酸，奇怪！

温都太太，自从马家父子来了以后，确是多用了许多邮票：家里住着两个中国人，不好意思请亲戚朋友来喝茶吃饭；让亲友跟二马一块吃吧？对不起亲友，叫客人和一对中国人坐在一桌上吃喝！叫二马单吃吧？又太麻烦；自然二马不在乎在那儿吃饭，可是自己为什么受这份累呢！算了吧，给他们写信问好，又省事，又四面讨好。况且，在马家父子来了以后，她确是请过两回客，人家不来！她在回信里的字里行间看得出来："我们肯跟两个中国人一块吃饭吗！"自然信里没有写得这么直率不客气，可是她，又不是个傻子，难道看不出来吗！因为这个，她每逢写信差不多就想到：玛力说的一点不假，不该把房租给两个中国人！玛力其实一点影响没受，天天有男朋友来找她，一块出去玩。我，温都太太叫着自己，可苦了：不请人家来吃饭，怎好去吃人家的；没有交际！为两个中国人牺牲了自己的快乐！她不由的掉了一对小圆泪珠！可是，把他们赶出去？他们又没有大错处；况且他们给的房钱比别人多！写信吧，没法，皱着眉头写！

早饭以前，玛力挠着短头发先去看有信没有。两封：一封是煤气公司的账条子，一封是由乡下来的。

"妈，多瑞姑姑的信，看这个小信封！"

温都太太正做早饭，腾不下手来，叫玛力给她念。玛力用小刀把信封裁开：

"亲爱的温都，

谢谢你的信。我的病又犯了，不能到伦敦去，真是对不起！你们那里有两个中国人住着，真的吗？

你的好朋友，

多瑞。"

玛力把信往桌上一扔，吹了一口气：

"得，妈！她不来！'你们那里有两个中国人住着！'看出来没有？妈！"

"她来，我们去歇夏；她不来，我们也得去歇夏！"温都太太把鸡蛋倒在锅里，油往外一溅，把小白腕子烫了一点："Damn！"

早饭做好，温都太太把马老先生的放在托盘里，给他送上楼去。马老先生的醉劲早已过去了，脑门上的那块伤也好了；可是醉后的反动，非常的慎重，早晨非到十一点钟不起来，早饭也在床上吃。她端着托盘，刚一出厨房的门，拿破仑恰巧从后院运动回来；它冷不防往上一扑，她腿一软，坐在门儿里边了，托盘从"四平调"改成"倒板"，哗啦！摊鸡子全贴在地毯上，面包正打拿破仑的鼻子。小狗看了看她，闻了闻面包，知道不是事，夹着尾巴，两眼溜球着又上后院去了。

"妈！怎么啦？"玛力把母亲搀起来，扶着她问："怎么啦？妈！"

温都太太的脸白了一会儿，忽然通红起来。小鼻子尖子出了一层冷汗珠，嘴唇一劲儿颤，比手颤的速度快一些。她呆呆的看着地上的东西，一声没出。

玛力的脸也白了，把母亲搀到一把椅子旁边，叫她坐下；自己忙着捡地上的东西，有地毯接着，碟子碗都没碎，只是牛奶罐儿的把儿掉了一半。

"妈！怎么啦？"

温都太太的脸更红了，一会儿把一生的苦处好像都想起来。嘴唇儿颤着颤着，忽然不颤了；心中的委屈破口而出，颇有点碎嘴子：

"玛力！我活够了！这样的生活我不能受！钱！钱！钱！什么都

是钱！你父亲为钱累死了！我为钱去作工，去受苦！现在我为钱去服侍两个中国人！叫亲友看不起！钱！世界上的聪明人不会想点好主意吗？不会想法子把钱赶走吗？生命？没有乐趣！——除非有钱！"

说完了这一套，温都太太痛快了一点，眼泪一串一串的往下落。玛力的眼泪也在眼圈儿里转，不知道说什么好，只用小手绢给母亲擦眼泪。

"妈！不愿意服侍他们，可以叫他们走呀！"

"钱！"

"租别人也一样的收房钱呀，妈！"

"还是钱！"

玛力不明白母亲的意思，看母亲脸上已经没眼泪可擦，擦了擦自己的眼睛。温都太太半天没言语。

"玛力，吃你的饭，我去找拿破仑。"温都太太慢慢站起来。

"妈？你到底怎么倒在地上了？"

"拿破仑猛的一扑我，我没看见它。"

玛力把马威叫来吃早饭。他看玛力脸上的神气，没跟她说什么；先把父亲的饭（玛力给从新打点的）端上去，然后一声没言语把自己的饭吃了。

吃过饭，玛力到后院去找母亲。温都太太抱着拿破仑正在玫瑰花池旁边站着。太阳把后院的花儿都照起一层亮光；微风吹来，花朵和叶子的颤动，把四围的空气都弄得分外的清亮。墙角的蒲公英结了好几个"老头儿"，慢慢随着风向空中飞舞。拿破仑一眼溜着他的主母，一眼捎着空中的白胡子"老头儿"，羞答答的不敢出声。

"妈！你好啦吧？"

"好啦，你走你的吧。已经晚了吧？"温都太太的脸不那么红了，可是被太阳晒的有点干巴巴的难过；因为在后院抱着拿破仑又哭了一回，眼泪都是叫日光给晒干了的。拿破仑的眼睛也好像有点湿，看见玛力，轻轻摇了摇尾巴。

"拿破仑，你给妈赔不是没有？你个淘气鬼，给妈碰倒了，是你不是？"玛力看着母亲，跟小狗说。

温都太太微微一笑："玛力，你上工去吧，晚了！"

"再见，妈妈！再见，拿破仑！妈，你得去吃饭呀！"

拿破仑看见主母笑了，试着声儿吧吧叫了两声，作为向玛力说"再见"。

10

玛力走了以后，温都太太抱着拿破仑回到厨房，从新沏了一壶茶，煮了一个鸡子。喝了一碗茶；吃了一口鸡子，咽不下去，把其余的都给了拿破仑。有心收拾家伙，又懒得站起来；看了看外面：太阳还是响晴的。"到公园转个圈子去吧？"拿破仑听说上公园，两只小耳朵全立起了，顺着嘴角直滴答唾沫。温都太太换了件衣裳，擦了擦皮鞋，戴上帽子；心里一百多个不耐烦，可是被英国人的爱体面，讲排场的天性鼓动着，要上街就不能不打扮起来，不管心里高兴不高兴。况且自己是个妇人，妇人？美的中心！不穿戴起来还成！这群小姑娘们，连玛力都算在里头，不懂的什么叫美：短裙子露着腿，小帽子像个鸡蛋壳！没法说，时代改了，谁也管不了！自己要是还年轻也得穿短裙子，戴小帽子！反正女人穿什么，男人爱什么！男人！就是和男人说说心里的委屈才痛快！老马？呸！一个老中国人！他起来了没有？上去看看他？管他呢，"拿破仑！来！妈妈给你梳梳毛，那里滚得这么脏？"拿破仑伸着舌头叫她给梳毛儿，抬起右腿弹了弹脖子底下，好像那里有个虱子，其实有虱子没有，它自己也说不清。

到了大街，坐了一个铜子的汽车，坐到瑞贞公园。坐在汽车顶上，暖风从耳朵边上嗖嗖的吹过去，她深深的吸了一口气。拿破仑扶着汽车的栏杆立着，探着头想咬下道旁杨树的大绿叶儿来，汽车走得快，始终咬不着。

瑞贞公园的花池子满开着花，深红的绣球，浅蓝的倒挂金钟，还有多少叫不上名儿来的小矮花，都像向着阳光发笑。土坡上全是蜀菊，细高的梗子，大圆叶子，单片的，一团肉的，傻白的，鹅黄的花，都像抿着嘴说："我们是'天然'的代表！我们是夏天的灵魂！"两旁的大树轻俏的动着绿叶，在细沙路上印上变化不定的花纹。树下大椅子上坐着的姑娘，都露着胳臂，树影儿也给她们的白胳臂上印上些一块绿，一块黄的花纹。温都太太找了个空椅子坐下，把拿破仑放在地下。她闻着花草的香味，看着从树叶间透过的几条日光，心里觉得舒展了好些。脑子里又像清楚，又像迷糊的，想起许多事儿来。风儿把裙子吹起一点，一缕阳光射在腿上，暖忽忽的全身都像痒痒了一点；赶紧把裙子正了一正，脸上红了一点。二十年了！跟他在这里坐着！远远的听见动物园中的狮子吼了一声，啊！多少日子啦，没到动物园去！玛力小的时候，他抱着她，我在后面跟着，拿着些干粮，一块儿给猴儿吃！那时候，多快乐！那时候的花一定比现在的香！生命？惨酷的变化！越变越坏！服侍两个中国人？梦想不到的事！

回去吧！空想有什么用处！活着，人们都得活着！老了？不！看人家有钱的妇女，五十多岁还一朵花儿似的！玛力不会想这些事，啊，玛力要是出嫁，剩下我一个人，更冷落了！冷落！树上的小鸟叫了几声："冷落！冷落！"回去吧，看看老马去吧！——为什么一心想着他呢？奇怪男女的关系！他是中国人，人家笑话咱！为什么管别人说什么呢？一个小麻雀擦着她的帽沿飞过去；可怜的小鸟，终日为找食儿飞来飞去！

拿破仑呢？不见了！

"拿破仑！"她站起来四下看，没有小狗。

"看见拿破仑没有？"她问一个小孩子，他拿着一个小罐正在树底下捡落下来的小红豆儿。

"拿破仑？法国人？"小孩子张着嘴，用小黄眼珠看着她。

"不是，我的小狗。"她笑了笑。

小孩子摇了摇头，又蹲下了："这里一个大的！"

温都太太慌慌张张的往公园里边走，花丛里，树后边，都看了看，没有小狗！她可真急了，把别的事都忘了，一心想找着拿破仑。

她走过公园的第二道门，两眼张望着小河的两岸，还是没有拿破仑的影儿。河里几个男女摇着两只小船，看见她的帽子，全笑起来了。她顾不得他们是笑她不是，顺着河岸往远处瞧。还是没有！她的眼泪差不多要掉下来了，腿也有点软，一下子坐在草地上了。那群男女还笑呢！笑！没人和你表同情！看他们！身上就穿着那么一点衣裳！拿破仑呢？小桥下两只天鹅领着一群小的，往一棵垂柳底下浮，把小桥的影子用水浪打破了。小桥那边站着一个巡警，心满气足的站在那里好像个铜像。"问问他去。"温都太太想。刚要立起来，背后叫了一声："温都太太！"

马威！抱着拿破仑！

"呕！马威！你！你在哪儿找着它了？"温都太太忙着把狗接过来，亲了几个嘴："你怎么在这儿玩哪？坐下，歇一会儿咱们一块回去。"她喜欢的把什么都忘了，甚至于忘了马威是个中国人。

"我在那里看小孩们钓鱼，"马威指着北边说："忽然有个东西碰我的腿，一看，是它！"

"你个坏东西，坏宝贝！叫你妈妈着急！还不给马威道谢！"

拿破仑向马威吧吧了两声。

抱着小狗，温都太太再看河上的东西都好看了！"看那些男女，身体多么好！看那群小天鹅，多么有趣！"

"马威，你不摇船吗？"

马威摇了摇头。

"摇船是顶好的运动，马威！游泳呢？"

"会一点。"马威微微一笑，坐在她旁边，看着油汪汪的河水，托着那群天鹅浮悠浮悠的动。

"马威，你近来可瘦了一点。"

"可不是，父亲——你明白——"

"我明白！"温都太太点着头说，居然有点对马威，中国人，表同情。

"父亲——嘻！"马威要说没说，只摇了摇头。"你们还没定规上那里歇夏去哪？"

"没呢。我打算——"马威又停住了，心里说："我爱你的女儿，你知道吗？"

那个捡红豆的小孩子也来了，看见她抱着小狗，他用手擦着汗说：

"这是你的拿破仑吧？姑娘！"

听小孩子叫她"姑娘"，温都太太笑了。

"喝！姑娘，你怎么跟个中国人一块坐着呀？"

"他？他给我找着了狗！"温都太太还是笑着说。

"哼！"小孩子没言语，跑在树底下，找了根矮枝子，要打忽悠悠。忽然看见桥边的巡警，没敢打，拿起小罐跑啦。

"小孩子，马威，你别计较他们！"

"不！"马威说。

"我反正不讨厌你们中国人！"温都太太话到嘴边，没说出来："自要你们好好儿的！你们笑话中国人，我偏要他们！"温都太太的怪脾气又犯了，眼睛看着河上的白天鹅，心里这样想。

"下礼拜玛力的假期到了，我们就要去休息几天。你们在外边吃饭，成不成！"

"啊！成！玛力跟你一块儿去，温都太太？"马威由地上拔起一把儿草来。

"对啦！你看，我本来打算找个人给你们作饭——"

"人家不伺候中国人？"马威一笑。

温都太太点了点头，心中颇惊讶马威会能猜透了这个。在英国人看，除了法国人有时候比英国人聪明一点，别人全是傻子。在英国人看，只有英国人想的对，只有英国人能明白他们自己的思想；英国人的心事要是被人猜透，不但奇怪，简直奇怪的厉害！

"马威，你看我的帽子好看，还是玛力的好看？"温都太太看马威精明，颇要从心理上明白中国人的"美的观念"，假如中国人也有这么一种观念。

"我看都好。"

"这没回答了我的问题！"

"你的好看！"

"见玛力，说玛力的好看？"

"真的，温都太太，你的帽子确是好看！父亲也这么说。"

"啊！"温都太太把帽子摘下来，用小手巾抽了一抽。

"我得走啦！"马威看了看表说："伊姑娘今天找我来念书！你不走吗？温都太太！"

"好，一块儿走！"温都太太说，说完自己想："谁爱笑话我，谁笑话，我不在乎！偏跟中国人一块走！"

11

马威近来常拿着本书到瑞贞公园去。找个清静没人的地方一坐，把书打开——不一定念。有时候试着念几行，皱着眉头，咬着大拇指头，翻过来掉过去的念；念得眼睛都有点起金花儿了，不知道念的是什么。把书放在草地上，狠狠的在脑杓上打自己两拳："你干什么来的？不是为念书吗！"恨自己没用，打也白饶；反正书上的字不往心里去！

不光是念不下书去，吃饭也不香，喝茶也没味，连人们都不大愿招呼。怎么了？——她！只有见了她，心里才好受！这就叫作恋爱吧？马威的颧骨上红了两小块，非常的烫。别叫父亲看出来，别叫——谁也别看出来，连李子荣算在里头！可是，他妈的脸上这两点红，老是烫手热！李子荣一定早看出来了！

天天吃早饭见她一面，吃晚饭再见一面；早饭晚饭间隔着多少点钟？一二三四……没完，没完！有时候在晚饭以前去到门外站一站，等着她回来；还不是一样？她一点头，有时候笑，有时候连笑都不笑，在门外等她没用！上她的铺子去看看？不妥当！对，上街上去绕圈儿，万一遇见她呢！万一在吃午饭的时候遇见，岂不是可以约她吃饭！明知道她的事情是在铺子里头做的，上街去等有什么用，可是万一……！在街上站一会儿，走一会儿；汽车上，铺子里，都看一眼，万一她在那个汽车上，我！飞上去！啊！自己吓自己一跳，她！细一看，不是！有时候随着个姑娘在人群里挤，踩着了老太太的脚尖也不顾得道歉，一劲儿往前赴！赶过去了，又不是她！这个姑娘的脸没有她的白，帽子衣裳可都一样；可恶！和她穿一样的衣裳！再走，再看……心里始终有点疼，脸上的红点儿烫手热！

下雨？下雨也出去；万一她因为下雨早下工呢！"马威你糊涂！那有下雨早放工的事！没关系，反正是坐不住，出去！"伞也不拿，恨拿伞，挡着人们的脸！淋得精湿，帽子往下流水，没看见她！

她，真是她！在街那边走呢！他心里跳得快了，腿好像在裤子里直转圈。赶她！但是，跟她说什么呢？请她吃饭？现在已经三点了，那能还没吃午饭！请喝茶，太早！万一她有要紧事呢，耽误了她岂不……万一她不理我呢？……街上的人看我呢？万一她生了气，以后永不理我呢？都快赶上她了，他的勇气没有了。站住了，眼看着叫她跑了！要不是在大街上，真的他得哭一场！怎么这样没胆气，没果断！心里像空了一样，不知道怎样对待自己才好：恨自己？打自己？可怜自己？这些事全不在乎他自己，她！她拿着他的心！消极方法：不会把她撇在脑后？不会不看她？世界上姑娘多着呢，何必单爱她？她，每到礼拜六把嘴唇擦得多么红，多么难看？她是英国人，何必呢，何必爱个外国人呢？将来总得回国，她能跟着我走吗？不能！算了吧，把她扔在九霄云外吧！——她又回来了，不是她，是她的影儿！笑涡一动一动的，嘴唇儿颤着，一个白牙咬着一点下嘴唇，黄头发曲曲着，像一汪儿日光下的春浪。她的白嫩的脖子，直着，弯着，都那么自然好看。说什么也好，想什么也好，只是没有说"玛力"，想"玛力"那么香甜！

假如我能抱她一回？命，不算什么，舍了命作代价！跟她上过一回电影院，在黑灯影里摸过她的手，多么润美！她似乎没介意，或者外国妇女全不介意叫人摸手！她救我的父亲，一定她有点意；不然，为什么许我摸她的手，为什么那样诚恳的救我父亲？慢慢的来，或者有希望！华盛顿那小子！他不但摸她的手，一定！一定也……我恨他！她要是个中国妇人，我一定跟她明说："我爱你！"可是，对中国妇人就有这样胆气吗？马威！马威！你是个乏人，没出息！不想了！好好念书！父亲不成，我再不成，将来怎办！谁管将来呢，现在叫我心不疼了，死也干！……

眼前水流着，鸟儿飞着，花在风里动着；水，鸟，花，或者比她美，然而人是人，人是肉作的，恋爱是由精神上想不透，在肉体上可以享受或忍痛的东西；压制是没用的！

伊姑娘？呕！她今天来念书！念书？嘻！非念不可！

温都太太抱着小狗，马威后面跟着，一同走回来。

走到门口，伊姑娘正在阶下立着。她戴着顶蓝色的草帽，帽沿上钉着一朵浅粉的绢花。蓝短衫儿，衬着件米黄的绸裙，脑袋歪着一点，很安静的看着自己的影儿，在白阶石上斜射着。

"她也好看！"马威心里说。

"啊，伊姑娘！近来可好？进来吧！"温都太太和凯萨林拉了拉手。

"对不起，伊姑娘，你等了半天啦吧？"马威也和她握手。

"没有，刚来。"伊姑娘笑了笑。

"伊姑娘，你上楼吧，别叫我耽误你们念书。"温都太太抱着拿破仑，把客厅的门开开，要往里走。

"待一会儿见，温都太太。"伊姑娘把帽子挂在衣架上，拢了拢头发，上了楼。

马老先生正要上街去吃午饭，在楼梯上遇见凯萨林。

"伊姑娘，你好？伊牧师好？伊太太好？你兄弟好？"马老先生的问好向来是不折不扣的。

"都好，马先生。你大好了？我舅舅真不对，你——"

"没什么，没什么！"马先生嗓子里咯噌了几声，好像是乐呢："我自己不好。他是好意，哥儿们一块凑个热闹。唏，唏，唏。"

"马先生，你走吧，我和马威念点书。"伊姑娘一闪身让马老先生过去。

"那么，我就不陪了，不陪了！唏，唏，唏，"马老先生慢慢下了两层楼梯，对马威说："我吃完饭上铺子去。"说的声音很小，恐怕叫凯萨林听见。"上铺子去"不是什么光荣事："上衙门去"才够派儿。

凯萨林坐在椅子上，掏出一本杂志来。

"马威，你教我半点钟，我教你半点钟。我把这本杂志上的一段翻成中国话，你逐句给我改。你打算念什么？"

马威把窗子开开，一缕阳光正射在她的头发上，那圈金光，把她衬得有点像图画上的圣母。他拉了把椅子坐在她的里首，因为怕挡住射在她头上的那缕阳光。"她的头发真好，比玛力的还好！然而不知道为什么，玛力总是比她好看。玛力的好看往心里去，凯萨林只是个好看的老姐姐。"马威心里想，听见她问，赶紧敛了敛神，说："你想我念什么好，伊姐姐？"

"念小说吧，你去买本韦尔斯的《保雷先生》，你念我听，多咱我听明白了，多咱往下念，这样你可以一字字的念真了，念正确了。至于生字呢，你先查出来，然后我告诉你哪个意思最恰当。这么着，好不好？你要有好主意，更好。"

"就这么办吧，姐姐。我今天没书，先教你，下回你教我。"

"叫我占半点钟的便宜？"凯萨林看着他笑了笑。马威陪着笑了笑。

…………

"妈！妈！你买了新帽子啦？"玛力一进门就看见凯萨林的蓝草帽儿了。

"那儿呢？"温都太太问。

"那儿！"玛力指着衣架，蓝眼珠儿含着无限的羡慕。

"那不是我的，伊姑娘的。"

"呕！妈，我也得买这么一顶！她干什么来了？哼，我不爱那朵粉花儿！"玛力指点出帽子的毛病来，为是减少一点心中的羡慕，羡慕和嫉妒往往是随着来的。

"你怎么这么早就回来啦？"温都太太问。

"我忘了说啦，妈！我不放心你，早晨你摔了那么一下子，我还得赶紧回去！你好啦吧，妈？妈，我要那样的帽子！我们的铺子里不卖草帽，她也不是那儿买的？"玛力始终没进屋门，眼睛始终没离开那顶帽子；帽子的蓝色和她的蓝眼珠似乎联成了一条蓝线！

"玛力，你吃了饭没有？"

"就吃了一块杏仁饼，一碗咖啡，为是忙着来看你吗！"玛力往衣架那边挪了一步。

"我好了，你去吧！谢谢你，玛力！"

"妈，凯萨林干什么来了？"

"跟马威学中国话呢。"

"赶明儿我也跟他学学！"玛力瞪了那个蓝帽子一眼。

玛力刚要往外走，伊姑娘和马威从楼上下来了。

伊姑娘一面招呼她们母女，一面顺手儿把帽子摘下来，戴上，非常的自然，一点没有显摆帽子的样儿，也没有故意造作的态度。

"玛力，你的气色可真好！"凯萨林笑着说。

"伊姑娘，你的帽子多么好看！"玛力的左嘴犄角往上一挑，酸酸的一笑。

"是吗？"

"不用假装不觉乎！"玛力心里说，看了马威一眼。

"再见，温都太太！再见，玛力！"凯萨林和她们拉了拉手，和马威一点头。

"妈，晚上见，"玛力也随着出去。

马威在台阶上看着她们的后影：除了她们两个都是女子，剩下没有相同的地方。凯萨林的脖子挺着，帽沿微微的颤。玛力的脖子往前探着一点，小裙子在腿上前后左右的裹。他把手插在裤袋里，皱着眉头上了楼。已经是吃午饭的时候，可是不饿；其实也不是不饿；——说不上来是怎么一回子事！

…………

"妈，牛津大街的加麦公司有那样的草帽。妈，咱们一人买一顶好不好？"玛力在厨房里，抱着拿破仑，跟母亲说。

"没富裕钱，玛力！把糖罐递给我。"温都太太的小鼻子叫火烤的通红，说话也有点发燥："咱们不是还去歇夏哪吗？把钱都买了帽子，就不用去了！那样的帽子至少也得两镑钱一顶！"——把一匙子糖都倒在青菜上了——"瞧！你净搅我，把糖——"

"要旅行去，非有新帽子不可！"玛力的话是出乎至诚，一使劲把拿破仑的腿夹得生疼。小狗没敢出声，心里说：

"你的帽子要是买不成，我非死不可呀！还是狗好，没有帽子问题！"

"吃完饭再说，玛力！别那么使劲抱着狗！"

马老先生直到晚饭已经摆好才回来。午饭是在中国饭馆吃的三仙汤面，吃过饭到铺子去，郑重其事的抽了几袋烟。本想把货物从新摆一摆，想起来自己刚好，不可以多累；不做点什么，又似乎不大对；拿出账本子看看吧！上两个月赚了四十镑钱，上月赔了十五镑钱；把账本收起去；谁操这份心呢！有时候赚，有时候赔；买卖吗，那能老赚钱？

吃了晚饭，玛力正要继续和母亲讨论帽子问题。马老先生轻轻向她一点头。

"温都姑娘，给你这个。"他递给她一个小信封。

"呕，马先生，两镑钱的支票，干吗？"

"我应许了你一顶帽子，对不对？"

"哈啦！妈——！帽子！"

12

马老先生病好了以后，显着特别的讨好。吃完早饭便到后院去浇花，拿腻虫，剪青草；嘴里哼唧着有声无字的圣诗，颇有点中古时代修道士的乐天爱神的劲儿。心中也特别安适：蜜蜂儿落在脑门上，全不动手去轰；只要你不螫咱，咱就不得罪你，要的是这个稳劲儿，你瞧！

给玛力两镑钱——不少点呀！——买帽子，得，又了啦个心愿！给她母亲也买一顶不呢？上月赔了十五镑，不是玩儿的，省着点儿吧！可是人情不能不讲啊，病了的时候，叫她没少受累，应该买点东西谢谢她！下月再说，下月哪能再赔十五镑呢！马威近来瘦了一点，也不是怎么啦？小孩子，总得多吃，糊吃闷睡好上膘吗，非多吃不可！啊，该上铺子瞧瞧去了，李子荣那小子专会瞎叨唠，叨唠唠，叨唠唠，一天叨唠到晚，今天早去，看他还叨唠什么！喝！已经十点了，快走吧！等等，移两盆花，搬到铺子去，多好！他要是说我晚了，我有的说，我移花儿来着，嗖！那几棵没有希望的菊秧子，居然长起来了，而且长得不错。对，来两盆菊花吧。古玩铺里摆菊花，有多么雅！——也许把李子荣比得更俗气！

马先生还是远了雇汽车，近了慢慢走，反正不坐公众汽车和电车；好，一下儿出险，死在伦敦，说着玩儿的呢！近来连汽车也不常雇了：街上是乱的，无论如何，坐车是不保险的！况且，在北京的时候，坐上汽车，巡警把人马全挡住，专叫汽车飞过去，多么出锋头，带官派！这里，在伦敦，大巡警把手一伸，车全站住，连国务总理的车都得站住，鬼子吗，不懂得尊卑上下！端着两盆菊秧，小胡子嘴撅撅着一点，他在人群里挤开了。他妈的，那里都这么些个人！简直的走不开：一个个的都走得那么快，撞丧呢！英国人不会有起色，一点稳重气儿都没有！

到了铺子，耳朵里还是嗡嗡的响；老是这么响，一天到晚是这么响！但愿上帝开恩，叫咱回家吧，受不了这份乱！定了定神，把两盆菊秧子摆在窗子前面，捻着小胡子看了半天：啊，这一棵有个小黄叶儿，掐下去！半个黄叶也不能要，讲究一顺儿绿吗?

"马先生！"李子荣从柜房出来，又是挽着袖子，一手的泥！（这小子横是穿不住衣裳，俗气！）"咱们得想主意呀！上月简直的没见钱，这个月也没卖了几号儿；我拿着工钱，不能瞪眼瞧着！你要是有办法呢，我自然愿意帮你的忙；你没办法呢，我只好另找事，叫你省下点工钱。反正这里事情不多，你和马威足可以照应过来了！我找得着事与否，不敢说一定，好在你要是给我两个礼拜的限，也许有点眉目！咱们打开鼻子说亮话，告诉我一句痛快的，咱们别客气！"

李子荣话说的干脆，可是态度非常的温和，连马先生也看出：他的话是真由心里头说出来的，——可是，到底有点俗气！

马老先生把大眼镜摘下来，用小手巾轻轻的擦着，半天没说话。

"马先生，不忙，你想一想，一半天给我准信好不好？"李子荣知道紧逼老马是半点用没有，不如给他点工夫，叫他想一想；其实他想不想还是个问题，可是这么一说，省得都僵在那儿。

马老先生点了点头，继续着擦眼镜。

"我说，李伙计！"马先生把眼镜戴上，似笑不笑的说："你要是嫌工钱小，咱们可以商量啊！"

"嘿！我的马先生，我嫌工钱小！真，我真没法叫你明白我！"李子荣用手挠着头发，说话有点结巴："你得看事情呀，马先生！我告诉过你多少回了，咱们得想法子，你始终不听我的，现在咱们眼看着赔钱，我，我，真的，我没法说！你看，咱们邻家，上月净卖蒙文满文的书籍，就赚了好几百！我——"

"谁买满蒙文的书啊？买那个干什么？"马老先生不但觉着李子荣俗气，而且有点精神病！笑话，古玩铺卖满蒙文的书籍，谁买呀？"你要嫌工钱小，咱们可以设法；有办法，自要别伤了面子！"

面子！

可笑，中国人的"讲面子"能跟"不要脸"手拉手儿走。马先生在北京的时候，舍着脸跟人家借一块钱，也得去上亲戚家喝盅喜酒，面子！张大帅从日本搬来救兵，也得和苟大帅打一回，面子！王总长明知道李主事是个坏蛋，也不把他免职，面子！

中国人的事情全在"面子"底下蹲着呢，面子过得去，好啦，谁管事实呢！

中国人的办事和小孩子"摸老瞎"差不多：转着圈儿摸，多咱摸住一个，面子上过得去了，算啦，谁管摸住的是小三，小四，还是小三的哥哥傻二儿呢！

马先生真为了难！事实是简单的：买卖赔钱，得想主意。可是马先生，真正中国人，就不肯这么想，洋鬼子才这么想呢；李子荣也这么想，黄脸的洋鬼子！

"买卖赔钱呀？我没要来做这个穷营业呀！"马先生见李子荣不说话了，坐在椅子上，捻着小胡子，想开了："我要是不上英国来，现在也许在国内作了官呢！我花钱多呀，我的钱，谁也管不了！"心中一横，手里一使劲，差点揪下两根胡子来："我不懂得怎么作买卖，读书的君子就不讲作买卖！挤兑我？成心逼我？姓李的，你多咱把书念透了，你就明白你马大叔是什么回事了！俗气！"他向屋里瞪了一眼："卖满蒙文的书籍？笑话，洋鬼子念满文'十二头儿'？怎么着，洋鬼子预备见佐领挑马甲是怎着？现在我们是'中华民国'了！辞我的工不干了？一点面子不讲？你在这儿还要怎么着？咱姓马的待你错不错？猛孤仃的给咱个辞活不伺候，真有鼻子就结啦！"

马先生绕着圈儿想，越想自己的理由越充足，越想越离事实远，越离事实远越觉得自己是真正好中国人，——李子荣是黄脸洋鬼子！

"我说李伙计，"马先生立起来，眼睛瞪着一点，说话的声音也粗了一些，把李子荣吓了一跳："给你长工钱，你也不干；好吧，你要走，走！现在就走！"

说完了话，学着戏台上诸葛亮的笑法，唏唏了几声。唏唏完了，又觉得不该和李子荣这么不讲面子！可是话已出口，后悔有吗用，来个一气到底：

"现在就走！"

李子荣正擦一把铜壶，听见马先生这样说，慢慢把壶放在架子上，看着马先生半天没言语。

马先生身子有点不舒坦："这小子的眼神真足！"

李子荣笑了：

"马先生，你我谁也不明白谁，咱们最好别再费话。我不能现在就走。论交情的话呢，我求你给我两个礼拜的限；论法律呢，我当初和你哥哥定的是：不论谁辞谁，都得两个礼拜以前给信。好了，马先生，我还在这儿做十四天的事，从今天算起。谢谢你！"

说完，李子荣又把铜壶拿起来了。

马老先生的脸红了，瞪了李子荣的脊梁一眼，开开门出去了。出了门口，嘟囔着骂：

"这小子够多么不要脸！人家赶你，你非再干两个礼拜不可！好，让你在这儿两个礼拜，我不能再见你，面子已经弄破了，还在一块儿做事，没有的事！没有的事！！对，回去！回去给他两个礼拜的工钱，叫他登时就走！白给你钱，你还不走吗？你可看明白了，我没辞你，是你不愿意干啦！再干两个礼拜，想再敷衍下去，你当我看不出来呢，谁也不是傻子！对，给他两礼拜的工钱，叫他走！……瞧他那个样儿呀，给他钱，他也不走，他要是说再干两礼拜呀，那算是妥了！没法跟这样人打交道，他满不顾面子！我没法子！赶明儿带马威回国，在外国学不出好来！瞧李子荣，没皮没脸！你叫他走，他说法律吧，交情吧，扯蛋！……没法子！……没面子！……去吃点三仙汤面吧！管他李子荣，张子荣呢！犯不上跟他生气！气着，好，是玩儿的呢！……"

13

"老李！你跟我父亲吵起来了？"马威进门就问，脸上的神气很不好看。

"我能跟他吵架？老马！"李子荣笑着说。

"我告诉你，老李！"马威的脸板着，眉毛拧在一块，嘴唇稍微有点颤："你不应该和父亲捣乱！你知道他的人性，有什么事为什么不先跟我说呢！不错，你帮我们的忙不少，可是你别管教我父亲啊！无论怎说，他比咱们大二十多岁！他是咱们的前辈！"他忽然停住了，看了李子荣一眼。李子荣愣了一会儿，挠挠头发，噗哧的一笑：

"你怎么了？老马！"

"我没怎么！我就是要告诉你：别再教训我父亲！"

"呕！"李子荣刚要生气，赶紧就又笑了："你吃了饭没有？老马！"

"吃了！"

"你给看一会儿铺子成不成？我出去吃点甚么，就回来。"

马威点了点头。李子荣扣上帽子，出去了，还是笑着。

李子荣出去以后，大约有十分钟，进来一个慈眉善目的老头儿。

"啊，年青的，你是马先生的儿子吧？"老头儿笑嘻嘻的说，脑袋歪在一边儿。

"是，先生！"马威勉强笑着回答。

"啊，我一猜就是吗，你们父子的眼睛长得一个样。"老头儿说着，往屋里看了一眼："李先生呢？"

"出去吃饭，就回来——先生要看点什么东西？我可以伺候你！"马威心里想："我也会作生意，不是非仗着李子荣不可！"

"不用张罗我，我自己随便看吧！"老头儿笑了笑，一手贴在背后，一手插在衣袋里，歪着头细细看架子上的东西。看完一件，微微点点头。

马威要张罗他，不好；死等着，也不好；皱着眉，看着老头儿的脊梁盖儿。有时候老头回过头来，他赶紧勉强一笑，可是老头儿始终没注意他。

老头儿身量不高，可是长得挺富泰。宽宽的肩膀，因为上了年纪，稍微往下溜着一点。头发雪白，大概其的往后拢着。连腮一部白胡子，把嘴盖得怪好看的。鼻子不十分高，可是眼睛特别的深，两个小眼珠深深的埋伏着，好像专等着帮助脸上发笑。脑袋常在一边儿歪歪着。老头儿的衣裳非常的讲究。一身深灰呢衣，灰色的绸子领带，拴着个细金箍儿。单硬领儿挺高，每一歪头的时候，硬领的尖儿就藏在白胡子里。没戴着帽子。皮鞋非常的大，至少比脚大着两号儿，走道儿老有点擦着地皮，这样，叫裤子的中缝直直的立着，一点褶儿也没有。

"我说，年青的，这个罐子不能是真的吧？"老头儿从货架子上拿起一个小土罐子，一手端着，一手轻轻的摸着罐口儿，小眼睛半闭着，好像大姑娘摸着自己的头发，非常的谨慎，又非常的得意。

"那——"马威赶过两步去，看了小罐子一眼，跟着又说了个长而无用的"那——"

"啊，你说不上来；不要紧，等着李先生吧。"老头儿说着，双手捧着小罐，嘴唇在白胡子底下动了几动，把小罐又摆在原地方了。"你父亲呢？好些日子没见他了！"老头儿没等马威回答，接着说下去，眼睛还看着那个小罐子："你父亲可真是好人哪，就是不大会做生意，啊，不大会做生意。你在这儿念书哪吧？念什么？啊，李先生来了！啊，李先生，你好？"

"啊，约汗，西门爵士！你好？有四五天没见你啦！"李子荣脸上没有一处不带着笑意，亲亲热热的和西门爵士握了握手。

西门爵士的小眼睛也眨巴着，笑了笑。

"西门爵士，今天要看点什么？上次拿去的宜兴壶已经分析好了吧？"

"哎，哎，已经分析了！你要是有贱的广东磁，不论是什么我都要；就是广东磁我还没试验过。你有什么，我要什么，可有一样，得真贱！"西门爵士说着，向那个小罐子一指："那个是真的吗？"

"冲你这一问，我还敢说那是真的吗！"李子荣的脸笑得真像个混糖的开花馒头。一边说，一边把小罐子拿下来，递给老头儿："釉子太薄，底下的棕色也不够厚的，决不是磁州的！可是，至迟也是明初的！西门爵士，你知道的比我多，你看着办吧，看值多少给多少！马先生，给西门爵士搬把椅子来！"

"哎，哎，不用搬！我在试验室里一天家站着，站惯了，站惯了！"西门爵士特意向马威一笑："哎，谢谢！不用搬！"然后端着小罐又仔细看了一过："哎，你说的不错，底下的棕色不够厚的，不错！好吧，无论怎么说吧，给我送了去吧，算我多少钱？"

"你说个数儿吧，西门爵士！"李子荣搓着手，肩膀稍微耸着点儿，真像个十二分成熟的买卖人。

马威看着李子荣，不知不觉的点了点头。

老头儿把小罐儿捧起来，看了看罐底儿上的价码。跟着一挤眼，说："李先生，算我半价吧！哎！"

"就是吧，西门爵士！还是我亲身给你送了去？"

"哎，哎，六点钟以后我准在家，你跟我一块儿吃饭，好不好！"

"谢谢！我六点半以前准到！广东磁器也送去吧？"

"哎，你有多少？我不要好的！为分析用，你知道——"

"知道！知道！我这儿只有两套茶壶茶碗，不很好，真正广东货。把这两套送到试验室，这个小罐子送到你的书房，是这么办不是？西门爵士！"

"这家伙全知道！"马威心里说。

"哎，哎，李先生你说的一点儿不错！"

"还是偷偷儿的送到书房去，别叫西门夫人看见，是不是，西门爵士？"李子荣说着，把小罐接过来，放在桌儿上。

老头儿笑开了，头一次笑出声儿来。

"哎，哎，我的家事也都叫你知道了！"老头儿掏出块绸子手巾擦了擦小眼睛："你知道，科学家不应该娶妻，太麻烦，太麻烦！西门夫人是个好女人，就是有一样，常搅乱我的工作。哎，我是个科学家兼收藏家，更坏了！西门夫人喜欢珍珠宝石，我专买破罐子烂砖头！哎，妇人到底是妇人！哎，偷偷的把小罐子送到书房去，咱们在那里一块吃饭。我还要问你几个字，前天买了个小铜盒子，盖上的中国字，一个个的小四方块儿，哎，我念不上来，你给我翻译出来吧！还是一个先令三个字，哎？"

"不是篆字？"李子荣还是笑着，倒好像要把这个小古玩铺和世界，全招笑了似的。

"不是，不是！我知道你怕篆字。哎，晚上见吧。连货价带翻译费我一齐给你，晚上给你。晚上见，哎。"西门爵士说完，过去拍了拍马威的肩膀，"哎，你还没告诉我，你念什么书呢！"

"商业！先生——爵士！"

"啊！好，好！中国人有做买卖的才干，忍力；就是不懂得新的方法！学一学吧！好，好好的念书，别净出去找姑娘，哎？"老头儿的小眼睛故意眨巴着，要笑又特意不笑出来，嘴唇在白胡底下动了动。

"是！"马威的脸红了。

"西门爵士，你的帽子呢？"李子荣把门开开，弯着腰请老头儿出来。

"哎，在汽车上呢！晚上见，李先生！"

老头儿走了以后，李子荣忙着把小罐子和两套茶壶茶碗都用棉花垫起来，包好。一边包，一边向马威说：

"这个老头子是个好照顾主儿。专收铜器和陶器。他的书房里的东西比咱们这儿还多上三倍。原先他作过伦敦大学的化学教授，现在养老不作事了，可是还专研究陶土的化学配合。老家伙，真有意思！贵东西买了存着，贱东西买了用化学分析。老家伙，七十多了，多么精神！我说老马，开两张账单儿，搁在这两个包儿一块。"

李子荣把东西包好，马威也把账单儿开来。李子荣看了马威一眼，说：

"老马，你今儿早晨怎么了？你不是跟我闹脾气，你一定别有心事，借我出气！是不是？大概是爱情！我早看出来了，腮上发红，眉毛皱着，话少气多，吃喝不下，就剩——抹脖子，上吊！"李子荣哈哈的乐起来："害相思的眼睛发亮，害单思的眼睛发浑！相思有点甜味，单思完全是苦的！老马？你的是？"

"单思！"马威受这一场奚落，心中倒痛快了！——害单思而没地方去说的，非抹脖子不可！

"温都姑娘？"

"哼！"

"老马，我不用劝你，没用！我有朝一日要是爱上一个女人，她要是戏耍我，我立刻就用小刀抹脖子！嗞！"李子荣用食指在脖子上一抹。"可是，我至少能告诉你这么一点儿：你每一想她的时候，同时也这么想：她拿我，一个中国人，当人看不呢？你当然可以给你自己一个很妥当的回答。她不拿咱当人看，还讲爱情？你的心可以凉一点儿了！这是我独门自造的'冰吉凌'，专治单思热病！没有英国青年男女爱中国人的，因为中国人现在是给全世界的人作笑话用的！写文章的要招人笑，一定骂中国人，因为只有中国人骂着没有危险。研究学问的恨中国人，因为只有中国人不能帮他们的忙；那样学问是中国人的特长？没有！普通人小看中国人，因为中国人——缺点多了，简直的说不清！我们当时就可以叫他们看得重，假如今天我们把英国，德国，或是法国给打败！更好的办法呢，是今天我们的国家成了顶平安的，顶有人才的！你要什么？政治！中国的政治最清明啊！你要什么？化学！中国的化学最好啊！除非我们能这么着，不用希望叫别人看得起；在叫人家看不起的时候，不用乱想人家的姑娘！我就见过温都姑娘一回，我不用说她好看不好看，人品怎么样；我只能告诉你一句话，她不能爱你！她是普通男女中的一个，普通人全看不起中国人，为什么她单与众不同的爱个小马威！"

"不见得她准不爱我！"马威低着头儿说。

"怎见得？"李子荣笑着问。

"她跟我去看电影，她救我的父亲。"

"她跟你去看电影，和我跟你去看电影，有什么分别？我问你！外国男女的界限不那么严——你都知道，不用我说。至于救你父亲，无论是谁，看见他在地上爬着，都得把他拉回家去！中国人见了别人有危险，是躲得越远越好，因为我们的教育是一种独善其身的！外国人见了别人遇难，是拼命去救的，他们不管你是白脸人，黑脸人，还是绿脸人，一样的拯救。他们平时看不起黑脸和绿脸的哥儿们，可是一到出险了，他们就不论脸上的颜色了！她不因为是'你'的父亲才救，是因为她的道德观念如此。我们以为看见一个人在地上躺着，而不去管，满可以讲得下去；外国人不这么想。他们的道德是社会的，群众的。这一点，中国人应当学鬼子！在上海，我前天在报上念的，有个老太婆倒在街上了，中国人全站在那里看热闹，结果是叫个外国兵给搀起来了；他们能不笑话我们吗！我——我说到那儿去啦？往回说吧！不用往脸上贴金，见她和你握手，就想她爱你！她才有工夫爱你呢！吃我的冰吉凌顶好，不用胡思乱思！"

马威双手捧着脑门儿，一声没发。

"老马，我已经和你父亲辞了我的事！"

"我知道！你不能走！你不能看着我们把铺子做倒了！"马威还是低着头，说话有点儿发颤！

"我不能不走！我走了，给你们一月省十几镑钱！"

"谁替我们做买卖呀！"马威忽然抬起头来，看着李子荣说："那个西门老头儿问我，我一个字答不出，我不懂！不懂！"

"那没难处！老马！念几本英国书，就懂得好些个。我又何尝懂古玩呢，都仗着念了些书！外国人研究无论那样东西，都能有条有理的写书，关于中国磁器，铜器，书可多了。念几本就行！够咱们能答得上碴儿的就行！老马，你放心，我走了，咱们还是好朋友，我情愿帮你的忙！"

待了半天，马威问：

"你那儿去找事呀？"

"说不上来，碰机会吧！好在我现在得了一笔奖金，五十镑钱，满够我活好几个月的呢！你看，"李子荣又笑了："《亚细亚杂志》征求中国劳工近况的论文，我破了一个月的工夫，连白天带晚上，写了一篇。居然中了选，五十镑！我告诉你，老马！老天爷饿不死瞎家雀，一点不错！我有这五十镑，足够混些日子的！反正事情是不找不来，咱天天去张罗，难道就真没个机会！愿意干事的人不会饿死；饿死的决不是能干的人！老马！把眉头打开，高起兴来干！"

李子荣过去按着马威的肩膀，摇了几下子。

马威哭丧着脸笑了一笑。

14

马老先生跟李子荣闹完气，跑到中国饭馆吃了两个三鲜汤面；平日不生气的时候总是吃一个面的。汤面到了肚子里，怒气差不多全没啦。生气倒能吃两个面，好现象！这么一想，几乎转怒为喜了。吃完面，要了壶茶，慢慢滋润着。直到饭座儿全走了，才会账往外溜达。出了饭馆，不知道上那儿去好。反正不能回铺子！掌柜的和伙计闹脾气，掌柜的总是有不到铺子的权柄！——正和总长生气就不到衙门去一样！一样！可是，上哪儿去呢？在大街上散逛？车马太乱，心中又有气，一下儿叫汽车给轧扁了，是玩儿的呢！听戏去？谁听鬼子戏呢！又没锣鼓，又不打脸，光是几个男女咕噜的瞎说，没意思！找伊牧师去？对！看看他去！他那天说，要跟咱商议点事。什么事呢？哎，管他什么事呢，反正老远的去看他，不至于有错儿！

叫了辆汽车到蓝加司特街去。

坐在车里，心里不由的想起北京：这要是在北京多么抖！坐着汽车叫街坊四邻看着，多么出色！这里，处处是汽车，不足为奇，车钱算白花！

"嘿喽！马先生！"伊牧师开开街门，把马先生拉进去："你大好了？又见着亚力山大没有？我告诉你，马先生，跟他出去总要小心一点！"

"伊牧师你好？伊太太好？伊小姐好？伊少爷好？"马先生一气把四个好问完，才敢坐下。

"他们都没在家，咱们正好谈一谈。"伊牧师把小眼镜往上推了一推，鼻子中间皱成几个笑纹。自从伤风好了以后，鼻子上老皱着那么几个笑纹，好像是给鼻子一些运动；因为伤风的时候，喷嚏连天，鼻子运动惯了。"我说，有两件事和你商议：第一件，我打算给你介绍到博累牧师的教会去，作个会员，礼拜天你好有个准地方去作礼拜。他的教会离你那儿不远，你知道游思顿街？哎，顺游思顿街一直往东走，斜对着英苏车站就是。我给你介绍，好不好？"

"好极了！"现在马老先生对外国人说话，总喜欢用绝对式的字眼儿。

"好，就这么办啦。"伊牧师嘴唇往下一垂，似是而非的笑了一笑："第二件是：我打算咱们两个晚上闲着作点事儿，你看，我打算写一本书，暂时叫作《中国道教史》吧。可是我的中文不十分好，非有人帮助我不可。你要是肯帮忙，我真感激不尽！"

"那行！那行！"马先生赶紧的说。

"我别净叫你帮助我，我也得替你干点什么。"伊牧师把烟袋掏出来，慢慢的装烟："我替你想了好几天了：你应当借着在外国的机会写点东西，最好写本东西文化的比较。这个题目现在很时兴，无论你写的对不对，自要你敢说话，就能卖得出去。你用中文写，我替你译成英文。这样，咱们彼此对帮忙，书出来以后，我敢保能赚些钱。你看怎么样？"

"我帮助你好了！"马老先生迟迟顿顿的说："我写书？倒真不易了！快五十的人啦，还受那份儿累！"

"我的好朋友！"伊牧师忽然把嗓门提高一个调儿："你五十啦？我六十多了！萧伯纳七十多了，还一劲儿写书呢！我问你，你看见过几个英国老头子不做事？人到五十就养老，世界上的事都交给谁做呀！"

"我也没说，我一定不做！"马老先生赶紧往回收兵，唯恐把伊牧师得罪了，其实心里说："你们洋鬼子不懂得尊敬老人，要不然，你们怎是洋鬼子呢！"

英国人最不喜欢和旁人谈家事，伊牧师本来不想告诉老马，他为什么要写书；可是看老马迟疑的样子，不能不略略的说几句话：

"我告诉你，朋友！我非干点什么不可！你看，伊太太还作伦敦传教公会中国部的秘书，保罗在银行里，凯萨林在女青年会作干事，他们全挣钱，就是我一个人闲着没事！虽然我一年有一百二十镑的养老金，到底我不愿意闲着——"伊牧师又推了推眼镜，心里有点后悔，把家事都告诉了老马！

"儿女都挣钱，老头子还非去受累不可！真不明白鬼子的心是怎么长着的！"马老先生心里说。

"我唯一的希望是得个大学的中文教授，可是我一定要先写本书，造点名誉。你看，伦敦大学的中文部现在没有教授，因为他们找不到个会写会说中国话的人。我呢，说话满成，就差写点东西证明我的知识。我六十多了，至少我还可以作五六年事，是不是？"

"是！对极了！我情愿帮助你！"马先生设法想把自己写书的那一层推出去："你看，你若是当了中文教授，多替中国说几句好话，多么好！"

马老先生以为中文教授的职务是专替中国人说好话。

伊牧师笑了笑。

两个人都半天没说话。

"我说，马先生！就这么办了，彼此帮忙！"伊牧师先说了话："你要是不叫我帮助你，我也就不求你了！你知道，英国人的办法是八两半斤，谁也不要吃亏的！我不能白求你！"

"你叫我写东西文化，真，叫我打哪儿写起！"

"不必一定是这个题目哇，什么都行，连小说，笑话都成！你看，中国人很少有用英文写书的，你的书，不管好不好，因为是中国人写的，就可以多卖。"

"我不能乱写，给中国人丢脸！"

"呕！"伊牧师的嘴半天没闭上。他真没想到老马会说出这么一句来！

马老先生自己也说不清，怎么想起这么一句来。

没到过中国的英国人，看中国人是阴险诡诈，长着个讨人嫌的黄脸。到过中国的英国人，看中国人是脏，臭，糊涂的傻蛋。伊牧师始终没看起马先生，他叫老马写书，纯是为好叫老马帮他的忙！他知道老马是傻蛋，傻蛋自然不会写书。可是不双方定好，彼此互助，伊牧师的良心上不好过，因为英国人的公平交易，是至少要在形式上表出来的！

伊牧师，和别的英国人一样，爱中国的老人，因为中国的老人一向不说"国家"两个字。他不爱，或者说是恨，中国的青年，因为中国的青年们虽然也和老人一样的糊涂，可是"国家"，"中国"这些字眼老挂在嘴边上。自然空说是没用的，可是老这么说就可恨！他真没想到老马会说："给中国人丢脸！"

马老先生自己也说不清，怎么想起这么一句来！

"马先生，"伊牧师愣了半天才说："你想想再说，好在咱们不是非今天决定不可。马威呢，他念什么呢？"

"补习英文，大概是要念商业。"马先生回答："我叫他念政治，回国后作个官儿什么的，来头大一点。小孩子拧性，非学商业不可，我也管不了！小孩子，没个母亲，老是无着无靠的！近来很瘦，也不是怎么啦！小孩子心眼重，我也不好深问他！随他去吧！反正他要什么，我就给他钱，谁叫咱是作老子的呢！无法！无法！"

马老先生说得十分感慨，眼睛看着顶棚，免得叫眼泪落下来。心中很希望：这样的一说，伊牧师或者给他作媒，说个亲什么的。——比方说吧，给他说温都寡妇。自然娶个后婚儿寡妇，不十分体面，可是娶外国寡妇，或者不至于犯七煞，尅夫主！——他叹了一口气；再说，伊牧师要是肯给他作媒，也总是替他作了点事，不是把那个作文化比较的事可以岔过去了吗！你替咱作大媒，咱帮助你念中国书：不是正合你们洋鬼子的"两不吃亏"的办法吗！他偷着看了伊牧师一眼。

伊牧师叼着烟袋，没言语。

"马先生，"又坐了半天，伊牧师站起来说："礼拜天在博累牧师那里见吧。叫马威也去才好呢，少年人总得有个信仰，总得！你看保罗礼拜天准上三次教会。"

"是！"马老先生看出伊牧师是已下逐客令，心里十二分不高兴的站起来："礼拜天见！"

伊牧师把他送到门口。

"他妈的，这算是朋友！"马先生站在街上，低声儿的骂："不等客人要走，就站起来说'礼拜天见！'礼拜天见？你看着，马大人要是上教堂去才怪！……"

"朋朋！——嗞啦！"一辆汽车擦着马先生的鼻子飞过去了！

15

温都母女歇夏去了，都戴着新帽子。玛力的帽箍上绣着个中国字，是马老先生写的，她母亲给绣的。戴上这个绣着中国字的帽子，玛力有半点来钟没闭上嘴，又有半点来钟没离开镜子。帽子一样的很多，可是绣中国字的总得算新奇独份儿。要是在海岸上戴着这么新奇的帽子，得叫多少姑娘太太们羡慕得落泪，或者甚至于晕过去！连温都太太也高兴得很，女儿的帽子一定惹起一种革命——叫作帽子革命吧！女儿的像片一定要登在报上，那得引起多少人的注意和羡爱！

"马先生，"玛力临走的时候来找马老先生："看！"她左手提着小裙子，叫裙子褶儿像扇面似的铺展开。脖子向左一歪，右手斜着伸出去，然后手腕轻松往回一撇。同时肩膀微微一耸，嘴唇一动："看！"

"好极了！美极了！温都姑娘！"马老先生向她一伸大拇指头。

玛力听老马一夸奖，两手忽然往身上一并，一扬脑袋，唏的一笑，一溜烟似的跑了。

其实，马老先生只把话说了半截：他写的是个"美"字，温都太太绣好之后，给钉倒了，看着——美——好像"大王八"三个字，"大"字拿着顶。他笑开了，从到英国还没这么痛快的笑过一回！"啊！真可笑！外国妇女们！脑袋上顶着'大王八'，大字还拿着顶！哎哟，可笑！可笑！"一边笑！一边摇头！把笑出来的眼泪全抢出去老远！

笑了老半天，马先生慢慢的往楼下走，打算送她们到车站。下了楼，她们母女正在门口儿等汽车。头一样东西到他的眼睛里是那个"大王八"。他咬着牙，梗着脖子，把脸都憋红了，还好，没笑出来。

"再见，马先生！"母女一齐说。温都太太还找补了一句："好好的，别淘气！出去的时候，千万把后门锁好！"

汽车来了，拿破仑第一个蹿进去了。

马老先生哼哧着说了声"再见！好好的歇几天！"

汽车走了，他关上门又笑开了。

笑得有点儿筋乏力尽了，马先生到后院去浇了一回花儿。一个多礼拜没下雨，花叶儿，特别是桂竹香的，有点发黄。他轻轻的把黄透了的全掐下来，就手来把玫瑰放的冗条子也打了打。响晴的蓝天，一点风儿没有，远处的车声，一劲儿响。马先生看着一朵玫瑰花，听着远处的车响，心里说不上来的有点难过！勉强想着玛力的帽子，也不是怎回事，笑不上来了！抬头看了看蓝天，亮，远，无限的远，还有点惨淡！

"几时才能回国呢？"他自己问自己："就这么死在伦敦吗？不！不！等马威毕业就回国！把哥哥的灵运回去！"想起哥哥，他有心要上坟去看看，可是一个人又懒得去。看着蓝天，心由空中飞到哥哥的坟上去了。那块灰色的石碑，那个散落的花圈，连那个小胖老太太，全活现在眼前了！"哎！活着有什么意味！"马先生轻轻摇着头念叨："石碑？连石碑再待几年也得坏了！世界上没有长生的东西，有些洋鬼子说，连太阳将来都是要死的！……可是活着，说回来了！也不错！……那自然看怎样活着，比如能作高官，享厚禄，妻妾一群，儿女又肥又胖，差不多了！值得活着了！……"

马先生一向是由消极想到积极，而后由积极而中庸，那就是说，好歹活着吧！混吧！混过一天又一天，心中好似……他差点没哼哼出几句西皮快板来。这种好歹活着，便是中国半生不死的一个原因，自然老马不会想到这里。

完全消极，至少可以产生几个大思想家。完全积极，至少也叫国家抖抖精神，叫生命多几分乐趣。就怕，像老马，像老马的四万万同胞，既不完全消极，又懒得振起精神干事。这种好歹活着的态度是最贱，最没出息的态度，是人类的羞耻！

马老先生想了半天，没想出什么高明主意来，赌气子不想了。回到书房，擦了一回桌椅，抽了袋烟。本想坐下念点书，向来没念书的习惯，一拿书本就觉得怪可笑的，算了吧。

"到楼下瞧瞧去，各处的门都得关好了！"他对自己说："什么话呢，人家走了，咱再不经心，还成！"

温都太太并没把屋子全锁上，因为怕是万一失了火，门锁着不好办。马先生看了看客厅，然后由楼梯下去，到厨房连温都太太的卧室都看了一个过儿。向来没进过她的屋里去，这次进去，心里还是有点发虚，提手蹑脚的走，好像唯恐叫人看见，虽然明知屋里没有人。进去之后，闻着屋里淡淡的香粉味，心里又不由的一阵发酸。他站在镜子前边，呆呆的立着，半天，又要走，又舍不得动。要想温都寡妇，又不愿意想。要想故去的妻子，又渺茫的想不清楚。不知不觉的出来了，心里迷迷糊糊的，好像吃过午饭睡觉做的那种梦，似乎是想着点什么东西，又似乎是麻糊一片。一点脚步声儿没有，他到了玛力卧房的门口。门儿开着，正看见她的小铁床。床前跪着个人，头在床上，脖子一动一动的好像是低声的哭呢。

马威！

老马先生一时僵在那块儿了。心中完全像空了一会儿，然后不禁不由的低声叫了声：

"马威！"

马威猛孤丁的站起来：脸上由耳朵根红起一直红到脑门儿。

父子站在那里，谁也没说什么。马威低着头把泪擦干，马老先生抹着小胡子，手直颤。

老马先生老以为马威还是十二三岁的小孩子。每逢想起马威，便联想到："没娘的小孩子！"看见马威瘦了一点，他以为是不爱吃英国饭的缘故。看见马威皱着眉，他以为是小孩子心里不合适。他始终没想到马威是二十多的小伙子了，更根本想不到小孩子会和——马老先生想不起相当的字眼，来表示这种男女的关系；想了半天，到底还是用了个老话儿："想不到这么年青就'闹媳妇'！"他不忍的责备马威，就这么一个儿子，又没娘！没有那样的狠心去说他！他又不好不说点什么，做父亲的看见儿子在个大姑娘床上哭，不体面，下贱，没出息！可是，说儿子一顿吧？自己也有错处，为什么始终看儿子还是个无知无识的小孩子！不知道年头儿变了，小孩子们都是胎里坏吗！为什么不事先防备！还算好！他和玛力，还没闹出什么笑话来！这要是……她是个外国姑娘，可怎么好！自己呢，也有时候爱温都寡妇的小红鼻子；可是那只是一时的发狂，谁能真娶她呢！娶洋寡妇，对得起谁！小孩子，想不到这么远！……

老马看了小马一眼，慢慢的往楼上走。

马威跟着出来，站在门口看着那个铁床。忽然又进去了，把床单子……自己的泪痕还湿着——轻轻舒展了一回。低着头出来，把门关好，往楼上走。

"父亲！"马威进了书房，低声儿叫："父亲！"

老马先生答应了一声，差点没落下泪来。

马威站在父亲的椅子后面，慢慢的说：

"父亲！你不用不放心我！我和她没关系！前些日子……我疯了！……疯了！现在好了！我上她屋里去，为是……表示我最后的决心！我再不理她了！她看不起咱们，没有外国人看得起咱们的，难怪她！从今天起，咱们应该打起精神做咱们的事！以前的事……我疯了！李子荣要走，咱们也拦不住他，以后的事，全看咱们的了！他允许帮咱们的忙，我佩服他，信任他，他的话一定是真的！我前两天得罪了他，我没心得罪他，可是，我……疯了！他一点没介意，他真是个好人！父亲！我对不起你，你要是有李子荣那样的一个儿子，什么事也不用你操心了！"

"万幸，我没李子荣那样的个儿子！"马老先生摇着头一笑。

"父亲！你答应我，咱们一块儿好好的干！咱们得省着点花钱！咱们得早起晚睡打着精神干！咱们得听李子荣的话！我去找他，问他找着事没有。他已经找着事呢，无法，只好叫他走。他还没找着事呢，咱们留着他！是这样办不是，父亲？"

"好，好，好！"马老先生点着头说，并没看马威："只要你知道好歹，自要你不野着心闹——什么事都好办！我就有你这么一个儿，你母亲死得早！我就指着你啦，你说什么是什么！你去跟李伙计商议，他要是说把房子拆了，咱登时就拆！去把他找来，一块来吃中国饭去，我在状元楼等你们。你去吧，给你这一镑钱。"老马先生，把一镑钱的票子掖在马威的口袋里。

…………

马威这几天的心里像一锅滚开花的粥：爱情，孝道，交情，事业，读书，全交互冲突着！感情，自尊，自恨，自怜，全彼此矛盾着！父亲不好，到底是父亲！李子荣太直爽，可是一百成的好人！帮助父亲做事，还有工夫念书吗？低着头念书，事业交给谁管呢？除此以外，还有个她！她老在眼前，心上，梦里，出没无常。总想忘了她，可是那里忘得下！什么事都容易摆脱，只有爱情，只有爱情是在心根上下种发芽的！她不爱我，谁管她爱不爱呢！她的笑，她的说话，她的举动，全是叫心里的情芽生长的甘露；她在那儿，你便迷惑颠倒；她在世上，你便不能不想她！不想她，忘了她，只有铁心人能办到！马威的心不是铁石，她的白胳臂一颤动，他的心也就跟着颤动！然而，非忘了她不可！不敢再爱她，因为她不理咱；不敢恨她，因为她是为叫人爱而生下来的！……不敢这么着，不愿意那么着，自己的身分在哪儿呢？年青的人一定要有点火气，自尊的心！为什么跟着她后边求情！为什么不把自己看重了些！为什么不帮助父亲作事！为什么不学李子荣！……完了！我把眼泪洒在你的被子上，我求神明保护你，可是我不再看你了，不再想你了！盼望你将来得个好丈夫，快活一辈子！这是……父亲进来了！……有点恨父亲！可是父亲没说什么，我得帮助他，我得明告诉他！告诉了父亲，心里去了一块病。去找李子荣，也照样告诉他。

"老李！"马威进了铺子就叫："老李！完了！"

"什么完了？"李子荣问。

"过去的是历史了，以后我要自己管着我的命运了！"

"来，咱们拉拉手！老马，你是个好小子！来，拉手！"李子荣拉住马威的手，用力握了握。

"老李，你怎样？是走呀，还是帮助我们？"

"我已经答应西门爵士，去帮助他。"李子荣说："他现在正写书，一本是他化验中国磁器的结果，一本是说明他所收藏的古物。我的事是帮助他作这本古物的说明书，因为他不大认识中国字。我只是每天早晨去，一点钟走，正合我的适。"

"我们的买卖怎办呢？"马威问。

"我给你们出个主意：现在预备一大批货，到圣诞节前来个大减价。所有的货物全号上七扣，然后是照顾主儿就送一本彩印的小说明书。我去给你们办这个印刷的事，你们给我出点车钱就行。《亚细亚杂志》和东方学院的《季刊》全登上三个月的广告。至于办货物呢，叫你父亲先请王明川吃顿中国饭，然后我和老王去说，叫他给你们办货，他是你伯父的老朋友，他自己又开古玩铺，又专办入口货的事情。交给他五百镑钱办货，货办来以后，就照着我的办法来一下。这一下子要是成功，你们的事业就算站住了。就是失败——大概不会吧！你看怎样？你得天天下午在这里，早晚去念书；专指马老先生一个人不成！货到了之后我来帮助你们分类定价码，可是你们得管我午饭，怎样？"

"老李，你说什么就是什么啦！我们的失败与成功，就看此一举啦！老李，父亲在状元楼等你吃饭呢，你去不去？"

"不！谢谢！还是那句话，吃一回就想吃第二回，太贵，吃不起！我说老马，你应当上乡下歇一个礼拜去，散逛散逛。好在我还在这儿几天，你正好走。"

"上那儿好呢？"马威问。

"地方多了，上车站去要份旅行指南来，挑个地方去住一个礼拜，对身体有益！老马！好，你去吃饭吧，替我谢谢马老先生！多吃点呀！"李子荣笑起来了。

马威一个人出来，李子荣还在那儿笑。

第四段

1

从一入秋到冬天，伦敦的热闹事儿可多了。戏园子全上了拿手好戏，铺子忙完秋季大减价，紧跟着预备圣诞节。有钱的男女到伦敦来听戏，会客，置办圣诞礼物。没钱的男女也有不花钱的事儿作：看伦敦市长就职游行，看皇帝到国会行开会礼，小口袋里自要有个先令，当时不是押马，便是赌足球队的胜负。晚报上一大半是赛马和足队比赛的结果，人们在早晨九点钟便买一张，看看自己赢了没有。看见自己是输了，才撅着嘴念点骂外国的新闻，出出恶气。此外溜冰场，马戏，赛狗会，赛菊会，赛猫会，赛腿会，赛车会，一会跟着一会的大赛而特赛，使人们老有的看，老有的说，老有的玩，——英国人不会起革命，有的看，说，玩，谁还有工夫讲革命。伊太太也忙起来，忙着为穷人募捐，好叫没饭吃的人到圣诞节也吃顿饱饭。她头上的乱棉花更乱了，大有不可收拾的趋势。伊牧师也忙得不了，天天抱着本小字典念中国书，而且是越念生字越多。保罗的忙法简直的不易形容，在街上能冒着雨站三点钟，等着看看皇太子，回到家来站在镜子前边微微的笑，因为有人说，他的鼻子真像皇太子的。皇太子那天在无线电传播替失业工人请求募捐，保罗登时捐了两镑钱，要不是皇太子说工人很苦，他一辈子也想不起来这回事；有时候还笑他妈妈的替穷人瞎忙，忙得至于头发都不易收拾。去看足球，棍球，和骂中国人的电影什么的，是风雨无阻的。凯萨林姑娘还是那么安静，可是也忙。忙着念中文，忙着学音乐，忙着办会里的事，可是她的头发一点不乱，还是那么长长的，在雪白的脖子上轻轻的盖着。温都母女也忙起来，母亲一天到晚添楼上下的火，已足使她的小鼻子尖上常常带着一块黑。天是短的，非抓着空儿上街买东西不可，而且买的东西很多，因为早早买下圣诞应用的和送礼的东西，可以省一点钱。再说，圣诞的节饼在一个多月以前就得做好。玛力的眼睛简直忙不过来了，街上的铺子没有一家不点缀得一百成花梢的，看什么，什么好看。每个礼拜她省下两个先令，经十五六点钟的研究，买件又贱，又好，又美的小东西。买回来，偷偷的藏在自己的小匣里，等到圣诞节送礼。况且，自己到圣诞还要买顶新帽子；这可真不容易办了！拿着小账本日夜的计算，怎么也筹不出这笔钱来。偷偷的花了一个先令押了个马，希望能赢点钱，恰巧她押的马跑到半路折了个毛跟头，一个先令丢了！"越是没钱越输钱！非把钱取消了，不能解决帽子问题！"她一生气，几乎要信社会主义！

伦敦的天气也忙起来了。不是刮风，就是下雨，不是刮风下雨，便是下雾；有时候一高兴，又下雨，又下雾。伦敦的雾真有意思，光说颜色吧，就能同时有几种。有的地方是浅灰的，在几丈之内还能看见东西。有的地方是深灰的，白天和夜里半点分别也没有。有的地方是灰黄的，好像是伦敦全城全烧着冒黄烟的湿木头。有的地方是红黄的，雾要到了红黄的程度，人们是不用打算看见东西了。这种红黄色是站在屋里，隔着玻璃看，才能看出来。若是在雾里走，你的面前是深灰的，抬起头来，找有灯光的地方看，才能看出微微的黄色。这种雾不是一片一片的，是整个的，除了你自己的身体，其余的全是雾。你走，雾也随着走。什么也看不见，谁也看不见你，你自己也不知道是在那儿呢。只有极强的汽灯在空中漂着一点亮儿，只有你自己觉着嘴前面呼着点热气儿，其余的全在一种猜测疑惑的状态里。大汽车慢慢的一步一步的爬，只叫你听见喇叭的声儿；若是连喇叭也听不见了，你要害怕了：世界已经叫雾给闷死了吧！你觉出来你的左右前后似乎全有东西，只是你不敢放胆往左往右往前往后动一动。你前面的东西也许是个马，也许是个车，也许是棵树；除非你的手摸着它，你是不会知道的。

马老先生是伦敦的第一个闲人：下雨不出门，刮风不出门，下雾也不出门。叼着小烟袋，把火添得红而亮，隔着玻璃窗子，细细咂摸雨，雾，风的美。中国人在什么地方都能看出美来，而且美的表现是活的，是由个人心中审美力放射出来的情与景的联合。烟雨归舟咧，踏雪寻梅咧，烟雨与雪之中，总有个含笑的瘦老头儿。这个瘦老头儿便是中国人的美神。这个美神不是住在天宫的，是住在个人心中的。所以马老先生不知不觉的便微笑了，汽车由雨丝里穿过去，美。小姑娘的伞被风吹得歪歪着，美。一串灯光在雾里飘飘着，好像几个秋夜的萤光，美。他叼着小烟袋，看一会儿外面，看一会儿炉中的火苗，把一切的愁闷苦恼全忘了。他只想一件东西，酒！

"来他半斤老绍兴，哎？"他自己叼唠着。

伦敦买不到老绍兴，嘻！还是回国呀！老马始终忘不了回国，回到人人可以赏识踏雪寻梅和烟雨归舟的地方去！中国人忘不了"美"和"中国"，能把这两样充分的发达一下，中国的将来还能产出个黄金时代。把科学的利用和美调和一下，把不忘祖国的思想用清明的政治发展出来，中国大有希望呀！可惜老马，中国人的一个代表，只是糊里糊涂有点审美的天性，而缺少常识。可惜老马只想回国，而不明白国家是什么东西。

可惜老马只想作官，而不知道作官的责任。可惜老马爱他的儿子，而不懂得怎么教育他。可惜……

快到圣诞节了，马老先生也稍微忙起来一点。听说英国人到圣诞节彼此送礼，他喜欢了，可有机会套套交情啦！伊家大小四口，温都母女，亚力山大，自然是要送礼的。连李子荣也不能忘下呀！俗气，那小子；给他点俗气礼物，你看！对，给他买双鞋；俗气人喜欢有用的东西。还有谁呢？状元楼的掌柜的。华盛顿——对，非给华盛顿点东西不可，咱醉了的那天，他把咱抬到汽车上！汽车？那小子新买了摩托自行车，早晚是摔死！唉，怎么咒骂人家呢！可是摩托自行车大有危险，希望他别摔死，可是真摔死，咱也管不了呀！老马撇着小胡子嘴儿笑了。

"几个了？"马老先生屈着手指算："四个加三个，七个。加上李子荣，状元楼掌柜的，华盛顿，十个。还有谁呢？对，王明川；人家给咱办货，咱还不送人家点东西！十一个。暂时就算十一个吧，等想起来再说！给温都太太买个帽子？"

马老先生不嘟囔了，闭上眼睛开始琢磨，什么样的帽子能把温都太太抬举得更好看一点。想了半天，只想到她的小鼻尖儿，小黄眼珠儿，小长脸；怎么也想不起：什么样的帽子才能把她的小长脸衬得不那么长了。想不起，算了，到时候再说。

"啊！还有拿破仑呢！"马老先生对拿破仑是十分敬仰的——她的狗吗！"这倒难了，你说，给狗什么礼物？还真没给狗送过礼，说真的！啊哈！有了！有了！有了！"马老先生一高兴，把刚装上的一袋烟，又全磕在炉子里了："弄点花纸，包上七个先令，六个便士，用点绒绳一系，交给温都太太。那天听说：新年后她得给拿破仑买年证，七个六一张。

咱给它买，嘿！这个主意妙不妙？！他妈的，一个小狗也一年上七个六的捐！管洋鬼子的事呢，反正咱给它买，她——她一定——对！"

他喜欢极了，居然能想出这么高明的主意来，真，真是不容易！快到吃饭的时候了，外面的雾还是很大。有心到铺子去看看，又怕叫汽车给轧死；有心请温都太太给作饭，又根本不喜欢吃凉牛肉。况且在最近一个月内，简直的不敢上铺子去。自从李子荣出主意预备圣诞大减价，马威和李子荣（他天天抓着工夫来帮忙。）忙得手脚朝天，可是不许老马动手。有一天马老先生想往家拿个小瓶儿，为插花儿用，李子荣一声没言语，硬把小瓶从老马手里夺过去。而且马威板着脸说他父亲一顿！又一回，老马看马威和李子荣全出去了，他把玻璃窗上的红的绿的单子全揭下来，因为看着俗气，又被马威透透的数落一顿。没法，自己的儿子不向着自己，还有什么法子！谁叫上鬼子国来呢，在鬼子国没地方去告忤逆不孝！忍着吧！可是呀，马威是要强，是为挣钱！就是要强吧，也不能一点面子不留哇！我是你爸爸，你要晓得！

"好小子，马威，要强！"马老先生点着头自己赞叹："可是，要强自管要强，别忘了我是你爸爸！"

窗外的大雾是由灰而深灰，而黄，而红。对面的房子已经完全看不见了。处处点着灯，可是处处的灯光，是似明似灭的，叫人的心里惊疑不定。街上卖煤的，干苦的吆唤，他的声音好像是就在窗外呢，他的身子和煤车可好像在另一世界呢。

"算了吧！"马老先生又坐在火旁："上铺子去也是挨说，老老实实的在这儿忍着吧！"

马老先生是伦敦第一个清闲的人。

2

不论是伟人，是小人，自要有极强的意志往前干，他便可以做出点事业来。事业的大小虽然不同，可是那股坚强的心力与成功是一样的，全是可佩服的。最可耻的事是光摇旗呐喊，不干真事。只有意志不坚强的人，只有没主张而喜虚荣的人，才去做摇旗呐喊的事。这种事不但没有成功的可能，不但不足以使人们佩服，简直的连叫人一笑的价值都没有。

可有在中国的外国人——有大炮，飞机，科学，知识，财力的洋鬼子——看着那群摇纸旗，喊正义，争会长，不念书的学生们笑？笑？不值得一笑！你们越不念书越好，越多摇纸旗越好。你们不念书，洋鬼子的知识便永远比你们高，你们的纸旗无论如何打不过老鬼的大炮。你们若是用小炮和鬼子的大炮碰　碰，老鬼子也许笑一笑。你们光是握着根小杆，杆上糊着张红纸，拿这张红纸来和大炮碰，老鬼子要笑一笑才怪呢！真正爱国的人不这么干！

爱情是何等厉害的东西：性命，财产，都可以牺牲了，为一个女人牺牲了。然而，就是爱情也可以用坚强的意志胜过去。生命是复杂的，是多方面的：除了爱情，还有志愿，责任，事业……。有福气的人可以由爱情的满足而达到他的志愿，履行他的责任，成全他的事业。没福气的人只好承认自己的恶运，回过头来看看自己的志愿，责任，事业。爱情是神圣的，不错，志愿，责任，事业也都是神圣的！因为不能亲一个樱桃小口，而把神圣的志愿，责任，事业全抛弃了，把金子做的生命虚掷了，这个人是小说中的英雄，而是社会上的罪人。实在的社会和小说是两件事。

把纸旗子放下，去读书，去做事；和把失恋的悲号止住，看看自己的志愿，责任，事业，是今日中国——破碎的中国，破碎也还可爱的中国！——的青年的两服好药！

马威在中国的时候，也曾打过纸旗，随着人家呐喊；现在他看出来了：英国的强盛，大半是因为英国人不呐喊，而是低着头死干。英国人是最爱自由的，可是，奇怪，大学里的学生对于学校简直的没有发言权。英国人是最爱自由的，可是，奇怪，处处是有秩序的。几百万工人一齐罢工，会没放一枪，没死一个人。秩序和训练是强国的秘宝，马威看出来了。

他心中忘不了玛力，可是他也看出来了：他要是为她颓丧起来，他们父子就非饿死不可！对于他的祖国是丝毫责任不能尽的！马威不是个傻子，他是个新青年，新青年最高的目的是为国家社会做点事。这个责任比什么也重要！为老中国丧了命，比为一个美女死了，要高上千万倍！为爱情牺牲只是在诗料上增加了一朵小花，为国家死是在中国史上加上极光明的一页！

马威明白了这个！

他的方法是简单的：以身体的劳动，抵制精神的抑郁。早晨起来先到公园去跑一个圈，有时候也摇半点来钟的船。头一天摇的时候，差一点把自己扣在船底下。刮风也出去跑，下雨也出去跑，跑过两三个礼拜，脸上已经有点红光儿。跑回来用凉水洗个澡，（现在温都太太已准他们用她的澡盆。）把周身上下搓个通红，颇像鱼店里的新鲜大海虾。洗完澡，下来吃早饭。玛力看他，他也看玛力。玛力说话，他也笑着对答。他知道她美，好，拿她当个美的小布人。"你看不起我，我更看不起你！"他自己心里说："你长得美呀，我要光荣，责任！美与光荣，责任，很难在天平上称一称的！哈哈！"

玛力看着他的脸红润润的，腕子上的筋骨也一天比一天粗实，眼睛分外的亮，倒故意的搭讪着向他套话。因为外国女人爱粗壮的小伙子。马威故意的跳动，吃完早饭，一跳三层楼梯，上楼去念书。在街上遇见她，只是把手一扬，一阵风似的走下去。

"哈哈！有意思！我算出了口气！"马威自己说。

能在事事看出可笑的地方，生命就有趣多了。

念完一两点钟的书，马威出门就跑，一直跑到铺子去，把李子荣出的主意，一一的实行出来。货物在圣诞前一个月到了伦敦，他和李子荣拼命的干：点缀门面，定价码，印说明书……整整的一天准干七点钟。王明川给办的货物，并不全是古玩；中国刺绣，中国玩艺儿，中国旧绣花的衣裳，全有。于是愿给亲友一点中国东西的老太婆们，也知道了马家铺子，今天买个小荷包，明天买把旧团扇。有的时候因为买这些零杂儿，也带手儿买点贵重的东西。货物刚清理好，李子荣就把老西门爵士运来，叫他捡好的挑。西门爵士歪着头整跟这两个小伙子转了半天；除了自己要买的磁器，还买了一件二十五镑钱的老中国绣花裙子，为是到圣诞节送给他的夫人。这半天就卖了一百五十多镑钱。

"行了！老马！"李子荣抓着头发说。

"行了！老李！"马威已经笑得说不出别的来。

两人又商议了半天，怎么能叫行人看见他们的铺子。李子荣主张在胡同口安上个电灯，一明一灭的射出"买中国古玩"和"送中国东西"，红光和绿光一前一后的交换着。少年人作事快，商议好，到第三天就安好了。

他们一忙，隔壁那家古玩铺的掌柜的有点起毛。他向来知道老马是个不行的行货，净等着老马宣告歇业，他好把马家铺子吸收过来。现在一看这两个年青的弄得挺火炽，他决定非下手不可了，等马家铺子完全的立住脚可就不好办了。他光着秃脑袋，捧着大肚子，偷偷的把李子荣约出去吃了顿饭，透了点口话。李子荣笑着告诉他："你好好的去买瓶生发水，先把头发长出来再说。"

那个老掌柜的摸着秃脑袋笑开了，（英国人能有自己笑自己的好处。）也没再说别的。

马老先生来了好几次，假装着给他们帮忙，其实专为给温都太太拿一两样细巧的小玩艺儿。他在屋里扯着四方步转，看看这个，又看看那个，摸着这个，又挪挪那个，偷偷看马威一眼，——马威的大眼睛正钉着他呢！他轻轻咳嗽两声，把手塞在裤兜里，又扯着四方步转开了。等有买主进来的时候，他深深给人家鞠躬，鞠完躬，本想上前做一号买卖，显显自己的本领；那里知道，刚直起腰来，马威早已把照顾主儿领过去了。

"要强！小孩子真成！可是别忘了我是你爸爸！"马老先生自己叨唠着。

圣诞前几天，买卖特别的忙。所卖的东西，十之八九是得包好了给买主送了去。马威和李子荣有时候打包裹打到夜里十点钟，有的送邮局，有的娇细的东西还得自己送去。于是李子荣告奋勇，到车铺赁了一辆破自行车，拼命飞跑各处送东西。马老先生一见李子荣骑着破车在汽车群中挤，便闭上眼替他祷告上帝。

"告诉李子荣，"马老先生对马威说："别那么飞跑呀！那是说着玩儿的呢！在汽车缝儿里挤出来挤进去！喝！别跟华盛顿学，他早晚是摔死！"

马威把父亲的善意告诉了李子荣，李子荣笑开了：

"谢谢马先生的好心！不要紧，我已经保险，多咱撞死，多咱保险公司赔我母亲五百镑钱！我告诉你，老马，由两个大汽车间夹挤出去，顶痛快的事了！要不是身上背着古玩，还能跑得更快呢！昨儿晚上和一群骑车的男女赛开了，我眼瞧着眉毛已经和一辆汽车的后背挨上了，你猜怎么着，我也不知道怎股劲儿，把车弄立起来了，车轮子和汽车挨了个亲儿。我，噗咚，跳下来了！那群男女扯着脖子给我喊了三个'好儿！'干！没错！"

马威把这些话告诉了父亲，马老先生没说什么，点着头叹息了两声。

老马先生看马威这么忙，有一天晚上早早吃完晚饭又回铺子来了。

"马威！"老马先生进门就说："我非干点什么不可！我不会做生意，难道我还不会包包儿吗！我非帮着你不可！"

说着，他把烟荷包，烟袋放在桌上，拿过几张纸来，说：

"给我些容易包的东西！"

马威给了父亲些东西。马老先生把烟袋插在嘴里，鼻子耸耸着一点，看看纸的大小，又端详了东西的形状。包了半天，怎么也包不齐整。偷偷看李子荣一眼，李子荣已经包完好几个，包得是又齐又好看。其实李子荣只是一手按着东西，一手好像在纸上一切，哼，也不怎纸那么听他的话；一切，正好平平正正的裹在东西上。马老先生也用手一切，忙着用绳儿捆，怪事，绳子结了个大疙瘩，纸角儿全在外面团团着，好像伊太太的头发。

"瓦匠讲话,齐不齐,一把泥。就是他呀!"马老先生好歹包好一包,双手捧着颠了一颠。又看了他们一眼,他们都偷偷的笑呢:"你们不用笑!等你们老了的时候,就明白了!你们年青力壮,手脚多么灵便,我——老人了!"

说完了,双手捧着包儿,转了个圈儿,不知放在那里好。李子荣赶过来,接过去,叫马威贴签子,写姓名。马威接过去,顺手放在旁边了。

"我的烟荷包呢?"马老先生问。

"没看见,在纸底下,也许。"他们不约而同的说。

老马先生把纸一张一张的都掀开,没有荷包。

"你们不用管我,我会找!丢烟荷包,常有的事!"

屋里各处都找到了,找不着。

"奇怪!越忙越出事,真他——!"

一眼看见他刚包好的包儿了。一声没言语,把包儿打开,把烟荷包拿出来。

"马威,我回家了!你们也别太晚了!"

他刚一出门,李子荣跳起多高,笑得都不是声儿了。马威笑得也把墨水瓶碰倒。

"我告诉你,老李!我给父亲的那点东西,是没用的,谁也没买过。我准知道老头儿包不好。要不然我怎么把它放在一边,不往上贴签子呢!"

"买东西,嘁,白饶,哈,烟荷包!嘁,哈,哈,哈,……"

两个青年直笑了一刻钟,或者还许多一点。

3

圣诞节的前一天，伦敦热闹极了。男女老少好像一个没剩，全上了街啦。市场的东西好像是白舍，大嘟噜小挂的背着抱着；街上，除了巡警，简直看不见一个空手走道儿的。汽车和电车公司把车全放出来了，就是这么着，老太太们还挤不上车去，而且往往把筐儿里的东西挤滚了一街。邮差们全不用口袋了，另雇闲人推着小车子，挨家送包裹，在伦敦住的人，有的把节礼送出去，坐着汽车到乡下去过节。乡下的人，同时，坐着汽车上伦敦来玩几天，所以往乡下去的大道上，汽车也都挤满了。

天阴得很沉，东风也挺冷，可是没人觉出来天是阴着，风是很凉。街上的铺子全是新安上的五彩电灯，把货物照得真是五光十色，都放着一股快活的光彩。处处悬着"圣诞老人"，戴着大红风帽，抱着装满礼物的百宝囊。人们只顾着看东西了，忘了天色的黑暗。在人群里一挤便是一身热汗，谁也没工夫说："风很凉啊！"

人们把什么都忘了：政治，社会，官司，苦恼，意见，……都忘了。人们全忽然的变成小孩子了，个个想给朋友点新东西，同时想得点好玩艺儿。人人看着分外的宽宏大量，人人看着完全的无忧无虑，只想吃点好的，喝些好的，有了富余还给穷人一点儿。这天晚上真好像是有个"救世主"要降生了，天下要四海兄弟的太平了。

直到半夜铺子才关门，直到天亮汽车电车还在街上跑，车上还是挤满了人。胡同儿里也和大街一样的亮，家家点缀好圣诞树，至不济的也挂起几个小彩球。穷小孩子们唱着圣诞的古歌，挨门要钱。富家的小孩子，半夜还没睡，等着圣诞老人来送好东西。贫富是不同的，可是在今天都可以白得一点东西，把他们的小心儿喜欢的像刚降世的耶稣。教堂的钟声和歌声彻夜的在空中萦绕着，叫没有宗教思想的人们，也发生一种庄严而和美的情感。

马老先生在十天以前便把节礼全买好送出去，因为买了存着，心里痒痒的慌。只有给温都母女的还在书房里搁着，温都太太告诉了他，非到圣诞不准拿出来。把礼物送出以后，天天盼着人家的回礼。邮差一拍门，他和拿破仑便争着往出跑。到圣诞的前两天，礼物都来了：伊牧师给他一本《圣经》，伊太太是一本《圣诗》，伊姑娘是一打手绢，伊少爷光是一个贺节片，虽然老马给保罗一匣吕宋烟。本来普通英国人送礼是一来一往的，保罗根本看不起中国人，所以故意的不还礼。老马本想把《圣经》《圣诗》和保罗的贺片全送回去，后来又改了主意：

"看着伊姑娘的面子，也别这么办！"

这几天简直的没到铺子去，因为那里没他下手的地方。照顾主儿来了，他只会给人家开门，鞠躬，送出去。虽然好几个老太婆都说：

"看那个老头儿多么规矩！多么和气！"可是马先生的意见不是这么着了：

"你当是，作掌柜的光是为给人家开门吗！"他自己叨唠着："我知道你成，可是别忘了，我是你爸爸！叫爸爸给人家开门，鞠躬！"

赌气子不上铺子去了！

他自己闲着在街上溜达，看着男女老少都那么忙，心中有点难过："我要是在中国多么好！过年的时候，咱也是这么忙！在外国过节，无论人家是怎么喜欢，咱也觉不出快活来！盼着发财吧，发了财回国去过节！"越看人家忙，心里越想家；越想家，人家越踩他的脚："回去吧，回去看看温都太太，帮帮她的忙。"

他慢条斯礼的回了家。

温都太太正忙得小脚鸭儿朝了天，脑筋蹦着，小鼻子尖儿通红。打地毯，擦桌子，自炉口以至门环，凡有铜器的地方全见一见油。各屋的画儿上全悬上一枝冬青叶，单买了一把儿菊花供在丈夫的像片前面，客厅的电灯上还挂上两枝白相思豆儿。因为没有小孩儿，不便预备圣诞树，可是七八间屋子里总多少得点缀起来，有的地方是一串彩球，有的地方是两对小纸灯，里里外外看着都有点喜气。厨房里，灶上蒸着圣诞馎，烙着果馅点心，不时的还得看一眼，于是她楼上楼下像小燕儿似的乱飞。飞了一天，到晚上还要写贺节片，打点礼物，简直闹得往鼻子尖上拍粉的工夫都没有了。温都姑娘因为铺子里忙节，是早走晚回来，一点不能帮母亲的忙。拿破仑是楼上楼下乱跑，看着彩球叫唤几声，看着小灯笼又叫唤几声；乘着主母在别处的时候，还到厨房去偷一两个剥好的核挑吃。

"温都太太！"马老先生进门便叫："温都太太！我来给你帮忙，好不好？"

"马先生，谢谢你！"温都寡妇擦着小红鼻子说："你先把拿破仑带出去玩一会儿吧，它净在这儿搅乱我。"

"好啦，温都太太！拿破仑！这儿来！"

拉着小狗出去转了个圈儿，好在小孩子们没跟他捣乱，因为他们都疯着心过节，没工夫起哄。把狗拉回来，正走在门口儿，亚力山大来了。他抱着好些东西，一包一包的直顶到他的大红鼻子。他老远的便喊："老马！老马！把顶上头的那包拿下来，那是你的礼物！"

马老先生把包儿拿下来，拿破仑也凑过去闻了闻亚力山大的大脚。

"老马！谢谢你的礼物！"亚力山大嚷着说："怎么着，你上我那里过节去好不好？咱们痛痛快快的喝一回！"

"谢谢！谢谢！"马老先生笑着说："我过节再去行不行？我已经答应了温都太太在家里凑热闹。"

"哈哈！"亚力山大往前走了两步，低声的说，两眼挤箍着："老马，看上小寡妇了！有你的！有你的！好，就这么办了，圣诞节后两天我在家等你，准来！再见！唉，别忙，把从底下数第四包抽出来，交给温都太太，替我给她道节喜。再见，老马！"

马老先生把包儿拿下来，亚力山大端着其余的包儿，开路鬼似的走下去了。

"温都太太！"马老先生又是进门就叫。

"哈喽！"温都太太在楼上扯着小尖嗓子喊。

"我回来了，还给你带回点礼物来。"

几打疙疸，几打疙疸，温都太太一溜烟似的从楼上跑下来。

"呕！"她把包儿接过去，说："亚力山大给我的？我没东西给他，可怎么好！"

"不要紧，我这儿还有一匣吕宋烟，包上，送给他，好啦！"马老先生的笑眼钉着她的小红鼻子。

"那赶情好！你多少钱买的，我照数给你。"

"别提钱！"老马先生还看着她的小红鼻子尖说："别提钱！大节下的，一匣吕宋烟，过的着，咱们过的多！是不是？"

温都太太笑着点了点头。

老马把狗解开，上楼去拿那匣烟。

圣诞的前一天，马威和李子荣忙到午后四点钟就忙完了。

"老李！上门哪！该玩玩去了！"马威笑着说。

"好，关门！"李子荣笑着回答。

"门口的电灯也捻下去吧？"

"捻下去，留着胡同口上的那个灯。"

"老李，我得送你点礼物，你要什么？"马威问。

"马老先生已经给了我一双皮鞋，别再送了！"

"那是父亲的，我还非给你点东西不可，你替我们受这么大的累！"

"我告诉你，老马，"李子荣笑着说："咱们可不准闹客套！我帮助你，你天天可管我的饭呢！"

"无论怎么说，非送你东西不可。你要什么？"马威问。

李子荣抓了半天头发，没言语。

"说话！老李！"马威钉着问。

"你要是非送礼不可呀，给我买个表吧。"李子荣说着从衣袋里把他的破表掏出来，放在耳朵旁边摇了一摇："你看这个表，一高兴，一天快两点多钟。一不高兴，一天慢两点多钟。还外带着只有短针，没长针。好啦，你花几个先令给我买个新的吧！"

"几个先令？老李！"马威睁着大眼睛说："要买就得买好的！不用捣乱，咱们一块儿去买！走哇！"

马威扯着李子荣走，李子荣向来是什么事不怕，今天可有点退缩，脸上通红，不知道怎样才好。

"别忙，你先等我把那辆破自行车送回去。"

"咱们一块走，你骑上，我在后面站着。"

两个人上了车，忽忽悠悠的跑到车行还了车，清了账。

出了车行，马威用力扯着李子荣，唯恐他抽空儿跑了。两个人走一会儿，站一会儿。走着也辩论，站着也辩论。马威主张到节送礼是该当的，李子荣说送礼不应花钱太多。马威说买东西就得要好的，李子荣说他的破表已经带了三年，实在没买好表的必要。马威越着急，眼睛瞪的越大，李子荣越着急，脸上越红。

两个人从圣保罗教堂穿过贱卖街，到了贾灵十字街，由这里又穿过皮开得栗，到了瑞贞大街。见一个钟表铺，马威便要进去，李子荣是扯着马威就跑。

"我说，老李，你这么着就不对了！"马威有点真急了。

"你得答应我，买不过十个先令一个的表，不然我不叫你进去！"李子荣也有点真急了。

"就是吧！"马威无法，只好答应了。

在一家极大的钟表铺，买了一支十个先令的表。马威的脸羞的通红，李子荣一点不觉乎，把表放在袋儿里，挺着腰板好像兵马大元帅似的走出来。

"老马！谢谢你！谢谢你！"在铺子外面，李子荣拉住马威的手不放，连三并四的说："谢谢你！我可不给你买东西了！我可不给你买东西了！"

马威几乎落下泪来，没说什么，只是用力握了握李子荣的手。

"老马，你把铺子里的钱都送到银行去了？"

"都送去了！老李，你明天上那里玩去？"

"我？"李子荣摇了摇头。

"你明天找我来，好不好？"

"明天汽车电车都就开半天呀，出来不方便！"

"这么着，你后天来，咱们一块儿听戏去。忙了一节，难道还不玩一天！"

"好啦，后天见吧！谢谢你！老马！"李子荣又和马威拉了一回手，然后赶火车似的向人群里跑去了。

马威看着李子荣，直到看不见他了，才慢慢的低着头回了家。

4

天还是阴着，空中稀拉拉的飘着几片雪花。街上差不多没有什么人马了，男女老少都在家里庆祝圣诞。

温都太太请了多瑞姑姑来过节，可是始终没有回信。直到圣诞早晨末一次邮递，才得着她的一封短简的信，和一包礼物。信中的意思是：和中国人在一块儿，生命是不安全的。圣诞是快乐享受的节气，似乎不应当自找恐怖与危险。

温都太太看完信，有点不高兴，小嘴撅起多高。可是也难怪多瑞姑姑，普通的人谁不把"中国人"与"惨杀"联在一块儿说！

她撅着小嘴把包儿打开，一双手织的毛线手套是给她的，一双肉色丝袜子是给玛力的。她把女儿叫来，母女批评了一回多瑞姑姑的礼物。玛力姑娘打扮得一朵鲜花似的，红嘴唇抹得深浅正合适，眉毛和眼毛也全打得黑黑的，笑涡四围用胭脂润润的拍红，恰像两朵娇羞的海棠花。温都太太看着女儿这么好看，心中又高了兴，把撅着的小嘴改成笑嘻嘻的，轻轻的在女儿的脑门上吻了一下。母女把多瑞姑姑的礼物收起去，开始忙着预备圣诞的大餐。煎炒的事儿全是温都太太的，玛力只伸着白手指头，离火远远的，剥点果仁，拿个碟子什么的。而且是随剥随吃，两个红笑涡一凸一凹的动，一会儿也没闲着。

老马先生吃完早饭，在客厅里坐下抽烟，专等看看圣诞大餐到底是什么样儿。坐了没有一刻钟，叫温都太太给赶出了。

"到书房去！"她笑嘻嘻的说："回来咱们在这里吃饭。不听见铃声别下来，听见没有？"

老马先生知道英国妇女处处要逞强，有点什么好东西总要出其不意的拿出来，好叫人惊异叫好儿。他叼着烟袋笑嘻嘻的上楼了。

"吃饭的时候，想着把礼物拿下来！"温都姑娘帮着母亲说："马威呢？"

"马威！马威！"温都太太在楼下喊。

"这儿哪，干什么？"马威在楼上问。

"不到吃饭的时候别进客厅，听见没有？"

"好啦，我带拿破仑出去，绕个圈儿，好不好？"马威跑下来问。

"正好，走你们的！一点钟准吃饭，别晚了！"温都太太把狗交给马威，轻轻的吻了狗耳朵一下。

马威把狗带走。温都母女在楼下忙。马老先生一个人叼着烟袋，在书房里坐着。

"圣诞节！应当到教会去看看！"马老先生想："等明儿见了伊牧师的时候，也好有话说。……伊牧师！大节下的给我本《圣经》；那怕你给我点小玩艺儿呢，到底有点过节的意味呀！一本《圣经》，我还能吃《圣经》，喝《圣经》！糊涂！"

马老先生决定不上教会了。拿出给温都母女买的节礼，打开包儿看了一遍。然后又照旧包好，包好之后，又嫌麻绳太粗，不好看；叼着烟袋到自己屋里去找，找了半天，找不着细绳子。回到书房，想了半天主意："对了！"跑到马威的屋里去找红墨水，把绳子染红了，放在火旁边烤着。"红颜色多么起眼，妇人们都爱红的！"把绳子烤干，又把包儿捆好，放在桌儿上。然后把红墨水瓶送回去，还细细的看了马威的屋子一回：马威的小桌上已经摆满了书，马老先生也说不清他什么时候买的。墙上挂着李子荣的四寸小像片，头发乱蓬蓬的，脸上挺俗气的笑着，马老先生向相片打了个嚏喷。床底下堆着箱子，靴子，还有一双冰鞋。"这小孩子，什么也干，又学溜冰呢！冰上可有危险呀，回来告诉他，别再去溜冰！好，一下儿掉在冰窟窿里，说着玩儿的呢！"

马老先生回到书房，添上点煤，又坐下抽烟。

"好像忘了点事儿，什么呢？"他用烟袋敲着脑门想："什么呢？呕！忘了给哥哥的坟上送点鲜花去！晚了，晚了！今天圣诞，大家全歇工，街上准保买不到鲜花！人要是老了，可是糟糕！直想着，直想着，到底是忘了！……盼着发财吧，把哥哥的灵运回去！盼着早早的回家吧！……我要是和她——不！不！不！给马威娶个洋母亲，对不起人！娶她，再说，就不用打算回国了！不回国还成！……可是洋太太们真好看！她不算一百成的好看，可是干净抹腻呢！对了，外国妇人是比中国娘们强，外国妇人就是没长着好脸子，至少有个好身体：腰儿是腰儿，腿儿是腿儿，白胸脯在外边露着，胳臂像小藕棒似的！……啊！大圣诞的，别这么没出息！想点好的：回来也不是吃什么？大概是火鸡，没个吃头！可是，自要不给咱凉牛肉吃就得念佛！……"

烧鸡的味儿从门缝钻进一点来，怪香的；还有点白兰地酒味儿。"啊，今儿还许有一盅半盅的喝呢！"马老先生咽了口唾沫。

马威拉着拿破仑在瑞贞公园绕了个大圈，直到十二点半钟才回来。把狗送到楼下，他上楼去洗手，换鞋，预备吃饭。

"马威！"马老先生叫："上这儿来！"

马威换上新鞋进了书房。

"马威！"马老先生说："你看，咱们什么时候才能回国呢？"

"你又想家了，父亲！"马威在火旁烤着手说。

马老先生没言语。

"明天你跟我们听戏去，好不好？"马威问，脸还向着火。

"你们满街飞走，我赶不上。"马老先生说。

父子全没的可说了。

看见桌上的纸包儿，马威到自己屋里，也把礼物拿来，放在一块。

"你也给她们买东西啦？"马老先生问。

"可不是，妇人们喜欢这个。"马威笑着说。

"妇人们……"马老先生说到这儿，就不言语了。

楼下铃儿响了，马威抱着礼物，马老先生后面跟着下了楼。

温都母女已经坐好，都穿着新衣裳，脸上都是刚擦的粉。拿破仑在钢琴前面的小凳儿上蹲着，脖子上系着根红绒绳儿。琴上点着两支红蜡，小狗看着蜡苗儿一跳一跳的，猜不透其中有什么奥妙。马老先生把包好的七个先令六，放在小狗的腿前面。

"坐下呀，你们男人们！"温都太太笑着说。

马威把她们的礼物都放在她们前面，父子就了座。

桌上是新挑花的台布，碟碗下面全垫五色的小席垫儿，也全是新的。桌子中间一瓶儿粉菊花，花叶上挂着一嘟噜五彩纸条儿。瓶子两边是两高脚碟果子和核桃榛子什么的。碟子底里放着几个棉花作的雪球。桌子四角放着红纸金箍的小爆竹。一个人面前一个小玩艺儿，马家父子的是小女磁娃娃，玛力的是个小布人，温都太太的是一只小鸟儿。一个小玩艺儿前面又是一个小爆竹。各人的领布全在酒杯里卷着，布尖儿上还插着几个红豆儿。温都太太面前放着一个大盘子，里面一只烧好的火鸡。玛力面前是一盘子火腿和炸肠。两瓶儿葡萄酒在马老先生背后的小桌儿上放着。生菜和煮熟的青菜全在马威那边放着，这样布置，为是叫人人有点事作。

温都太太切火鸡，玛力动手切火腿，马威等着布青菜。马老先生有意要开酒瓶，又不敢动手；试着要把面前的礼物打开看看，看别人不动，自己也不好意思动。

"马先生，给我们点儿酒！"温都太太说。

马先生打开一瓶酒，给大家都斟上。

温都太太把火鸡给他们切好递过去，然后给他们每个人一小匙子鲜红的粉冻儿，和一匙儿面包糯子。马老先生闻着火鸡怪香的，可是对鲜红的粉冻儿有点怀疑，心里说："给我什么吃什么吧，不必问！"

大家拿起酒杯先彼此碰了一下，然后她们抿了一口，他们也抿了一口，开始吃火鸡。一边吃一边说笑。玛力特别的欢喜，喝下点酒去，脸上红得更鲜润了。

火鸡吃完，温都太太把圣诞布丁拿来。在切开以前，她往布丁上倒了一匙子白兰地酒，把酒点着，布丁的四围冒着火光。这样烧了一回，才给大家分。

吃完了，玛力把果碟子递给大家，问他们要什么。马老先生挑了一支香蕉，温都太太拿了个苹果。玛力和马威吃核桃榛子什么的。玛力用钳子把榛子夹碎，马威是扔在嘴里硬咬。

"呕！妈妈！看他的牙多么好！能把榛子咬开！"玛力睁着大眼睛非常的羡慕中国人的牙。

"那不算什么，瞧我的！"老马先生也拿了个榛子，碰的一声咬开。

"呕！你们真淘气！"温都太太的一杯酒下去，心中飘飘忽忽的非常喜欢，她拿起一个雪球，照着马老先生的头打了去。

玛力跟着也拿起一个打在马威的脸上。马威把球接住，反手向温都太太扔了去。马老先生愣了一愣，才明白这些雪球本来是为彼此打着玩的，慢慢抓起一个向拿破仑扔去。拿破仑抱住雪球，用嘴就啃，啃出一张红纸来。

"马先生，拿过来，那是你的帽子！"温都太太说。

马老先生忙着从狗嘴里把红纸抢过来，果然是个红纸帽子。

"戴上！戴上！"玛力喊。

老马先生把帽子戴上，喊喊的笑了一阵。

她们也把雪球打开，戴上纸帽子。玛力还是一劲儿用球打他们，直把马老先生打了一身棉花毛儿。

温都太太叫大家拉住小爆竹，拉成一个圈儿。

"拉！"玛力喊。

哪！哪！哪；爆竹响了，拿破仑吓得往桌底下藏。一个爆竹里有点东西，温都太太得着两个小哨儿，一齐搁在嘴里吹。马威得着一块糖，老马先生又得着一个纸帽子，也套在头上，又笑了一回。玛力什么也没得着，非和老马再拉一个不可。他撅着小胡子嘴和她拉，哪！她得着一截铅笔。

"该看礼物啦吧？"马威问。

"别！别！"温都太太说："一齐拿到书房去，大家比一比：看谁的好！"

"妈！别忙！看这个！"玛力说着伸出右手来给她妈妈看。

"玛力！你和华盛顿定了婚啦！玛力！"温都太太拉着女儿的手，看着她胖手指头上的金戒指。然后母女对抱着，哼唧着，吻了足有三分钟。

马威的脸转了颜色。老马呆呆的看她们接吻，不知干什么好。

马威定了定神，勉强的笑着，把酒杯举起来；向他父亲一使眼神，老马也把酒杯举起来。

"我们庆贺玛力姑娘！"马威说完，抿了一口酒，咽了半天才咽下去。

玛力坐下，看看老马，看看小马，看看母亲，蓝眼珠儿一动一动的放出一股喜欢的光彩来。

"妈！我真喜欢！"玛力把脑袋靠住母亲的胸脯儿说："我明天上他家里去，他的亲友正式的庆贺我们！妈！我真喜欢！"

温都太太轻轻拍着她女儿的肩膀，眼中落下泪来。

"妈！怎么？你哭了？妈！"玛力伸上去一只手搂定她母亲的脖子。

"我是喜欢的！玛力！"温都太太勉强着一笑："玛力，你和他们把这些礼物拿到书房去，我去喂狗，就来。"

"马威，来呀！"玛力说着，拿起她们母女的东西，笑嘻嘻的往外走。

马威看了父亲一眼，惨然一笑，毫不注意的把东西抱起来，走出去。

老马先生眨巴着眼睛，看出儿子的神气不对，可想不起怎样安慰他。等他们都出去了，他拿起酒杯又斟了一杯，在那挂着相思豆的电灯底下，慢慢的滋润着。

温都太太又回来了，他忙把酒杯放下。她看了他一眼，看了灯上的相思豆儿一眼。脸上一红，往后退了两步。忽然小脖子一梗，脸上更红了，飞快的跑到他的前面，捧着他的脸，正在他的嘴上亲了一亲。

老马的脸一下儿就紫了，身上微微的颤动。嘴唇木木张张的笑了一笑，跑上楼去。

温都太太待了一会儿也上楼来了。

…………

晚上都睡了觉，温都太太在床上抱着丈夫的像片连三并四的吻，眼泪一滴一滴的落。

"我对不起你，宝贝！我不得已！我寂寞！玛力也快走了，没有人跟我作伴！你原谅我！宝贝！最亲爱的！我支持了这些年了，我没法再忍了！寂寞！孤苦！你原谅我！……"

她抱着像片睡去了。

5

圣诞的第二天早晨，地上铺着一层白霜，阳光悄悄的从薄云里透出来。人们全出来了，因为阳光在外面。有的在圣诞吃多了，父子兄弟全光着腿往乡下跑，长途的竞走比吃化食丸强。有的带着妻子儿女去看父母，孩子们都不自然的穿着新衣裳，极骄傲的拿着新得的玩艺儿，去给祖父母看。有的昨天睡晚，到十二点还在被窝里忍着，脑袋生疼，因为酒喝多了。有的早早就起来，预备早些吃午饭，好去看戏，或是看电影，魔术，杂耍，马戏，……无论是看什么吧，反正是非玩一玩不可。

温都母女全起晚了，刚吃过早饭，李子荣就来了。

他的鼻子冻得通红，帽沿上带着几片由树枝飞下来的霜。大氅上有些土，因为穿上新鞋，（马老先生给他的，）一出门便滑倒了；好在摔跟头是常事，爬起以后是向来不掸土的。他起来的早，出来的早，一来因为外面有太阳，二来因为马威给他的表也是一天快二十多分钟。李子荣把新表旧表全带着，为是比比那个走的顶快；时间本来是人造的，何不叫它快一点：使生活显着多忙乱一些呢；你就是不管时间，慢慢的走，难道走到生命的尽头，你还不死吗！

"老马！走哇！"李子荣在门外说。

"进来，坐一会儿，老李！"马威开开门说。

"别进去了，我们要打算听戏，非早去买票不可。万一买不到票，我们还可以看马戏，或电影去；晚了可就那儿也挤不进去了！走哇！快！"

马威进去，穿上大氅，扣上帽子，又跑出来。

"先到皮开得栗买票去！"李子荣说。

"好。"马威回答，眉毛皱着，脸儿沉着。

"又怎么啦？老马！"李子荣问。

"没怎么，昨天吃多了！"马威把手插在大氅兜儿里，往前一直的走。

"我不信！"李子荣看着马威的脸说。

马威摇了摇头，心中有点恨李子荣！李子荣这个人可佩服，可爱，——有时候也可恨！

李子荣见马威不言语，心中也有点恨他！马威这小孩子可爱，——也有时候可恨！

其实他们谁也不真恨谁，因为彼此相爱，所以有时候仿佛彼此对恨。

"又是温都姑娘那回事儿吧？"李子荣把这句话说得分外不受听。

"你管不着！"马威的话更难听。

"我偏要管！"李子荣说完嘻嘻的一笑。看着马威不出声了，他接着说："老马！事业好容易弄得有点希望，你又要这个，难道你把事业，责任，希望，志愿，就这样轻轻的牺牲了吗！"

"我知道！"马威的脸红了，斜着眼瞪了李子荣一下。

"她不爱你，何必平地掘饽呢！"

"我知道！"

"你知道什么呀？我问你！"李子荣是一句不容，句句问到马威的心窝上："我是个傻小子，我只知道傻干！我不能够为一个女人把事业牺牲了！看事情，看事情！眼前摆着的事：你不干，你们父子就全完事大吉，这点事儿还看不清吗！"

"你是傻子，看不出爱情的重要来！"马威看了天空一眼，太阳还没完全被云彩遮起来。

"我是个傻子，假如我爱一个不爱我的女人！"李子荣说着，全身一使劲，新鞋底儿硬，又差点儿摔了个跟头。

"够了！够了！别说了，成不成？"

"够了？这半天你光跟我抬了杠啦，一句正经的还没说呢！够了？"

"我恨你！李子荣！"

"我还恨你呢，马威！"李子荣笑了。

"无法，还得告诉你！"马威的脸上有一钉点笑容："这么回事，老李，她和别人定了婚啦！"

"与你有什么相干呢？"

"我始终没忘了她，忘不了！这么两三个月了，我试着把她忘了，遇见她的时候，故意的不看她，不行！不行！她老在我心的深处藏着！我知道我的责任，事业；我知道她不爱我；我可是忘不了她！她定了婚，我的心要碎了！心就是碎了，也无用，我知道，可是——"他眼睛看着地，冷笑了一声，不言语了。

李子荣也没说什么。

走了半天，李子荣笑了，说：

"老马，我知道你的委屈，我没法儿劝你！你不是不努力，你不是没试着忘了她，全无效，我也真没法儿啦！搬家，离开她，行不行？"

"等跟父亲商量商量吧！"

两个青年到皮开得栗的戏馆子买票，买了好几家，全买不到，因为节后头天开场，票子早全卖出去了。于是两个人在饭馆吃了些东西，跑到欧林癣雅去看马戏。

李子荣看什么都可笑，猴子骑马，狮子跳圈，白熊骑自行车，小驴跳舞……全可笑。看着马威的脸一点笑容没有，他也不好笑出来了，只好肚子里笑。

看完马戏，两个人喝了点茶。

"老马！还得打起精神干呀！"李子荣说，"事情已经有希望，何必再一歇松弄坏了呢！你已经试过以身体的劳动胜过精神上的抑郁，何不再试一试呢！况且你现在已完全无望，她已经定了婚，何必一定往牛犄角里钻呢！谢谢你，老马！改天见吧！"

"改天见吧，老李！"

…………

马威回到家中，温都太太正和他父亲一块儿在书房里坐着说话呢。

"嘿喽，马威！"她笑着说："看见什么啦？好不好？"

"去看马戏，真好！"马威坐下说。

"我说，咱们也得去看，今年的马戏顶好啦！"

"咱们？"马威心中盘算："不用'马先生'了？有点奇怪！"

"咱们礼拜六去，好带着玛力，是不是？"马老先生笑着说。

"又是一个'咱们'，"马威心里说。

"别忘了！"温都太太搭讪着出去了。

"父亲！咱们搬家，换换地方，好不好？"马威问。

"为什么呢？"老马说。

"不为什么，换个地方，新鲜一点。"

老马先生往火上添了两块煤。

"你不愿意呢，父亲，作为我没说，搬不搬没多大关系！"

"我看，在这儿挺舒服，何必瞎折腾，多费点子钱呢！再说，温都——"老马先生没往下说，假装咳嗽了两声。

父子都不言语了。楼下玛力姑娘唱起来，琴弹得乱七八糟，可是她的嗓子怪清亮的。马威站起来，来回走了几趟。

"马威！"马老先生低声的说："你伯父留下的那个戒指，你给我啦？"

"我多咱说给你来着？父亲！"

"你给我好不好？"

"那是伯父给我的纪念物，似乎我应当存着，其实一个戒指又算得了什么呢！父亲，你要那个干什么？你又不戴。"

"是这么一回事，马威！"老马的脸慢慢的红起来，说话也有点结巴："是这么一回事：你看，我有用。是，你看——温都太太！我无法，——对不起你！无法！她——你看！"

马威要说的话多了，自己想起来的，和李子荣责备他的，多了！但是，他不能说！有什么脸说父亲，看看自己！李子荣可以说，我，马威，没资格说话！况且，父亲娶温都太太倒许有点好处呢。她会过日子，她不像年青的姑娘那么奢侈。他有个家室，也许一高兴，死心踏地的作买卖。可是，将来怎回国呢？想到这里，不知不觉的就说出来了。

"父亲，你要是在这里安了家，将来还回国不呢？"

马老先生叫马威问愣了！真的，会没想到这一层！回国是一定的，带着她？就是她愿意去，我怎么处置她呢？真要是个大财主，也好办了，在上海买大楼，事事跟在英国一样。可是，咱不是阔人，叫她一个人跟着咱去，没社会，没乐趣，言语不通，饮食不服？残忍！她去了非死不可！不带她回国，我老死在这里，和哥哥的灵埋在一块儿？不！不！不！非回国不可，不能老死在这里！没办法！真没办法！

"马威！把这个戒指拿去！"

老马先生低着头把戒指递给马威，然后两手捧着脑门，一声也不出了！

…………

老马真为了难，而且没有地方去说！跟马威说？不成！父子之间那好正本大套的谈这个！跟伊牧师去说？他正恨着咱不帮助念中国书，去了是自找钉子碰！没地方去说，没地方去说！半夜没睡着觉，怎想怎不是路，不想又不行！及至闭上眼睡熟了，偏巧就梦见了故去的妻子！妇人们，死了还不老实着！马先生对妇人们有点怀疑；可是，怀疑也没用，妇人是妇人，就是妇人们全入了"三仙庵"当尼姑，这些事还是免不了的！妇人们！

第二天早晨起来，心中还是糊糊涂涂的，跟天上的乱黑云一样。吃早饭的时候，马威一句话没说，撅着嘴死嚼面包，恨不能把牙全嚼烂了才好。马老先生斜着眼睛，由眼镜的边框上看他儿子，心里有点发酸；赶紧把眼珠转回来，心不在焉的伸手盛了一匙子盐，倒在茶碗里了。温都母女正谈着马戏的事儿，玛力的眼睛好像蓝汪汪的水上加上一点油那么又蓝又润，看着妈妈的小尖鼻子。她已经答应和她妈妈一块儿去看，及至听说马老先生也去，她又设法摆脱，先说华盛顿约她看电影，后又说有人请她去跳舞。马威听着不顺耳，赌气子一推碟子，站起来，出去了。

"哟！怎么啦？"温都太太说，说完，小嘴儿还张着，好像个受了惊的小母鸡。

玛力一耸肩，笑了笑。

老马先生没言语，喝了口碗里的咸茶。

吃过早饭，马老先生叼着烟袋，慢慢的溜出去。

大街上的铺子十之八九还关着门，看着非常的惨淡。叫了辆汽车到亚力山大家里去。

亚力山大的街门是大红的，和亚力山大的脸差不多。老马一按铃，出来个五十多岁的老太婆，脸上只有一只眼睛。鼻子挺大挺红，好像刚喝完两瓶啤酒。此外没有可注意的东西。

老马先生没说什么，老太婆也没说什么。她一点头，那只瞎眼睛无意识的一动，跟着就往里走，老马后面随着。两个人好像可以完全彼此了解，用不着言语传达他们的心意。

亚力山大的书房是又宽又大，颇有点一眼看不到底的样儿。山墙中间一个大火，烧着一堆木头，火苗往起喷着，似乎要把世界都烧红了。地上的毯子真厚，一迈步就能把脚面陷下去似的。只有一张大桌子，四把大椅子；桌子腿儿稍微比象腿粗一点，椅子背儿可是比皇上的宝座矮着一寸多些。墙上挂满了东西，什么也有：像片儿，油画，中国人作寿的喜幛子，好几把宝剑，两三头大鹿脑袋，犄角很危险的往左右撑着。

亚力山大正在火前站着，嘴里叼着根大吕宋烟，烟灰在地毯上已经堆了一个小坟头。

"哈！老马！快来暖和暖和！"亚力山大给他拉过把椅子来，然后对那老太太说："哈定太太，去拿瓶'一九一十'的红葡萄来，谢谢！"

老太太的瞎眼动了动，转身出去了，像个来去无踪的鬼似的。

"我说，老马，节过的好不好？喝了回没有？不能！不能！那个小寡妇决不许你痛痛快快的喝！你明白我的意思？"亚力山大拍了老马肩膀一下，老马差点摔到火里去。

老马先生定了定神，咕吃咕吃的笑了一阵。亚力山大也笑开了，把比象腿粗点的桌腿儿震得直颤动。

"老马，给你找俩外钱儿，你干不干？"亚力山大问。

"什么事？"马老先生似乎有点不爱听"外钱儿"三个字。

脸上还是笑着，可是鼻洼子那溜儿显出点冷笑的意思。

"先不用提什么事，五镑钱一次，三次，你干不干吧？"亚力山大用吕宋烟指着老马的鼻子问。

门开了，前面走着个老黑猫，后面跟着哈定太太。她端着个小托盘，盘子上一瓶葡萄酒，两个玻璃杯。把托盘放在桌上，她给他们斟上酒。斟完酒，瞎眼睛动了一动，就往外走；捎带脚儿踩了黑猫一下。

"老马，喝着！"亚力山大举起酒杯来说："真正一九一十的！明白我的意思？我说，你到底干不干哪？五镑钱一次！"

"到底什么事？"老马喝了口酒，问。

"作电影，你明白我的意思？"

"我那会作电影呢，别打哈哈！"马老先生看着杯里的红酒说。

"容易！容易！"亚力山大坐下，把脚，两只小船似的，放在火前面。"我告诉你：我现在帮着电影公司写布景，自然是关于东方的景物；我呢，在东方不少年，当然比他们知道的多；我告诉你，有一分知识挣一分钱；把知识变成金子，才算有用；往回说，现在他们正作一个上海的故事，他们在东伦敦找了一群中国人，全是扁鼻子，狭眼睛的玩艺儿，你明白我的意思？自然哪，这群人专为成群打伙的起哄，叫影片看着真像中国，所以他们鼻子眼睛的好歹，全没关系；导演的人看这群人和一群羊完全没分别：演乡景他要一群羊，照上海就要一群中国人，你明白我的意思？再往回说：他们要个体面的中国老头，扮中国的一个富商，并没有多少作派，只要长得体面，站在那里像个人儿似的就行。演三幕，一次五镑钱，你干不干？没有作派，导演的告诉你站在那儿，你站在那儿；叫你走道儿，你就走几步。容易！你明白我的意思？白捡十五镑钱！你干不干？"

亚力山大越说声音越高；一气说完，把一杯酒全灌下去，灌得喉咙里直咕咕的响。

老马先生听着亚力山大嚷，一面心中盘算："反正是非娶她不可，还是一定得给她买个戒指。由铺子提钱买，就是马威不说什么，李子荣那小子也得给马威出坏主意。这样充一回富商，又不难，白得十五镑钱，给她买个小戒指，倒不错！自然演电影不算什么体面事，况且和东伦敦那把子东西一块挤，失身分！失身分！可是……"

"你到底干不干哪？"亚力山大在老马的耳根子底下放了个炸弹似的："再喝一杯？"

"干！"老马先生一面揉耳朵，一面点头。

"好啦，定规了！过两天咱们一同见导演的去。来，再喝一杯！"

两个人把一瓶酒全喝了。

"哈定太太！哈定！——"亚力山大喊："再给我们来一瓶！"

瞎老太太又给他们拿来一瓶酒，又踩了黑猫一脚。黑猫翻眼珠看了她一眼，一声也没出。

亚力山大凑到老马的耳朵根儿说：

"傻猫！叫唤不出来了，还醉着呢！昨儿晚上跟我一块喝醉了！它要是不常喝醉了，它要命也不在这里；哈定太太睁着的那只眼睛专看不见猫！你明白我的意思？"

亚力山大笑开了。

老马先生也笑开了，把这几天的愁闷全笑出去了。

6

新年不过是圣诞的余波，人民并不疯了似的闹，铺子也照常的开着。"快乐的新年"虽然在耳边嗡嗡着，可是各处没有一点快乐与新鲜的表现。天气还是照常的悲苦，雾里的雨点，鬼鬼啾啾的，把人们打得都缩起脖子，像无精失采的小鹭鸶。

除夕的十二点钟，街上的钟声，汽笛，一齐响起来。马威一个人，光着头，在街上的黑影里站着，偷偷落了几点泪。一来是有点想家，二来是心中的苦处触机而发。擦了擦泪，叹了一口气：

"还得往前干哪！明天是新年了，忘了已往的吧！"

第二天早早的他就起来了，吃过早饭，决定远远的去走一回，给新年一个勇敢的起始。告诉了父亲早一点到铺子去，他自己到十二点以后才能到。

出门坐上辆公众汽车，一直到植物园去。车走了一点来钟才到了植物园外面。园外没有什么人，园门还悄悄的关着。他折回到大桥上，扶着石栏，看着太晤士河。河水灰汪汪的流着，岸上的老树全静悄悄的立着，看着河水的波动。树上只有几只小黑鸟，缩着脖儿，彼此唧咕，似乎是诉什么委屈呢。靠着岸拴着一溜小船，随着浪一起一落，有点像闲腻了，不得不动一动似的。马威呆呆的看着河水，心思随着灰波越走越远，似乎把他自己的存在全忘了。

远处的灰云把河水，老树，全合成一片灰雾，渺茫茫的似另有一个世界，和这个世界一样灰淡惨苦，只是极远极远，不容易看清楚了。远处的钟敲了十点，马威迟迟顿顿的，好像是舍不得，离开大桥，又回到园门来。门已开了，马威把一个铜子放在小铁桌子上，看门的困眼巴唧的看了他一眼，马威向他说了声"快乐的新年。"

除了几个园丁，园内看不见什么人，马威挺着胸，吸了几口气，园中新鲜的空气好像是给他一个人预备的。老树，小树，高树，矮树，全光着枝干，安闲的休息着；没有花儿给人们看，没有果子给鸟儿吃，只有弯曲的瘦枝在空中画上些自然的花纹。小矮常青树在大树后面蹲着，虽然有绿叶儿，可是没有光着臂的老树那么骄傲尊严。缠着枯柳的藤蔓像些睡了的大蛇，只在树梢上挂着几个磁青的豆荚。园中间的玻璃温室挂着一层薄霜，隔着玻璃还看得见里边的绿叶，可是马威没进去看。路旁的花池子连一枚小花也没有，池中的土全翻起来，形成许多三角块儿。

河上的白鸥和小野鸭，唧唧鸭鸭的叫，叫得非常悲苦。野鸭差不多都缩着脖蹲着，有时候用扁嘴在翅上抹一抹，看着总多少有点傻气。白鸥可不像鸭子那么安稳了，飞起来，飞下来，在灰色的空中扯上几条不连续的银线。小黑鸭子老在水上漂着，小尾巴后面扯着条三角形的水线；也不往起飞，也不上岸去蹲着，老是漂着，眼睛极留神的看，有时候看见河内的倒影，也探下头去捞一捞。可怜的小黑鸭子！马威心里有些佩服这些小黑玩艺儿：野鸭太懒，白鸥太浮躁，只有小黑鸭老含着希望。

地上的绿草比夏天还绿上几倍，只是不那么光美。靠着河岸的绿草，在潮气里发出一股香味，非常的清淡，非常的好闻。马威顺着河岸走，看着水影，踏着软草，闻着香味，心里安闲极了，只是有点说不出来的愁闷在脑子里萦绕着。河上几只大白鹅，看见马威，全伸着头上的黄包儿，跟他要吃食。马威手里什么也没有，傻鹅们斜愣着眼彼此看了看，有点失望似的。走到河的尽处，看见了松梢上的塔尖，马威看见老松与中国宝塔，心中不由高兴起来。呆呆的站了半天，他的心思完全被塔尖引到东方去了。

站了半天，只看见一两对游人，从树林中间影儿似的穿过去。他定了定方向，向小竹园走了去。竹园内没有人，没有声音，只有竹叶，带着水珠，轻轻的动。马威哈着腰看竹根插着的小牌子：日本的，中国的，东方各处的竹子，都杂着种在一块。

"帝国主义不是瞎吹的！"马威自己说："不专是夺了人家的地方，灭了人家的国家，也真的把人家的东西都拿来，加一番研究。动物，植物，地理，言语，风俗，他们全研究，这是帝国主义厉害的地方！他们不专在军事上霸道，他们的知识也真高！知识和武力！武力可以有朝一日被废的，知识是永远需要的！英国人厉害，同时，多么可佩服呢！"

地上的潮气把他的脚冰得很凉，他出了竹园，进了杜鹃山，——两个小土山，种满杜鹃，夹着一条小山沟。山沟里比别处都暖一点，地上的干叶闻着有股药味。

"春天杜鹃开花的时候，要多么好看！红的，白的，浅粉的，像——"他忽然想到："像玛力的脸蛋儿！"

想到这儿，他周身忽然觉得不合适，心仿佛也要由嘴里跳出来。不知不觉的把大拇指放在唇上，咬着指甲。

"没用！没用！"他想着她，同时恨自己，着急而又后悔："非忘了她不可！别和父亲学！"他摸了摸口袋，摸着那个小戒指，放在手心上，呆呆的看着，然后用力的往地上一摔，摔到一堆黄叶里去，那颗钻石在一个破叶的缝儿里，一闪一闪的发亮。

愣了半天，听见远远的脚步声儿，他又把戒指捡起来，仍旧放在袋儿里。山沟是弯弯的，他看不见对面来的人，转身，往回走，不愿意遇见人。

"马威！马威！"后面叫。

马威听见了有人叫他，他还走了几步，才回头看。

"嘿喽！伊姐姐！"

"新禧！新禧！"伊姑娘用中国话说，笑着和他握了握手。

她比从前胖了一点。脖子上围着一条狐皮，更显得富泰一点。她穿着一身蓝呢的衣裙，加着一顶青绒软帽，帽沿自然的往下垂着些，看着稳重极了。在小山沟里站着，叫人说不上来，是她，还是那些冷静的杜鹃，更安稳一些。

"伊姐姐！"马威笑着说："你怎这么早？"

"上这里来，非早不可。一等人多，就没意思了！你过年过得好？马威！"她用小手绢揉了揉鼻子，手指在手套里鼓膨膨的把手套全撑圆，怪好看的。

"好。你没上那里去？"

两个齐着肩膀走，出了小山沟。她说：

"没有。大冷的天，上那儿也不舒服。"

马威不言语了，眉头皱着一点，大黑眼珠儿钉着地上的青草。

"马威！"伊姑娘看着他的脸说："你怎么老不喜欢呢？"她的声音非常的柔和，眼睛发着些亮光，显着慈善，聪明，而且秀美。

马威叹了口气，看了她一眼。

"告诉我，马威！告诉我！"她说得很恳切很自然；跟着微微一笑，笑得和天上的仙女一样纯洁，和善。

"叫我从何处说起？姐姐！"马威勉强着一笑，比哭的样子还凄惨一些。"况且，有好些事不好告诉你，姐姐，你是个姑娘。"

她又笑了，觉得马威的话真诚，可是有点小孩子气。

"告诉我，不用管我是姑娘不是。为什么姑娘应当比男人少听一些事呢！"她又笑了，似乎把马威和世上的陋俗全笑了一下。

"咱们找个地方坐一会儿，好不好？"他问。

"你要是不乏，咱们还是走着谈好，坐定了太冷。我的小脚指头已经冻了一个包啦。说吧，马威！"

"全是没法解决的问题！"他迟钝的说，还是不愿意告诉她。

"听一听，解决不解决是另一问题。"她说得非常痛快，声音也高了一些。

"大概其的说吧！"马威知道非说不可，只好粗粗的给她个大略；真要细说，他的言语是不够表现他的心思的："我爱玛力，她不爱我，可是我忘不了她。我什么方法都试了，试，试，试，到底不行。恨自己也没用，恨她也没用。我知道我的责任，事业，但是，她，她老在我心里刺闹着。这是第一个不能解决的问题。第二个是父亲，他或者已经和温都太太定了婚。姐姐你晓得，普通英国人都拿中国人当狗看，他们要是结婚，温都太太就永远不用想再和亲友来往了，岂不是陷入一个活地狱。父亲带她回国，住三天她就得疯了！咱们的风俗这么不同，父亲又不是个财主，她不能受那个苦处！我现在不能说什么，他们相爱，他们要增加彼此的快乐，——是快乐还是苦恼，是另一问题——我怎好反对。这又一个不易解决的问题。还有呢，我们的买卖，现在全搁在我的肩膀上了，我爱念书，可是不能不管铺子的事；管铺子的事，就没工夫再念书。父亲是简直的不会作买卖，我不管，好啦，铺子准一月赔几十镑，我管吧，好啦，不用打算专心念书；不念书，我算干吗来啦！你看，我忙得连和你念英文的时候都没有了！我没高明主意，我不知道我是干什么呢！姐姐，你聪明，你爱我们，请你出个好主意吧！"

两株老马尾松站在他们面前，枝上垂着几个不整齐的松塔儿。灰云薄了一点，极弱秀的阳光把松枝照得有点金黄色。

马威说完，看着枝上的松塔。凯萨林轻轻的往松了拉了拉脖上的狐皮，由胸间放出一股热嘟嘟的香味。

"玛力不是已经和华盛顿定婚了吗？"她慢慢的说。

"你怎么知道？姐姐！"他还看着松塔儿。

"我认识他！"凯萨林的脸板起来了。待了半天，她又笑了，可是很不自然："她已属别人，还想她干吗呢？马威！"

"就这一点不容易解决！"马威似乎有点嘲笑她。

"不易解决！不易解决！"她好像跟自己说，点着头儿，帽沿儿轻轻的颤。"爱情！没人明白到底什么是爱情！"

"姐姐，你没好主意？"马威有点着急的样儿。

凯萨林似乎没听见，还嘟囔着：

"爱情！爱情！"

"姐姐，你礼拜六有事没有？"他问。

"干什么？"她忽然看了他一眼。

"我要请你吃中国饭，来不来？姐姐！"

"谢谢你，马威！什么时候？"

"下午一点吧，在状元楼见。"

"就是吧。马威，看树上的松塔多么好看，好像几个小铃铛。"

马威没言语，又抬头看了看。

两个人都不言语了。穿出松林，拐过水池，不知不觉的到了园门。两个都回头看了看，园中还是安静，幽美，清凉。他们把这些都留在后边，都带着一团说不出的混乱，爱情，愁苦，出了园门。——快乐的新年？

7

伦敦的几个中国饭馆要属状元楼的生意最发达。地方宽绰，饭食又贱，早晚真有群贤毕集的样儿。不但是暹罗人，日本人，印度人，到那里解馋去，就是英国人，穷美术家，系着红领带的社会党员，争奇好胜的胖老太太，也常常到那里喝杯龙井茶，吃碗鸡蛋炒饭。美术家和社会党的人，到那里去，为是显出他们没有国界思想，胖老太太到那里去，为是多得一些谈话资料；其实他们并不喜欢喝不加牛奶的茶；和肉丝，鸡蛋，炒在饭一块儿。中国人倒不多，一来是吃不着真正中国饭。二来是不大受女跑堂儿的欢迎。在中国饭馆里作事，当然没有好姑娘。好姑娘那肯和中国人打交待。人人知道跟中国人在一块儿，转眼的工夫就有丧掉生命的危险。美而品行上有可怀疑的姑娘们就不在乎了，和傻印度飞飞眼，晚上就有两三镑钱入手的希望。和日本人套套交情，至不济也得一包橘汁皮糖。中国人呢，不敢惹，更不屑于招待；人们都看不起中国人吗，妓女也不是例外。妓女也有她们的自由与骄傲，谁肯招呼人所不齿的中国人呢!

范掌柜的颇有人缘儿,小眼睛眯缝着,好像自生下来就没睡醒过一回;可是脸上老是笑。美术家很爱他,因为他求他们在墙上随意的画:小脚儿娘们,瘦老头儿抽鸦片,乡下老儿,带着小辫儿,给菩萨磕头,五光十色的画了一墙。美术家所知道的中国事儿正和普通人一样,不过他们能够把知道的事画出来。社会党的人们很爱他,因为范掌柜的爱说:"Me no likes capitalis ma!"胖老太太们很爱他,因为他常把me当I,有时候高兴,也把I当me,胖老太太们觉着这个非常有可笑的价值。设若普通英国人讨厌中国人,有钱的英国男女是拿中国人当玩艺儿看。中国人吃饭用筷子,不用刀叉;中国人先吃饭,后喝汤;中国人喝茶不搁牛奶,白糖;中国人吃米,不加山药蛋;这些事在普通人——如温都母女——看,都是根本不对而可恶的;在有钱的胖老太太们看,这些事是无理取闹的可笑,非常的可笑而有趣味。

范掌柜的和马老先生已经成了顶好的朋友,真像亲哥儿们似的。马老先生虽然根本看不起买卖人,可是范掌柜的应酬周到,小眼睛老眯缝着笑,并且时常给马老先生作点特别的菜,马老先生真有点不好意思不和老范套套交情了。再说,他是个买卖人,不错,可是买卖人里也有好人不是!

马老先生到饭馆来吃饭,向来是不理学生的,因为学生们看着太俗气,谈不到一块儿。况且,这群学生将来回国都是要作官的,马老先生想到自己的官运不通,不但不愿意理他们,有时候还隔着大眼镜瞪他们一眼。

马老先生和社会党的人们弄得倒挺热活。他虽然不念报纸,不知道人家天天骂中国人，可是他确知道英国人对他的劲儿，决不是自己朋友的来派。连那群爱听中国事的胖老太太们，全不短敲着撩着的损老马几句。老马有时候高兴，也颇听得出来她们的口气。只有这群社会党的人，只有他们，永远向着中国人说话，骂他自己政府的侵略政策。马老先生虽不知道什么是国家，到底自己颇骄傲是个中国人。只有社会党的人们说中国人好，于是老马不自主的笑着请他们吃饭。吃完饭，社会党的人们管他叫真正社会主义家，因为他肯牺牲自己的钱请他们吃饭。

老马要是告诉普通英国人："中国人喝茶不搁牛奶。"

"什么？不搁牛奶！怎么喝？！可怕！"人们至少这样回答，他撅着小胡子不发声了。

他要是告诉社会党的人们，中国茶不要加牛奶，他们立刻说：

"是不是，还是中国人懂得怎么喝茶不是？中国人替世界发明了喝茶，人家也真懂得怎么喝法！没中国人咱们不会想起喝茶，不会穿绸子，不会印书，中国的文明！中国的文明！唉，没有法子形容！"

听了这几句，马老先生的心里都笑痒痒了！毫无疑意的信中国人是天下最文明的人！——再请他们吃饭！

马威到状元楼的时候，马老先生已经吃完一顿水饺子回家了，因为温都太太下了命令，叫他早回去。

状元楼的厨房是在楼底下，茶饭和菜都用和汲水的辘轳差不多的一种机器拉上来。这种机器是范掌柜的发明，简单适用而且颇有声韵，嗞牛咕喋，嗞牛咕喋，带着一股不可分析的菜味一齐上来了。

食堂是分为内外两部：外部长而狭，墙上画着中国文明史的插画：老头儿吸鸦片，小姑娘裹小脚……还写着些："清明时候雨纷纷"之类的诗句。内部是宽而扁，墙上挂着几张美人香烟的广告。中国人总喜欢到内部去，因为看着有点雅座的意味。外国人喜欢在外部坐，一来可以看墙上的画儿，二来可以看辘轳的升降。

外部已经坐满了人，马威到了内部去，找了张靠墙角的空桌坐下。屋里有两位中国学生，他全不认识。他向他们有意无意的微微一点头，他们并没理他。

"等人？"一个小女跑堂的歪着头，大咧咧的问。

马威点了点头。

那两位中国学生正谈怎么请求使馆抗议骂中国人的电影。马威听出来，一个姓茅，一个姓曹，马威看出来，那个姓茅的戴着眼镜，可是几乎没有眉毛；那个姓曹的没戴着眼镜，可是眼神决不充足。马威猜出来，那个姓茅的主张强迫公使馆提出严格抗议，如使馆不办，就把自公使至书记全拉出来臭打一顿。那个姓曹的说，国家衰弱，抗议是没用的；国家强了，不必抗议，人们就根本不敢骂你。两个人越说越拧葱，越说声音越高。姓茅的恨不得就马上打老曹一顿，而姓曹的决没带出愿意挨打的神气，于是老茅也就没敢动手。

两个人不说了，低着头吃饭，吃得很带杀气。

伊姑娘进来了。

"对不起，马威，我晚了！"她和马威握了握手。

"不晚，不晚！"马威说着把菜单递给她，她拉了拉衣襟，很自然的坐下。

曹和茅同时看了她一眼。说了几句中国话，跟着开始说英文。

她点了一碟炸春卷，马威又配上了两三样菜。

"马威，你这两天好点啦吧？"伊姑娘微微一笑。

"精神好多了！"马威笑着回答。

姓茅的恶意的看了马威一眼，马威心中有点不舒坦，可是依旧和凯萨林说话。

"马威，你看见华盛顿没有？"伊姑娘看着菜单，低声儿问。

"没有，这几天晚上他没找玛力来。"马威说。

"啊！"伊姑娘似乎心中安慰了一些，看了马威一眼，刚一和他对眼光儿，她又看到别处去了。

春卷儿先来了，马威给她夹了一个。她用叉子把春卷断成两段，非常小心的咬了一口。下巴底下的筋肉轻轻的动着，把春卷慢慢咽下去，吃得那么香甜，安闲，美满；她的举动和玛力一点也不一样。

马威刚把春卷夹开，要往嘴里送，那边的老茅用英文说：

"外国的妓女是专为陪着人们睡觉的，有钱找她们去睡觉，茶馆酒肆里不是会妓女的地方！我告诉你，老曹，我不反对嫖，我嫖的回数多了；我最不喜欢看年轻轻的小孩子带着妓女满世界串！请妓女吃中国饭！哼！"

伊姑娘的脸红得和红墨水瓶一样了，仍然很安稳的，把叉子放下要站起来。

"别！"马威的脸完全白了，嘴唇颤着，只说了这么一个字。

"老茅，"那个眼神不十分充足的人说："你怎么了！外国妇女不都是妓女！"他是用中国话说的。

姓茅的依旧用英国话说：

"我所知道的女人，全是妓女，可是我不爱看人家把妓女带到公众的地方来出锋头！"他又看了马威一眼："出那家子锋头！你花得起钱请她吃饭，透着你有钱！咱讲究花钱和她们睡一夜！"

伊姑娘站起来了，马威也站起来，拦着她：

"别！你看我治治他！"

凯萨林没言语，还在那里站着，浑身颤动着。

马威走过去，问那位老茅：

"你说谁呢？"他的眼睛瞪着，射出两条纯白的火光。

"我没说谁，饭馆里难道不许说话吗？"茅先生不敢叫横，又不愿意表示软弱，这样的说。

"不管你说谁，我请你道歉，不然，你看这个！"马威把拳头在桌上一放。

老茅像小蚂蚱似的往里一跳，跳到墙角，一劲儿摇头。

马威往前挪了两步，瞪着茅先生。茅先生的"有若无"的眉毛鬼鬼啾啾的往一块拧，还是直摇头。

"好说，好说，不必生气。"姓曹的打算拦住马威。马威用手一推，老曹又坐下了。马威钉着茅先生的脸问：

"你道歉不？"

茅先生还是摇头，而且摇得颇有规律。

马威冷笑了一声，看准茅先生的脸，左右开花，奉送了两个嘴巴。正在眼镜之下，嘴唇之上，茅先生觉得疼得有点入骨；可是心里觉着非常痛快，也不摇头了。

女跑堂的跑进来两个，都唧咕唧咕的笑，脸上可都转了颜色。外部的饭座儿也凑过来看，谁也莫明其妙怎回事。范掌柜的眯缝着眼儿过来把马威拉住。

伊姑娘看了马威一眼，低着头就往外走，马威也没拦她。她刚走到内外部分界的小门，看热闹的有一位说了话：

"凯！你！你在这儿干吗呢？"

"保罗！咱们一块家去吧！"凯萨林低着头说，没看她的兄弟。

"你等等，等我弄清楚了再走！"保罗说着，从人群里挤进去，把范掌柜的一拉，范掌柜笑嘻嘻的就倒在地上啦，很聪明的把头磕在桌腿上，磕成一个青蓝色的鹅峰。

"马威，你是怎回事？"保罗把手插在衣袋里问："我告诉你，别以为你是个人似的，和我们的姑娘一块混！要贪便宜的时候，想着点英国男人的拳头！"

马威没言语，煞白的脸慢慢红起来。

"你看，老曹，往外带妓女有什么好处？"茅先生用英国话说。

马威一咬牙，猛的向茅先生一扑；保罗兜着马威的下巴就是一拳；马威退，退，退，退了好几步，扶住一张桌子，没有倒下；茅先生小蚂蚱似的由人群跳出去了。范掌柜的要过来劝，又迟疑，笑嘻嘻的用手摸着头上的鹅峰，没敢往前去。

"再来！"保罗冷笑着说。

马威摸着脖子，看了保罗一眼。

门外的中国人们要进来劝，英国人们把门儿拦住：

"看他们打，打完了完事。公平交易，公平的打！"

几个社会党的人，向来是奔走和平，运动非战的；可是到底是英国人，一听见"公平的打"，从心根儿上赞同，都立在那里看他们决一胜负。

马威缓了一口气，把硬领一把扯下来，又扑过保罗去。保罗的脸也白了，他搪住马威的右手，一拳照着马威的左肋打了去，又把马威送回原地。马威并没缓气，一扶桌子，登时一攒劲，在保罗的胸部虚晃了一下，没等保罗还手，他的右拳打在保罗的下巴底下。保罗往后退了几步，一咬牙，又上来了，在他双手还替身体用力平衡的时候，马威稳稳当当又给了他一拳。保罗一手扶着桌子，出溜下去了。他两腿拼命的往起立，可是怎么也立不起来了。马威看着他，他还是没立起来。马威上前把他搀起来，然后把右手伸给他，说：

"握手！"

保罗把头一扭，没有接马威的手。马威把他放在一张椅子上，捡起硬领，慢慢往外走，嘴唇直往下滴滴血。

几位社会党的人们，看着马威，没说什么，可是心里有点恨他！平日讲和平容易，一旦看见外人把本国人给打了，心里不知不觉的就变了卦！

茅先生和曹先生早已走了，马威站在饭馆外面，找伊姑娘，也不见了。他安上硬领，擦了擦嘴上的血，冷笑了一阵。

8

"妈！妈！"玛力含着泪说，两个眼珠好像带着朝露的蓝葡萄珠儿："好几天没看见他了，给他写信，也没回信。我得找他去，我得问问他！妈，我现在恨他！"她倒在母亲的怀里，呜呜的哭起来。

"玛力，好玛力，别哭！"温都太太拍着玛力的脑门儿说，眼中也含着泪："华盛顿一定是忙，没工夫看你来。爱情和事业是有时候不能兼顾的。信任他，别错想了他，他一定是忙！玛力，你是在礼拜六出去惯了，今天没人和你出去，所以特别的不高兴。你等着，晚上他一定来，他要是不来，我陪你看电影去。玛力？”

玛力抬起头来，抱着母亲的脖子亲了亲。温都太太替女儿往后拢了拢头发。玛力一边抽达，一边用小手绢擦眼睛。

“妈妈，你看他是忙？你真这么想吗？连写个明信片的工夫都没有；我不信！我看他是又交了新朋友了，把我忘了！男人都是这样，我恨他！”

“玛力，别这么说！爱情是多少有些波折的。忍耐，信任，他到末末了还是你的人！你父亲当年……”温都太太没往下说，微微摇了摇头。

“妈，你老说忍耐，信任！凭什么女的总得忍耐，信任，而男人可以随便呢！”玛力看着母亲的脸说。

“你已经和他定了婚，是不是？”温都太太问，简单而厉害。

“定婚的条件是要双方守着的，他要是有意破坏，我为什么该一个人受苦呢！再说，我没要和他定婚，是他哀告我的，现在——”玛力还坐在她母亲的怀里，脚尖儿搓搓着地毯。

“玛力，别这么说！”温都太太慢慢的说：“人类是逃不出天然律的，男的找女的，女的不能离开男的。婚姻是爱的结束，也是爱的尝试，也是爱的起头！玛力，听妈妈的话，忍耐，信任，他不会抛弃了你，况且，我想这几天他一定是忙。”

玛力站起来，在镜子前面照了照，然后在屋里来回的走。

“妈妈，我自己活着满舒服，欢喜，可以不要男人！”

“你？”温都太太把这个字说得很尖酸。

"要男人的时候，找男人去好了，咱们逃不出天然律的管辖！"玛力说得有点嘲弄的意思，心里并不信这个。

"玛力！"温都太太看着女儿，把小红鼻子支起多高。

玛力不言语了，依旧的来回走。心中痛快了一点，她一点也不信她所说的话，可是这么说着颇足以出出心中的恶气！

在爱家庭的天性完全消灭以前，结婚是必不可少的。不管结婚的手续，形式，是怎样，结婚是一定的。人类的天性是自私的，而最快活的自私便是组织起个小家庭来。这一点天性不容易消灭，不管人们怎么提倡废除婚姻。玛力一点也不信她所说的，只是为出出气。

温都太太也没把玛力的话往心里听，她所盘算的是：怎么叫玛力喜欢了。她知道青年男女，特别是现代的青年男女，是闲不住的。总得给他们点事作，不拘是跳舞，跑车，看电影，……反正别叫他们闲着。想了半天，还是看电影最便宜；可是下半天还不能去，因为跟老马先生定好一块上街。想到这里，温都太太的思想又转了一个弯：她自己的婚事怎么告诉玛力呢！玛力是多么骄傲，能告诉她咱要嫁个老Chink！由这里又想到：到底这个婚事值得一干不值呢？为保存社会的地位，还是不嫁他好。可是，为自己的快乐呢？……真的照玛力的话办？要男人的时候就去找他？结果许更坏！社会，风俗，男女间的关系是不会真自由的！况且，男女间有没有真自由存在的地方？——不能解决的问题！她擦了擦小鼻子，看了玛力一眼，玛力还来回的走，把脸全走红了。

"温都太太！"老马先生低声在门外叫。

"进来！"温都太太很飘洒的说。

老马先生叼着烟袋扭进来。新买的硬领，比脖子大着一号半，看着好像个白罗圈，在脖子的四围转。领带也是新的，可是系得绝不直溜。

"过来！"温都太太笑着说。

她给他整了整领带。玛力斜眼看他们一眼。

"咱们不是说上街买东西去吗？"马老先生问。

"玛力有点——不舒服，把她一个人搁下，我不放心。"温都太太说，然后向玛力："玛力，你跟我们一块儿去，好不好？"

"我不去，我在家等着华盛顿，万一他今天来呢！"玛力把恶气出了，还是希望华盛顿来。

"也好。"温都太太说着出去换衣裳。

马威回来了。他的脸还是煞白，嘴唇还滴滴血，因为保罗把他的牙打活了一个。硬领儿歪七扭八的，领带上好些个血点。头发刺刺着。呼吸还是很粗。

"马威！"马老先生的脖子在硬领里转了个大圈。

"呕！马威！"玛力的眼皮红着，嘴唇直颤。

马威很骄傲的向他们一笑，一下子坐在椅子上，用袖子擦了擦嘴。

"马威！"马老先生走过来，对着马威的脸问："怎么了？"

"打架来着！"马威说，眼睛看着地毯。

"跟谁？跟谁？"马老先生的脸白了，小胡子也立起来。

"保罗！我把他打啦！"马威笑了笑，看了看自己的手。

"保罗——"

"保罗——"

马老先生和玛力一齐说，谁也不好意思再抢了，待了一会儿，马老先生说：

"马威，咱们可不应当得罪人哪！"

马老先生是最怕打架，连喝醉了的时候，都想不起用酒杯往人家头上摔。马太太活着的时候，小夫妻倒有时候闹起来，可是和夫人开仗是另一回事，况且夫人多半打不过老爷！马威小时候，马老先生一天到晚嘱咐他，别和大家打架，遇到街上有打架的，躲远着点！得，现在居然在伦敦打洋鬼子，而且打的是保罗，伊牧师的儿子！马老先生呆呆的看着儿子，差点昏过去。

"呕！马威！"温都太太进来，喊得颇像吓慌了的小鸟。

"他把保罗打了，怎么好，怎么好？"马老先生和温都太太叨唠。

"呕，你个小淘气鬼！"温都太太过去看着马威。然后向马老先生说："小孩子们打架是常有的事。"然后又对玛力说："玛力，你去找点清水给他洗洗嘴！"然后又对马老先生说："咱们走哇！"

马老先生摇了摇头。

温都太太没说什么，扯着马老先生的胳臂就往外走，他一溜歪斜的跟着她出去。

玛力拿来一罐凉水，一点漱嘴的药，一些药棉花。先叫马威漱了漱口，然后她用棉花轻轻擦他的嘴唇。她的长眼遮毛在他的眼前一动一动的，她的蓝眼珠儿满含着慈善和同情，给他擦几下，仰着脖子看一看，然后又擦。她的头发挨着他的脸蛋，好像几根通过电的金丝，叫马威的脸完全热透了，完全红了。他低下头去，不敢再看她，可是他觉到由她胸脯儿出来的热气，温和，香暖，叫他的全身全颤动起来。

"马威，你们怎么打起来的？"玛力问。

"我和伊姑娘一块儿吃饭，他进来就给我一拳！"马威微笑着说。

"呕！"玛力看着他，心里有点恨他，因为他居然敢和保罗打架；又有点佩服他，因为他不但敢打，而且打胜了。英雄崇拜是西洋人的一种特色，打胜了的总是好的，玛力不由的看着马威有点可爱。他的领子歪着，领带上的血点，头发乱蓬蓬的，都非常有劲的往外吸她心中的爱力，非常的与平日不同，非常的英美，特别的显出男性：力量，胆子，粗鲁，血肉，样样足以使女性对男性的信仰加高一些，使女性向男性的趋就更热烈一点。她还给他擦嘴，可是她的心已经被这点崇拜英雄的思想包围住，越擦越慢，东一下，西一下，有时候擦在他的腮上，有时候擦在他的耳唇上。他的黄脸在她的蓝眼珠里带上了一层金色，他的头上射出一圈白光；他已经不是黄脸讨厌的马威，他是一个男性的代表，他是一团热血，一个英雄，武士。

她的右手在他脸上慢慢的擦，左手轻轻的放在他的膝上。他慢慢的，颤着，把他的手搁在她的手上。他的眼光直着射到她的红润的唇上。

"玛力，玛力，你知道，"马威很困难的一个字一个字往外挤："你知道，我爱你？"

玛力忽然把手抽出去，站起来，说：

"你我？不可能的事！"

"为什么？我是个中国人？爱情是没有国界的，中国人就那么不值钱，连爱情都被剥夺了吗！"马威慢慢的站起来，对着她的脸说："我知道，你们看不起中国人；你们想中国人的时候永远和暗杀，毒药，强奸联在一块儿。但是咱们在一块儿快一年啦，你难道看不出我来，我是不是和你们所想的一样？我知道你们关于中国人的知识是由造谣言的报纸，和下贱的小说里得来的，你难道就真信那些话吗？我知道你已经和华盛顿定婚，我只求你作我的好朋友，我只要你知道我爱你。爱情不必一定由身体的接触才能表现的，假如你能领略我的爱心，拿我当个好朋友，我一生能永远快乐！我羡慕华盛顿，可是因为我爱你，我不敢对他起一点嫉妒心！我——"马威好像不能再说，甚至于不能再站着，他的心要跳出来，他的腿已经受不住身上的压力，他咕咚一下子坐下了。

玛力用小木梳轻轻的刮头，半天没言语。忽然一笑，说：

"马威，你这几天也没看见华盛顿？"

"没有，伊姑娘也这么问我来着，我没看见他。"

"凯萨林？她问他干甚？她也认识华盛顿？"玛力的眼睛睁得很圆，脸上红了一点，把小木梳撂在衣袋里，搓搓着手。

"我不知道！"马威皱着眉说："对不起！我无心中提起凯萨林来！我不知道他们的关系！好在一个人不能只有一个朋友，是不是？"他微微一笑，故意的冷笑她。

玛力忽然瞪了他一眼，一声没出，跑出去了。

9

温都太太挺着小脖子在前边走，马老先生缩着脖子在后面跟着；走大街，穿小巷，她越走越快，他越走越慢；越人多她越精神，她越精神他越跟不上。要跟个英国人定了婚，在大街上至少可以并着肩，拉着手走；拉个老中国人在街上扭，不能做的事；她心中有点后悔。要是跟中国妇人一块儿走，至少他可以把她落下几丈多远，现在，居然叫个妇人给拉下多远；他心中也有点后悔。她站住等着他，他躬起腰来往前扯大步；她笑了，他也笑了，又全不后悔了。

两个进了猴儿笨大街的一家首饰店。马老先生要看戒指，伙计给他拿来一盒子小姑娘戴着玩的小铜圈，全是四个便士一只。马老先生要看贵一点的，伙计看了他一眼，又拿出一盒镀银的来，三个先令两只。老马先生还要贵的，伙计笑得很不自然的说：

"再贵的可就过一镑钱了！"

温都太太拉了他一把，脸上通红，说：

"咱们上有贵重东西的地方去买吧！"

马老先生点了点头。

"对不起！太太！"伙计连忙道歉："我错了，我以为这位先生是中国人呢，没想到他是日本人，我们很有些个日本照顾主儿，真对不起！我去拿好的来！"

"这位先生是中国人！"温都太太把"是"字说得分外的有力。

伙计看了马老先生一眼，进去又拿来一盒子戒指，都是金的。把盒子往马老先生眼前一送，说：

"这都是十镑钱以上的，请看吧！"然后恶意的一笑。

马老先生也叫上劲儿啦，把盒子往后一推，问：

"有二十镑钱以上的没有？"

伙计的颜色变了一点，有心要进去打电话，把巡警叫来；因为身上有二十镑钱的中国人，一定是强盗；普通中国人就没有带一镑钱的资格，更没有买戒指的胆量；据他想。他正在迟疑不定，温都太太又拉了马老先生一把。两个一齐走出来。伙计把戒指收起去，赶快的把马老先生的模样，身量，衣裳，全记下来，预备发生了抢案，他好报告巡警。

温都太太都气糊涂了，出了店门，拉着马老先生就走。一边走一边说："不买啦！不买啦！"

"别生气！别生气！"马老先生安慰着她说："小铺子，没有贵东西，咱们到别处去买。"

"不买啦！回家！我受不了这个！"她说着往马路上就跑，抓住一辆飞跑的公众汽车，小燕儿似的飞上去。马老先生在汽车后面干跺了几脚，眼看着叫汽车跑了。自己叨唠着："外国娘们，性傲，性傲！"

马老先生有点伤心：妇人性傲，儿子不老实，官运不通，汽车乱跑，……"叫咱老头子有什么法子！无法！无法！只好忍着吧！"他低着头自己叨唠"先不用回家，给他们个满不在乎；咱越将就，他们越仰头犯脾气！先不用回家，对！"

他叫了辆汽车到伊牧师家去。

"我知道你干什么来了，马先生！"伊牧师和马老先生握了握手，说："不用道歉，小孩子们打架，常有的事！"

老马本来编了一车的好话儿，预备透底的赔不是，听见伊牧师这样说，心里倒有点不得劲儿了，惨惨的笑了一笑。

伊牧师脸上瘦了一点，因为昼夜的念中国书，把字典已掀破两本，还是念不明白。他的小黄眼珠颇带着些失望的神气。

"伊牧师，我真没法子办！"马老先生进了客厅，说："你看，我只有马威这么一个，深了不是，浅了不是！他和保罗会——"

"坐下！马先生！"伊牧师说："不用再提这回事，小孩子们打完，完事！保罗念书的时候常和人家打架，我也没办法，更不愿意管！我说，你到教会去了没有？"

马老先生的脸红了，一时回答不出；待了半天，说：

"下礼拜去！下礼拜去！"

伊牧师也没再下问，心里有点不愿意。他往上推了推眼镜问："我说，马先生！你还得帮我的忙呀！我的中文还是不成，你要是不帮助我，简直的——"

"我极愿意帮你的忙！"马老先生极痛快的说。他心里想：马威打了保罗，咱要是能帮助伊牧师，不是正好两不找，谁也不欠谁的吗！

"马先生，"伊牧师好像猜透了马先生的心思："你帮助我，和保罗们打架，可是两回事。他们打架是他们的事，咱们管不着。你要是愿意帮我，我也得给你干点什么。光阴是值钱的东西，谁也别白耽误了谁的工夫，是不是？"

"是。"马老先生点了点头，其实他心里说："洋鬼子真他妈的死心眼儿，他非把你问得棱儿是棱儿，角儿是角儿不可！"

伊牧师眨巴着眼睛笑了："马先生，你几时有工夫？我帮你作什么？咱们今天决定好，就赶快的做起来！"

"我那天都不忙！"马先生恨这个"忙"字。

伊牧师刚要说话，伊太太顶着一脑袋乱棉花进来了。她鼻子两旁的小沟儿显着特别的深，眼皮肿得特别的高，看着傻而厉害。

"马先生，马威是怎么回事？！"她干辣辣的问。

"我来，……"

她没等马先生说完，梗着脖子，又问：

"马威是怎么啦？！我告诉你，马先生，你们中国的小孩子要反呀！敢打我们！二十年前，你们见了外国人就打哆嗦，现在你们敢动手打架！打死一个试试！这里不是中国，可以无法无天的乱杀乱打，英国有法律！”

马老先生一声儿没出，咽了几口唾沫。

伊牧师看着老马怪可怜的，看着伊太太怪可怕的，要张嘴，又闭上了。

马威并没把保罗打伤，保罗的脖筋扭了一下，所以马威得着机会把他打倒。伊太太虽然爱儿子，可是她决不会因为儿子受一点浮伤就这么生气，她动了怒，完全是因为马威——一个小中国孩子——敢和保罗打架。一个英国人睁开眼，他，或是她，看世界都在脚下：香港，印度，埃及，非洲，……都是他，或是她的属地。他不但自己要骄傲，他也要别的民族承认他们自己确乎是比英国人低下多少多少倍。伊太太不能受这种耻辱，马威敢打保罗！虽然保罗并没受什么伤！谁也不能受这个，除了伊牧师，她有点恨她的丈夫！

“妈！”凯萨林开开一点门缝叫：“妈！”

“干什么？”伊太太转过身去问，好像座过山炮转动炮口似的。

“温都姑娘要跟你说几句话。”

“叫她进来！”伊太太又放了一炮。

凯萨林开开门，玛力进来了。伊太太赶过两步去，笑着说，“玛力你好？”好像把马先生和伊牧师全忘了。

伊牧师也赶过来，也笑着问：“玛力你好？”

玛力没回答他们。她手里拿着帽子，揉搓着帽花儿。脑门上挺红，脸和嘴唇都是白的。眼睛睁得很大，眼角挂着滴未落尽的泪。脖子往前探着一点，两脚松松歇歇的在地上抓着，好像站不住的样儿。

“你坐下，玛力！”伊太太还是笑着说。

伊牧师搬过一把椅子来，玛力歪歪拧拧的坐下了，也没顾得拉一拉裙子；胖胖的腿多半截在外边露着，伊太太撇了撇嘴。

凯萨林的脸也是白的，很安静，可是眼神有点慌，看看她妈，看看玛力。看见马老先生也没过去招呼。

"怎么了，玛力？"伊太太过去把手放在玛力的肩上，显着十分的和善；回头瞪了老马一眼，又显着十分的厉害。

"问你的女儿，她知道！"玛力颤着指了凯萨林一下。

伊太太转过身来看着她女儿，没说话，用眼睛问了她一下。

"玛力说我抢了她的华盛顿！"伊姑娘慢慢的说。

"谁是华盛顿？"伊太太的脑袋在空气中画了个圈。

"骑摩托自行车的那小子，早晚出险！"马老先生低声告诉伊牧师。

"我的未婚夫！"玛力说，说完用两个门牙咬住下嘴唇。

"你干吗抢他？怎么抢的？"伊太太问凯萨林。

"我干吗抢他！"凯萨林安稳而强硬的回答。

"你没抢他，他怎么不找我去了？！你刚才自己告诉我的：你常和他一块去玩，是你说的不是？"玛力问。

"是我说的！我不知道他是你的情人，我只知道他是我的朋友；朋友们一块出去游玩是常有的事。"伊姑娘笑了一笑。

伊太太看两个姑娘辩论，心中有点发酸。她向来是裁判一切的，那能光听着她们瞎说。她梗起脖子来，说：

"凯！你真认识这个华盛顿吗？"

"我认识他，妈！"

伊太太皱上了眉。

"伊太太，你得帮助我，救我！"玛力站起来向伊太太说："我的快乐，生命，都在这儿呢！叫凯萨林放了他，他是我的人，他是我的！"

伊太太冷笑了一声：

"玛力！小心点说话！我的女儿不是满街抢男人的！玛力，你错想了！假若凯真像你所想的那么坏，我能管教她，我是她母亲，我'能'管她！"她喘了一口气，向凯萨林说："凯，去弄碗咖啡来！玛力，你喝碗咖啡？"

玛力没言语。

"玛力，咱们回家吧！"马老先生看大家全不出声，乘机会说了一句。

玛力点了点头。

马老先生和伊牧师握了手，没敢看伊太太，一直走过来，拉住玛力的手，她的手冰凉。

玛力和凯萨林对了对眼光，凯萨林还是很安稳，向马老先生一笑，跟着和玛力说：

"再见，玛力。咱们是好朋友，是不是？别错想了我！再见！"

玛力摇摇头，一举手，把帽子扣上。

"玛力，你等等，我去叫辆汽车！"马老先生说。

10

吃早饭的时候，大家全撅着嘴。马老先生看着儿子不对，马威看着父亲不顺眼，可是谁也不敢说谁；只好脸对脸儿撅着嘴。温都太太看着女儿怪可怜的，可是自己更可怜；玛力看着母亲怪可笑的，可是要笑也笑不出来；只好脸对脸儿撅着嘴。苦了拿破仑，谁也不理它；试着舐玛力的胖腿，她把腿扯回去了；试着闻闻马老先生的大皮鞋，他把脚挪开了；没人理！拿破仑一扫兴，跑到后花园对着几株干玫瑰撅上嘴！它心里说：不知道这群可笑的人们为什么全撅上嘴！想不透！人和狗一样，撅上嘴的时候更可笑！

吃完早饭，马老先生慢慢的上了楼，把烟袋插在嘴里，也没心去点着。玛力给了母亲一个冰凉的吻，扣上帽子去上工。马威穿上大氅，要上铺子去。

"马威，"温都太太把马威叫住："这儿来！"

马威随着她下了楼，到厨房去。温都太太眼睛里含着两颗干巴巴的泪珠，低声儿说：

"马威，你们得搬家！"

"为什么？温都太太！"马威勉强笑着问。

温都太太长长的叹了一口气："马威，我不能告诉你！没原因，你们预备找房得了！对不起，对不起的很！"

"我们有什么错过？"马威问。

"没有，一点没有！就是因为你们没有错过，我叫你们搬家！"温都太太似是而非的一笑。

"父亲——"

"不用再问，你父亲，你父亲，他，一点错处没有！你也是好孩子！我爱你们——可是咱们不能再住下，住下；好吧，马威，你去告诉你父亲，我不能和他去说！"

她的两颗干巴巴的泪珠，顺着鼻子两旁滚下去，滴得很快。

"好吧，温都太太，我去告诉他。"马威说着就往外走。她点了点头，用小手绢轻轻的揉着眼睛。

"父亲，温都太太叫咱们搬家！"马威冷不防的进来说，故意的试一试他父亲态度。

"啊！"马老先生看了马威一眼。

"咱们就张罗着找房吧？"马威问。

"你等等！你等等！听我的信！"马老先生拔出嘴中的烟装，指着马威说。

"好啦，父亲，我上铺子啦，晚上见！"马威说完，轻快的跑下去。

马老先生想了半点多钟，什么主意也没想出来。下楼跟她去当面说，不敢。一声儿不出就搬家，不好意思。找伊牧师来跟她说，又恐怕他不管这些闲事；外国鬼子全不喜欢管别人的事。

"要不怎么说，自由结婚没好处呢！"他自己念道："这要是中间有个媒人，岂不是很容易办吗：叫大媒来回跑两趟说说弄弄，行了！你看，现在够多难办，找谁也不好；咱自己是没法去说！"

老马先生又想了半点多钟，还是没主意；试着想温都太太的心意：

"她为什么忽然打了退堂鼓呢？想不透！一点也想不透！嫌我穷？咱有铺子呀！嫌咱老，她也不年青呀！嫌咱是中国人？中国人是顶文明的人啦，喽！嫌咱丑？有眼睛的都可以看出来，咱是多么文雅！没脏没玷儿，地道好人！不要我，新新！"他的小胡子立起来，颇有生气的趋势："咱犯得上要她不呢？这倒是个问题！小洋娘们，小尖鼻子，精明鬼道，吹！谁屑于跟她捣乱呢！吹！搬家，搬就搬！太爷不在乎！"老马先生生气的趋势越来越猛，嘴唇带着小胡子一齐的颤。忽然站起来，叼着烟袋就往楼下走。

"喝一回去！"他心里说："给他个一醉方休！谁也管不了！太爷！"他轻轻拍了胸膛一下，然后大拇指在空中一挑。

温都太太听见他下来，故意的上来看他一眼。马老先生斜着眼飘了她一下，扣上帽子，穿上大氅，开门出去了。出了门，回头向门环说："太爷。"

温都太太一个人在厨房里哭起来了。

…………

马威在小柜房儿坐着，看着春季减价的报单子，明信片，目录，全在桌儿上堆着，没心去动。

事情看着是简单，当你一细想的时候，就不那么简单了。马威心中那点事，可以用手指头数过来的；只是数完了，他还是照样的糊涂，没法办！搬家，跟父亲痛痛快快的说一回，或者甚至闹一回；闹完了，重打鼓，另开张，干！这很容易，想着很容易；办办看？完了！到底应搬家不？到底应和父亲闹一回不？最后，到底应把她完全忘掉？说着容易！大人物和小人物有同样的难处，同样的困苦；大人物之所以为大人物，只是在他那点决断。马威有思想，有主见，只是没有决断。

他坐在那里，只是坐着。思想和伦敦的苦雾一样黑暗，灵魂像在个小盒子里扣着，一点亮儿看不见，渐渐要沉闷死了。心中的那点爱，随着玛力一股，随着父亲一股，随着李子荣一股，零落的分散尽了；只剩下个肉身子坐在那里。活的地狱！

他盼着来个照顾主儿，没有，半天连一个人也没来。盼着父亲来，没有，父亲是向不早来的。

李子荣来了。

他好像带着一团日光，把马威的混身全照亮了。

"老马！怎么还不往外送信呀？"李子荣指着桌上的明信片说。

"老李，别忙，今天准都送出去。"马威看着李子荣，大眼睛里发出点真笑："你这几天干什么玩呢？"

"我？穷忙一锅粥！"他说着把帽子摘下来，用袖子擦擦帽沿，很慎重的放在桌儿上："告诉你点喜事！老马！"

"谁的喜事？"马威问。

"咱的！"李子荣指着自己的鼻子说，脸上稍微红了一点："咱的，咱定了婚啦！"

"什么？你？我不信！我就没看见你跟女人一块走过！"马威扶着李子荣的肩膀说。

"你不信？我不冤你，真的！母亲给定的！"李子荣的脸都红匀了："二十一岁，会做饭，作衣裳，长得还不赖！"

"你没见过她？"马威板着脸问。

"看见过！小时候，天天一块儿玩！"李子荣说得很得意，把头发全抓乱了。

"老李，你的思想很新，怎么能这么办呢！你想想将来的乐趣！你想想！你这么能干，这么有学问；她？一个乡下老儿，一个字不认识，只会做饭，作衣裳，老李，你想想！"

"她认识字，认识几个！"李子荣打算替她辩护，不由的说漏了。

"认识几个！"马威皱着眉说："老李，我不赞成你的态度！我并不是看咱们自己太高，把普通的女人一笔扫光，我是说你将来的乐趣，似乎应当慎重一点！你想想，她能帮助你吗，她不识字——"

"认识几个！"李子荣找补了一句。

"——对，就算认得几个吧，你想她能帮助你的事业吗？你的思想，学问；她的思想和那几个字，弄不到一块儿！"

"老马，你的话有理。"李子荣想了一想，说："但是，你得听我的，我也有一片傻理儿不是？咱们坐下说！"

两个青年脸对脸的坐下，李子荣问：

"你以为我的思想太旧？"

"假如不是太糊涂！"马威说，眼珠里挤出一点笑意。

"我一点也不糊涂！我以为结婚是必要的，因为男女的关系——"李子荣抓了抓头发，想不起相当的字眼儿来，看了棚顶一眼，说："可是，现在婚姻的问题非常的难解决：我知道由相爱而结婚是正当的办法，但是，你睁开眼看看中国的妇女，看看她们，看完了，你的心就凉了！中学的，大学的女学生，是不是学问有根底？退一步说是不是会洗衣裳，作饭？爱情，爱情的底下，含藏着互助，体谅，责任！我不能爱一个不能帮助我，体谅我，替我负责的姑娘；不管她怎么好看，不管她的思想怎样新——"

"你以为做饭，洗衣裳，是妇女的唯一责任？"马威看着李子荣问。

"一点不错，在今日的中国！"李子荣也看着马威说："今日的中国没妇女作事的机会，因为成千累万的男人还闲着没事作呢。叫男人都有了事做，叫女人都能帮助男人料理家事！有了快乐的，稳固的家庭，社会才有起色，人们才能享受有趣的生活！有一点知识是最危险的事，今日的男女学生就是吃这个亏，只有一点知识，是把事实轻轻的一笔勾销。念过一两本爱情小说，便疯了似的讲自由恋爱，结果，还是那点老事，男女到一块儿睡一夜，完事！男女间相互的责任，没想；快乐，不会有的！我不能说我恨他们，但是我宁可娶个会做饭，洗衣裳的乡下老，也不去和那位'有一点知识'，念过几本小说的姑娘去套交情！"

"好啦，别说了，老李！"马威笑着说："去和我父亲谈一谈吧，他准爱听你这一套！不用说了，你不能说服了我，我也不能叫你明白我；最好说点别的，不然，咱们就快打起来了！"

"我知道你看不起我！"李子荣说："看我俗气！看我不明白新思想！我知道，老马！"

"除去你太注重事实，没有看不起的地方，老李！"

"除去你太好乱想，太不注重事实，没有看不起你的地方，老马！"

两个青年全笑起来了。

"咱们彼此了解，是不是？"李子荣问。

"事实上！感情上咱们离着很远很远，比由地球到太阳的距离还远！"马威回答。

"咱们要试着明白彼此，是不是？"

"一定！"

"好了，庆贺庆贺咱的婚事！"

马威立起来，握住李子荣的手，没说出什么来。

"我说，老马！我不是为谈婚姻问题来的，真！把正事儿都忘了！"李子荣很后悔的样子说："我请你来了！"

"请我吃饭，庆贺你的婚事？"马威问。

"不是！不是！请你吃饭？你等着吧，多咱你听说老李成了财主，多咱你才有吃我的希望！"李子荣笑了一阵，觉得自己说的非常俏皮："是这么回事：西门太太今天晚上在家里请客，吃饭，喝酒，跳舞，音乐，应有尽有。这一晚上她得花好几百镑。我告诉你，老马，外国阔人真会花钱！今天晚上的宴会是为什么？为是募捐建设一个医院。你猜什么医院？猫狗医院！穷人有了医院，穷人的猫狗生了病上那儿去呢？西门太太没事就跟西门爵士这样念叨。募捐立个猫狗医院！西门爵士告诉她。你看，还是男人有主意不是，老马？我说到那里去了？"李子荣拍着脑门想了想："对了，西门夫人昨天看见了我，叫我给她找个中国人，作点游戏，或是唱个歌。她先问我会唱不会？我说，西门太太，你要不怕把客人全吓跑了，我就唱。她笑了一阵，告诉我，她决无意把客人全吓跑！我于是便想起你来了，你不是会唱两段'昆曲'吗，今天晚上去唱一回，你帮助她，她决不会辜负你！我的经验是：英国的工人顶有涵养，英国的贵族顶有度量；我就是不爱英国中等人！你去不去？白吃白喝一晚上，就手儿看看英国上等社会的状况，今天的客人全是阔人。你去不去？"

"我没礼服呀！"马威的意思是愿意去。

"你有中国衣裳没有？"

"有个绸子夹袄，父亲那里还有个缎子马褂。"

"成了！成了！你拿着衣裳去找我，我在西门爵士的书房等你，在那里换上衣裳，我把你带到西门太太那里去。你这一穿中国衣裳，唱中国曲，她非喜欢坏了不可！我告诉你，你记得年前西门爵士在这儿买的那件中国绣花裙子？西门太太今天晚上就穿上，我前天还又给她在皮开得栗找了件中国旧灰鼠深蓝官袍，今天晚上她是上下一身儿中国衣裳。一来是外国人好奇，二来中国东西也真好看！我有朝一日做了总统，我下令禁止中国人穿西洋衣服！世界上还有比中国服装再大雅，再美的！"

"中国人穿西装也是好奇！"马威说。

"俗气的好奇！没有审美的好奇！"李子荣说。

"西服方便，轻利！"马威说。

"作事的时候穿小褂，一样的方便！绸子衫儿，葛布衫儿比什么都轻利，而且好看！"李子荣说。

"你是顽固老儿，老李！"

"你，维新鬼！老马！"

"得，别说了，又快打起来啦！"

"晚上在西门宅上见，七点！不用吃晚饭，今天晚上是法国席！晚上见了！"李子荣把帽子拿起来，就手儿说："老马！把这些传单和信，赶紧发出去。再要是叫我看见在这里堆着，咱们非打一回不可！"

"给将来的李夫人寄一份去吧？"马威笑着问。

"也好，她认识几个字！"

"这是英文的，先生！"

李子荣扣上帽子，打了马威一拳，跑了。

11

风里裹着些暖气，把细雨丝吹得绵软无力，在空中逗游着，不直着往下落。街上的卖花女已经摆出水仙和一些杂色的春花，给灰暗的伦敦点缀上些有希望的彩色。圣诞和新年的应节舞剧，马戏，什么的，都次第收场了；人们只讲究着足球最后的决赛，和剑桥牛津两大学赛船的预测。英国人的好赌和爱游戏，是和吃牛肉抽叶子烟同样根深蒂固的。

公园的老树挂着水珠，枝儿上已露出些红苞儿。树根的湿土活软的放出一股潮气，一两个小野水仙从土缝儿里顶出一团小白骨朵儿。青草比夏天还绿的多，风儿吹过来，小草叶轻轻的摆动，把水珠儿次第的摆下去。伦敦是喧闹的，忙乱的，可是这些公园老是那么安静幽美，叫人们有个地方去换一口带着香味的空气。

老马先生背着手在草地上扭，脚步很轻，恐怕踩死草根伏着的蚯蚓。没有拿伞，帽沿上已淋满了水珠。鞋已经湿透，还是走；虽然不慌，心中确是很坚决的，走！走着，走着，走到街上来了；街那边还有一片草地；街中间立着个战死炮兵的纪念碑。马先生似乎记得这个碑，又似乎不大认识这个地方；他向来是不记地名的；更不喜欢打听道儿。打算过街到那边的公园看看，马路上的汽车太多，看着眼晕。他跺了跺鞋上的泥，又回来了。

找了条板凳，坐了一会儿。一个老太太拉着条脸长脖子短的小狗，也坐下了。他斜眼瞪了她一眼，瞪了小狗半眼，立起来往草地上走。

"丧气！大早晨的遇见老娘们，还带着条母狗！"他往草叶上吐了两口唾沫。

走了一会儿，又走到街上来了，可是另一条街：汽车不少，没有纪念碑。"这又是什么街呢？"他问自己。远处的墙上有个胡同名牌，身分所在，不愿意过去看；可有贵人在街上找地名的？没有！咱也不能那么干！打算再回公园去绕，腿已经发酸，鞋底儿冰凉；受了寒不是玩的！回家吧！

回家？把早晨带出来的问题一个没解决，就回家？不回去？再在公园绕上三天，三个礼拜，甚至于三年，就会有了主意吗？不一定！难！难！难！自幼儿没受过困苦，没遭过大事，没受过训练，那能那么巧，一遇见事就会有办法！

回家，还是回家！见了她就说！

叫了辆汽车回家。

温都太太正收拾书房，马老先生进来了。

"嘿喽！出去走得怎么样？"她问。

"很好，很好！"他回答："公园里很有意思，小水仙花，这么一点，"他伸着小指说："刚由土里冒出来。玛力上工去啦？她今天欢喜点了吧？"

"她今天可喜欢了！"她一边擦窗户一边说，并没看着他："多瑞姑姑死了，给玛力留下一百镑钱，可怜的多瑞！这一百镑钱把玛力的小心给弄乱了，她要买帽子，要买个好留声机，要买件皮袄，又打算存在银行生利。买东西就不能存起来生利，不能两顾着，是不是？小玛力，简直的不知道怎么好了！"

"华盛顿还是没来？"马老先生问。

"没有！"她很慢的摇摇头。

"少年人不可靠！不可靠！"他叹息着说。

她回过头来，看着他，眼中有一星的笑意。

"少年人不可靠！少年人的爱情是一时的激刺，不想怎么继续下去，怎么组织起个家庭来！"马老先生自有生以来没说过这么漂亮的话，而且说得非常自然，诚恳。说完了一摇头，又表示出无限的感慨！——早晨这一趟公园慢步真没白走，真得了些带诗味的感触。说完，他看着温都太太，眼里带出不少恳求哀告的神气来。

她也听出他的话味来，可是没说什么，又转回身去擦玻璃。

他往前走了两步，很勇敢，很坚决，心里说："今儿个就是今儿个了，成败在此一举啦！”

"温都太太！温都太太！"他只叫了这么两声，他的声音把心中要说的话都表示出来。他伸着一只手，手指头都沉重的颤着。

"马先生！"她回过身来，手在窗台上支着："咱们的事儿完了，不用再提！"

"就是因为那天买戒指的时候，那个伙计说了那么几句话？"他问。

"不！理由多了！那个不过是一个起头。那天回来，我细细想了一回，理由多了，没有一个理由叫我敢再进行的！我爱你——"

"爱就够了，管别的呢！"他插嘴说。

"社会！社会！社会专会杀爱情！我们英国人在政治上是平等的，可在社交上我们是有阶级的。我们婚姻的自由是限于同等阶级的。有同等地位，同等财产，然后敢谈婚姻，这样结婚后才有乐趣。一个王子娶一个村女，只是写小说的愿意这么写，事实上是做不到的！就打算这是事实，那个小乡下姑娘也不会快乐，社会，习惯，礼节，言语，全变了，全是她所不知道的，她怎能快活！"她喘了一口气，无心中的用抹布擦了擦小鼻子，然后接着说："至于你我，没有阶级的隔膜；可是，种族的不同在其中作怪！种族比阶级更厉害！我想了，细细的想了，咱们还是不冒险好！你看，玛力的事儿，十分有九分是失败了；为她打算，我不能嫁你；一个年青气壮的小伙子爱上她，一听说她有个中国继父，要命他也不娶她！人类的成见，没法子打破！你初来的时候，我也以为你是什么妖怪野鬼，因为人人都说你们不好吗。现在我知道你并不是那么坏，可是社会上的人不知道；咱们结婚以后还是要在社会上活着的；社会的成见就三天的工夫能把你我杀了！英国男人娶外国妇人是常有的事，人们看着外国的妇女怀疑可是不讨厌；英国妇人嫁外国男人，另一回事了；你知道，马先生，英国人是一个极骄傲的民族，看不起嫁外国人的妇人，讨厌娶英国老婆的外国人！我常听人们说：东方妇女是家中的宝贝，不肯叫外人看见，更不肯嫁给外国人，英国人也是一样，最讨厌外国人动他们的妇女！马先生，种族的成见，你我打不破，更犯不上冒险的破坏！你我可以永远作好朋友，只能作好朋友！"

马老先生浑身全麻木了，一句话也说不出来。待了老大半天，他低声儿说：

"我还可以在这儿住？"

"呕！一定！我们还是好朋友！前些天我告诉马威，叫你们搬家，是我一时的冲动！我要真有心叫你搬，为什么我不催促你呢！在这儿住，一定！"她笑了一笑。

他没言语，低着头坐下。

"我去叫拿破仑来跟你玩。"她搭讪着走出去了。

第五段

1

三月中间，伦敦忽然见着响晴的蓝天。树木，没有云雾的障蔽，好像分外高瘦了一些。榆树枝儿纷纷往下落红黄的鳞片，柳枝很神速的挂上一层轻黄色。园中的野花，带着响声，由湿土里往外冒嫩芽。人们脸上也都多带出三分笑意。肥狗们乐得满街跳，向地上的树影汪汪的叫。街上的汽车看着花哨多了，在日光里跑得那么利嗖，车尾冒出的蓝烟，是真有点蓝色了。铺子的金匾，各色的点缀，都反射出些光彩来，叫人们的眼睛有点发花，可是心中痛快。

虽然天气这么好，伊家的大小一点笑容都没有，在客厅里会议。保罗叼着烟袋，皱着眉。伊牧师的脑杓顶着椅子背，不时的偷看伊太太一眼。她的头发连一点春气没有，干巴巴的在头上绕着，好像一团死树根儿。她的脖子还是梗得很直，眼睛带出些毒光，鼻子边旁的沟儿深，很深，可是很干，像两条冻死的护城河。

"非把凯萨林拉回来不可！我去找她，我去！"伊太太咬着牙说。

"我不能再见她的面！趁早不用把她弄回来！妈！"保罗说，态度也很坚定。

"咱们不把她弄回来，玛力要是告下华盛顿来，咱们全完，全完！谁也不用混啦！我在教会不能再做事，你在银行也处不下去啦！她要是告状，咱们就全完，毁到底！你我禁得住报纸的宣扬吗！把她弄回来，没第二个办法！"伊太太说，说得很沉痛，字字有力。

"她要是肯和人跑了，咱们就没法子把她再叫回来！"保罗说，脸上显着非常的愤怒："我早知道她！自私，任性，不顾脸面！我早知道她！"

"不用空恨她！没用！想办法！你恨她，我的心都碎了！自幼儿到现在，我那一天不给她些《圣经》上的教训？我那一天不拿眼睛钉着她？你恨她，我才真应当恨她的呢！可是，无济于事，恨她算不了什么；再说，咱们得用爱力感化她！她跑了，咱们还要她，自要她肯改邪归正；自要她明白基督的教训；自要她肯不再念那些邪说谬论！我去找她，找到天边，也把她找回来！我知道她现在不会快乐，我把她找回来，叫她享受一切她从前的快乐；我知道她跟我在一块儿是最快活的；叫我的女儿快活是我的责任，不管她怎么样对不起我！"伊太太一气说完，好像心中已打好了稿子，一字不差的背了一过。眼中有点湿润，似乎是一种泪，和普通人的泪完全不同。

"她决不会再回来！她要是心里有咱们，她就决不会跟华盛顿那小子跑了！妈，你怎办都好，我走！我要求银行把我调到印度，埃及，日本，那儿也好；我不能再见她！英国将来有亡的那一天，就亡在这群自私，不爱家，不爱国，不爱上帝的男女们！"保罗嚷着说，说完，站起来，出去了。

欧洲大战的结果，不但是摇动各国人民的经济基础，也摇动了人们的思想：有思想的人把世界上一切的旧道德，旧观念，重新估量一回，重新加一番解释。他们要把旧势力的拘束一手推翻，重新建设一个和平不战的人类。婚姻，家庭，道德，宗教，政治，在这种新思想下，全整个的翻了一个筋斗；几乎有连根拔去的样子。普通的人们在这种波浪中，有的心宽量大，随着这个波浪游下去，在这种波浪中，他们得到许多许多的自由；有的心窄见短，极力的逆着这个潮浪往回走，要把在浪中浮着的那些破残的旧东西，捉住，紧紧的捉住。这两队人滚来滚去，谁也不了解谁，谁也没心去管谁；只是彼此猜疑，痛恨；甚至于父子兄弟间也演成无可调和的惨剧。

英国人是守旧的，就是守旧的英国人也正在这个怒潮里滚。

凯萨林的思想和保罗的相差至少有一百年：她的是和平，自由；打破婚姻，宗教；不要窄狭的爱国；不要贵族式的代议政治。保罗的呢：

战争，爱国，连婚姻与宗教的形式都要保存着。凯萨林看上次的大战是万恶的，战前的一切是可怕的；保罗看上次的大战是最光荣的，战前的一切是黄金的！她的思想是由读书得来的；他的意见是本着本能与天性造成的。她是个青年，他也是个青年，大战后的两种青年。她时时处处含着笑怀疑，他时时处处叼着烟袋断定。她要知道，明白；他要结果，效用。她用脑子，他用心血。谁也不明白谁，他恨她，因为他是本着心血，感情，遗传，而断定的！

她很安稳的和华盛顿住在一块，因为他与她相爱。为什么要买个戒指戴上？为什么要上教堂去摸摸《圣经》？为什么她一定要姓他的姓？……凯萨林对这些问题全微微的一笑。

玛力——和保罗是一样的——一定要个戒指，一定要上教堂去摸《圣经》，一定叫人称呼她华盛顿太太。她的举动像个小野猫儿，她的思想却像个死牛。她喜欢露出白腿叫男人看，可是她的腿只露到膝下，风儿把裙子刮起一点，便赶快的拉住，看着傻气而可笑。她只是为态度，衣帽，叫男人远远看着她活着的。她最后的利器便是她的美。凭着她的美捉住个男人，然后成个小家庭，完了！她的终身大事只尽于此！她不喜欢有小孩，这虽是新思想之一，可是玛力信这个只是为方便。小孩子是最会破坏她的美貌的，小孩是最麻烦的，所以她不愿意生小孩；而根本不承认她有什么生育制限的新思想。

华盛顿拿玛力与凯萨林一比较，他决定和凯萨林一块住了。他还是爱玛力，没忘了她；可是他和凯萨林的关系似乎在"爱"的以上。这点在"爱"以上的东西是欧战以后的新发现，还没有人知道是什么东西。这点东西是不能以形式限制住的，这点东西是极自由的，极活泼的。玛力不会了解，还不会享受，因为她的"爱"的定义是以婚姻，夫妇，家庭，来限定的；而这点东西是决不能叫那些老风俗捆住的。

凯萨林与华盛顿不耻手拉着手儿去见伊太太，也不怕去见玛力；只是伊太太与玛力的不了解，把他与她吓住了；他与她不怕人，可是对于老的思想有些不敢碰。这不是他与她的软弱，是世界潮流的击撞，不是个人的问题，是历史的改变。他与她的良心是平安的，可是良心的标准是不同的；他与她的良心不能和伊太太，玛力的良心搁在同一天平上称。好吧，他与她顶好是不出头，不去见伊太太与玛力。

"可怜的保罗！要强的保罗！我知道他的难处！"伊太太在保罗出去以后，自己叨唠着。

伊牧师看了她一眼，知道到了他说话的时候了，嗽了两下，慢慢的说：

"凯不是个坏丫头，别错想了她。"

"你老向着她说话，要不是你惯纵着她，她还作不出这种丑事呢！"伊太太一炮把老牧师打闷过去。

伊牧师确是有点恨她，可是不敢发作。

"我找她去！我用基督耶稣的话把她劝回来！"伊太太勉强一笑，和魔鬼咧嘴一样的和善。

"你不用找她去，她不回来。"伊牧师低声的说："她和他在一块儿很快乐呢，她一定不肯回来；要是不快乐呢，她有挣饭吃的能力，也不肯回来。我愿意她回来，她最爱我，我最疼她！"他的眼圈儿湿了，接着说："可是我不愿意强迫她回来。她有她的主张，意见。她能实行她的主张与意见，她就快活；我不愿意剥夺她的快活！现在的事，完全在玛力身上，玛力要告状，咱们全完；她高高一抬手，万事皆休；全在她一个人身上。你不用去找凯，我去看她，听一听她的意见，然后我去求玛力！"

"求——玛力！！求！！！"伊太太指着他的鼻子说，除了对于上帝，她没用过这个"求"字！

"求她！"伊牧师也叫了劲，声音很低，可是很坚决。

"你的女儿跑了，去求一个小丫头片子！你的身分，伊牧师！"伊太太喊。

"我没身分！你和保罗都有身分，我没有！你要把女儿找回来，只为保持你的脸面，不管她的快乐！同时你一点没想到玛力的伤心！我没身分，我去求她！她肯听我的呢，她算牺牲了自己，完成凯萨林的快乐；她不肯听我的呢，她有那分权利与自由，我不能强迫她！可怜的玛力！"

伊太太想抓起点东西往他的头上摔；忽然想起上帝，没敢动手。她恶狠狠的瞪了他一眼，顶着那头乱棉花走出去了。

…………

伊牧师和温都太太对着脸坐着，玛力抱着拿破仑坐在钢琴前面。在灯光下，伊牧师的脸是死白死白的。

"玛力！玛力！"他说："凯萨林不对，华盛顿也不对，只委屈了你！可是事已至此，你要严重的对他呢，连他带我就全毁了！你有法律上的立脚地，你请求赔偿，是一定可以得到的。连赔偿带手续费，他非破产不可！报纸上一宣扬，我一家子也全跟着毁了！你有十足的理由去起诉，你有十足的理由去要求赔偿，我只是求你，宽容他一些！华盛顿不是个坏小子，凯萨林也不是个坏丫头，只是他们的行动，对不起你；你能宽容他们，他们的终身快乐是你给的！你不饶恕他们，我一点也不说你太刻，因为你有充分的理由；我是来求你，格外的留情，成全他们，也成全了我们！在法律上他与她是应当受罚的，在感情上他们有可原谅的地方。他们被爱情的冲动做下这个错事，他们决无意戏弄你，错待你，玛力！你说一句话，玛力，饶恕他们，还是责罚他们。玛力姑娘，你说一句话！"

玛力的泪珠都落在拿破仑的身上，没有回答。

"我看，由法律解决是正当的办法，是不是？伊牧师！"温都太太嘴唇颤着说。

伊牧师没言语，双手捧着脑门。

"不！妈！"玛力猛孤丁的站起来说："我恨他，我恨他！我——爱他！我不能责罚他！我不能叫他破产！可是，得叫他亲自来跟我说！叫他亲自来！我不能听旁人的，妈，你不用管！伊牧师，你也管不了！我得见他，我也得见她！我看看他们，只要看看他们！哈哈！哈哈！"玛力忽然怪笑起来。

"玛力！"温都太太有点心慌，过去扶住女儿。

伊牧师坐在那里像傻了一样。

"哈哈！哈哈！"玛力还是怪笑，脸上通红，笑了几声，把头伏在钢琴上哭起来。

拿破仑跑到伊牧师的腿旁，歪着头看着他。

2

马威和李子荣定好在礼拜天去看伦敦北边的韦林新城。这个新城是战后才建设的。城中各处全按着花园的布置修的，夏天的时候，那一条街都闻得见花香。城中只有一个大铺子，什么东西都卖。城中全烧电气，煤炭是不准用的，为是保持空气的清洁。只有几条街道可以走车马，如是，人们日夜可以享受一点清静的生活。城中的一切都近乎自然，可是这个"自然"的保持全仗着科学：电气的利用，新建筑学的方法，花木的保护法，道路的布置，全是科学的。这种科学利用，把天然的美增加了许多。把全城弄成极自然，极清洁，极优美，极合卫生，不是没有科学知识的所能梦想得到的。

科学在精神方面是求绝对的真理，在应用方面是给人类一些幸福。错用了科学的是不懂科学，因科学错用了而攻击科学，是不懂科学。人生的享受只有两个：求真理与娱乐。只有科学能供给这两件。

两个人坐车到邦内地，由那里步行到新城去。顺着铁路走，处处有些景致。绿草地忽高忽低，树林子忽稀忽密。人家儿四散着有藏在树后的，有孤立在路旁的，小园里有的有几只小白鸡，有的挂着几件白汗衫，看着特别的有乡家风味。路上，树林里，都有行人：老太婆戴着非常复杂的帽子，拄着汗伞，上教堂去作礼拜。青年男女有的挨着肩在树林里散逛，有的骑着车到更远的乡间去。中年的男人穿着新衣裳，带着小孩子，在草地上看牛，鸡，白猪，鸟儿，等等。小学生们有的成群打伙的踢足球，有的在草地上滚。

工人们多是叼着小泥烟袋，拿着张小报，在家门口儿念。有时候也到草地上去和牛羊们说回笑话。

英国的乡间真是好看：第一样处处是绿的，第二样处处是自然的，第三样处处是平安的。

"老李，"马威说："你看伊姑娘的事儿怎么样？你不赞成她吧？"

李子荣正出神的看着一株常绿树，结着一树的红豆儿，好像没听见马威说什么。

"什么？呕，伊姑娘！我没有什么不赞成她的地方。你看那树的红豆多么好看？"

"好看！"马威并没注意的看，随便回答了一句，然后问："你不以为她的行动出奇？"

"有什么出奇！"李子荣笑着说："这样的事儿多了！不过我决不肯冒这个险。她，她是多么有本事！她心里有根：她愿意和一个男人一块住，她就这么办了，她有她的自由，她能帮助他。她不愿意和他再混，好，就分离，她有能力挣饭吃。你看，她的英文写得不错，她会打字，速记，她会办事，又长的不丑，她还怕什么！凡是敢实行新思想的，一定心里有点玩艺儿；没真本事，光瞎喊口号，没有个成功！我告诉你，老马，我就佩服外国人一样：他们会挣钱！你看伊太太那个家伙，她也挣三四百一年。你看玛力，小布人似的，她也会卖帽子。你看亚力山大那个野调无腔，他也会给电影厂写布景。你看博物院的林肯，一个小诗人，他也会翻译中国诗卖钱。我有一天问他，中国诗一定是有价值，不然你为什么翻译呢？你猜，他说什么？'中国东西现在时兴，翻点中国诗好卖钱！'他们的挣钱能力真是大，真厉害。有了这种能力，然后他们的美术，音乐，文学，才会发达，因为这些东西是精神上的奢侈品，没钱不能做出来。你看西门爵士那一屋子古玩，值多少钱！他说啦，他死的时候，把那些东西都送给伦敦博物院。中国人可有把一屋子古玩送给博物院的？连窝窝头还吃不上，还买古玩，笑话！有了钱才会宽宏大量，有了钱才敢提倡美术，和慈善事业。钱不是坏东西，假如人们把钱用到高尚的事业上去。我希望成个财主，拿出多少万来，办图书馆，办好报纸，办博物院，办美术馆，办新戏园，多了！多了！好事情多了！"李子荣吸了口气，空气非常的香美。

马威还想着伊姑娘的事，并没听清李子荣说的是什么。

"可怜的玛力！"马威叹息了一声。

"我说的话，你全没听？老马！"李子荣急了。

"听见了，全听见了！"马威笑了："可怜的玛力！"

"扔开你的玛力和凯萨林！可怜？我才可怜呢！一天到晚穷忙，还发不了财！"李子荣指手画脚的嚷，把树上的小鸟吓飞了一群。

马威不说话了，一个劲儿往前走。头低着，好像叫思想给赘沉了似的。

李子荣也不出声，扯开粗腿，和马威赛开了跑。两个人一气走了三哩，走得喘吁吁的。脸全红了，手指头也涨起来。谁也不服谁，谁也不说话，只是走，越走越有劲。

马威回头看了李子荣一眼，李子荣往起一挺胸脯，两个人又走下去了。

"可怜的玛力！"李子荣忽然说，学着马威的声调。

马威站住了，看着李子荣说：

"你是成心耍我呀，老李！什么玛力呀？又可怜呀？"

"你老说我太注重事实吗，我得学着浪漫一点，是不是？"李子荣说。

两个人走得慢了。

"老李，你不明白我！"马威拉住李子荣的胳臂，说："说真的，我还是对玛力不死心！我简直的没办法！有时候我半夜半夜的睡不着觉，真的！我乱想一回：想想你的劝导，想想父亲的无望，想想事业，想想学问；不论怎么想吧，总忘不了她！她比仙女还美，同时比魔鬼还厉害！"

"好老马，你我真和亲弟兄一样，我还是劝你不必妄想！"李子荣很诚恳的说："我看她一定把华盛顿给告下来，至少也要求五六百镑的赔偿。她得了这笔钱，好好的一打扮，报纸上把她的影片一登，我敢保，不出三个月就和别人结婚。外国人最怕报纸，可是也最喜欢把自己的姓名，相片，全登出来。这是一种广告。谁知道小玛力？没人！她一在报纸上闹腾，行了，她一天能接几百封求婚书。你连半点希望也没有！不必妄想，老马！"

"你不知道玛力，她不会那么办！"马威很肯定的说。

"咱们等着瞧！钱，名，都在此一举，她不是个傻子！况且华盛顿破坏婚约，法律上有保护玛力的义务。"

"我没望？"马威说得很凄惨。

李子荣摇了摇头。

"我再试一回，她再拒绝我，我就死心了！"马威说。

"也好！"李子荣带着不赞成的口气。

"我告诉你，老李，我跟她说一回；再跟父亲痛痛快快说一回，关于铺子的事。她拒绝我呢，我无法。父亲不听我的呢，我走！他一点事儿不管，老花钱，说不下去；我得念书。不能一天粘在铺子里。我忍了这么些日子了，他一点看不出来；我知道不抓破面皮的跟他说，他要命也不明白我们的事情，非说不可了！"

"打开鼻子说亮话，顶好的事！不过——"李子荣看见路旁的里数牌："哈，快到了，还有半里地。我说，现在可快一点钟了，咱们上哪儿去吃饭呢？新城里一定没饭馆！"

"不要紧，车站上许有酒馆，喝杯酒，来两块面包，就成了。"马威说。

离车站不远有一带土坡，上面不少小松树。两个人上了土坡，正望见新城。高低的房屋，全在山坡下边，房屋那边一条油光光的马路，是上剑桥的大道。汽车来回的跑，远远看着好像几个小黑梭。天是阴着，可是没雾，远远的还可以看见韦林旧城。城里教堂的塔尖高高的在树梢上挺出来，看着像几条大笋。两城之间，一片高低的绿地，地中圈着些牛羊。羊群跑动，正像一片雪被风吹着流动似的。

两个人看了半天，舍不得动。教堂的钟轻轻的敲了一点。

…………

自从由韦林新城回来，马威时时刻刻想和玛力谈一谈，可是老没得机会。

有一天晚上，温都太太有些头疼，早早的就睡了。马老先生吃完晚饭出去了，并没告诉别人到那里去。玛力一个人抱着拿破仑在客厅里坐着，哭丧着脸和拿破仑报委屈。

马威在屋外咳嗽了一声，推门进来。

"哈喽，马威！"

"玛力，你没出去？"马威说着过去逗拿破仑。

"马威，你愿意帮助我吗？"玛力问。

"怎么帮助你？"马威往前又凑了凑。

"告诉我，华盛顿在那儿住？"她假意的笑着说。

"我不知道，真的！"

"无关紧要，不知道不要紧！"她很失望的一撇嘴。

"玛力，"他又往前凑凑，说："玛力！你还是爱华盛顿？你不会给真爱你的人一点机会？"

"我恨他！"玛力往后退退身子："我恨你们男人！"

"男人里有好的！"马威的脸红了一点，心里直跳。

玛力乐了，乐的挺不自然。

"马威，你去买瓶酒，咱们喝，好不好？我闷极了，我快疯了！"

"好，我去买，你要喝什么？"

"是有辣劲的就成，我不懂得酒。"

马威点点头，拿上帽子，出去了。

…………

"马威。我脸红了！很热！你摸！"

马威摸了摸她的脸蛋，果然很热。

"我摸摸你的！"玛力的眼睛分外的光亮，脸上红的像朝阳下的海棠花。

他把她的手握住了，他的浑身全颤动着。他的背上流着一股热气。他把她的手，一块儿棉花似的，放在他的唇边。她的手背轻轻往上迎了一迎。他还拉着她的手，那一只手绕过她的背后，把嘴唇送到她的嘴上。她脸上背上的热气把他包围起来，他什么也不知道了，只听得见自己心房的跳动。他把全身上的力量全加到他的唇上，她也紧紧搂着他，好像两个人已经化成一体。他的嘴唇，热，有力，往下按着；她的唇，香软，柔腻，往上凑和。他的手脚全凉了，无意识的往前躬了躬身，把嘴唇更严密的，滚热的，往下扣。她的眼睛闭着，头儿仰着，把身子紧紧靠着他的。

她睁开眼，用手轻轻一推他的嘴，他向后退了两步，差点没倒下。

她又灌下去一杯！喝得很凶，怪可怕的。舐了舐嘴唇，她立起来，看着马威。

"哈哈，原来是你！小马威！我当你是华盛顿呢！你也好，马威，再给我一个吻！这边！"她歪着右脸递给他。

马威傻子似的往后退了两步，颤着说：

"玛力！你醉了？"

"我没醉！你才醉了呢！"她摇晃着向他走过来："你敢羞辱我，吻我！你！"

"玛力！！"他拉住她的手。

她由他拉着手，低下头，一个劲儿笑。笑着，笑着，她的声音变了，哭起来。

拿破仑这半天看着他们，莫明其妙是怎一回事。忽然小耳朵立起来，叫了两声。马老先生开门进来了。

看见他们的神气，马老先生呆着想了半天，结果，他生了气。

"马威！这是怎回事呀！"马老先生理直气壮的问。

马威没回答。

"玛力，你睡觉去吧！"他问玛力。

玛力没言语，由着马威把她搀到楼下去。

马威心里刀刺的难过。后悔不该和她喝酒，心疼她的遭遇，恨她的不领略他的爱情，爱她的温柔嘴唇，想着过去几分钟的香色……难过！没管父亲，一直上楼了。

马老先生的气头不小，自从温都太太拒绝了他，他一肚的气，至今没地方发送；现在得着个机会，非和马威闹一回不可。

他把他们剩下的酒全喝了，心气更壮了。上了楼来找马威。

马威也好，把门从里面锁好，马老先生干跺脚，进不去。

"明天早晨见，马威！明天咱们得说说！没事儿把人家大姑娘灌醉了，拉着人家的手！你有脸皮没有哇？明天见！"

马威一声也没出。

3

马老先生睡了一夜平安觉，把怒气都睡出去了。第二天早晨，肚子空空的，只想吃早饭，把要和马威算账也忘了。

吃完早饭，他回到书房去抽烟，没想到马威反找他来了。马威皱着眉，板着脸，眼睛里一点温和的样儿也没有。

马老先生把昨天晚上的怒气又调回来了。心里说："我忘了，你倒来找寻我！好，咱们得说说，小子！"

马威看着他父亲没有一处不可恨的。马老先生看着儿子至少值三百军棍。谁也没这么恨过谁，他们都知道；可是今天好像是有一股天外飞来的邪气，叫他们彼此越看越发怒。

"父亲，"马威先说了话："咱们谈一谈，好不好？"

"好吧！"马老先生哑着烟袋，从牙缝里挤出这么两个字来。

"先谈咱们的买卖？"马威问。

"先谈大姑娘吧。"马老先生很俏皮的看了他儿子一眼。

马威的脸色白了，冷笑着说：

"大姑娘吧，二姑娘吧，关于妇女的事儿咱们谁也别说谁，父亲！"

马老先生嗽了两声，没言语，脸上慢慢红起来。

"谈咱们的买卖吧？"马威问。

"买卖，老是买卖！好像我长着个'买卖脑袋'似的！"马老先生不耐烦的说。

"怎么不该提买卖呀？"马威瞪着他父亲问："吃着买卖，喝着买卖！今天咱们得说开了，非说不可！"

"你，兔崽子！你敢瞪我！敢指着脸子教训我！我是你爸爸！我的铺子，你不用管，用不着你操心！"马老先生真急了，不然，他决不肯骂马威。

"不管，更好！咱们看谁管，谁管谁是王——"马威没好意思骂出来，推门出去了。

马威出了街门，不知道上那儿好。不上铺子去，耽误一天的买卖；上铺子去，想着父亲的话真刺心。压了压气，还是得上铺子去；父亲到底是父亲，没法子治他；况且买卖不是父亲一个人的，铺子倒了，他们全得挨饿。没法子，谁叫有这样的父亲呢！

伦敦是大的，马威却觉着非常的孤独寂寞。伦敦有七百万人，谁知道他，谁可怜他；连他的父亲都不明白他，甚至于骂他！玛力拒绝了他，他没有一个知心的！他觉着非常的凄凉，虽然伦敦是这么热闹的一个地方。他没有地方去，虽然伦敦有四百个电影院，几十个戏馆子，多少个博物院，美术馆，千万个铺子，无数的人家；他却没有地方去；他看什么都凄惨；他听什么都可哭；因为他失了人类最宝贵的一件东西：爱！

他坐在铺子里，听着街上的车声，圣保罗堂的钟声，他知道还身在最繁华热闹的伦敦，可是他寂寞，孤苦，好像他在戈壁沙漠里独身游荡，好像在荒岛上和一群野鸟同居。

他鼓舞着自己，压制着怒气，去，去跳舞，去听戏，去看足球，去看电影；啊，离不开这个铺子！没有人帮助我，父亲是第一个不管我的！和他决裂，不肯！不管他罢，也不去跳舞，游戏；好好的念书，作事，由苦难中得一点学问经验；说着容易，感情的刺激往往胜过理智的安排。心血潮动的时候不会低头念书的！

假如玛力能爱我，马威想：假如我能天天吻她一次，天天拉拉她的手，能在一块儿说几句知心的话，我什么事也不管了，只是好好作事，念书；把我所能得的幸福都分给她一半。或者父亲也正这么想，想温都太太，谁管他呢！可怜的玛力，她想华盛顿，正和我想她一样！人事，爱情，永远是没系统的，没一定的！世界是个大网，人人想由网眼儿撞出去，结果全死在网里；没法子，人类是微弱的，意志是不中用的！

不！意志是最伟大的，是钢铁的！谁都可以成个英雄，假如他把意志的钢刃斫断了情丝，烦恼！马威握着拳头捶了胸口两下。干！干！往前走！什么是孤寂？感情的一种现象！什么是弱懦？意志的不坚！

进来个老太婆，问马威卖中国茶不卖。他勉强笑着把她送出去了。

"这是事业？呕，不怪父亲恨做买卖！卖茶叶不卖？谁他妈的卖茶叶！"

只有李子荣是个快乐人！马威想：他只看着事情，眼前的那一钉点事情，不想别的，于是也就没有苦恼。他和狮子一样，捉鹿和捉兔用同等的力量，而且同样的喜欢；自要捉住些东西就好，不管大小。李子荣是个豪杰，因为他能自己造出个世界来！他的世界里只有工作，没有理想；只有男女，没有爱情；只有物质，没有玄幻；只有颜色，没有美术！然而他快乐，能快乐的便是豪杰！

马威不赞成李子荣，却是佩服他，敬重他。有心要学他，不成，学不了！

"嘿喽，马威！"亚力山大在窗外喊，把玻璃震得直颤："你父亲呢？"他开开门进来，差点给门轴给推出了槽。他的鼻子特别红，嘴中的酒味好像开着盖的酒缸。他穿着新红灰色的大氅，站在那里，好似一座在夕阳下的小山。

"父亲还没来，干什么？"马威把手搁在亚力山大的手中，叫他握了握。亚力山大的大拇指足有马威的手腕那么粗。

"好，我交给你吧。"亚力山大掏出十张一镑钱的票子。一边递给马威，一边说："他叫我给押两匹马，一匹赢了，一匹输了；胜负相抵，我还应当给他这些钱。"

"我父亲常赌吗？"马威问。

"不用问，你们中国人都好赌。你明白我的意思？"亚力山大说："我说，马威，你父亲真是要和温都太太结婚吗？那天他喝了几盅，告诉我他要买戒指去，真的？"

"没有的事，英国妇人那能嫁中国人，你明白我的意思？"马威笑着说，说得非常俏皮而不好听。

亚力山大看了马威一眼，撇着大嘴笑了笑。然后说："他们不结婚，两好，两好！我问你，你父亲没告诉你，他今天到电影厂去？"

"没有，上那儿去作什么？"马威问。

"你看，是不是！中国人凡事守秘密，不告诉人。你父亲允许帮助我做电影，今天应当去。他可别忘了哇！"

马威心中更恨他父亲了。

"他在家哪？"亚力山大问。

"不知道！"马威回答的干短而且难听。

"回头见，马威！"亚力山大说着，一座小山似的挪动出去。

"赌钱，喝酒，买戒指，作电影，全不告诉我！"马威自己叨唠："好！不用告诉我！咱们到时候再说！"

4

四月中的细雨，忽晴忽落，把空气洗得怪清凉的。嫩树叶儿依然很小，可是处处有些绿意。含羞的春阳只轻轻的，从薄云里探出一些柔和的光线；地上的人影，树影都是很微淡的。野桃花开得最早，淡淡的粉色在风雨里摆动，好像媚弱的小村女，打扮得简单而秀美。

足球什么的已经收场了，人们开始讲论春季的赛马。游戏是英国教育中最重要的一部，也是英国人生活中不可少的东西。从游戏中英国人得到很多的训练：服从，忍耐，守秩序，爱团体……。

马威把他的运动又搁下了，也不去摇船，也不去快走；天天皱着眉坐在家里，或是铺子里，咂着滋味发愁。伊姑娘也见不着，玛力也不大理他。老拿着本书，可是念不下去，看着书皮上的金字恨自己。李子荣也不常来；来了，两个人也说不到一块儿。马老先生打算把买卖收了，把钱交给状元楼的范掌柜的扩充饭馆的买卖，这样，马老先生可以算作股东，什么事不用管，专等分红利。马威不赞成这个计划，爷儿俩也没短拌嘴。

除去这些事实上的缠绕，他精神上也特别的沉闷。春色越重，他心里身上越难过，说不出的难过；这点难过是由原始人类传下来的，遇到一定的时令就和花儿一样的往外吐叶发芽。

他嫌大氅太重，穿着件雨衣往铺子走。走到圣保罗堂的外面，他呆呆的看着钟楼上的金顶；他永远爱看那个金顶。

"老马！"李子荣从后面拉了他一把。

马威回头看，李子荣的神色非常的惊慌，脸上的颜色也不正。

"老马！"李子荣又叫了一声："别到铺子去！"

"怎么啦？"马威问。

"你回家！把铺子的钥匙交给我！"李子荣说的很快，很急切。

"怎样啦？"马威问。

"东伦敦的工人要来拆你们的铺子！你赶快回家，我会对付他们！"李子荣张着手和马威要钥匙。

"好哇！"马威忽然精神起来："我正想打一回呢！拆铺子？好！咱们打一回再说！"

"不！老马！你回家，事情交给我了！你我是好朋友不是？你信任我？"李子荣很急切的说。

"我信任你！你是我的亲哥哥！但是我不能把你一个人留下，万一他们打你呢？"马威问。

"他们不会打我！你要是在这儿，事情可就更不好办了！你走！你走！马威，你走！"李子荣还伸着手和他要钥匙。

马威摇了摇头，咬着牙说："我不能走，老李！我不能叫你受一点伤！我们的铺子，我得负责任！我和他们打一回！我活腻了，正想痛痛快快的打一回呢！"

李子荣急得直转磨，马威是无论怎说也不走。

"你要把我急死，马威！"李子荣说，喷出许多唾沫星儿来。

"我问你，他们有什么理由拆我们的铺子呢？"马威冷笑着问。

"没工夫说，他们已经由东伦敦动了身！"李子荣搓着手说。

"我不怕！你说！"马威极坚决的说。

"来不及了！你走！"

"你不说，好，你走，老李！我一个人跟他们拼！"

"我不能走，老马！到危险的时候不帮助你？你把我看成什么东西了？"李子荣说得非常的堂皇，诚恳，马威的心软了。马威看李子荣，在这一两分钟内，不只是个会办事挣钱的平常人，也是个心神健全的英雄。马威好像看透了李子荣的心，一颗血红的心，和他的话一样的热烈诚实。

"老李，咱们谁也别走，好不好？"

"你得允许我一个条件：无论遇见什么事，不准你出来！多咱你听见我叫你打，你再动手！不然，你不准出柜房儿一步！你答应这个条件吗？"

"好，我听你的！老李，我不知道说什么好！你为我们的事这样——"

"快走，没工夫扯闲话！"李子荣扯着马威进了胡同："开门！下窗板！快！"

"给他们收拾好了，等着叫他们拆？"马威问，脸上的神色非常激愤。

"不用问！叫你做什么，做什么！把电灯捻开！不用开柜房的电门！好了，你上里屋去，没我的话，不准出来！在电话机旁边坐下，多咱听我一拍手，给巡警局打电，报告被抢！不用叫号码，叫'巡警局'，听见没有？"李子荣一气说完，把屋中值钱的东西往保险柜里放了几件。然后坐在货架旁边，一声也不发，好像个守城的大将似的。

马威坐在屋里，心中有点跳。他不怕打架，只怕等着打架。他偷偷的立起来，看看李子荣。他心里平安多了，李子荣纹丝不动的在那里坐着，好像老和尚参禅那么稳当；马威想：有这么个朋友在这里，还有什么可怕的呢！

"坐下！老马！"李子荣下了命令。马威很机械的坐下了。

又过了四五分钟，窗外发现了一个戴着小柿饼帽子的中国人，鬼鬼啾啾的向屋内看了一眼。李子荣故意立起来，假装收拾架子上的货物。又待了一会儿，窗外凑来好几个戴小柿饼帽子的了，都指手画脚的说话。李子荣听不清楚他们说的是什么，只听见广东话句尾的长余音：呕——！喽——！呕——……

哗啦！一块砖头把玻璃窗打了个大窟窿。

李子荣一拍手，马威把电话机抄在手里。

哗啦！又是一块砖头。

李子荣看了马威一眼，慢慢往外走。

哗啦！两块砖头一齐飞进来，带着一群玻璃碴儿，好像两个彗星。一块刚刚落在李子荣的脚前面，一块飞到货架上打碎了一个花瓶。

李子荣走到门前面。外面的人正想往里走。李子荣用力推住了门钮，外面的人就往里撞。李子荣忽然一撒手，外面的人三四个一齐倒进了，摔成一堆。

李子荣一跳，骑在最上边那个人身上，两脚分着，一脚踩着底下的一支脖子。呕——！哼！喽——！底下这几位无奇不有的直叫。李子荣用力往下坐，他们也用力往起顶。李子荣知道他不能维持下去，他向门外的那几个喊："阿丑！阿红！李三兴！潘各来！这是我的铺子，我的铺子！你们是怎回事？！"他用广东话向他们喊。

他认识他们，他是他们的翻译官，是东伦敦的华人都认识他。

外面的几个听见李子荣叫他们的名字，不往前挤了，彼此对看了看，好像不知道怎么办才好。李子荣看外边的愣住了，他借着身下的顶撞，往后一挺身，正摔在地上。他们爬起来了，他也爬起来了，可是正好站在他们前面，挡着他们，不能往前走。

"跑！跑！"李子荣扬着手向他们喊："巡警就到！跑！"

他们回头看了看胡同口，已经站了一圈人；幸而是早晨，人还不多。他们又彼此看了看，还正在犹疑不定，李子荣又给了他们一句："跑！！！"

有一个跑了，其余的也没说什么，也开始拿腿。

巡警正到胡同口，拿去了两个，其余的全跑了。

…………

各晚报的午饭号全用大字登起来："东伦敦华人大闹古玩铺。""东伦敦华人之无法无天！""惊人的抢案！""政府应设法取缔华人！"……马家古玩铺和马威的像片全在报纸的前页登着，《晚星报》还给马威像片下印上"只手打退匪人的英雄"。新闻记者一群一群的拿着像匣子来和马威问询，并且有几个还找到戈登胡同去见马老先生；对于马老先生的话，他们登的是："Me no say. Me no speak."虽然马老先生没有这么说。写中国人的英文，永远是这样狗屁不通；不然，人们以为描写的不真；英国人没有语言的天才，故此不能想到外国人会说好英文。

这件事惊动了全城，东伦敦的街上加派了两队巡警，监视华人的出入。当晚国会议员质问内务总长，为什么不把华人都驱出境外。马家古玩铺外面自午到晚老有一圈人，马威在三点钟内卖了五十多镑钱。

马老先生吓得一天没敢出门，盼着马威回来，看看到底儿子叫人家给打坏了没有。同时决定了，非把铺子收闭了不可，不然，自己的脑袋早晚是叫人家用砖头给打下来。

门外老站着两个人，据温都太太说，他们是便衣侦探。马老先生心更慌了，连烟也不抽了，唯恐怕叫侦探看见烟袋锅上的火星。

5

伦敦的华工分为两党：一党是有工便做，不管体面的。电影厂找挨打的中国人，便找这一党来。第二党是有血性的苦工人，不认识字，不会说英国话，没有什么手艺，可是真心的爱国，宁可饿死也不作给国家丢脸的事。这两党人的知识是一样的有限，举动是一样的粗鲁，生活是一样的可怜。他们的分别是：一党只管找饭吃，不管别的；一党是找饭吃要吃的体面。这两党人是不相容的，是见面便打的。傻爱国的和傻不爱国的见面没有第二个办法，只有打！他们这一打，便给外国人许多笑话听；爱国的也挨骂，不爱国的也挨骂！

他们没有什么错处，错处全在中国政府不管他们！政府对人民不加保护，不想办法，人民还不挨骂！

中国留英的学生也分两派：一派是内地来的，一派是华侨的子孙。他们也全爱国，只是他们不明白国势。华侨的子孙生在外国，对中国国事是不知道的。内地来的学生时时刻刻想使外国人了解中国，然而他们没想到：中国的微弱是没法叫外国人能敬重我们的；国与国的关系是肩膀齐为兄弟，小老鼠是不用和老虎讲交情的。

外国人在电影里，戏剧里，小说里，骂中国人，已经成了一种历史的习惯，正像中国戏台上老给曹操打大白脸一样。中国戏台上不会有黑脸曹操，外国戏台上不会有好中国人。这种事不是感情上的，是历史的；不是故意骂人的，是有意做好文章的。中国旧戏家要是作出一出有黑脸曹操的戏，人家一定笑他不懂事；外国人写一出不带杀人放火的中国戏，人们还不是一样笑他。曹操是无望了，再过些年，他的脸也不见得能变颜色；可是中国还有希望，自要中国人能把国家弄强了，外国人当时就搁笔不写中国戏了。人类是欺软怕硬的。

亚力山大约老马演的那个电影，是英国最有名一位文人写的。这位先生明知中国人是文明人，可是为迎合人们心理起见，为文学的技艺起见，他还是把中国人写得残忍险诈，彼此拿刀乱杀；不这样，他不能得到人们的赞许。

这个电影的背景是上海，亚力山大给布置一切上海的景物。一条街代表租界，一条街代表中国城。前者是清洁，美丽，有秩序；后者是污浊，混乱，天昏地暗。

这个故事呢，是一个中国姑娘和一个英国人发生恋爱，她的父亲要杀她，可是也不知怎么一股劲儿，这个中国老头自己服了毒。他死了，他的亲戚朋友想报仇，他们把她活埋了；埋完了她，大家去找那个英国少年；他和英国兵把他们大打而特打；直到他们跪下求情，才饶了他们。东伦敦的工人是扮演这群挨打的东西。马老先生是扮一个富商，挂得小辫，人家打架的时候，他在旁边看热闹。

听见这件事，伦敦的中国学生都炸了烟。连开会议，请使馆提出抗议。使馆提山抗议去了，那位文人第二天在报纸上臭骂了中国使馆一顿。骂一国的使馆，本来是至少该提出严重交涉的；可是中国又不敢打仗，又何必提出交涉呢。学生们看使馆提议无效，而且挨了一顿骂，大家又开会讨论办法。会中的主席是那位在状元楼挨打的茅先生。茅先生的意见是：提出抗议没用，只好消极的不叫中国人去演。大家举了茅先生作代表，到东伦敦去说。工人们已经和电影厂签了字，定了合同，没法再解约。于是茅先生联合傻爱国的工人们，和要作电影的这群人们宣战。马老先生自然也是一个敌人，况且工人们看他开着铺子，有吃有喝的，还肯作这样丢脸的事，特别的可恨。于是大家主张先拆他的铺子，并且臭打马老先生一顿。学生们出好主意，傻工人们答应去执行，于是马家古玩铺便遭了砖头的照顾。

李子荣事前早有耳闻，但是他不敢对马威说。他明知道马老先生决不是要挣那几镑钱，亚力山大约他，他不能拒绝，中国人讲面子吗。（他不知道马老先生要用这笔钱买戒指。）他明知道一和马威说，他们父子非吵起来不可。他要去和工人们说，他明知道，说不圆全，工人也许先打他一顿。和学生们去说，也没用，因为学生们只知道爱国而不量实力。于是他没言语。

事到临头了，他有了主意：叫马家父子不露面，他跟他们对付，这样，不致有什么危险。叫工人们砸破些玻璃，出出他们的恶气；砸了的东西自然有保险公司来赔；同时叫马家古玩铺出了名，将来的买卖一定大有希望。现今作买卖是第一要叫人知道，这样一闹呢，马家父子便出了名，这是一种不花钱的广告。他对工人呢，也没意思叫他们下狱受苦；他们的行动不对，而立意不错；所以他叫马威等人们来到才给巡警打电话，匀出他们砸玻璃的工夫，也匀出容他们跑的工夫。

他没想到巡警捉去两个中国人。

他没想到马老先生就这么害怕，决定要把铺子卖了。

他没想到学生会决议和马威为难。

他没想到工人为捉去的两人报仇，要和马老先生拼个你死我活。

他没想到那片电影出来的很快，报纸上故意的赞扬故事的奇警，故意捎着撩着骂中国使馆的抗议。

他故意的在事后躲开，好叫马威的像片登在报上，（一种广告，）谁知道中国人看见这个像片都咬着牙咒骂马威呢！

世事是繁杂的，谁能都想得到呢！但是李子荣是自信的人，——他非常的恨自己。

马威明白李子荣，他要决心往下作买卖，不管谁骂他，不管谁要打他。机会到了，不能不好好作一下。他不知道他父亲的事，工人被捕也不是他的过错。他良心上无愧，他要打起精神来做！这样才对得起李子荣。

他没想到他父亲就那么软弱，没胆气，非要把铺子卖了不可！卖了铺子？可是他要卖，没人能拦住他，铺子是他的！

马老先生不明白人家为什么要打他，成天撅着小胡子叹息世道不良。他不明白为什么马威反打起精神作买卖，他总以为李子荣给马威上了催眠术；心中耽忧儿子生命的安全，同时非常恨李子荣。他不明白为什么温都太太庆贺他的买卖将来有希望，心里说：

"妈的铺子叫人家给砸了，还有希望？外国人的心不定在那块长着呢！"

打算去找伊牧师去诉委屈，白天又不敢出门，怕叫工人把他捉了去；晚上去找他，又怕遇见伊太太。

亚力山大来了一次，他也是这么说："老马！你成了！砸毁的东西有保险公同赔偿！你的铺子已经出了名，赶紧办货呀！别错过了机会！你明白我的意思？"

马老先生一点也不明白。

他晚上偷偷的去找状元楼范掌柜的，一来商议出卖古玩铺，二来求范老板给设法向东伦敦的工人说和一下，他情愿给那两个被捉的工人几十镑钱。范老板答应帮助他，而且给老马热了一碟烧麦，开了一瓶葡萄酒。马先生喝了盅酒，吃了两个薄皮大馅的烧麦，落了两个痛快的眼泪。

回家看见马威正和温都母女谈得欢天喜地，心中有点吃醋。她们现在拿马威当个英雄看，同时鼻子眼睛的颇看不起老马。老马先生有点恨她们，尤其是对温都太太。他恨不能把她揪过来踢两脚，可是很怀疑他是否打得过她，外国妇女身体都很强壮。更可气的是：拿破仑这两天也不大招呼他，因为他这几天不敢白天出门，不能拉着小狗出去转一转；拿破仑见了他总翻白眼看他。

没法子，只好去睡觉。在梦里向故去的妻子哭了一场！——老没梦见她了！

6

马威立在玉石牌楼的便道上，太阳早已落了，公园的人们也散尽了。他面前只有三个影儿：一个无望的父亲，一个忠诚的李子荣，一个可爱的玛力。父亲和他谈不到一块，玛力不接受他的爱心，他只好对不起李子荣了！走！离开他们！

…………

屋里还黑着，他悄悄立在李子荣的床前。李子荣的呼声很匀，睡得像个无知无识的小孩儿。他站了半天，低声叫："子荣！"李子荣没醒。他的一对热泪落在李子荣的被子上。

"子荣，再见！"

伦敦是多么惨淡呀！当人们还都睡得正香甜的时候。电灯煤气灯还都亮着，孤寂的亮着，死白的亮着！伦敦好像是个死鬼，只有这些灯光悄悄的看着——看着什么？没有东西可看！伦敦是死了，连个灵魂也没有！

再过一两点钟，伦敦就又活了，可是马威不等着看了。"再见！伦敦！"

"再见！"好像有个声音这样回答他。谁？……

我怎样写《二马》

《二马》中的细腻处是在《老张的哲学》与《赵子曰》里找不到的，"张"与"赵"中的泼辣恣肆处从《二马》以后可是也不多见了。人的思想不必一定随着年纪而往稳健里走，可是文字的风格差不多是"晚节渐于诗律细"的。读与作的经验增多，形式之美自然在心中添了分量，不管个人愿意这样与否。《二马》是我在国外的末一部作品：从"作"的方面说，已经有了些经验；从"读"的方面说，我不但读得多了，而且认识了英国当代作家的著作。心理分析与描写工细是当代文艺的特色；读了它们，不会不使我感到自己的粗劣，我开始决定往"细"里写。

《二马》在一开首便把故事最后的一幕提出来，就是这"求细"的证明：先有了结局，自然是对故事的全盘设计已有了个大概，不能再信口开河。可是这还不十分正确；我不仅打算细写，而且要非常的细，要象康拉德那样把故事看成一个球，从任何地方起始它总会滚动的。我本打算把故事的中段放在最前面，而后倒转回来补讲前文，而后再由这里接下去讲——讲马威逃走以后的事。这样，篇首的两节，现在看起来是象尾巴，在原来的计画中本是"腰眼儿"。为什么把腰眼儿变成了尾巴呢？有两个原因：第一个是我到底不能完全把幽默放下，而另换一个风格，于是由心理的分析又走入了姿态上的取笑，笑出以后便没法再使文章萦回逗宕，无论是尾巴吧，还是腰眼吧，放在前面乃全无意义！第二个是时间上的关系：我应在一九二九年的六月离开英国，在动身以前必须把这本书写完寄出去，以免心中老存着块病。时候到了，我只写了那么多，马威逃走以后的事无论如何也赶不出来了，于是一狠心，就把腰眼当作了尾巴，硬行结束。那么，《二马》只是比较的"细"，并非和我的理想一致；到如今我还是没写出一部真正细腻的东西，这或者是天才的限制，没法勉强吧。

在文字上可是稍稍有了些变动。这不能不感激亡友白涤洲——他死去快一年了！已经说过，我在"老张"与《赵子曰》里往往把文言与白话夹裹在一处；文字不一致多少能帮助一些矛盾气，好使人发笑。涤洲是头一个指出这一个毛病，而且劝我不要这样讨巧。我当时还不以为然，我写信给他，说我这是想把文言溶解在白话里，以提高白话，使白话成为雅俗共赏的东西。可是不久我就明白过来，利用文言多少是有点偷懒；把文言与白话中容易用的，现成的，都拿过来，而毫不费力的作成公众讲演稿子一类的东西，不是偷懒么？所谓文艺创作不是兼思想与文字二者而言么？那么，在文字方面就必须努力，作出一种简单的，有力的，可读的，而且美好的文章，才算本事。在《二马》中我开始试验这个。请看看那些风景的描写就可以明白了。《红楼梦》的言语是多么漂亮，可是一提到风景便立刻改腔换调而有诗为证了；我试试看：一个洋车夫用自己的言语能否形容一个晚晴或雪景呢？假如他不能的话，让我代他来试试。什么"潺湲"咧，"凄凉"咧，"幽径"咧，"萧条"咧……我都不用，而用顶俗浅的字另想主意。设若我能这样形容得出呢，那就是本事，反之则宁可不去描写。这样描写出来，才是真觉得了物境之美而由心中说出；用文言拼凑只是修辞而已。论味道，英国菜——就是所谓英法大菜的菜——可以算天下最难吃的了；什么几乎都是白水煮或愣烧。可是英国人有个说法——记得好象 George Gissing（乔治·吉辛）也这么说过——英国人烹调术的主旨是不假其他材料的帮助，而是把肉与蔬菜的原味，真正的香味，烧出来。我以为，用白话著作倒须用这个方法，把白话的真正香味烧出来；文言中的现成字与辞虽一时无法一概弃斥，可是用在白话文里究竟是有些象酱油与味之素什么的；放上去能使菜的色味俱佳，但不是真正的原味儿。

在材料方面，不用说，是我在国外四五年中慢慢积蓄下来的。可是象故事中那些人与事全是想象的，几乎没有一个人一件事曾在伦敦见过或发生过。写这本东西的动机不是由于某人某事的值得一写，而是在比较中国人与英国人的不同处，所以一切人差不多都代表着些什么；我不能完全忽略了他们的个性，可是我更注意他们所代表的民族性。因此，《二马》除了在文字上是没有多大的成功的。其中的人与事是对我所要比较的那点负责，而比较根本是种类似报告的东西。自然，报告能够新颖可喜，假若读者不晓得这些事；但它的取巧处只是这一点，它缺乏文艺的伟大与永久性，至好也不过是一种还不讨厌的报章文学而已。比较是件容易作的事，连个小孩也能看出洋人鼻子高，头发黄；因此也就很难不浮浅。注意在比较，便不能不多取些表面上的差异作资料，而由这些资料里提出判断。脸黄的就是野蛮，与头发卷着的便文明，都是很容易说出而且说着怪高兴的；越是在北平住过一半天的越敢给北平下考语，许多污辱中国的电影，戏剧，与小说，差不多都是仅就表面的观察而后加以主观的判断。《二马》虽然没这样坏，可是究竟也算上了这个当。

老马代表老一派的中国人，小马代表晚一辈的，谁也能看出这个来。老马的描写有相当的成功：虽然他只代表了一种中国人，可是到底他是我所最熟识的；他不能普遍的代表老一辈的中国人，但我最熟识的老人确是他那个样子。他不好，也不怎么坏；他对过去的文化负责，所以自尊自傲，对将来他茫然，所以无从努力，也不想努力。他的希望是老年的舒服与有所依靠；若没有自己的子孙，世界是非常孤寂冷酷的。他背后有几千年的文化，面前只有个儿子。他不大爱思想，因为事事已有了准则。这使他很可爱，也很可恨；很安详，也很无聊。至于小马，我又失败了。前者我已经说过，五四运动对我是个旁观者；在写《二马》的时节，正赶上革命军北伐，我又远远的立在一旁，没机会参加。这两个大运动，我都立在外面，实在没有资格去描写比我小十岁的青年。我们在伦敦的一些朋友天天用针插在地图上：革命军前进了，我们狂喜；退却了，懊丧。虽然如此，我们的消息只来自新闻报，我们没亲眼看见血与肉的牺牲，没有听见枪炮的响声。更不明白的是国内青年们的思想。那时在国外读书的，身处异域，自然极爱祖国；再加上看着外国国民如何对国家的事尽职责，也自然使自己想作个好国民，好象一个中国人能象英国人那样作国民便是最高的理想了。个人的私事，如恋爱，如孝悌，都可以不管，自要能有益于国家，什么都可以放在一旁。这就是马威所要代表的。比这再高一点的理想，我还没想到过。先不用管这个理想高明不高明吧，马威反正是这个理想的产儿。他是个空的，一点也不象个活人。他还有缺点，不尽合我的理想，于是另请出一位李子荣来作补充；所以李子荣更没劲！

对于英国人，我连半个有人性的也没写出来。他们的褊狭的爱国主义决定了他们的罪案，他们所表现的都是偏见与讨厌，没有别的。自然，猛一看过去，他们确是有这种讨厌而不自觉的地方，可是稍微再细看一看，他们到底还不这么狭小。我专注意了他们与国家的关系，而忽略了他们其他的部分。幸而我是用幽默的口气述说他们，不然他们简直是群可怜的半疯子了。幽默宽恕了他们，正如宽恕了马家父子，把褊狭与浮浅消解在笑声中，万幸！

最危险的地方是那些恋爱的穿插，它们极容易使《二马》成为《留东外史》一类的东西。可是我在一动笔时就留着神，设法使这些地方都成为揭露人物性格与民族成见的机会，不准恋爱情节自由的展动。这是我很会办的事，在我的作品中差不多老是把恋爱作为副笔，而把另一些东西摆在正面。这个办法的好处是把我从三角四角恋爱小说中救出来，它的坏处是使我老不敢放胆写这个人生最大的问题——两性间的问题。我一方面在思想上失之平凡，另一方面又在题材上不敢摸这个禁果，所以我的作品即使在结构上文字上有可观，可是总走不上那伟大之路。三角恋爱永不失为好题目，写得好还是好。象我这样一碰即走，对打八卦拳倒许是好办法，对写小说它使我轻浮，激不起心灵的震颤。

这本书的写成也差不多费了一年的工夫。写几段，我便对朋友们去朗读，请他们批评，最多的时候是找祝仲谨兄去，他是北平人，自然更能听出句子的顺当与否，和字眼的是否妥当。全篇写完，我又托郦堃厚兄给看了一遍，他很细心的把错字都挑出来。把它寄出去以后——仍是寄给《小说月报》——我便向伦敦说了"再见"。

文博士

序

作者书社出版部早就约我写篇较长的文章，有种种原因，使我不敢答应。眼看到寒假了，出版部先生的信又来到，附着请帖，约定在香港吃饭。赔上几十块路费也得去呀，交情要紧。继而一想，不赔上路费而也能圆上脸，有没有办法呢？这一想，便中了计。写文章吧，没有旁的可说。答应了。

答应了，写什么呢？我自己也不知道，这可真难倒了英雄好汉。大体上说，长篇总是小说喽，我没有写诗史的本领，对戏剧是超等外行。只能写小说——好坏是另一问题。写什么呢？想了好久，题目决定为《文博士》。是什么呢？不能说，说破就不灵了。内容？还是不能说，没想出来呢，再逼我，要上吊去了。我实在想不出答复来。这不是发牢骚，也不是道歉，这是广告。广告不可骗人过甚，所以我不能说：读完此篇，独得十五万元，也算序。

一九四〇，十二，五，老舍　于滇上

一

每逢路过南门或西门，看见那破烂的城楼与城墙上的炮眼，文博士就觉得一阵恶心，像由饭菜里吃出个苍蝇来那样。恶心，不是伤心。文博士并不十分热心记着五三惨案。他是觉得这样的破东西不应该老摆在大街上；能修呢，修；不能修呢，干脆拆去！既不修理，不又拆去，这就见出中国的没希望。

中国的所以没希望，第一是因为没有人才，第二是因为有几个人才而国家社会不晓得去拔用。文博士这么想。以他自己说吧，回国已经半年了，还没找到事情作。上海，南京，北平，都跑过了，空费了些路费与带博士头衔的名片，什么也没弄到手。最后，他跑到济南来；一看见破城楼便恶心。

当他初回来的时候，他就知道不能拿中国与美国比，这不仅是原谅中国，也是警告自己不要希望得过高。按理说，他一回来便应得到最高的地位与待遇。倘若能这样，他必定有方法来救救这个落伍的国家；即使自己想不出好主意来，至少他有那一套美国办法可以应用。算算看吧，全国可有多少博士？可有多少在美国住过五年的？这不是明摆着的事？可是，他早就预备好作退一步想，事情不要操之过切，中国是中国；他只希望每月进四五百块钱，慢慢的先对付着，等到羽翼已成，再向顶高的地方飞。他深信自己必能打入社会的最上层去，不过须缓缓的来，由教授或司长之类的地位往上爬，即使爬不上去，也不至于再往下落。志愿要大，步骤要稳，他不敢希望这个社会真能一下子就认清博士的价值。他不便完全看不起中国，因为自己到底得在这里施展本事——往不好听里说，是必须在中国挣饭吃。他想好了，既是得吃中国饭，就得——不管愿意不愿意——同情于这些老人民，承认他们是他的同胞，可怜他们，体谅他们。即使他们不能事事处处按照美国标准来供养他，他也只好将就着，忍受着，先弄个四五百元的事混着。

回来半年了，半年了，竟自没他的事作！他并没因此而稍微怀疑过他自己；他的本事，他的博士学位，不会有什么错儿，不会。那么，错处是在国家与社会，一个瞎了眼的国家，一个不识好歹的社会，他没办法。他，美国博士，不能从下层社会拾个饭碗，抢点饭吃；他必须一坐就坐在楼上。要是他得从扫地挑水作起，何必去上美国得博士？他开始厌恶这个不通情理的社会，处处惹他恶心，那俩城楼就是中国办法的象征。假若不为挣钱吃饭，他真不想再和这个破社会有什么来往！这个社会使他出不来气。

更可气的是，以能力说，他在留学生里也是有头有脸的人物；在留学生里能露两手儿，可是容易的事？哼，到了国内，反倒一天到晚皮鞋擦着土路，愣会找不到个事；他真想狂笑一场了。

在留学期间，他就时时处处留着神，能多交一个朋友便多交一个，为是给将来预备下帮手。见着谁，他也不肯轻易放过，总得表示出："咱们联合起来，将来回到国内，这是个势力！"对比他钱多，身分高的，他特别的注意，能够于最短期间变成在一块儿嘀咕的朋友。比他身分低的，他也不肯冷淡。他知道这些苦读书的青年都有个光明的将来，他必须拉拢住他们，鼓励他们："咱们联合起来，一群人的势力必定比一个人的大；捧起一个，咱们大家就都能起来！咱们不愁；想当初，一个寒士中了状元，马上妻财位禄一概俱全。咱们就是当代的状元，地位，事业，都给咱们留着呢；就是那有女儿的富家也应当连人带钱双手捧送过来！不是咱们的希望过高，是理应如此！"这个，即使打不动他们的心，到底大家对他亲密了一些。自然也有几个根本不喜欢听这一套的，可是他也并不和他们红着脸争辩，而心里说：有那么一天，你们会想起我的话来！

这样，贫的富的都以他为中心而联合起来——至少是他自己这么觉得——他越来越相信自己的才力与手腕。有时候宁肯少读些书，他也不肯放弃这种交际与宣传。留学生中彼此有什么一点小的冲突，他总要下工夫去探听，猜测，而后去设法调解。他觉得他是摸住大家的脉路，自己是他们的心房，他给大家以消息，思想，灵感，计划。越来越自信，越来越喜爱这种工作，东边嘀咕嘀咕，西边扫听扫听，有时觉得疲乏，可是心里很痛快。

他不算个不爱读书的人，可是慢慢的他看出来，专指着读书是危险的。有几个专心读书的人，总不肯和他亲近，甚至于不愿和他说话。他觉出来，人不可以成个书呆子；有学问而乖僻，还不如没有多少学问而通达人情世故。人生不应抓住学问，而是应把握住现实，他说。在他所谓的把握住现实之下，事情并不难作：种种代表，种种讲演，种种集会，种种打电报发传单，他都作过了，都很容易，而作得不算不漂亮。因为欣喜自己的作事漂亮，进一步就想到这些事也并不容易，而是自己有本事，在有本事的人手里什么事儿才也不难。

在美国五年——本来预备住四年，因为交际与别种工作，论文交不上，所以延长了一年——他的体态相貌蜕去少年时代的天真与活泼，而慢慢都有了定形，不容易再有多大变化。就是服装也有了一定的风格，至少是在得到博士学位前后不会有什么大的改动。中等的身材，不见得胖，可是骨架很大，显着不甚灵活。方脸：腮，额，都见棱见角，虽然并不瘦。头发很黑多很低很硬，发旋处老直立着一小股，像个小翅膀；时常用手拍按，用化学的小梳子调整，也按不倒。粗眉，圆眼，鼻子横宽，嘴很厚。见棱见角的方脸，配上这些粗重的口鼻，显着很迟笨。他自己最得意的是脸色，黄白，不暗也不亮，老像刚用热手巾擦完，扑上了点粉那样。这个脸色他带出些书气。

他似乎知道自己不甚体面，所以很注意表情：在听人讲话的时候，他紧紧的拧起那双粗眉，把厚嘴闭严，嘴角用力下垂，表示出非常的郑重，即使人们不喜欢他，也不好意思不跟他一问一答的谈，他既是这么郑重诚挚。轮到他自己开口的时候，他的圆眼会很媚的左右撩动，补充言语所不能传达到的意思或感情。说高了兴，他不是往前凑一凑，便是用那骨骼大且硬的手拉人家一下。说完一句自以为得意的话，他的鼻上纵起些碎折，微微吐出点舌头，"啼"！迸出些星沫；赶紧用手遮住口，在手后唧唧的笑。他的话即使不是卑鄙无聊，可也没有什么高明的地方；不过，有眼，鼻，口等的帮忙，使人不好意思不听着，仿佛他的专长就是抓住了大家的不好意思。

惟一得意的地方既是淡黄的脸色，所以他的服装很素净，黑的或是深灰的洋服，黑鞋，高白硬领；只有领带稍带些鲜明的纹色，以免装束得像个神学的学生。这样打扮，也可以省些钱，不随着时尚改变风格与色彩，只求干净整齐；他并不是很有钱的人。

在美国住了五年，他真认识了不少人。留学生们你来我去，欢迎与欢送的工作总是他的，他的站台票钱花得比谁都多。他的消息灵通，腿脚勤紧，一得到消息，他就准备上车站。打扮整齐，走得很有力气，脚掌辗地，一辗，身子跟着一挺。脖子不动，目不旁视的一路走去，仿佛大家都在注意他，不好意思往左右看似的。他舍不得钱去坐车，可是赶上给女友送行，就是借点钱，也得买一束鲜花。把人们接来或送走，他又得到许多谈话资料：谁谁是怎个身分，在美国研究什么，在国内接近某方面，将来的工作是什么，他都有详细的报告，而且劝告大家对此人如何的注意。工作，方面，关系，发展，这些字眼老在他的嘴边上，说得纯熟而亲切，仿佛这些留学生的命运都应当由他支配；至少他也像个相士，断定了大家的利钝成败。

当他得到学位，离开美国，到了船上的时候，他看着那茫茫的大海，心中有点难过，一种并非不甜美的难过。无边无际的海水，一浪催着一浪，一直流向天涯，没有一点归宿。他自己呢，五年的努力，得了博士；五年的交际活动，结识了那么多有起色的青年；不虚此行！那在他以前回国的，不啻是为他去开辟道路，只要找到他们，不愁没他的事作；那些还在美国的呢，将来依次的归国，当然和他互通声气，即使不是受他指导与帮助的话。天水茫茫，可是他有了身分，有了办法，所以在满意之中，不好意思的不发一些闲愁，一些诗意的轻叹。

平日，他很能吃；在船上这几天，他吃得更多；吃完，在甲板上一坐，睡觉或是看海，心中非常的平静。摸着脸上新添的肉，他觉得只要自己不希望过高，四五百块钱的事，和带过来几万赔送的夫人，是绝不会落空的。有了事之后，凭他的本事与活动，不久就有些发展也是必然的。

在上海与南京，他确是见了不少的朋友，有的显出相当的客气，有的很冷淡；对于事情，有的乐观，有的悲观，一概没有下落！他的脸又瘦了下去。他可是并不死心，不敢偷懒。到各处去打听朋友们的工作，关系，与将来的发展，他总以为朋友们是各自有了党派系属，所以不肯随便的拉拔他一把；他得抄着根儿，先把路子探清，再下手才能准确。果然，被他打听出不少事儿来，这些事又比在美国读书时所遇到的复杂多了，几乎使他迷乱，不知所从。事情可是始终没希望。

他感觉到南边复杂，于是来到北平；北平是个大学城，至不济他还能谋个教授。这次他是先去打听教育界的党系，关系，联属；打听明白再进行自己的事。跑了不少的路，打听来不少的事，及至来到谋事上，没希望。

失败使他更坚定了信仰——虽然他很善于探听消息，很会把二与二加在一处，到底他还是没打进去；想找到事，他得打进一个团体或党系，死抱住不放，才能成功。博士，学问，本事，几乎都可以搁在一边不管，得先"打进去"！这个社会，凭他几个月的观察来说，是个大泥塘，只管往下陷人，不懂得什么人才，哪叫博士；只有明眼的才能一跳，跳到泥塘里埋藏着的那块石头上；一块一块的找，一步一步的迈，到最后，泥塘的终点有个美的园林。他不能甘心跳下泥塘去，他得找那些石头。

最后，他找出点路子来，指示给他：到济南去。

二

在北平，教授虽无望，文博士总可以拿到几个钟点。他不肯这样零卖。一露面就这么窝窝囊囊，他不干。哪怕是教授的名义，而少拿点钱，倒能行。新回国的博士不能做倒了名誉。名片上，头一行是"美国哲学博士"，第二行必须是中央什么馆或什么局的主任才能镇得住；至少也得是某某大学——顶好是国立的——教授；只是"教员"，绝对拿不出手去。

他硬拒绝了朋友们，决不去教几个钟点。饿死，是社会杀了他；饿不死，他自有方法打进一个门路去，非常的坚决。就凭一位博士，大概一时半会儿也不会饿死吧，虽然社会是这么瞎眼，他心里这样说。

对在美国认识的那些人，他根本不想再拉拢了。不行，这群留学生没本事，没有团结力，甚至于没有义气，他不再指望着他们。他看出来，留学生是学问有余，而办事的能力不足；所以好的呢作个研究员或教授，不好的还赶不上国内大学毕业生的地位。学问是条死路，钻进去便出不来，对谁也没有多大好处。留学生既是多数钻死牛犄角，难怪他们不能打倒老的势力，取而代之。他自己要想有发展的话，得舍弃这群书呆子，而打进老势力圈去；打进去，再徐图抽梁换柱，自己独树一帜。哪怕先去作私人的秘书，或教个家馆呢，只要人头儿是那么回事，他必有不鸣则已，一鸣惊人的那一天。既不能马上出人头地，那么去养精蓄锐先韬晦两年，也是办法；至少比教几个钟点，去赶上堂铃强。

拿定了这个主意，他投奔了焦委员去。焦委员的名片上没有印着什么官衔，因为专是委员一项已经够印满两面的，很难匀出地方把一切职衔全印进去，所以根本不印，既省事，又大器。由他这一堆委员，就可以知道他的势力之大与方面之多了。这在文博士看起来，是个理想的人物。拿着介绍信，文博士去了三趟，才见着焦委员。

焦委员没看那封介绍信，只懒洋洋的打量了文博士一番，而后看明白名片上印的是"美国哲学博士"；这就够了。他简截的把文博士放在

"新留学生"的类下。焦委员的心中有许多小格，每一小格收藏着一些卡片成为一类：旧官僚，新官僚，旧军阀，新军阀，西医，中医，旧留学生，新留学生……农学工商，三教九流，都各据一格。三眼两眼，把人的"类"认清，他闭上眼，把心中的小格拉开几个，像电池上接线似的彼此碰一碰，碰合了适，他便有了主意。

对"新留学生"，他现在有很好的办法。这就是说，在政府里，党部里，慈善团体里，学术机关里，他已都有了相当的布置。现在，他想吸收农商。他比谁都更清楚：钱在哪儿，势力也在哪儿。国内最有钱的人，自然不是作官的，就是军阀；对这两类人，他已有了很深的关系，即使不能全听他指挥，可是总不会和他冲突，或妨碍他的事业。其次有钱的是商人，商人有许多地方不如作官的与军阀可靠，但是钱会说话，商人近来也懂得张张嘴，这是值得注意的。商人的钱忽聚忽散，远不如文武大官的势力那么持久稳固，可是每逢大商人一倒，必有些人发财：公司的老板塌台的时候，就是管事人阔起来的时候，这非常的准确。他得分派些人去给大商人作顾问，作经理，好等着机会把钱换了手。再说，商与官本来相通，历来富商都想给子孙在宦途上预备个前程，至少也愿把姑娘们嫁给官宦之家，或读书的人，以便给家庭一些气派与声势。至于那些老派的商人，财力虽不大，可是较比新兴的商人可靠：他们历代相传的作一种生意，如药材，茶叶，粮米等行，字号老，手法稳，有的二三百年，一脉相传，没有突然的猛进，也没有忽然失败到底的危险。这样的商家，在社会上早已打进绅士的阶级，即使财力欠着雄厚，可是字号声望摆在那里，像商会的会长，各种会议中的商界代表，总是落在他们身上。他们家的子孙能受高等教育，他们家的女子也嫁给有些身分的人。他们不但是个势力，而且是个很持久的势力。在公众事业上，他们的姓名几乎老与官宦军阀名流齐列。焦委员想供给一些青年，备他们的选择，好把他自己的势力与他们的联成一气。

富农，在国内本就不多，现在就更少了。一县中，就是在最富庶的省份里，要想找到一两家衬几十万的就很难了，农已不是发财之道。那在全省里数得着的几家，有的能够上百万之富，虽然还不能和官宦与军阀们相抗，可是已经算麟角凤毛了。不过，就是这等人家，也不是专靠着种地发的财；有的是早年流落在初开辟的都市，像上海与青岛等处，几块钱买到的地皮，慢慢变得值了几千几万，他们便成了财主。有的是用地产作基础，而在都市里另想了发财的方法，所以农村虽然破产，他们还能保持住相当的财富。这些，在名义上还是乡间的富豪，事实上已经住在——至少是家族的一部分——都市里，渐渐变成遥领佃租的地主。"拿"这些人，根本无须到乡间去，而只须在都市抓住他们；即使这些人在都市的事业有了动摇，他们在乡间的房子地亩还不会连根儿烂；所以，在都市里抓住他们，就可以把血脉通到乡间去，慢慢也扎住了根，这是种摘瓜而仍留着秧儿的办法，即使没有多大好处，至少在初秋还能收一拨儿小瓜，腌腌吃也是好的。

焦委员的办法便是打发新留学生们深入这些商家与农家去。拜盟兄弟，认干儿子，据他看，都有些落伍了，知识阶级的人们不好意思再玩这一套。而且从实质上说呢，这些远不如联姻的可靠。只有给他们一位快婿，才能拿稳了他们的金钱与势力。从新留学生这一方面看起呢，既是新回来的，当然对作事没有多少经验，不能把重大的责任付托给他们。况且政治上的势力又是那么四分五裂，各据一方，找个地位好不容易。

至于学问，留学生中不是没有好手，可是中庸的人才总居多数；而且呢，真正的好手，学术机关自会抢先的收罗了去，也未必到焦宅门口来；来求他的，反之，未必是好手。那么，这些无经验，难于安置，又没多大学问的新博士与硕士们，顶好是当新姑爷。他们至少是年轻，会穿洋服，有个学位；别的不容易，当女婿总够格儿了。自然有的人连这点事儿也办不了，焦委员只好放弃了他们，他没那个精神，也没那个工夫，一天到晚用手领着他们。这一半是为焦委员造势力，一半也是为他们自己找出路，况且实际上他们的便宜大，因为无论怎样他们先得个有钱的太太，焦委员总不会享到这个福，他既是六十开外的人了。

这个办法，在焦委员口中叫作"另辟途径"。被派去联络富商的名为"振兴实业"，联络都市里的富农的是"到民间去"。他派文博士到济南去，那里的振兴实业与到民间去的工作都得需要人。他给了文博士一张名单，并没有介绍信，意思是这些人都晓得焦委员，只须提他一声就行了。其余的事，也并没有清楚的指示与说明，只告诉文博士到济南可以住在齐鲁文化学会。焦委员很懒得说话，这点交派仿佛不是说出来的，而是用较强的呼气徐徐吐给文博士的。他的安恬冷静的神气可是教文博士理会到：他的话都有分量，可靠，带出来："照办呢，自有好处；不愿意呢，拉倒，我还有许多人可以差派！"文博士也看出来，他不必再请示什么，顶好是依着焦委员所指出的路子去作；怎么作，全凭自己的本事与机警；焦委员是提拔人才，不是在这儿训练护士，非事事都嘱咐好了不可。这点了解，使他更加钦佩这个老人，他觉得这个老人才真是明白中国的社会情形，真知道怎样把人才安置在适当的地方；他自己是个生手，所以派他去开辟，去创造，这不仅是爱护后起的人才，而且是敬重人才，使人有自由运动用才力的机会与胆量。最可佩服的还是焦委员那点关于联姻的暗示，正与自己在美国时所宣传的相合：当代的状元理应受富人们的供养与信托。他的圆眼发了光，心中这么想：先来个带着十万的夫人，岂不一切都有了基础？满打自己真是块废物——怎能呢——大概也不必很为生计发愁了。把这些日子的牢骚一齐扫光，他上了济南。

齐鲁文化学会很不容易找，可是到底被他找到了，在大明湖岸上一个小巷里。找到了，他的牢骚登时回来一半。一个小门，影壁上挤着一排宽窄长短不同，颜色不同，字体不同的木牌：劳工代笔处，明湖西洋绘画研究社，知音国剧社，齐鲁文化学会……他进去在院中绕了一圈，没人招呼他一声。一共有十来间屋子，包着一个小院，屋子都很破，院子里很潮很脏，除了墙角儿长着一棵红鸡冠花，别无任何鲜明的色彩。又绕了一圈，他找到了"学会"，是在一进门的三间南房。一个单间作为传达室，两间打通的是会所；都有木牌，可是白粉写的字早已被雨水冲去多一半了。他敲了敲传达室的门，里面先打了声哈欠，而后很低很硬的问："干煞？"

文博士不由的挂了气："出来！"

屋里的人又打了个哈欠，一种深长忧愁的哈欠。很慢的，门开了，一个瘦长的大汉，敞着怀，低着头，走出来。出了门，一抬头，一个瘦长的脸，微张着点嘴，向文博士不住的眨巴眼。

"会里有人没有？"

"嗯？"大个子似乎没听懂。

文博士虽然是四川人，可是很自傲自己的官话讲得漂亮；一个北方人要是听不懂他的话，他以为是故意的羞辱他。他重了一句："会里有人没有？"

"俺说不上！"大个子仿佛还是没听懂而假充懂了的样子，语音里也带出不愿意再伺候的意思。

"你是干吗的？"

"俺也知不道！"

"这不是齐鲁文化学会，焦委员——"

"啊，焦老爷？"大个子忽然似乎全明白了。急忙进去，找着会所的钥匙，去开门；嘴里露出很长的牙，笑着，念道着"焦老爷"，顺手把纽扣扣上。

屋里顺墙放着一面铺板；中间放着一张方桌，桌上铺着块白布，花纹是茶碗印儿和墨点子；上面摆着一个五寸见方的铜墨盒，一个铜笔架，四个茶碗，一把小罐子似的白瓷茶壶。桌旁有两把椅子。铺板的对面有个小书架，放着些信封信纸，印色盒，与一摞儿黄旧的报纸。东西只有这些，可是潮气十分充足。大个子进去就把茶壶提了起来："倒壶水喝，焦老爷？"

"我不是焦委员，我是焦委员派了来的！"文博士堵着鼻子说。

"喂，那咱就说不上了！"大个子把茶壶又放下了，很失望来的不是焦老爷。

文博士看出来，这个大汉除了焦老爷，是一概不晓得。他得另想方法，至少得找到个懂点事儿的："除去你，还有别人没有？"他一字一字的说，怕是大汉又听不懂。

"俺自己呀，还吃不饱；鱼子他妈在乡下哪！粮贵，不敢都上来！"大个子的话来得方便一些了，而且带着一些感情在里边。

"我问你，'会'里还有别人没有？"文博士的鼻子上见了点汗。

"那，说不上呢！"

"你是干吗的，到底？"

"俺？"大个子想了会儿："不能说！"

文博士也想了会儿，掏出块钱来："拿去。告诉你，焦委员派我来的，我就住在这儿，都属我管，明白？"

大个子嘻嘻了几声，把钱拿起去，说了实话：会里的事归一个姓唐的管；唐老爷名叫什么？知不道。原先的当差的姓崔，崔三，是大个子的乡亲。崔三每月拿八块钱工钱。前四个月吧，崔三又在别处找到了事，教大个子来顶替着，他们是乡亲呀。大个子每月到唐老爷那里去领八块钱工钱，两块钱杂费，一共十块。崔三要五块，大个子拿四块，还有一块为点灯买水什么的用。崔三说，五块并不能都落在他手里，因为到三节总得给唐老爷送点像样的礼物去，好堵住他的嘴。崔三嘱咐过大个子，这些事就是别教焦老爷知道了。"俺姓楚哇，四块钱，还得给家捎点去，够吃的！"大个子结束了他的报告，叹了口气。别的事，他都不知道；唐老爷也许知道？说不上。

三

"倒壶水喝？"老楚没的可说了，又想起这句惟一的客气话。看文博士没言语，他提起大磁壶走出去。

文博士坐在桌旁，对着那个大而无当的铜墨盒发愣。一股悲酸从心中走到眼上，但是不好意思落泪。猛然立起来，把门窗全打开，他吐了口气。看看自己，看看屋中，再看看院里，他低声的冷笑起来。顺着壁纸上一块墨痕，他想起海中的一个小荒岛，没有树木，没有鸟兽，只是那么一堆顽石孤立在大海中。他自己现在便是个荒岛。四五个月前从美国开船，自己是何等的心胸与希望，现在……学位，学问，青年，志愿，哼，原来这个社会就这样冷酷，正像那无情的海洋，终究是把那小岛打没了痕迹！

但是，怨恨有什么用呢！他拍了拍胸口，干！既然抓住了焦委员，就要作下去，焉知这不是焦委员故意试探他呢？伟人是由奋斗中熬出来的！一个博士本来应当享现成的荣华富贵，可是谁教自己这个博士是来到这么个社会中呢，鲜花插在粪堆上；好吧，干干看吧，尽人事听天命，没有道理可讲，没有！

掏出袖珍日记来，用钢笔开了几项，一，电焦委员；二，访唐先生；三，筹款。写完了，他啼笑皆非的点了点头。是的，焦委员派上这儿来，咱就来了；不但来了，还给他个电报："托庇安抵济，寓文化学会，工作情形，随时奉闻，文志强叩。"漂亮！

访唐先生这项，大概不会有什么用，不过，碰碰看，多少也许探听出点消息来，至少唐先生对济南的情形一定熟悉。不希望在这项中找到什么，不过是一种带手的事，得点什么有用的知识更好，白跑一趟也算不了什么；虽然博士而可以白跑腿是件说不通的事，又有什么法儿呢，在这个社会里！

第三项最难堪。手里没有多少钱了。打电向家里要，即使不算丢人，可是缓不济急。自己的工作是顶着焦委员的名去和阔人们交往，大概不能坐人力车去吧？总得租部汽车；济南的汽车当然没有上海那么方便公道。即使汽车没有必要，请客总是免不掉的。要专是吃顿饭还好办，既是富豪们，说不定还要闹酒，叫条子，这可就没有限制了！低级，瞎闹，这些事；可是社会是这样的社会，谁能去单人匹马的改造呢？先不问这合理不合理吧，既来之则安之，干什么说什么。钱在哪儿呢？去借，没有地方；即使打听到此地有熟人，也不能一见面就开口借钱，不能；被人家传说出去，文博士到处求爷爷告奶奶，那才好听！

想到这里，他真要转回北平或上海去，教几点钟书，作个洋行的办事员，都好吧，总比这个罪好受！这完全是扎空枪，扎不着什么，大概连枪也得丢了！可是，不入虎穴，焉得虎子；置之死地而后生才是英雄啊！

没法子决定，他很想去占一课；或相相面，自己没法打主意了。可笑，一个美国博士去算卦相面；可是似乎只有这样才能决定一切。生命既不按着正轨走，有博士学位的并不能一帆风顺的有合适的工作与报酬，那么用占课相面来决定去取，也就无所不可了；盲目的社会才有迷信的博士，哼！

老楚打来一壶开水，并没擦擦或涮涮碗，给文博文满满的倒了一杯，两个极黑的手指捏着杯沿，放在博士的面前，水上浮着个很古老的茶叶棍儿。

"老楚，"文博士不敢再看那杯开水，从袋中掏出张行李票来："上车站取行李，会不会？"

"说不上！"

"好！"文博士猛的立起来。"打扫打扫这两间屋子会不会？说得上说不上？"

"没笤帚簸箕耶！"

"嘿！"文博士像忽然被什么毒虫叮了一口似的，蹿了出去。跑到门口，他又猛的一收步，像在体育馆里打篮球那种收步的样式："老楚！老楚！唐先生在哪儿住？"

老楚一点也没着急，无精打采的走出来："啥？啊，唐老爷，俺领你去。俺认识那个地方；地名，说不上！不是给钱的那个唐老爷？是呀，地名说不上呢！"

文博士一声没再出，一边走一边心中转着这句话：这就是你们中国人！这就是你们中国人！好像是初学戏的小孩那样翻来覆去的念叨一句戏词。出门不远，看见了些水，他不知道那是大明湖；水挡住去路，他就向南走去；好歹的撞吧，不愿和中国人们打听地方，中国人！再说，在美国纽约、芝加哥那么大的地方，都没走迷了过，何况这小小的济南，不打听。果然，不大会儿，被他找到了院西大街。街上没有高楼，没有先施公司那样的大铺户，没有鲜明惹人注意的广告牌与货物，没有秩序。车挤着车，人挤着人，只见各种的车轮，各种的鞋，在那窄小的街上乱动乱挤，像些不规则的军队拔营似的，连声响都没有一定的律动。那些老式的铺户，在大路两旁呆呆的立着，好似专为接受街上的灰尘，别无作用。这种杂乱而又吊死的气象，使人烦躁，失望，迷乱，文博士没心去看什么，只像逃难似的在车马行人的间隙里挤，小车子木轮吱吱的响声，教他头疼。只看了西门一眼，他觉得恶心。

来到西门大街的桥上，看着那道清浅急流的河，他心中稍微安静了一些。河不算窄，清凉的水活泼泼的往北流，把那些极厚极绿的水藻冲得像一束束的绿带，油汪汪的，尖端随着水流翻上翻下，有时激起些小的白水花。四面八方全是那么拥挤污浊，中间流着这道清水，桥上的空气使人忽然觉得凉了许多，心中忽然镇静一下，像嘈杂胡乱的梦中，忽然看见一道光亮，文博士舍不得再走了。在桥边立了会儿，他感到一种渺茫的悲哀，一种冷静的不平。他以为这条水似乎不应在这个环境中流荡，正如同自己不应当在这个破桥上立着。立了一会儿，因为猜想河水的来源，他想起趵突泉来。是的，这或者就是由趵突泉流出来的；也想起，刚才由会里出来的时候所看见的那片水或者就是大明湖。这两个名胜，他都听人提到过。刚才没顾得看湖，现在先看看这个名泉吧。

三绕两绕，他绕到了趵突泉，中国称得起地大物博，泉水太好了！他立在泉池上这样赞美。三个大泉，有海碗那么粗细，一停也不停的向上翻冒，激动得半池的清水都荡漾波动，水藻随着上下起伏，散碎的荡成一池绿影。池边还有多少多少小泉，静静的喷吐一串串的小珠，雪白，直挺，一直挺到水面；有的走到半路，倾斜下去，可也滚到水面，像斜放着一条水银柱；有的走到半路，徘徊了一下，等着旁边另一串较小的水珠，一同上来，一大一细，一先一后，都把水珠送至水面，散成无数小泡，寂寂的，委婉的，消散。耳听着大泉的喷吐震荡，目看着小泉的递送起灭，文博士暂时忘了一切，仿佛不知自己是在哪里了。忽然闻到一股大葱味，一回头，好几个乡下大汉立在他身后，张着嘴，也在这儿看泉水。文博士刚忘了一切，马上又想起天大的烦恼。中国人，都是你们中国人！中国够多么富，多么好；看这个泉，在美国也没有看见过；再看这些人，多么蠢，多么臭；中国都坏在中国人手里！他舍不得这片水，但是不能再与这群人立在一块儿看。他恨不能用根棍子把他们都打开，他可以自在的欣赏一会儿。

离开池畔，他简直不愿再看任何东西。那些贱劣的东洋玩具，磁器，布匹，围具；那些小脚，汗湿透了蓝布褂子的臭女人们，那些张着嘴放葱味的黄牙男子们，那些鸡鸡嘹嘹的左嗓子歌女们，那些红着脸乱喊的小贩们！他想一步迈出去，永远不再来，这不是名胜，这是丢人！

走过吕祖殿，大树下一个卦桌，坐着位很干净秀气的道士，道袍虽旧，青缎道冠可是很新，在树阴下还微微的发着点光。文博士并不想注意这个道士，可是在这些脏臭的人们中挤了这半天，忽然看见这么个干净的人，这么好看的一顶帽子，好像是个极新鲜，极难遇到的事，他不由的多看了道士一眼。道士微微的对他一笑。文博士想起来算卦。但是不好意思过去，准知道他要是一立在卦桌前，马上必定被那些大葱国民给围上。他又真想占一卦，这个道士可爱，迷信不迷信吧，大概占课有相当的灵验。他低下头，决定还是不迷信，打算从卦桌前没事似的走过去。看见卦桌上垂着的蓝布桌裙，他的心跳得快了一些，由迷信与不迷信的争战，转而感到这个臭社会不给人半点自由，想占一课——直当是闹着玩——也得被人们围得风雨不透。正这么想，他听到："这位先生——"语声很清亮好听，可是他不敢抬头，这必是道士招呼他呢。"婚姻动，谋事有成。应验了请再来谈！"他听明白了这些，觉得有点对不起道士，可是脚底下加了速度。

走出趵突泉，他心中痛快了一些，几乎觉得中国人也并不完全讨厌，那个道士便很可爱。道士的话就更可爱。即使是江湖上的生意口吧，反正他既吃这一行，当然有些经验，总有几分可靠。中国的老事儿有许多是合乎科学原理的，不过是没有整本大套的以科学始，以科学终而已。再说呢，他所需要的也不过是这两句话——婚姻动，谋事有成——居然没花卦礼而白白的得到，行，这个道士！这两句话是种鼓励，刺激，即使不灵验也没大关系，文博士需要些鼓励；况且道士的话还有灵验的可能呢！

他发了两个电报：向焦委员报告，和向家里要钱。

到车站取了行李，拉回会所，差不多已是六点钟了。吃饭，又成问题。老楚不会作饭，他每天只在街上买点锅饼，大葱，与咸菜，并不起灶。文博士把行李放在铺板上，没心程去打开，也打不起精神再出去吃饭，呆呆的坐在椅子上。

"老爷，"老楚在门外叫，"买个洋灯吧？"

博士没回答。

四

正是初秋的天气，济南特别的晴美，干爽；半天的晚霞，照红了千佛山。文博士在屋中生着闷气；一阵阵的微风将窗纸上的小孔当作了笛，院中还有些虫声，他不能再坐下去。出来，看着天上的晴霞，听着墙角的虫声，脸上觉到那微凉的晚风，心中舒服了一些；下午出去的时候，还觉得有点热；现在，洋服正合适。是的，中国都好，自己也没错儿，就是那群中国人没希望，老楚是他们的代表！这么好的天气，这么大的博士，就会凑在这个破院子里，有什么法子呢？再看屋里，没有洋式的玻璃窗，没有地板，没有电灯，没有钢丝的床，怎能度过一夜呢，还不用说要长久住在这里！

想来想去，想不出办法，只好教老楚去买煤油灯，还得买点石灰面撒在墙根去了潮湿。自己呢，还是得出去吃饭，没有别的方法。嘱咐好了老楚，他又顺着下午所走的路去找饭馆。路上看见好几个饭馆，不是太大，便是太小；那些小的，根本不能进去，大的，可以进去，可是钱又不允许。最后，他找到一家小番菜馆，门口竖着个木牌，晚餐才八角大洋。他觉得这个还合适。馆子里一个饭客也没有，一个穿着灰白大衫的摆台的见他进来仿佛吓了一跳。桌上的台布与摆台人的衫子同色，铺中一股潮气，绝无人声。文博士的眉又拧在了一起，准知道要坏；在中国似乎应当根本不必希望什么。没看菜单，他只说了声：一份八角的。

刀叉等摆上来：盘子毛边，刀子没刃，叉子拧股着。面包的片儿不小，可是颜色发灰，象刚要冻上的豆腐；一摊儿极小的黄油，要化又不好意思化，在碟心上趴着。文博士的心揪成个小疙疸。等了半天，牛尾汤上来了。真有牛尾，不过有点像风干过的，焦边，锈里儿，汤上起着一层白沫。文博士尝了一口，咸得杀口，没有别的好处。勉强又呷了一口，他等着下面的菜。猪排是头一个菜，文博士用刀切了半天，他越上劲，猪排也越抵抗，刀子是决不卖力气。切巴了一阵，文博士承认了失败，只捡起两个小干核桃似的地蛋吃了。

下面的菜都和猪排一样的富有抵抗力，文博士的悲观是由肚子起一直达到心中；这就是中国人作的西餐！末了，上来一杯咖啡，颜色颇够得上红茶，味道可还赶不上白开水。文博士一言没发，付了钱，走出去。

街上的灯光不少，风更凉了一些，车马行人还和白天一样的乱挤。他肚中寡寡劳劳，在灯光下，晚风中，几乎忘了自己是谁，只觉得生命是一团委屈与冤枉。走回大明湖去，他在湖边上立了一会儿。秋星很明，湖上可很黑，游艇静静的挤在一处，蒲苇与残荷随风放出些清香。他深深的吸了口气，扶着棵老柳往远处看，看不见什么，只有树影星光含着一片悲意。

回到学会，他几乎以为是走错了地方：各屋中，连院中，都是人。锣鼓响着，剧社正在排演；说笑争吵，画社正在研究讨论；还有许多人，不知是干什么的，可是都有说有笑；满院是人声，到处是烟气；屋子都开着门窗，灯光射到院里，天上很黑，仿佛是夜间海上一个破旧而很亮的船，船上载着些醉鬼。只有文博士的屋里没有灯光，好像要藏躲似的。他叫老楚开门，老楚不知哪儿去了。等了半天，老楚由外面走进来，右手提着两把水壶，左手提着大小五六个报纸包儿。把水壶与纸包分送到各屋里去，他很抱歉似的忙着来开门。老楚先进去把灯点上，文博士极不愿进去，而不得不进去。屋里新洒上的石灰面和潮气裹在一处，闻着很像清洁运动期间内的公众厕所。

"倒壶水喝？"老楚格外的和气，长瘦脸上还挂了些笑容。见文博士没理他，他搭讪着说："见了唐老爷，别说呀！俺给这行子人买东西，"他指了指院中，"他们说，到节下赏赏，上回五月节，他们都忘记了咱，俺也没说什么。去买东西，俺挡不住赚一个半个的；不够吃的！给老爷买东西，赚一个板就是屁？他们，"他又指了指外边，"都是有钱的，那唱唱儿的，那画画儿的，五毛一筒的烟，一晚上就是四五筒！俺赚他们一个半个的，不多，一个半个的；鱼子他妈还捎信来要棉裤呢！"

文博士没工夫听老楚的话，更没心同情他。指了指行李，他叫老楚帮助打开。只有一条褥，一床毛毯，他摸了摸，隔着褥子还感觉到铺板的硬棒。衣箱暂放在桌子上，把书架清楚了一下，预备放洋服裤子，和刮脸的刀与刷子什么的。屋中的味道，院中的吵闹，铺板的硬棒，心中的委屈，都凑在一处，产生了失眠。他奔跑了半日，已觉得很累，可是只一劲的打哈欠，眼睛闭不牢。他不愿再想什么，只求硬挺一夜，明天或者便有较好的办法与希望，可是他睡不着。一直到十二点钟，院中的人才慢慢散去，耳边清静了一些，床板的硬棒便更显明，他觉得像一条被弃的尸首，还有口气儿，可是一点能力没有，只能对着黑暗自怜自叹。邻院的钟敲了两点，他还清清楚楚的听到，沉重，缓慢，很严重的一下两下杀死一段时间，引起多少烦恼！他把毯子蒙严了头，没有听到打三点。

第二天一清早，街上卖馓子麻花的把他喊醒。猛一睁眼，屋中的破烂不堪好像一闪似的都挤入他的眼中，紧跟着他觉到脊背与脖子已联成一气，像块从来不会屈转活动的木板，他又忍了半天，不能再睡，街上不知道为什么这么多卖馓子麻花的，也不知道为什么都一个腔调急里蹦跳的喊，这群中国人！没法子，他只好起来吧。起来又怎样呢？这一天，似乎比昨天还坏，还渺茫，没有一件事是确定的，有希望的。往最小的事上说，他没法得到一杯热的咖啡或红茶，一两片焦黄的吐司。他硬把自己曳了起来，仿佛曳起一大块没什么用的木头。

找出由美国带回来的皮拖鞋与红地黑花的浴衫，他到院中活动活动，满院的梨核苹果皮，已招来不少勤苦的蚂蚁，他找了块较比干净的地方，行了几下深呼吸，脖子渐渐的活软过来。他很想洗个热澡。还记得昨天路过一个澡堂。不想去，洗不惯公众浴池。再一想呢，大概还是非去不可，这个地方决不会忽然有了沐浴的设备。他又冷笑开了，看吧，自己总会不久就得变成个纯粹中国人，不然便没法儿活下去。适应环境，博士得变成老楚，才有办法，哈哈！他笑出了声，很响，几乎使自己有点害了怕。

老楚不知为什么忽然能这样惊醒，居然听见了这个笑声，一翻身爬起来，登上衣裤，走出来，预备好操作一切："倒壶水喝？"

文博士笑得更加了劲。他觉得老楚很像个鸡，或狗，一爬起来便能作事，用不着梳洗沐浴，也根本没一点迟累；是的，打算在中国活着得不要一点文化，完全返归自然。老楚跟野人差不多！他得跟老楚学，什么学位，卫生，一切不相干，这是中国，这么一想，他由轻视中国转而觉得自己太好挑剔了，太文明了，中国用不着他这么文明的人："好吧，老楚，打两壶水去，两壶！"

不洗澡了，权且用两壶水对付着擦擦身上，刮刮脸。脸还是要刮的，到野蛮之路也得慢慢的走呀，哈哈！

耗到九点多钟，文博士想教老楚领路，去访唐先生。刚要喊老楚，老楚进来了，举着张名片："唐老爷！"他的脸上白了一些："别向他讲呀，俺给他们买东西！"

文博士看了看那张名片，除了唐孝诚三个较大的字外，还有许许多多小字，一时几乎不能看清。他正了正领带，迎出来。唐先生似乎早已拱好了手等着呢，一见文博士出来便连连上下左右摆动，显出十二分虚假而亲热。他有五十多岁，矮矮的身量，长长的脸，眉眼似乎永远包陷在笑纹之中；光嘴巴，露着很长的门牙，也在发笑。虽是初秋，他的身上可已经很圆满，夹袍马褂成套，下面穿着很肥阔的夹套裤，裤脚系着很宽的绸带。衣服都是很好的丝织品，可是花样很老，裁法很旧，全像是为从箱中拿出来晒一晒，而暂时以唐先生作衣裳架子。

唐先生一定不肯先进屋门，再三再四的伸手，拱手，弯腰，点头，而且声明他是地主，文博士是客。他已经觉得十分对不起，没能早些过来请安，仿佛文博士的行动他都知道似的。让了半天。唐先生得到胜利，斜着身随文博士进来。刚到桌旁，唐先生从桌上拿起自己的名片，重新双手递过去。文博士连忙把自己的名片找出来，递过去。唐先生接过去，举到鼻子附近，预备看官衔的小字；一目了然，只有美国哲学博士一项，他的脸马上把笑纹都收回去，随便的把它放在桌上。文博士看了出来这个变化："唐先生，请坐！"

"不客气吧，""吧"字显着多余而不好听。

文博士的心里并没把唐先生放得很高，他看唐先生也不过是比老楚多着一套不合样的衣裳与不必需的礼貌而已。讲到对付上，或者唐先生还是容易拿住的那一个，因为唐先生到底有一套玩意，老楚根本是个光眼子，像刚出水的鱼，什么也没有，只是光出溜的一条。他决定把唐先生拿下马来。唐先生有一套落伍的衣裳礼貌与思想，文博士有一套新从美国运回的衣裳礼貌与思想，这是个战争，看谁能战胜。文博士决不退让。他要出奇制胜，用西洋人的直率勇敢袭击唐先生的礼多人不怪。他猛然的把自己的名片抓起来，随着一声不很好听的笑："我全凭着这个博士！美国总统的荣誉还赶不上个博士。博士就是状元，我想你应当知道这个。有博士在我的片子上，我就有了一切的资格，唐先生！"

287

唐先生脸上的笑纹又都回来了，他觉得自己的确有点太猛撞；他决不佩服西洋博士的学问，可是他深知颜惠庆总长与顾维钧公使就都是博士，这点不假。凭自己的老练与圆滑，今天会闹个没脸，他心中有点难过；可是他并不慌乱，知道自己一定会把僵局打开，特别是吃了"博士"的钉子，转过弯来决不算丢人。他又拱了拱手：

"文博士，你不能住在这里，这要教焦委员知道了，我吃不住。舍下还相当的宽绰，那个，那个，老楚！"意思是命令他马上搬走文博士的东西。

文博士的脸上照旧很严重，可是心里乐了一下。看，这家伙的弯子转得多么快，多么利落；这样的中国人虽然没有任何价值，可还倒有趣好玩。

"不，我这里很好，"文博士拦住了唐先生，"刚由美国回来，我愿意多吸收一些中国社会情形，多接近民间；也可以说关心民瘼吧！"

"那么，请签个字，回来兄弟派人送点——"唐先生想供给状元是上算的事，况且钱又不是他的。

"不，我已经打电到家中要一点——舍下也还倒过得去！"文博士一点也不示弱。

"赏个面子，文博士！暂收二百吧！"唐先生紧紧的拱手："学会里每月有各处的补助，凑在一处也有三百来的块。月间，由兄弟凑齐汇交焦委员，焦委员可是盼咐过，由他那儿来的先生们可以支用。我这回不等请示，硬作了主意，老兄，博士赏脸。我们都是前缘，博士千山万水的回来，会在济南遇到一处，前缘！"

"那么，我就——"文博士掏出名片，写上暂借二百元。

五.

拿到二百块钱，文博士痛快了些。回国来几个月了，这是第一次胜利。他一点也不感谢唐先生，唐先生不过是他手下的败将；说不定再玩一两个小手段，也许就把焦委员所托给唐先生的事全都拿过来：新状元总得战败老秀才，不管唐先生中过秀才没有。

心中痛快了一些，事事就都有了办法——英雄的所以能从容不迫，都因为处处顺心。文博士到上海银行开了户活账，先存入一百五，要了本英文的支票，取钱凭签字——在印鉴簿子上签了个很美而花哨的字，看起来颇像个洋人的名字。

把支票本放在袋中，身上忽然觉得轻松了些，脚步自然的往高了抬。在街上转了会儿，他觉得不能再回文化学会去，永远不能再回去，那不是人住的地方。

他找到了青年会。好吧，就是青年会吧。宿舍里的一间屋子每月才二十多块钱，连住带吃都有了。再说，还能洗澡，理发，有报纸看，虽然寒伧一点，到底比学会里强过许多倍了。他不喜欢宗教，可是青年会宿舍是个买卖，管它什么宗教不宗教呢！

交了一月的租金与饭费，马上把行李搬了来，连正眼看老楚一眼也没顾得；希望永远不再和老楚见面，就是他将来能把唐先生的事都接过来的话，头一件事是把老楚开了刀，对那样的中国人用不着什么客气。不要说国内现在只有这么几位博士，就是有朝一日，四万万人里有两万万位博士，而那两万万都是老楚，也是照样的没办法！老楚这样的人会把博士都活活的气死！

文博士把屋中安置好，由箱底上把由美国带回来的紫地白字的"级旗"找出来，钉在墙上；旗子斜钉着，下面又配上两张在美国照的相片端详了一番，心中觉得稍微宽舒了点。吃了顿西餐，洗了洗澡，睡了个大觉，睡得很舒服，连个梦都没作。

睡醒了，穿好了洋服，心中有点怪不得劲。袋中有几十块钱，仿佛不开销一点就对不起谁似的。想了想，他应当回拜唐先生去。由这件事往开销点钱上想，想到至少得去买条新领带；作衣裳还得暂缓一缓。很快活的立起来；把该洗的汗衫交给仆人；脚上拿着劲，浑厚稳重的下了楼。一出门，洋车夫们捏喇叭的捏喇叭，按铃的按铃，都喊着"拉去擘！"说得轻佻下贱。有的把车拉过来，拦住他；有的上来揪了他一把，黑泥条似的手抓在洋服上。这群中国人！文博士用他骨骼大且硬的手，冷不防的推了一把，几乎把那个车夫推了个趔趄。车夫哽了一声。其余的都笑起来，一种蠢陋愚顽的笑。笑完了，几乎大家是一齐的说："拉去擘！"这是故意的嘲弄。博士瞪了他们一眼，大家回到原处，零落不齐的叫："两毛钱擘！看着办擘！……"他的脑中忽然像空了一小块，什么也想不出，只干辣辣的想去抓过几个来，杀了！太讨厌了！正在这个当儿，门内又出来两位，打扮得很平常，嘴里都叼着根牙签，刚在食堂用过饭。有一两个车夫要往前去迎，别的车夫拦住了他们："有汽车！有汽车！"果然，外边汽车响了喇叭。文博士几乎是和他俩并着肩儿出来的，人家慢条斯礼的上了汽车，往车背上一斜，嘴中还叼着牙签。文博士在汽车卷起来的土中点了点头，大丈夫应当坐汽车；在中国而不坐汽车，连拉车的都会欺侮人！中国人地道的欺软怕硬，拿汽车愣轧他们，没错！博士的手不由的动了一动，似乎是扭转机轮，向前硬轧的表示。

算了吧，不去买领带了。终日在地上走着，没有汽车，带上条新领带又算哪一出呢？刚才那俩坐汽车的并不怎么打扮，到底……领带……哼！

唐先生住在南关的一个小巷里。胡同很小，可是很复杂。大门也有，小门也有；有卖水的小棚，有卖杂货的小铺；具体而微的一条小街，带出济南小巷的特色。唐宅的门很大，可是不威武，因为济南没有北平住宅那样的体面的门楼。文博士叫了半天，门内出来位青年人，个子很大，混身很懈松；脸上有肉，也不瓷实；戴着眼镜，皱着眉；神气像是对某件事很严重的思索着，而对其他的一切都很马虎。接过文博士的名片，看了看："啊，啊。"啊完了，抬头看着天，似乎又想起那某件事，而把眼前的客人忘记了。听到文博士问："唐先生在家？"他忽然笑了，笑得很亲热："在家。"说完，又没有了动作。仿佛是初入秋的天，他脸上的阴晴不定，一会儿一变。

文博士正在想不出办法，唐先生由影壁后转过来，一露面就拱起手来："不敢当，不敢当！请！请！这是，"他指着那个青年，"二小儿建华。"建华眼看着天，点了点头。

院里的房子都很高大，可是不起眼。门窗都是一鼻两眼式的，屋中的光线也不充足。客厅里的陈设很复杂，各式的桌椅，各式的摆设，混杂在一处，硬青硬红的不调和。由这些东西可以看出唐府三四辈的变迁：那油红油红的一两件竹器代表着南方的文化，那些新旧的木器表示着北方的精神；唐府本是由南边迁来的，到现在已有六七十年了。由这点东西还可以看出唐宅人们的文化程度，新旧的东西都混合在一处，老的不肯丢掉，新的也渐次被容纳。这点调和的精神仿佛显出一点民族的弱点：

既不能顽强的自尊，抓住一些老的东西不放手，又不肯彻底的取纳新的，把老旧的玩艺儿一扫光除尽。

墙上的字画与书架上的图书也有个特点：都不是名人的杰作，可也不是顶拙劣的作品。那些作画写字的人都是些小小的名家，宦级在知府知县那溜儿，经唐家的人一给说明便也颇有些名声事业，但都不见经传。对联与中堂等项之中，夹杂着一两张相片，还有一小张油画；相照得不佳，画也不见强，表示出应有尽有的苦心，而顺手儿带出一点浮浅的好讲究。

扫了一眼屋中的东西，文博士觉得呼吸有点不灵利，像海边上似的，空气特别的沈重。新的旧的摆设，桌椅，艺术作品，对他都没有任何作用，他完全不懂。他只在美国学来一个评判方法：适用的便好。他的理想客厅是明亮简单，坐的是宽大柔软的沙发，踩的是华丽厚实的地毯，响的是留声机，看的是电影名星照片。他不认识唐家的这些东西，也不想去批评，只觉得出不来气。椅子是非常的硬棒，也许是很好的木料，但是肯定的不舒服。倒上茶来，闻着很香，但是绝没有牛奶红茶那样的浓厚沈重。文博士知道自己在这里决不会讨好，因为一切都和美国的标准正相反：他要是顺着唐家人的口气往下说，一定说不过他们；他要是以美国标准为根据，就得开罪于他们。直着腿坐了会儿，他想好了，与其顺着他们说，不如逆水行舟；这样至少能显出自己心中不空，使他们闻所未闻。

唐先生只闲谈天气与济南，不肯往深里说任何事情；新事旧事他都知道不少，但是他不肯发表意见，怕是得罪了人。建华刚在大学毕业，还没找到事做，可是觉得自己很了得。他的学识和墙上那些图画一样，虽然不高明，可是愿意悬挂出来。听着父亲与文博士谈了几句，他想起个问题：

"先生看张墨林怎样？"他脸上非常的严重，以为张墨林的问题必是人人关心的问题，因为他自己正在研究他。

文博士的眉皱上，也非常的严重，根本不知道张墨林是个诗人，画家，还是银行经理。他决定不肯被人问倒，而反攻了一句："哪个张墨林？"

唐先生赶紧接了过去："山东黄县的一位词家，学问倒还好，二小儿正在作他的年谱，将来还求指教。"

"那很好！"文博士表示出一定能指教唐建华。

"他的著作很难找，有两三部我还没见过！"唐建华看着顶棚，心中似乎非常难过，因为这两三部书还没能找到。"先生看他的作品，专以词说，怎么样？"

"书是要慢慢找的！"文博士已被挤到墙角，而想闪过去。"当初我在美国想找一部历史，由芝加哥找到纽约，由纽约又找到华盛顿，才找到了半部，很难！"

"啊！"建华摘下眼镜，用手绢擦着，一点不肯注意文博士的话。就是博士再谈到张墨林，他也没心去听。对张墨林的研究，正如对别件事一样，他的热心原本是很小的一会儿；不过在这一小会儿里，他把这件事放在眉头上思索着。

唐先生怕文博士看出建华的不客气，赶紧问了几项美国的事。文博士有枝添叶的发挥了一阵，就是他所不晓得的事也说得源源本本，反正唐家的人没到过美国，他说什么是什么。

文博士说完一阵，刚想告辞，建华的弟弟树华下了学。他是在中学读书，个子不小，也戴着眼镜，长得跟他哥哥差不多，只是脸上的肉瓷实一些。他也很喜爱文学，可是接近新文学。经他父亲介绍过后，他坐下，两只大手在膝上来回的擦。擦着擦着，他想起来一件事：

"先生看时铃儿怎样？"他习惯的把新文艺作家的名字末尾都加上个"儿"，仿佛是非常亲密似的。

"哪个时铃儿？"文博士很想立起来就走，这样的发问简直没法子应付。

"小孩子爱读小说，"唐先生又来解围，"文博士出洋多年，哪能注意到这些后起的小文人们。"

"也别说，"文博士直着脖子说，"我对新文学也有相当的研究；不过，没有什么好的作品，没有！"

树华的手在膝上擦得更快了，脸上也有些发红；刚要开口反驳，被老先生瞪了一眼，不痛快的没说出来。

文博士觉得已经唬回两个去，到了该告辞的时候了，虽然有许多事还想问唐先生。正想往起立，又进来一位，唐先生赶紧给介绍："小女振华，文博士。"振华比建华小，比树华大，个子不像她兄弟那样高，可也戴着眼镜。相貌平常，态度很安详，一双脚非常的好看。

这样的增兵，文博士有点心慌，可是来者既是女子，他不能不客气一些。唐先生这回先给了女儿个暗示："文博士由美国回来，学问顶好。"

"老三不是想学英文吗？"她很严重的看看树华。

树华有志于文学，很想于课外多学些英文，以便翻译莎士比亚。但是，文博士的轻看新文学使他仿佛宁可牺牲了莎士比亚，也不便于和文博士讨教。

文博士一点也不想白教英文，不过既是一位女士的要求，按着美国的办法，是不能不告奋勇的："那很好！"

"要是文博士肯不弃，"唐先生看出点便宜来，他并不重视英文，不过有美国留学生肯白教他的子女，机会倒是不便错过，"你们三个都学学吧！那个，文博士，在这里便饭，改日再正式的拜老师！"

文博士觉得是掉在圈儿里。

六

唐家的饭很可吃，文博士的食量也颇惊人。唐家全家已经都变成北方人，所以菜饭作得很丰满实在；同时，为是不忘了故乡，有几样菜又保持着南边的风味。唐先生不大能吃酒，可是家中老存着一两坛好的"绍兴"。

菜既多而适口，文博士吃上了劲。心中有点感激唐先生，所以每逢唐先生让酒就不好意不喝些，一来二去可就喝了不少。酒入了肚，他的博士劲儿渐次减少，慢慢儿的吐了些真话；他的脉算是都被唐先生诊了去。

唐先生摸清楚了博士的肚子只是食量大，而并没什么别的玩艺，反倒更对他亲密了些。唐先生以为自己的一辈子是怀才不遇，所以每逢看到没有印着官衔的名片便不愿意接过来。可是及至他看明白了没有官衔的那个人，虽然还没弄到官职，但是有个好的资格，他便起了同情心，既都是怀才不遇，总当同病相怜。况且与这路资格好而时运不见佳的人交朋友，是件吃不了什么亏的事；只要朋友一旦转了运，唐先生多少也得有点好处。

唐先生自己没有什么资格，所以虽然手笔不错，办事也能干，可是始终没能跳腾起去。有才而无资格，在他看，就如同有翅膀而被捆绑着，空着急而飞不起来。他混了这么些年了，交往很广，应酬也周到，可是他到底不曾独当一面的做点大事。是的，他老没有闲着过，但是他只有事而无职。他的名片上的确印得满满的，连他自己可也晓得那些字凑到一块儿还没有一个科长或县知事沈重。他不能不印上那一些，不印上就更显着生命像张空白支票了。印上了，他又觉得难过。所以他非常喜欢一张有官有职，实实在在的名片。

为补正这个缺陷，他对子女的教育都很注意。以他的财力说，他满可以送一个儿子到外国去读书。但是他不肯这样破釜沉舟的干。一来他不肯把教育儿女们的钱都花在一个人的身上，二来他怕本钱花得太大，而万一赚不回来呢。所以他教三个儿子都去入大学，次第的起来，资格既不很低，而又能相继的去挣钱，他觉得这个方法既公平又稳当。现在，他的大儿子已去作事，事体也还说得下去。二儿子也在大学毕了业，不久当然也能入俩钱。三儿子还在中学，将来也有入大学的希望。女儿呢，在师范毕业，现在作着小学教员。看着他的子女，他心中虽不十二分满意，可是觉得比上不足比下有余，总算说得过去，多少他们都能有个资格，将来的前程至少也得比他自己的强得多。他这辈子，他常常这么想，是专为别人来忙，空有聪明才干，而唱不了正工戏。这一半是牢骚，一半也是自慰，自己虽然没能一帆风顺的阔起来，到底儿子们都有学位，都能去正正经经的作点事，也总算不容易。

他与焦委员的关系，正如同他与别的要人的关系，只能帮忙，而上不了台。谁都晓得他是把手儿，谁有事都想交给他办，及至到了委派职务的时候，他老"算底"。谁要成立什么会，组织什么党，办什么选举，都是他筹备奔走一切。到办得有点眉目了，筹备主任或别项正式职员满落在别人身上。事还是他办，职位归别人。他的名片上总是筹备委员，或事务员；"主任"，"科长"，"课长"，甚至连"会计"都弄不到他手里，虽然他经手不少的钱财，他的最大的报酬，就是老不至于闲着，而且有时候也能多少的剩几个私钱而不至于出毛病。

当他一见文博士的面时候，"博士就是状元"这句话真打动了他的心。是的，假若他自己有个博士学位，哼，往小里说，司长，秘书长总可以早就当上了。就拿"文化学会"说吧，筹备，组织，借房子，都是他办的。等办成了，焦委员来了，整个的拿了过去，唐先生只落了个事务员。每月，他去到各处领补助费，领来之后留下五十元，而余的都汇交焦委员。创立这个学会的宗旨，本是在研究山东省的历史地理古物艺术，唐先生虽然没有多大的学问，对学问可是有相当的尊崇与热心。及至焦委员作了会长，一次会也没开过，会所也逐渐的被别人分占了去。唐先生说不出什么，他没法子去抗议。也好，他只在会里安了个仆人，照管着那几间破屋子，由每月的五十元开销里，他剩下四十块；焦委员也装作不知道。

像这样的事，他干过许许多多了。可也别说，就这么东剩五十，西剩六十，每月他也进个三百二百的。赶上动工程呢，他就多有些油水。

家里的房子是自己的。过日子又仔细，再加上旧日有点底子，他的气派与讲究满够得上个中等的官僚。每逢去访现任的官儿，而发现了他们家中的寒伧或土气，他就得着点儿安慰——自己虽然官运不通，论讲究与派头可决不含糊！

焦委员确是嘱咐过他，有到"文化学会"来的，或是与焦委员有关系的要人由济南路过，他可以斟酌着招待或送礼。唐先生把这两项都办得很不错。他的耳朵极灵，永不落空；谁要到济南来，谁要从济南路过，他都打听得清清楚楚。那些由焦宅出来的，他知道的更快。他顶愿意管焦委员给过路的要人送礼，一来他可以见识见识大人物，二来在办礼物的时候也可以施展些自己的才能。送什么礼物全凭送给谁而决定，这需要揣摩与眼光。有一次他把一筐肥城桃送给一位焦委员的朋友，后来据焦委员的秘书说，那位要人亲笔写给焦委员一封信，完全是为谢谢那一筐子桃。这种漂亮的工作，在精神上使唐先生快活，在物质上可以多少剩下点扣头，至少也顺手把他自己送焦委员的礼物赚了出来。

对于招待到文化学会来的人，唐先生说不上是乐意做，还是不乐意做。由焦委员那儿来的人，自然多少都有了资格来历，他本应当热心的去招待。可是，因为他们有资格，哪怕是个露着脚后跟的穷光蛋呢，也不久就能混起来，地位反比他自己强；这使他感到不平。况且，谁来了都一支就是一二百，而唐先生自己老是靠着那四十块不见明文的津贴——或者更适当的叫作"剩头"。但是继而一想呢，接济这些穷人到底比白白给焦委员汇去较为多着点意义，焦委员并不指着这点钱，而到穷人手里便非常的有用，于是他又愿意招待这些人；他恨焦委员，所以能少给他汇点去，多少可以解解恨。

所以，他一看见文博士那张无官衔的名片，他心中就老大的不乐意，又是个穷光蛋！及至博士来了硬的，一点不客气的说出，博士就是状元，他心中又软了，好吧，多给焦委员开销俩钱，顺水推舟的事，干吗不作个人情呢。

现在，文博士借着点酒气，说出心中的委屈，唐先生的脑中转开了圈圈。这个有博士学位的小伙子是吃完了抹抹嘴就走呢，还是有真心交朋友？假若博士而可靠的话，他细细的看了看女儿，客观的，冷静的看了看：现成的女儿，师范毕业，长得不算顶美，可是规规矩矩。假若文博士有意的话，那么以唐先生的交际与经验，加上文博士的资格，再加上亲戚的关系，这倒确是一出有头有尾，美满的好戏！自己的儿子只能在大学毕业，可是女婿是博士，把一切的缺点都可以弥补过来了！

不过，这可只是个就景生情的一点希望与理想。唐先生知道世界上任何一件事都不是直去直来，一说就成的。别的事都可以碰钉子，再说，可不能拿女儿试验着玩。慢慢的看吧，先把文博士看清楚了再说别的。不错，这件事并不单是唐家的好处，文博士可以得个一清二白的妻子，还可以得个头等的岳父兼义务的参谋。可是，谁知道人家博士怎么想呢，不能忙，这宗事是万不能忙的。

饭后，文博士开始打听焦委员给他的那张名单上的人。唐先生认识，都认识，那些人。可是，不便于一回都告诉他。唐先生的语气露出来：事情得慢慢的说，文博士须常常的来讨教；最好是先规定好每星期来教几次英文，常来常往，彼此好交换知识。文博士一点也不想教英文，可是不便于马上得罪了唐先生。他看得出来，假若他不承认这个互惠条件，唐先生也许先到各处给他安排下几句坏话，使他到处碰钉子。虎落平川被犬欺，博士也得敷衍人；他答应下每星期来教两次英文。唐先生答应了每次授课由他给预备饭。文博士开始觉出来中国人也有相当的厉害，并非人人都是老楚。可是，他也有点愿意他们厉害，因为设若人人都像老楚，那还有什么味儿呢！他预备着开战，先拿唐先生试试手。他心中说，无论老唐怎么厉害，反正自己是博士，看谁能把位博士怎样得了！

由唐家出来，他觉得心中充实了些，仿佛是已经抓到了点什么似的；无论怎说吧，拿到老唐就得算是事情有了头儿，不忙，慢慢的一步一步的走，能利用老唐就能在济南立住了脚，这不会错！

回到宿舍，青年会的干事过来拜访，请他作一次公开的演讲。他不愿意伺候青年会的干事，可是这总得算头一次有人表示出敬重博士的价值，似乎又不便严词拒绝。再说呢，开始在济南活动，而先把名声传出去，也不能算完全没有作用。他答应了给讲一次"留美杂感"，既省得费工夫预备，又容易听得懂。答应了之后，他不但不讨厌青年会干事了，反倒觉得痛快了些；那个干事开口博士长，闭口博士短，使他似乎更当信赖自己，更当拿起些架子，"博士"到底比什么也响亮受听。假如人人能像青年会干事这么敬重他，他岂不马上就能抖起来；他几乎有点要感激那个干事了。

为这个讲演，他想应当去裁一套新洋服。头一次露面，他得给人们一个顶好的印象，不但学问好，人也漂亮。谁晓得由这一个演讲会引出什么好机遇来呢？即使是白受累，什么也弄不到，那也没什么，新洋服是新洋服，总要裁一身的。刚才要买条新领带而打了退堂鼓，现在决定了去作新衣裳，到底青年会干事不是完全没用，会帮助自己决定了这件事。决定作一件事总是使人痛快的，他不再去思索，就这么办了。

到阅报室去看了会儿报，国事，社会新闻，都似乎与他没什么关系。随便的看完一段，他就想到洋服的颜色与式样上去；这身新洋服是新生命的开始，必须作得便宜，体面，合适。把自己先打扮好了再说，自己是一切。想了会儿，再去看一段报，他觉得那最悲惨的新闻，与最暗淡的消息，都怪有趣，仿佛是读着本小说那样可以漠不关心。

看完报，柜台前面已经放好"文博士主讲"的广告牌。他只看了一眼，大大方方的走出去，怪不好意思，可是挺快活。

七

洋服做好，文博士有点后悔，花了七十多块！原本没想花这么多钱，可是选择材料的时候，西服店的老板看了看博士身上的那件："呕！先生，这是外国裁的，还敢请你看次等的材料？！"他只好选了较好的料子——还不是顶好的。到底是站在洋面上的，洋服店的人就多知多懂一些，知道什么是好坏；多好的西服教老楚看见也是白饶。文博士非花七十多块不可。

及至把衣裳取了来，式样手工都很不坏，可是他到底觉得太贵了些。既然在衣裳的作法上找不出毛病来，他转而怀疑衣料是否地道。济南没有什么可靠的地方，没有！他看出来，这里只有两类人，老楚是一类的代表，唐先生是另一类的代表；西服店的人和唐先生是同类，狡猾，虚诈。一位博士而陷落在这两类人中，没办法！

穿上新洋服，他到唐家去教英文。已教过两次了，建华是眼看顶棚，大概还是想着张墨林的问题。树华的手搓着膝磕，也许是还恨着文博士的轻视新文学。只有振华很用心；就是不用心，至少她的态度是那么安详，不至使文博士太难堪了。他不想再白跑腿，可是又不肯轻易放弃了唐先生的那些可贵的知识。唐先生非常的客气，茶水饭食都给预备得很好，就是来到真事儿上不愿多说。至少他的打算是这样：即使拴不牢这位博士，反正也得先把他鼓捣熟了再说；先把文博士弄成唐家的顶熟识的朋友，再放松了点儿手，也总好办一些。对于子女热心学英文与否，他倒不十分关心，他就是愿意文博士常常的来，只要博士肯勤来便有办法。

这天——文博士穿上新洋服这天——建华照了一面，说有点头疼，请假。树华没回来，因为学校里开运动会。唐老先生也没露面，只有振华独自陪着文博士。文博士有点不好意思。设若这是在美国，他很有办法对待她；可是她是个中国女子。他知道中国女子都是唧唧嚕嚕的不大方，根本招惹不得。他必须谨慎一些，不能像在美国那样随便，一点也不是为振华设想，而是怕误了自己的大事——他不能随便的交女朋友而弄坏了名誉。多嗜他见着十万八万的钱，他才能点头答应婚姻大事。

谈了几句，他觉得振华也有点可爱，她的态度是那么安详，简直和美国女子完全不同。这点安详的态度似乎比西洋女子更多着一些引诱的能力；一个中国人由不的爱看一张山水或一条好字，中国人也由不的喜爱女性的安详。她的相貌很平常，可是那点安静劲儿给她一些尊严，尊严之中还有点妩媚，像一朵秋天的花，清秀，自然。说话的时候，她的脸爱偏着一点，不正面的对人笑，可是嘴角上老挂着点和蔼的笑意。十分安定的坐着，一双极可爱的脚自然的在长袍下面露着，像大叶子下一对挺美的银瓜似的。

文博士很愿意吃唐家的饭，但是他敷衍了几句，就告了辞："下回再学吧，密司唐，还有点事。"

她很大方的替她的弟兄道歉，并没十分留他。

他心中老大的不得劲。

第二天，他在青年会讲演，老早的就穿好了新洋服，而且买了条新领带。听讲的人有一坐下就要睡着的老头儿，有穿制服的，鼻子上老出着汗的小学生，有抱着孩子的老太太，人头很复杂，气味很难闻，秩序很乱，文博士皱上了眉。不能临时打退堂鼓，可是为这群人费力气真有点合不着。刚要开口，唐振华进来了，规规矩矩坐在最前排，脸上带着点似有若无的笑意。文博士不知为什么打起点来精神，照着所想到的一层层的说下去。听众们有很注意听的，也有毫不留心的，也有听了几句就走出去的。文博士不时的瞭唐振华一眼，她始终是安安静静的听着，他说到有意思的地方，她脸上的笑意便随着扩展，听众们有不守秩序的时候，她便随着他微微一皱眉。她不仅是来听讲，也仿佛是来同情他，安慰他。等他讲完，大家正在拍手的当儿，她轻轻的立起来，慢慢的走出去。

回到宿舍，文博士愣着想了会儿。他已经不能不承认唐振华有些可爱，因此，他必须思索。不，他必不能上唐家的当。无论振华是多么好的女子，他不能要她。凭一位美国博士，不能要个师范生，这是一；唐家不能帮助他什么，他不是为他们而来济南，这是二。有这两层，唐家的人简直是他的障碍。他得马上进行他的正事，不能再迟延，不能教唐家的人拿住他。

难处是一时不能一刀两断和唐家绝缘。手中的二百块钱是一攘儿就完的，自己不是不会吃苦，而是根本不应当吃苦；既不应当吃苦，钱就出去得很快。那么，他必须和唐家敷衍，好再借钱。这不是体面的事，可是除此还找不到近便的方法。好吧，不管怎样吧，他不能马上放弃唐家这伙人。可是他得留点神，必定别教唐家的人给他绑上，特别应当留神唐振华。女子多半是有野心的，他以为；不过，像唐振华那个模样，那个家当，那个资格，乘早儿别往博士这边想！他有点可怜她，怎奈博士不是为她预备的。

把她这么轻轻放下，他决定立刻去拜访那几家阔人，不再等唐先生给帮忙。拿出焦委员给的那张名单，他打算挨着次序去拜访。头一名是卢平福，商会的副会长。他找到青年会的干事，问了卢家的住址，干事知道的很详细，因为卢会长也是青年会的董事。

次日九点多钟，文博士决定出马去看卢会长。他心中有点发跳，虽然不信宗教，可是很想祷告一下，成败在此一举，倘若开头就碰了钉子，才没法儿办！把领带正了好几次，他下了楼。

卢宅的大门，与济南的绅士家的大门一样，门外另加铁栅，白天也上着锁。大门与铁栅之间，趴着条小驴似的大狗。文博士刚一上台阶，大狗就扑了过来，把铁栅碰得乱响。出来个仆人。先把狗调了走，而后招呼客人。把名片拿进去——文博士声明是由焦委员那里来的——又回来，这才开铁栅的锁，非常的严重，好像一座关口似的。

卢会长是个高胖子，眼睛亮得可爱，像小娃娃的那样黑白分明。脸上都很发展，耳朵厚实长顺，耳唇像两个小毛钱似的。见了文博士，他的双手都过来握着，手极白净绵软。把文博士拉到屋中，赶紧递过来炮台烟，然后用水桶大小的茶壶给倒上茶。

"文博士是从美国回来的？"卢会长的嗓音响亮，带着水音，据说能唱一口很好的二黄。看文博士谦恭的一笑，承认这件事实，他马上转了转那对极黑极亮的眼珠："文博士，美国收买花生——我们济南管叫长果——近来行市很低；眼看新花生就下来，这倒要费些心思呢！文博士可知道？""离开美国已经有几个月了，这倒不很清楚。"文博士本来不吃烟，只好把烟卷拿起来看了看，表示出很安详的样子。"卢会长不是丝业专家吗？"他反攻了一句。

卢平福哈哈的笑起来："文博士，这年月讲不到什么专家喽！横扒搂着，还弄不上嚼谷！丝业？教人造丝顶死了！没办法！我什么也干，就是赚不出钱来！在周村，我有丝厂，眼看着得歇业；东洋人整批的收茧，没咱们的份儿；济南咱有门面，替洋货销售，没办法！咱什么也干，干到归齐，是瞎凑个热闹！我还办报呢，博士信不信？济南《商业时报》是我的。哎，文博士，等有工夫给写点文章！"

"那要看什么样的文章了！"文博士笑了笑，心里说："这个家伙不懂得什么叫专门学问！"

"什么文章也是好的，自要博士肯写；不瞒你说，我还写戏评呢，自己唱不好，哼哼两句！"卢会长的黑亮的眼珠又极快的一转，话又改了辙："文博士，从上海过的时候，注意到山东的果子没有，我们今年试办，先运苹果和梨。以前，货一运到，总得伤害多一半，据周海卿——也是美国留学生，很是把手儿——说，那是果皮上有病菌的缘故。他给我们出的方法，教我们按他的方法起运。谁知道怎样了呢！事儿多，简直顾不过来，到如今还没听见下文。"

"我在上海的时候，才刚交四月；这次是由北平下来的。"文博士觉得只有招架之工，并无还手之力了。他心中很难过，他看得明明白白，姓卢的这家伙并不是故意为难他，而是疯着心想多知道一些事儿，为是好去横搂巴钱。即使这家伙的毛病在于不晓得博士的学问是各有专长，可是自己连一句也回答不出，总觉难以为情。他正这么想，卢会长又抓住了北平。

"焦委员答应了我们，给我们运动北平的各机关，一律穿烟台绸的制服，哼，夏天已经过去，连个信儿也没有！博士可知道？"

文博士不知道。但是不能直说，他必须在这个人的面前显出和焦委员很熟识，不能一语回答不出。他又真不知道这件事。他用力的往下镇定，可是到底脸上红了一点："大概得明年开始了。"说得非常的不带劲，他自己觉得出来。

"谁说不是！"卢会长叹了口气，不知是不满意焦委员，还是看文博士没用。

文博士想说出他自己的学问。不能就这么再教卢会长——一个小小的商人！——给叹气叹了下去！"在美国我学的是教育，对于商业隔膜一些。学问——在现在的世纪——太专门了！太专门了！"

他以为这可以挡回卢会长的乱问了，即使这不是联络人的顶好的方法，至少也维持住了博士的尊严。哪知道，卢会长的眼睛又极快的转了个圈：

"文博士，对了！我们正想办个玩具公司，好极了！你看，博士，维县的机厂，现在什么铁玩艺也能模仿；我们就这么想了，弄不多的钱，找几个工人来，他们作带机器的小玩艺，小火车，小轮船，会跳的小猴；

一本万利的事！我是混想发财，谁不是如此？作买卖为商，花样越多越好！文博士，给来个计划，咱们会办！"

"那行！那行！"文博士只好扯谎了，好能挺着胸走出去。他心里要说的是这个："那属于幼稚教育，我学的是专门与中等教育行政！"

假装是回来作计划，他知道以后很难和卢会长见面了。走出大门来，卢会长还喊着，"专等博士的计划！"博士极慢极慢的走回宿舍，像好几天没睡好觉那么不精神。

八

怎办呢？怎办呢？这个钉子碰得多么大，一位新从美国回来的博士会被个小商人问得直瞪直瞪的！这决不是自己的学问不地道，不是，而是缺乏经验；为什么在未去以前不先详细打听打听呢？一个人有一个人的事业与脾气，博士并不能钻到人人心里去。全是老唐的鬼，全是！他要看我的笑话：他全知道，而一句不肯说，好可恶！文博士想到这里，忿忿胜过了羞愧，设若不是老唐闹鬼，他决不会栽这样的跟头！把罪过都推到老唐身上，他觉得自己还是堂堂的博士，并没有什么毛病，要免去毛病，他得先治服了老唐。

怎么治服老唐呢？哼，这得全盘合算合算了。到底在这里扎空枪有好处呢，还是应当根本放弃，不再多耗费时间与精神？不，不能白白的放弃：到别处还不是得从头儿来？既想往下继续的作，还是先得解决老唐。和，还是战？不，不能公然的作战，顶好且战且走，说着好的而揣着坏的，即使还不成功，也教老唐知道知道自己的厉害。好吧，先拿唐振华解气吧。她一定是红着心想抓到个博士，何不将计就计呢？设若不是老唐那样的可恶，谁肯使这个毒辣的手段；老唐，老唐！你多嗉要是吃了亏，可别怨我！应当怨自己不是东西。

打定了主意，文博士又打起精神来。卢宅那一幕不过是个小挫，小一半儿是自己没留神，多一半儿是老唐的闹鬼。过去的事过去了，不必再惦念着。再说，卢平福不过是个商人，往好里说才能算个资本家——小小的资本家——懂得什么叫学问，哪叫博士。在他面前无所谓丢脸，不过是会面的时候差点教这家伙给问倒，稍微有点不得劲而已。无论怎样说吧，这件事根本不成为一件事，不再想它好了。以后再去拜访生人，应当小心一点，先打听打听，这倒是个经验。是的，经验不能都是甜美的，所以才能这回碰了钉子，下回好懂得留心。把见卢会长这一场打入"不甜美的经验"里，他又高兴的往前看了。

他得和唐振华谈一谈，只要引起她的同情，她就会去打听一切。不过，怎能引起她的同情呢，假若不稍稍露一点相爱的意思？管它呢，她要是喜欢那样呢，赏给她一点爱情好了；出了毛病是她自找。在战争中不讲什么道德，只能讲手段。

他打算在振华下学的时候，假装在街上闲逛似的，遇上她，把她约到公园去谈一谈。看她肯不肯，若是不肯呢，再想别的方法。反正对她多一番亲近，她总会晓得的。就这样办了，果然遇见了她。

"密司唐，刚下课吧，我没事，想上公园去看看。密司唐也玩玩去，公园里也许有些菊花了吧？"他不显着急促，可是开门见山的明说了；

对唐振华用不着分外的有礼貌，她不懂。

"家里还有事呢，"振华轻描淡写的推辞了。

"要不先回去说一声？"文博士爽性把话说到了家："有话和密司唐谈，关于我自己的事。"

振华笑着想了想："一同家去吧。"

"也好，"文博士显出很爽直，有些男儿气。

二人在街上走，行人们多数的都多看他们一眼；由乡下进城买东西的男女们。有的拿着卷儿东洋布，有的拿着些干粉条或高香，差不多每逢遇到剪发的女子和个男人同行都要立住了呆呆的看一会儿；他们也这样看着文博士与唐振华。拉车的虽然看惯了这种事儿，可是让车而遭了拒绝，也便拿出点根本反对这种景象的意思："拉去罢！两辆罢！"这样喊着，似乎是为自己，也为孔圣人，出口气。唐女士低着点头，依旧不卑不亢的走着。文博士反倒觉得怪不得劲，他真恨这群没有文化的中国人！

到了唐家，家中的主要人物还全没回来。给文博士斟了一碗茶，她规规矩矩的坐下，往上推了推眼镜，等着他说话。文博士倒呆住了，不知应说什么好。她微微那么一笑，把整个的脸都增加了一些光彩："有什么话，文博士？"

文博士呆呆的看着面前的茶杯，杯里的茶是那么清净，光明。像一汪儿金液似的，使他心中也干净了些，平静了些，他说了实话："密司唐，我很不得意，令尊能帮忙而不肯帮忙我！"他从来没这样吐过实话，没这样动过真的感情，所以言语不能——像平时那样——完全凭着脑子的安排；低下头去，忘了下面的话。

"文博士，你不怪我嘴直？"她的脚微微动了动，表示着点不好意思直说，而因此稍有点焦躁。

"当然不能！"文博士抬起头来，深深的看了她一眼，像条老狗做错了点事而求主人原谅那样："我来求你出个主意；令尊不肯……"

"我晓得！"她说得非常的自然轻快，可是有一些力量，像针尖似的，小而锋锐。她好像把文博士的一切都看得明明白白。决不肯绕着弯子废话，而要一针见血。这使文博士惊异，平常他总以为女人都是唠里唠叨，光动嘴唇，而没有任何识见与意义。况且唐振华又只是个小小的师范毕业生与小学教员。现在，他仍然不承认自己的观察有什么多大的错误，可是他觉出她有点例外的智慧，"例外"是最足使人惊异的。"我晓得！这不是第一次了！"她微微停了一小会儿，为是省得显出太直率不客气；笑将停住，话又跟着出来，像风儿将把花吹藏在叶下，又闪出来："焦委员常常往济南送有志的青年，都由父亲招待，这不是第一次了。我们都很喜欢常有朋友们来，可以多听点事，长点见识。不过，以我自己说，我总觉得这种来往有点，有点，空虚，甚至于是虚伪。我倒不是说，这是因为我们一家子人落不着什么，所以觉得空虚。我是看那群青年空虚得有点可怜。"她又微笑了笑，似乎是要求文博士的原谅。

他拧着眉点了点头，表示教她说下去，不必客气。

为是减轻些正面的攻击，唐振华把话转了个方向："你看，我们家里的人，父亲，哥哥，也都有点那个毛病。他们不去努力做自己的事，而老想借别人的光儿一下子跳起去。父亲，白忙一世，老觉着委屈。大哥二哥，也是那样，连对于学问都想用很小的劳力，而享极大的荣誉。他们都不大看得起我，因为我认真的去教小学生，而不肯随着他们的意思去找个阔人，做个太太。假若我看不上家里的人，我就更替那些由焦委员那里来的青年可惜。他们要顶好的事，要顶有钱的太太，并不看事情本身对别人有什么好处，并不为找个真能帮助自己的女子而结婚。他们自居为最上等的人，总想什么力气也不卖，而吃最好的，喝最好的。我并不懂什么，不过要据我看，就觉得这是讨便宜；人家当兵的，把命全押在那儿，一月才挣几块钱。"

"密司唐！"文博士有些坐不住了。"原谅我插一句嘴，一个兵可以什么都不晓得，一个留学生的知识是花了多少年的光阴与多少堆洋钱买来的，这不能放在一块儿讲！"

"一点不错！"她把听音提高了些，"可是一条命是一条命，把命押上，就是把所有的一切全押上了。押上命的既挣几块钱，我就看不出留学生有什么特权去享受！"

文博士笑了，笑得很不自然："密司唐，大概你我永远说不到一处了。也许，也许，原谅我，你曾经吃过留学生的亏吧，所以看他们还不如一个简单的大兵？"

振华微笑着摇了摇头，笑意仿佛荡漾到脸外："我没吃过他们的亏，父亲吃过；我晓得怎样躲着他们。我知道我长得不体面，资格低；我现在只想教小学生，将来呢，谁知道。无论怎么说吧，我知道我的价值，不肯高抬自己，也不肯轻看自己。我愿意这样，所以也愿意别人这样。我若是你，文博士，我就去找点自己能作的事，把力气都拿出来，工作的本身就是最高的报酬，劳力的平等才是真正的平等。"

文博士不愿意再往下听。在国内读书的时候，他只得了学分与文凭，并没听过什么关于生活上的教训。在美国留学，除了上堂与读课本，并没体验过什么品德的修养与生命的认识。目的在得博士学位，所以对于别的事情用不着关心，正像上市去买一样菜，除了注意所要买的东西，他不过是顺手儿逛逛市场，只觉得热闹，用不着体验什么，思索什么，听了振华的一片话，他感觉到她根本不明白博士的价值，用不着再和她讲什么。况且她的话，他以为，必是因为吃了留学生的亏，因失恋而有了成见。即使她根本没有失恋，而这些话是由她心中掏出来的，那也是足以证明她的脾气别扭；在他想，一个女子根本不应当说这样的话：在美国，他见过的女人可多了，人家谁不是说说电影与讲讲爱情？没有这么整本大套教训人的。况且，她到底不过是个小学教员，怎能有高明的见解呢，怎能呢？一位博士而被个师范毕业生唬住，笑话！这么一想，他反倒可怜了她，凭她这一套，要能找到个男人才怪；长相又是那么平凡！因为可怜她，所以不便和她生气；反之，倒须再敷衍她两句，把这一场和和平平的结束过去。他很宽大的放出点笑容来："那么密司唐，你看我不应当再留在济南？"

"地方没关系，全看你想要做什么，与怎么做。"

"哼，"他几乎是有意的开玩笑了，"我想先在这儿结婚，怎样？"

"那也不错，"振华也有点嘲弄的意思，"杨家正找女婿呢，父亲不肯告诉你，我肯。"

"哪个杨家？"还像是说着玩，文博士可是真想探听点消息。

"大生堂杨家，他家的大女婿是卢平福。"

文博士记得，焦委员的名单上有这么个杨家。假装着不去关心，而顺口说了声："卢平福是怎样的人？"

"他，臭虫，一辈子忙的就是吸人血。他也是留学生呢！"振华又推了推眼镜。

"他，留学生？"文博士受了一惊似的。

"老留学生了，剑桥的硕士呢。"

文博士的心落稳了些，怪不得说不过他呢，原来这家伙也有学位！同时他也想到：既然同是留学生，那么谁说得过谁也就没大关系了，在卢家那一场满可以一笔勾销了，他心中好像去了一块病。心中痛快了些，他又客气起来："谢谢密司唐，改天咱们还得谈谈呢，我最喜欢讨论，在美国的时候，我还给大家组织过讨论会呢！谢谢！"最后的一句他没说出来："谢谢你告诉我大生堂杨家。"

九

一边儿走，文博士一边儿清算：原想去给唐振华个好脸，她反又臭硬起来；好吧，对唐家父女和对老楚一样，从此不再搭理。这倒干脆！哼，把他们都捆在一块儿也抵不过一个博士的一对脚丫！

原想跟她说些真话，谁知道她会那么别扭，劝我去作苦工，笑话！一个博士要也去教小学生——比如说——还要师范生干吗？笑话！女子是得生得美呀；脸子丑，没人待见，像唐振华，就得越来越自怜，觉得自己的脸子虽丑，可是有点思想；满有胆子去唬人，现在居然唬到博士头上来了！可笑！

好吧，凭她那份相貌，再加上那份老气横秋的神色，吹！一无可取！连个脸也无须赏给她了。

可是这一场不能算没点成绩，杨家，杨家，是的，到杨家去。到底姓文的给你们看看，我要不由此跳腾起来，算白作了博士！

比如这么说吧，假若刚才她也知趣，顺着我的话，鼓励我一番，把她父亲所知道的告诉告诉我，给我出个主意，说真的，假若我要是弄不到个阔女子，还真许跟她——唐振华——多亲近一些呢。这不能不算是她的便宜。哼！跟我要那一套，在美国大学那么多的名教授，也没教训过我！唐振华算是完了，谁娶她也得倒一辈子霉！年轻轻的，没一点志愿，没一点向上心！好吧，去教一辈子小学生吧。我得教你看看，看看到底博士是怎样的人物！

自己越这么叨唠，心里越痛快，他决定放弃了唐家父女，用不着这样的废物。

把他们放下，他想直接的赶快的去拜访杨家。这只许成功，不准失败。这次要是再失败了，可真得落在唐振华的话底下了：放弃济南。不能，这次非成功不可。也别说，卢平福凭个硕士而能打进杨家去，那，博士当然更有把握了。成！没错！

眼看就到中秋节，街上卖着顶出眼的果品，和顶拙劣的兔子王。对于这些果品，文博士只感到点颜色的美艳，永想不起去买；他要吃就得是用纸儿包着的美国橘子或东洋梨；这些中国果子，在他看，颇有些像中国妇女，即使看着好玩，也不大干净。对于兔子王，拙劣与否先不去管，他根本不去看，他的心里顾不得注意这些可以使个小孩儿喜欢半天的玩艺儿。

至于那些大而无当的月饼，他更不去注意；即使他真想尝一尝，也不肯去买，穿着洋服而去买月饼，他觉得是投降了中国社会的表示，他决不干。

虽然这些东西都引不起他的注意，可是人们的忙乱与高兴，到底使他感到些渺茫的不安。忽然在灰尘与叫嚣的空气中闻到一些桂花的香味，微微的，酸酸的，到了他的鼻尖就消散了，再也闻不到。这点香味引起他的乡思，他想起美丽的四川，与自己的漂零。他更厌恶四围的东西与男女了，中国人过节，似乎是专为引起博士的感慨。他急忙的走回宿舍。

吃过晚饭，他去找那位请他讲演的干事拉了回呱儿，打听打听杨家的事。这回他不再冒儿咕冬的去拜访，必须有些准备。据那位干事说，杨家的药铺——大生堂——已是三百来年的买卖，有专人在东北采参，自造阿胶，自己有鹿园药圃。在济南，就是在华北，也得算药行的威权者。不过，近些年来，可也显着微索，家里人多，开销太大，又搭上子弟们有在外埠开设分号的，打着杨家的旗号，可是不往老柜上交账。虽然这样，瘦死的骆驼总比马大，到底还得算是阔家。当初张宗昌在济南的时候，干事就景生情的说，杨家一送月饼，就是一打，五百块钱一个的。里面装的馅是钞票和金首饰。杨家的大爷，在节后，就派了参议，很在官场里活动过一番。虽然多入多花，并没因此而更富起来，可是在张宗昌手里，商家都走杨家的门子，作省府的买卖。这点官商沟通，到如今还有余威，所以商会的正会长老是杨家的人，现在连副会长也落在他家的女婿手里。

这点报告使文博士高兴，又有点害怕。高兴，这正是他愿打进去的人家，有钱有势，官商两面全能活动；害怕，假若杨家和卢平福一样的考问他呢？就是马上去预备也来不及，谁能还背诵《本草》去！在知识上几乎无从预备，人家卖药，自己学的是教育行政，怎能打通一气呢？

假若在知识上不能有任何准备，那么，对于杨家的人的嗜爱脾气总该当知道一些。这个，可没法和青年会干事讨教，因为青年会是不肯批评任何人的。想来想去，还是得找唐先生去，唐先生知道一切。

怎好意思再找老唐去呢？刚才原本想拉拢住唐振华，教她给作个侦探，谁知道她会那么不知趣，给脸不兜着。既碰了她的钉子，怎好还再找她的父亲？况且对老唐也不算是不尽力敷衍了，白去教英文，见面也强打着精神跟他闲谈，可是结果适足以长他人的锐气，灭自己的威风。怎办呢？还能教博士去给老唐磕头请安吗？

干脆来硬的好了，拿焦委员拍他！不过，那个老滑头准会假装害怕，表面上帮忙，暗中破坏，不好。这么着吧，给他点硬的，同时又是软的，看看他，先看看他怎样还手。假若他也来硬的呢，那就彼此翻脸不认人了，对不起；他要是软下去呢，就更好，省得闹翻了大家不好意思。想好了这条路儿，他拿出钢笔，想给唐先生写封信。信要硬，告诉他没工夫再去教英文，语气中带出点不满意，教他自己琢磨去。随着信，送上一筐儿果子，作为节礼，这是软的。对的，刚柔相济，看他怎办！

不过，写信倒不是容易的事。用英文写吧，不管好坏，总可以把他们唬住。可是他们读不明白，还不是白费蜡。用中文写吧，不管好坏，总没有英文来得顺便，有许多用英文可以说得很委婉的，用中文就弄不上来。再说呢，唐家的人都会之乎者也的能转两下子，自己要是转不好，岂不被他们耻笑？即使费点心思，编得好好的，自己的中国字又成问题。写外国字满可以随便一抹叉，中国字得有讲究，而自己一点也不懂这些讲究。对着信纸出了半天的神，越来越觉得别扭，什么事出在中国都别扭！

费了好几张信纸，最后决定把用英语想起来的意思一股脑儿勾销，简单的写了几句："因事忙，暂停指导英文。果品一筐，祈哂纳！"……好了，这省得出毛病，而且因为简单反倒能露出点硬劲儿来。至于字法，就用钢笔一滑拉，不必露出用心写的痕迹；美国博士是不讲究字的。

第二天，连信带果子都派人送了去。

果然灵验，当天下午唐先生便来道谢，亲手提着两匣广东月饼，仿佛是瞧看姑奶奶来似的。文博士皱上眉锁住心中的笑。

"谢谢，谢谢，谢谢！"唐先生的手在眉心那溜儿拱着，还微闭着点眼，好像心中咂摸着自己谦恭的味儿。

坐下之后，唐先生叹了口气。"文博士，十分的对不起，对不起！小女的脾气……我跟她好吵了一顿！"唐先生的确和振华吵了一顿。他以为，自己尽到了作父亲的心，给她造机会，可是她不懂；几次了，都凭空的把有学位的人放过去，他不明白她到底是怎回事。"三儿一女，对她多少娇惯一些，博士不必对她……她什么也不晓得！"

"唐先生，请千万别这么想！"文博士很郑重的讲："我一点也不是为振华女士。实在是太忙，太忙！"拉着字音，他想说得更充实一些："一来是朋友慢慢的多起来，总得应酬应酬；二来是常到图书馆看看书；这里买外文书不方便，只好读些中国旧书，也倒还有趣味。脑子和刀一样，不常磨一磨就会生锈的，我很喜欢读书，很喜欢！"说完这片假话，他觉得自己的身份确是很高，总不肯忘记了读书。

又闲扯了一番，彼此间的感情慢慢又往亲热里转回来：在唐先生看呢，这全是振华的错儿；不过既失了个博士女婿，就别再丢掉一位朋友。在文博士看呢，既然老唐已经服软，不好意思再赶尽杀绝；无论怎说，老唐到底是个有用的人。这种谅解先在心中盘旋着，渐次在语调言词中流露出来，像开水壶那样先在里面发泡，而后热气顶开了壶盖儿。话既说明，双方都得到些安慰，越说便越亲热，好像是多年的老友似的。

"文博士，有一件事要和你商议一下。"唐先生乘着热烈的感情还没消散，提出点实际的互助来："听说，他们要设个什么委员会，专为调查与消灭过激的思想和人物。委员都是兼职，自然没多少工夫去做事，所以得请一位专员。事情虽然说不上很甜，可是很自由，不过是出去调查调查，然后作个报告而已。到处调查呢，自然身分也不低，连县长带一切的地方官吏都得好好的伺候着。这还不算，最值得一干的地方是在这里：真要是调查出来几案，报上去，专员在省里就露了脸；省里再报告给中央，省里又露了脸；这是个有出息的事，说不定混上一年半载，还许调到中央去呢；中央非常，非常注意这件事！小儿建华作这个就很合适，吃亏资格太浅，即使咱们把委员都托到了，恐怕说到资格这一层还不大能顺利。博士，你要是愿意干的话呢，我保险，准成。凭你的资格，凭我的奔走，一定能成。成了以后，我打开天窗说亮话，你作专员，建华作你的助手。你省得闲着，建华也去经验创练一下。这是咱们的协定，君子一言！博士你要愿意，我马上就去办。可是，原谅我的叨里唠叨，你必定得带着建华！怎样？"

"容我考虑考虑！"文博士异常的郑重，翻着眼珠，头偏着点，像个吃了一惊的鸡："考虑考虑！"

唐先生微笑的等着，心里说："考虑个屁！我给你去奔走，你还考虑，他妈的装这道蒜！"他心中真有些不平：假若自己或建华而有个博士资格！没法，为建华的出路，不能不借用博士这个名位，没法！他只好微笑着，看人家博士在那儿考虑。

"那个，唐先生，大概的说，专员能拿多少薪俸？"博士声音低重的问。

"那可说不上，"唐先生对博士的亲热劲儿全又跑了，要不是为栽培自己的儿子，他真想打博士两个嘴巴，虽然唐先生永远不敢打任何人。"这是条出路，是不是？"

"好吧，我们合作，我们合作！"博士觉得应当把话拉回来，别绷得太过火了。

"可得真正的合作，有你就必定有建华？"

"一定！"博士伸出右手来。

唐先生本来懂得握手的规矩，可是因为心中不平，把这个礼节忘了，所以把双手一拱，而后又赶紧双手拢住博士的手腕，像要练习国术的短打似的。

十

彼此答应下合作，心中都安静了一些，像吃下一丸定神的药似的，虽然灵不灵很是问题，但总得有点信心。为表示这个信心，文博士非请唐先生吃顿西餐不可。唐先生把所有的谦恭与推辞都说净了，没了法，只好依实的叨扰。

在吃饭的时候，文博士充分的拿出西洋绅士的气派来：低着声说话，时时用布巾轻轻的拭一拭嘴角；不但喝汤没有声响，就是置放刀叉也极轻巧；本来不渴，可是故意的抿一口凉水；全身的力气仿佛都放在牙上，有力而无声的嚼动，眼睛看着面前的杯盘，颇像女巫下神似的。他不但时常的看看对面的唐先生，也很关心别的饭客，看看大家注意到他——模范西餐家——没有。

唐先生并非没吃过西餐，但是他有他自己的吃法，就是和洋人一块儿用饭，他也不能更改他独创的规矩。喝汤的声音，在他看，是越响越好；顶好是喝出一头汗来，才算作脸。叉子可以剔牙，刀子可以进口，唯其运用自由，仿佛显出自然得体。最得意的一招，是把鸡骨头啐在地上。

文博士看不上唐先生这一套独门制造的规矩，所以自己越来越拿劲，好像是给大家看看，文明与野蛮的比较就在这里。他不便于当面劝阻唐先生往地上吐骨头，可是心中坚确的认明自己的优越，在一切的事情上他应当占上风，有剩汤腊水的赏给唐先生点儿也就够了。在这一餐的工夫里，他看清唐先生只配作个碎催，简直没法子去抬举，去尊敬。有了这点认识，他想起一些事儿来。

饭后，他不放唐先生走，又一同回到宿舍；给了客人一个美国橘子，他开了口：

"唐先生！咱们合作就合作到底！没有合作，没有成功，我由在美国的时候就这么相信。我把实话告诉你，也知道你必定能帮助我。事情成了之后，用不着说，我的发展也就是你的发展。我由北平来的时候，焦委员嘱咐我到大生堂杨家去。我一向没对你说，因为你我互相的认识还浅；今天咱们既是决定合作了，那么就应无话不说了。我打算马上就到杨家去，我需要你的帮助！"

唐先生细心的听着，脸上的笑纹越来越增多，可是自己也晓得笑得很没道理。听博士讲完，他还笑着，假装去剥那个橘子，心中极快的把这件事翻过来掉过来的思索了一番。杨家的事，他知道。文博士的志愿，他晓得。他要是愿意的话，早就可以把这两下里拉在一处了。可是，自从文博士来到济南，他对这件事的态度，虽然不想公然的破坏，但也丝毫不想出力成全；假若文博士早就独自下了手，到杨家去，他还真许给破坏一下。博士始终没去，所以他只好按兵不动。现在！既然提到这个，他得想想，细细的想想。

唐先生原来的计划是以振华来拉住文博士，以建华来代替文博士到杨家去。这个计划，到现在，已经破坏了一半，而且是自家人给破坏的——振华不听话。这一半既已没法补救——他没法强迫文博士与振华都听他的支配——其余的那一半是否还值得挣扎不呢？

杨家托过他作媒，他自然第一便想到建华。想教儿子一步就跳起去，作驸马是最有力的跳板，这无须再考虑。不过，杨家的姑娘什么样，他晓得。公主来到自己家里，唐家能伺候不能，他没有十分的把握。志愿是志愿，他的精明可是会到时候把志愿勒住，不能被志愿扯得满世界乱跑，况且，多少也要对得起儿子，作父亲的不能完全把儿子当作木头人似的耍弄。

这点考虑，使他满可以登时答应下文博士。可是，唯其是文博士，所以他仍然恋恋不舍的不忍得撒手杨家这门子亲事。这与其说是出于考虑，不如说是为争一口气。凭这么个博士，光杆儿博士，就能把自己所不敢希望的，或光是希望而决得不到手的，都能三言五语的拿到，他真有些不平！事业，婚姻，都得让博士一头；建华凭哪点弱于姓文的？只是缺少博士这两个字！

最使他难过的，还是他自己女儿的不顺从。她不但拒绝了博士，还把杨家的事告诉了博士，似乎故意的教唐先生既得不到博士女婿，也作不上公主的公公！

他不想为文博士去出力。文博士作了驸马，决不会有他自己什么好处，至多落一桌谢席，戴上朵大红花，作作媒人而已。专员已让给他，驸马又被他拿了去，唐先生这口气不好往下咽！

心中越不平，脸上的笑纹就更有增加的必要；只有他自己明白他是笑，还是哭呢。但是不能老这样的笑，他已觉出来笑纹已像些粥汁干在了脸上，他必须说点什么。且支应一句再讲吧：

"杨家不过是个卖药的。"

文博士笑起来："唐先生，何必呢！你知道焦委员的计划，和我们留学生的身份。你管不管吧？"

"好的！"唐先生点了头。他知道杨家那位小姐的底细。这点知识教他迟疑不决，不敢冒冒失失的给建华身上拉她，虽然杨家的金钱与势力是不应当漠视的。现在文博士既然明白的说出，他心里又把她详细琢磨了一会儿，好吧，干她的去吧，唐家要不起她；假若她将来糟在博士手里，那决不是他的过错；而且必定得糟，假若这回事儿而能不弄得一塌糊涂，那么姓文的这小子也就太走运了。只希望它糟，糟得没法撕拉，因为它必糟，所以他答应下给文博士去办，这是帮忙，也是报仇，一打两用，好吧，给他办就是了：

"我愿把丑话说在前面，文博士，事情呢并不难，事情的好坏可不能由我负责。这是你嘱托我办的，我只管成不成，不管好不好，是这样不是？"

"只要能成就好！"文博士非常的坚决。在他想，唐先生的话里所暗示的也许是说杨家的密司长得差一点。这不成问题，多少多少阔人的太太都并不漂亮。太太并不能使人阔起来，太太的钱才是真正有用的东西。再说呢，有了钱，想玩漂亮的妇女还不容易。他觉得连看看都不必，成了这段事便有了一切，太太不过是个饶头，像铺子里买东西赠茶碗一样，根本谁也不希望那是顶好的瓷器。"唐先生给分分心就是了，一切都出于我的情愿！"借题发挥，他把博士就是状元，应当享受一切的那一大套，又都说给唐先生听。

"好的！好的！"唐先生说不出别的来，心中的不平，与等着看文博士的笑话的恶意，把他的话都拦在心里，像一窝毒蜂似的围在了一处。好容易等博士发挥完了，他问了句："这两件事要一齐办？"

"当然！当然！"文博士仿佛很赏脸，拿唐先生当了个义仆似的。"还不止两件，第三件也得分分心——那个。"他用食指与拇指捏成一个圈。"为那件事情，得先预备两套衣服；到杨家去，也得预备衣服，是不是？"

"可是事情也许不成？"唐先生的笑纹有点发僵。

"我的资格准够，准够；况且杨家是必须去的！"

"好不好，这次由你给焦委员封信？他未必回信，可是总算是备了案；我就好交代了。"

"也好！和焦委员还熟，也不能老为难你，是不是？"

"是的，那么我听你的信就是了。"唐先生随着这句又拱起手来，表示告辞。

文博士只送到门口，说了声"拜托"。唐先生独自摸索着下了楼。

回到家里，唐先生心中空空虚虚的，好像没吃饱似的那么不得劲。他不愿再想文博士的事，可是心里横着一股恶气，恶气当中最黑的那一点是文博士。

建华与树华都没在家；唐先生想对个人数唠一顿，出出气；只好找振华，虽然心中还恨着她。气憋得真难过，他到底找了她去。振华正在屋中给树华打毛线的手套，低着头，两手极快而脸上极安静的在床沿上坐着，见父亲进来，她微一抬头笑了笑。"在哪里吃的饭，爸？"又低下头去作活。

他看了看女儿，心中忽然一阵难过，不是怒，不是恨，不是气，而是忽然来到的一点没有什么字可以形容的难过。"哼，文博士请的。"

"他没提我？"她把手套放下，想去给父亲倒碗茶。

"不喝！"他摇了一下头。"文博士决定要到杨家去。"

"正好；据我看，咱们不必管他的事。这么大年纪了，你何不多休息休息，多给他们劳神才合不着。"

唐先生半天没说出话来，那点难过劲儿碰到她这两句话，仿佛是正碰得合适，把妒恶别人的怨怒变成一些可以洗手不管的明哲，他似乎看清了一点向来没见到的意思：唯其自己在种种的限制中勉强扎挣，所以才老为别人修路造桥；别人都走过去，他自己反落在后边。久而久之，他就变成了公认的修路工人，谁都可以叱呼他，命令他，而且自己就谦卑的，低声下气的，忍受，服从。假若他不肯这样白受累呢，谁知道，人们许照样的有路可走；不过，至少也得因为没有他这样的工人而受点别扭。有让路的才能显出打道的威风，假若有个硬立住不动的人，至少也得教打道的费点事，不是吗？

他想到了这一点。这一点使他恨振华的心思改为佩服她，亲爱她，并且自己也觉到一种刚强的，自爱的，自尊的，精神。

可是，他只想到了这么一点。

"爸！"振华微笑着，可是眼睛盯住了他："你要是能休息休息，心中清楚一些，重新用对新眼睛看看这些事，你就必能后悔以前作的那些事够多么空虚，文博士们够多么糊涂。我说空虚与糊涂，还不仅是劝你不再作那样的事，招呼那样的人。我是说，那样的事，那样的人，根本是这个腐臭社会的事与人都该，都该……"她不愿再说下去，因为唐先生的眼中已经露出点害怕的样子。

唐先生能想到他自己的委屈，与自己的不便再为他人作嫁。他可是不能再往深里想，他根本不能承认这个社会腐臭。他以为女儿是——由拒绝文博士起，到现在这一段话为止——有点，有点，还不是别扭，是有点，他想不出个恰当的字来。他只觉得可怕。这点惧意教他又疏远了女儿，不想去劝她，也不想完全了解她。他隐隐的想到，女大当嫁，应当赶快把她嫁出去。可是她的婚事显然的又不很容易干涉与安排。他感到些腻烦，疲倦："睡去；节下不放假呀？"

"不放。"她也露出点倦怠，把手套拿起来看了看，又放下了。

十一

唐先生若是不管点什么闲事，心中就发痒痒；他到底把文博士介绍到杨家去。

进到杨家，他以为是到了女儿国。

杨家现在最有身分与势力的女人是五十多岁的一位老太太，她的年纪虽不很老，可是辈数高，已经有一群孙子。她的大儿子——杨家现在的家长——和她的岁数差不多，因为她是姨太太而扶了正的。她的丈夫去世的时候，她还不到三十岁。既经扶了正，而又能守节，手中又有不少财产，所以她的威权越来越高，现在似乎已经没人敢提她原是姨太太，甚至于忘了她是姨太太。

杨家现在有五六门都住在一处。在这位老太太之下，还有几位独霸一方的太太们，分别统辖着姨太太，姑娘，和少奶奶们。此外，各门中还有出了阁而回到娘家来的寡妇，和穷亲戚家来混三顿饭吃的姑娘与老太太。还有，男人借口出外去发展，而本意专为把不顺眼的太太扔在家里守活寡；不过这种弃妇可不算很多，除了吃饭的时候也不大爱露面。无论怎说吧，把这些妇女凑在一块儿，杨家没法儿不显着女多于男，很有些像法国。等到男人们都不在家，而大一点的男孩再都上了学，这一家子就至少像个女戏班子。

杨家的男人们虽然也有时候在家中会客，可是他们的交际多数还是在酒馆饭店与班子里；在这些地方他们更能表现出交友的热诚，和不怕花钱。就是打牌，他们也是到班子里去。偶尔有些重要的谈话与交涉，既没工夫到班子里去，也不到吃饭的时候，他们宁可上澡堂子，泡上顶好的"大方",光着屁股,吸着烟卷,谈那么一会儿,也不肯把友人约到家中来。到家中来,他们至多能给客人一些茶点,怎样也不如在澡堂子里花钱多,在澡堂子里,事情说完,友人也顺手儿洗了澡,刮了脸,有湿气的还可以捏了脚,这才显出一点实惠。

在家中招待的男客,差不多只有常来往的亲戚与文博士一类的人;不过,这种客人统由杨家的妇女招待,男人们不大管这宗事儿。杨家的男人们晓得文博士这类宾客的来意,所以知道怎样的疏远着他们,等到妇女们把这样的宾客变成了杨家的亲戚,他们再过来打个招呼,既省事,又显着给妇女们一些作事的机会。

在招待这样的客人上,杨老太太当然立在最前面。文博士第一次来到杨家,便朝见了她。

杨家一共住着五六十间房,分成五个院子。当中的院落是杨老太太的。院子虽多,可是各处的消息很灵通,每逢文博士这样的客人来到,各院中的女人马上就都预备来看看与听听。看,自然是看客人了;听,是听听杨老太太的语气。不错,大家都有自己的一点意见,可是杨老太太的话才是最有分量的。假若她与客人说得来,她们之中才能有最喜欢的,与次喜欢的,还有专为将要有点喜酒吃而喜欢的。客人的模样与打扮是她们所要看看的,可不是她们所最注意的,她们最注意杨老太太的神色。她要是喜欢,她们才敢细看客人,即使客人的模样与打扮差点劲儿,她们也将设法去发现他的长处与特色。反之,她要是不喜欢,根本不用再看了,完事。她们所望来个漂亮的少年,还不如盼望杨老太太正心平气和那么恳切。他与她们的关系全凭杨老太太那一会儿的脾气如何。谁也不准知道她什么时候发脾气,所以客人一到就使她们大家的心跳。

文博士的确有点好运气。他朝见杨老太太的时候，正赶上她叫来两个"姑娘"给捶腰。杨家的人都晓得"姑娘"们最会把老太太逗喜欢了，因为"姑娘"们的话能钻到老太太的心中去，而把心中那些小缝子都逗到发麻。况且，若是用话还逗不笑老太太，她们还会唱些普通妇女不会，也不肯，唱的小曲儿什么的。杨老太太是姨太太出身，而又很早的便守了寡，现在虽然已经五十多岁，可是那一肚子委屈并不因为年岁而减少。她爱听班子里的"姑娘"们说点唱点，使自己神精上痛快一会儿。有许多"姑娘"们是她的干女儿。干女儿们给她轻轻捶着腰，唧唧咕咕的说些她以为不甚正当而很喜欢听的话儿，她仿佛觉得年轻了一些，闭着眼微叹，而嘴角挂上点笑意。在这种时候，她最欢迎青年的男客；一点别的意思没有——她五十多了——只是喜爱他们。好像跟青年男子谈那么一会儿就能弥补上她自己生命中所缺乏的一些什么。

杨老太太的脸色好像秋月的银光。脸上并不胖，可是似乎里面没有什么骨头，那一层像月色的光儿仿佛由皮肤上射出，不胖而显着软忽忽的，既不富态，又不消瘦，似乎透明而不单薄。脸上连一个雀斑，一道皱纹，也没有。最使人难测的是那两只眼，几乎像三角眼，可是眼角不吊吊着，没有一点苦相。看人和东西，有时候是那么轻轻的一扫，由这里扫到那里，不晓得她要看什么，也没人知道她到底看见了什么；有时候她定住眼，定在人的脸上，直仿佛要打一个苍蝇时那么定住，眼珠极黑极亮，就那么呆呆的定着，把人看得发毛咕，而她却像忘了看的是什么。而后，她会忽然一笑，使人不知怎样好。一笑的时候，露出些顶白顶齐的牙来，牙缝儿可是很大，缝隙间的黑影一道一道的与白牙并列，像什么黑白相间的图案似的，非常的好看。忽然一笑，忽然的止住，赶紧又向四下轻快的扫一眼，或把黑眼珠钉在一个物件上或一个人的脸上。她的眼神与笑似乎是循环的，互相调剂的。在这个循环运动里，她仿佛无意中的漏露了一点身世的秘密——她没法完全控制住原先当太太时的轻巧与逢迎，又要变着法儿把现在的太太身分与稳重拿出来。像马戏场中走绳的，她自己老在那儿平衡自己的身手，可是看着的人老替她担着心。

杨老太太刚吃完两口烟，在床上歪歪着，她的干女儿玉红——粗眉大眼胖胖的，有二十四五岁，北方人——用两个胖拳头轻轻的给她捶着腰和腿；另一个干女儿银香——一个二十上下岁的南妓——斜跨着床头，手在老太太头上轻碎的捶着。一边捶着，二人东一句西一句的，南腔北调的，给老太太说些不三不四的故事与笑话。看老太太不大爱答碴儿了，银香的手更放轻了些，口中哼哼着一支南方的小曲，轻柔婉转的似乎愿把老太太逗睡了。

正在这时节，文博士到了。

老太太被两个"姑娘"捶得混身轻松，而心中空空的，正想要干点什么不受累而又较比新鲜一些的事，那么接见一位向来没见过的青年男子似乎就正合适。她传令接见，赶紧穿上了件新袍子，脸上还扑上了一点儿粉。扶着玉红和银香，她慢慢的走到堂屋来。

文博士穿着新洋服，新黑皮鞋，戴着雪白的硬领与新得闪眼的花领带。在等老太太慢慢走出来的工夫，已经端了几次肩膀，挺了几次胸脯，拉了几次裤缝，正了几次领带；觉得身上已没有一点缺陷，他设法把最好的神气由心中调到脸上来：似笑非笑，眉毛微向上挑，眼睛看着鼻尖，自己觉得既庄严，又和蔼，而且老成之中显出英俊。大概一位大使去见一位皇后，也不过如是，他想。

见了老太太他把准备好了的礼节忽然的忘了，咚咚的向前迈了两步，右手伸了出去。老太太没伸手。他的脸轰的一下，红了多半截，赶紧往回杀步，弯下腰去鞠躬，尺寸没拿匀妥。头几乎顶住她的胸。玉红和银香转过脸去，唧唧的笑起来。

"坐！坐！"老太太的眼盯住文博士的鼻子，似乎很喜欢这个愣小子。

坐下，文博士疑心自己的鼻上也许有个黑点什么的，急忙掏出绸子手绢擦了擦，然后摩仿着西洋人那种净鼻子的声调与气势，左右放炮，很响的鸣了两炮。两个妓女又笑起来。他摸不清这两个姑娘是干吗的。她们的态度与打扮使他怀疑，可是他想不到她们——如果是妓女——会来陪着杨老太太一同会客。她们的笑使他更加怀疑，也更想不出适当的办法。极快的他决定了，礼多人不怪，不管她们是干什么的，反正多鞠上一躬总不至有多大错儿。他立起来向她们打了个招呼。她们不敢笑出声来，可是把下巴扎在元宝领儿里去，脸都憋得发了红。文博士莫名其妙的又坐下了，挣扎着端起架子，仿佛没事儿似的，可是心中非常的不得劲。杨老太太用黑眼珠由他扫到她们，张着点嘴，好像看见点新奇而有趣的事似的。

"把我的小茶壶拿来！"她告诉玉红而后问文博士："贵处啊？"

文博士告诉了她，四川人，新由美国回来。

老太太愣了一会儿，然后向银香点了点头："多么远的道儿呀！多么不容易呀！"她的口音虽然不完全像山东的，可也不十分像北平的，有点儿侉，可是并不难听。

听到这两句赞叹，文博士把脊背挺得更直了。

玉红把小茶壶拿来，一手捂着壶，一手把一杯极香的茶放在文博士身旁的小红木几上。

给客人倒老太太自用的小壶茶是，杨家的人都晓得，一种特别的恩宠。所以，玉红敬了茶之后，屋里开始增加人数。有从正门进来的，有从东间溜出来的，有从西间轻轻走进来的，还有仿佛不知是由那儿进来而忽然立在老太太身旁的，妇人不多，几乎都是姑娘：有老的，也有小的；有胖的，也有瘦的；有的缠足，有的放脚，有的穿着高跟鞋；有的梳头，有的剪发，有的留着长辫子；有的低着头进来，直到立在老太太身旁才和旁人一吐舌头；有的大模大样的向客人点一点头；有的要向客人点头而又不好意思，一别头，噗哧一笑。

文博士的头上冒了汗。他不招呼她们吧，有点失礼；招呼她们吧，她们的态度与礼节又是那么不一律，简直没法儿对付。更难堪的是他坐在那儿，明知道大家都看怪物似的看他，而还得撑着劲作为没这么回事儿。他的美国办法与美国知识一点儿也拿不出来，只能僵不吃的在那里坐着。越坐着越难堪，她们都咬着耳朵批评他呢：有的偷偷的指他的鞋，有的看他的鼻子一眼而拉拉旁边的人的袖子一下，有的不敢抬头而捂着嘴一劲的笑。

可是，他不肯走，他甘心愿意在这儿僵着。第一，他以为一家子里能有这么多只讲吃穿而不做事的女子，不用说，必是个大富之家。那么，他是来对了地方，决不能因一时的难堪而放弃了这么好的门路。第二，他还不晓得这里的哪位女士是唐先生要给他介绍的那一个；他得使点心路，设法探问出来，以便决定进退。万一她真长得像个驴似的呢，他应当回去想想再说。这么决定好，他开始运动眼珠，假装是看屋里的陈设与字画，可是眼角把所有的姑娘都扫了一眼。没有什么特别好看的，也没有什么特别难看的，他心中很难过，他几乎想看见个丑得出奇的，而且就是他的将来的太太；娶个奇丑的女子多少也有些浪漫味儿吧？他不喜欢这平凡的一群。

杨老太太和客人应酬了几句之后，叫玉红和银香出主意，干什么玩？一边跟她俩商量，她一边用眼扫着文博士，仿佛表示出她哄着客人玩，或是客人哄着她玩，都是最好的办法；除了玩一会儿，她想不出再好的招待方法与更正当的交际。她就像个老小孩子，一个什么也知道而专好玩的老小孩子。

商议了半天，老太太决定打牌。"来吧，文先生！"老太太并没征求客人的同意，而且带出决不准驳回的神气。

文博士没敢表示任何意见，他决定听天由命。钱，他没带着多少；但是不能明说。输了，就很糟；可是因此就更不能露出自己的弱点。打牌，他认为不是什么正当的娱乐；可是今天他不能不随和。他决定先把老太太伺候好了再说，不管她怎样，不管这一群女的怎样，反正她们有钱，他是找到了金矿，不能随便的走开！

十二

文博士的牌打得很规矩。可是他打不出劲头来：上家是玉红，下家是银香，对门是杨老太太；六只瞟着瞟着的眼睛，使他安不下心去。是的，由那两位"姑娘"的口中，他知道了她们是老太太的干女儿；但是他纳闷，为什么老太太单要这样的干女儿呢？他憋闷得慌。由这点事情上，他怀疑到自己的婚事。他始终还没认出哪位女郎是唐先生所提到的。他急于要看见她，看看她是否像杨老太太这么随便的和妓女们交往。他的心简直的没法都放在自己的牌上。假若那位杨女士也是那么随随便便呢，他该当怎办？能够随便的放弃了她吗？不，她大概不能这样。她一定不是面前这些女子中的任何一个，她是正经地道的小姐，一定是还没出来。真希望她出来；不出来可也好，小姐是不能轻易出来见个生人的……翻来覆去的这么乱想，他的牌只能维持住应有的规矩，一点不见精彩。两圈过去，他还没和一把；手中的筹码渐渐的少起来。他知道自己的皮夹里是怎样的空虚，不能输，输了就当场出彩；这是头一次到杨家来！根本就不应当坐下，为什么这样好说话呢？可是，不这样随和，怎能更进一步的去求婚呢？万一输了呢？乱，乱，他几乎忘了补牌！

　　这点难过，这点迷乱，使他把过去的苦处都想了起来。他很想哗啦一下子，把牌推开，堂堂的男子汉，谁能哄着三个娘儿们玩这套把戏呢？可是，不能这样办，决不能！谁知道这里有多少好处呢？况且是只须陪着她们玩，就能玩出好处呢！忍耐一些吧！他劝告着自己：等把钱拿到手里再说。把这个机会失掉，只能怨自己性子太急，"文博士，请忍耐一些！"他心中叫着自己。

　　眼前似乎亮了一些，随手抓来张好牌，把精神全放在牌上去，心中祷告着：这把要是和了，事情就一定有希望！转了两轮，果然把牌和出来了！他不由的笑了。不在乎这一把牌，他笑的是为什么这样巧呢，单单刚一祷告就真和出来！有希望，有希望！洗牌的时候，他的手碰上了银香的，银香瞭了他一眼。他心里说，哪怕唐先生给介绍的就是银香，他也得要。钱是一切，太太只是个饶头，管她是谁呢，管她怎样呢！

不错，按着美国规矩，就凭这个博士学位，他应当去恋爱，由恋爱而结婚，组织起个最美满的小家庭，客厅里摆着沙发地毯与鲜花。可是，美国的规矩得在美国才能行得通呀，而这是中国。在中国，博士得牺牲了爱情，那有什么法儿呢，反正毛病是在中国，文博士没错儿。对的，扣着这张白板！愣吊单，也不撒手它！"白板？单吊！"文博士推了牌，眼睛发了光。

又抓好了牌。文博士正在审查这一把的情势，而大概的决定怎样打法；玉红站了起来："来吧！"文博士赶紧把眼由牌上移开，顺着玉红的眼线往外看。银香也赶紧立起来："打我这一手吧！"文博士似乎还没看清楚这个使她们都立起来的女子，她就仿佛是个猫，不是走，而是扶一把椅子，又扶一把桌子，那么三晃两晃的已来到玉红的身旁，轻快而柔软，好像她身上没有骨头似的，在玉红身旁略一喘气儿，她的腰一软，斜坐在椅子上，扫量了文博士一眼，她极快把眼放到牌上去。

"这是文博士，"杨老太太打出张牌来，向那个女的说。

她抬了抬眼皮，似看见似没看见的，大概的向他一点头，身儿还斜着，伸手去安插牌。

"六姑娘，"杨老太太似乎是向文博士介绍，眼睛并没离开牌。

六姑娘轻快而又懒洋洋的转正了身。

文博士几乎又忘了他的牌，设法调动自己的眼睛去看这位六姑娘；大概就是她吧？他心中猜想。由玉红与银香的态度上，他看出来，六姑娘一定有些身分，大概就是她！

六姑娘大概有二十一二岁。脸上的颜色微微的有点发绿，可是并不算不白。一种没有什么光泽的白，白中透着点并不难看的绿影。皮肤很细，因为有点发绿，所以并不显着润。耳目口鼻都很小，很匀调，可是神气很老到。这细而不润，白而微绿，娇小而又老到的神气，使人十分难猜测她的性格与脾气。她既像是很年轻，又像是很老梆，小鼻子小眼的像个未发育成熟的少女，同时撇嘴耸鼻的又像个深知世故的妇人。她的举动也是这样，动作都很快，可是又都带出不起劲的神气，快似个小孩，懒似个老人，她仿佛在生命正发展的时期而厌烦了生命，一切动作都出于不得已似的。她实在不能算难看。可就是软软的不起劲。她的衣服都是很好的材料，也很合时样，可是有点不甚齐整，似乎没心程去整理；她的领扣没有系好，露着很好看的一段细白的脖子。她不大说话，更不大爱笑。打了两三把牌，文博士才看到她笑了一回，笑得很慢很懒。一笑的时候，她露出一个短小的黑门牙来，黑亮黑亮的极光润。这个黑牙仿佛定在了文博士的心中，他想由她的相貌与服装断定她的人格，可是心中翻来覆去的只看到这个黑牙，一个黑的，黑而又光润，不但是不难看，反倒给她一些特别的娇媚，像白蝴蝶翅上的一个黑点。由这个牙，他似乎看出一点什么来，而又很渺茫不定，她既年轻又老到，既柔软又轻快，难道她还能既纯洁又有个污点，像那个黑牙似的吗？他不敢这么决定，可是又不敢完全放心，心中很乱。他想跟她谈一两句话，但是不知道叫她什么好："杨女士"似乎很合适，可是不知道为什么他不肯用这个称呼。"六姑娘"，他又叫不出口。

六姑娘的牌打得非常的快，非常的严，可是她似乎并没怎样注意与用心。一会儿她把肘放在桌上，好像要趴着休息一下；一会儿她低头微微闭一闭眼，像是发困，又像是不大耐烦，嫌大家打得太慢似的。

文博士觉得已经把她看够，不好意思再用眼盯着，于是又开始把精神都放在牌上去。随着看一张地上的牌，他无心的看了她一下，她正看着他呢，出着神，极注意而又懒洋洋的看着他。他与她的眼光碰到一处，她一点也不慌不忙，就那么很老到的，有主意的，还看着他；他倒先把眼挪开了。文博士觉得非常的不得劲儿。六姑娘这个老到劲儿绝不像个少女所应有的；或者她缺着点心眼，或是有什么心病？又过了一会儿，她的肘又放在桌子上，好像写字的时候那么一边思索一边写似的，她歪着点头，出神的看着他。这么愣了一会儿，忽然她一笑，极快的用手腕把牌都推倒了，她和了牌。她的肘挪开了，好去洗牌，可是她斜过身，来把脚伸到他这边来：穿着一双白缎子绣花的鞋。

打完八圈牌，文博士输了九块多钱。大家一点不客气的把钱收下了，连让一让也没有。他一共带着十块钱，把牌账还清，他的皮夹里只剩下了些名片。可是他并没十分介意这个，他一心净想把六姑娘认识清楚了。她立起来，身量并不很矮，但是显着矮，她老像得扶着什么才能立得稳，身子仿佛老蜷着一些，假若她旁边有人的话，她似乎就要倒在那个人身上，像个嫩藤蔓似的时时要找个依靠。一手扶着桌角，她歪歪着身儿立着，始终没说话。文博士告辞，杨老太太似乎已经疲倦，并没留他吃饭，虽然已到了吃饭的时候。看他把帽子戴好，六姑娘轻快而柔软的往前扭了两步，她不是走路，而是用身子与脚心往前揉，非常的轻巧，可是似乎随时可以跌下去，她把文博士送出来，到了院中，文博士客气的请她留步，她没说什么，可是眼睛非常的亮了，表示出她还得送他几步。到了二门，她扶住了门，说了句："常来玩呀！"她的声音很小很低，可是清楚有力，语声里带出一些希冀，恳求，与真挚，使人觉出她是非常的寂寞，而真希望常有客人来玩玩。

文博士的心中乱了营。六姑娘的模样没有什么特别美好的地方，他知道自己不能对她一见倾心，像电影里那些恋爱故事似的。论她的打扮，虽然很合时样，可是衣服与人多少有点不相陪衬：假若她是梳着辫子，裹着脚，或者更合适一些。就是衣服的本身，似乎也不完全调和，看那双白缎子鞋——妓女们穿的；把这都撂在一边，他到底看不清她是怎回事。她寂寞？那么一大家子人，又是那么阔绰自由，干吗寂寞？缺点心眼？她打牌可打得那么精？他猜不透。

但是，无论怎样猜不透她，他似乎不能随便的放弃了她。这使他由纳闷而改为难过。以他的身分说，博士；六姑娘呢，至多不过是高中毕业。这太不上算了，他哪里找不到个大学毕业生呢？把资格且先放在一边，假若真是爱的结合，什么毕业不毕业的，爱是一切；可是他爱这个六姑娘不爱呢？她使他心中不安，猜疑，绝谈不到爱。怎办呢？

不过，杨家的确是富！他心中另找到个女子：有学问，年龄相当，而且相爱，可是没有钱，假若有这么位女士，他应当要谁呢？他不能决定。他必须得赶紧决定，不能这么耽搁着。要谁呢？他闭上了眼。还是得要六姑娘，自己的前途是一切，别的都是假的；有钱才能有前途！

这么决定了，他试着步儿想六姑娘的好处。不管她的学问，不管她的志愿，只拿她当个女人看，看她有什么好处。她长得不出色，可是也看得过眼，决不至于拿不出手去。况且富家的姑娘，见过阵式，她决不会像小家女儿那样到处露客（切）。她的态度，即使不惹人爱，也惹人怜：她是那么柔软，仿佛老需要人去扶持着，搂抱着。她必定能疯了似的爱她的丈夫，像块软皮糖似的，带着点甜味儿粘在他身上。他眼中看到了个将来的她，已经是文博士夫人的她：胖了一些；脸上的绿色褪净，而显出白润；穿上高跟鞋，身上也挺脱了好多；这样的一位太太，老和他手拉手的走着，老热烈的爱他，这也就够了。太太总是太太，还要怎样呢？况且一句话抄百宗，她必定能给他带来金钱与势力；好，就是这样办了！

假若这件事有个缺点，就是缺少点恋爱的经过，他想。不过，这容易弥补。约她出来玩玩好了；即使她不肯出来，或是家中不许她出来，他还可以常常找她去；只要能多谈几回话儿，文博士总会把恋爱的事儿作得很满意的。这么着，他又细细的想了想，就什么也不缺了，既合了美国的标准，又适应了中国的环境；既得到了人，也得到了金钱与势力。他决定过两天还到杨宅去。

十三

是的，文博士急于要找个地位。可是，也不是怎么的，他打不起精神去催唐先生。他的心似乎都放在杨家了。落在爱情的网中？他自己不信能有这么回事。呕，不错，杨家的钱比地位还要紧；可是，头一次去拜访就输了九块多！按这么淌下去，淌到那儿才能摸到底儿呢？他几乎不明白自己是怎么回子事了。寂寞，真的；他愿找个地方去玩玩。但是，这不是玩的时候；至少他应该一面找地方去玩，一面去帮助唐先生办那

338

回事。打不起精神去找唐先生；是的，杨家的六姑娘确是像块软皮糖，粘在他的口中，仿佛是。只要他一想动作，就想找她去。不是恋爱，可又是什么呢？假若真是恋爱，他得多么看不起自己呢？就凭那么个六姑娘；不，不，绝不能是恋爱。文博士不是这么容易被人捉住的。他有他的计划与心路……无论怎么说吧：他一心想再到杨家去。为爱情也好，为金钱也好，他觉得他必须再去，至不济那里也比别处好玩。杨家的人那种生活使他羡慕，使他感到些异样的趣味，仿佛即使他什么也得不到，而只能做了杨家的女婿，他也甘心。杨家的生活不是他心目中的理想生活，但是他渺茫的想到，假使把这种生活舒舒服服的交给他，他愣愿意牺牲他的理想也无所不可。这种生活有种诱惑力，使人软化，甘心的软化。这种生活正是一个洋状元所应当随手拾得的，不费吹灰之力而得到一切的享受，像忽然得到一床锦绣的被褥，即使穿着洋服躺下也极舒服，而且洋服与这锦被绝没有什么冲突的地方。

他又上了杨宅。

这回杨老太太没大招呼他。有钱的寡妇，脾气和夏云似的那么善变，杨老太太的冷淡或和蔼是无法预测的。她生活在有钱的人中，但是金钱补不上她所缺欠的那点东西！所以她喜欢招待年轻的男客人，特别是在叫来"姑娘"们伺候着她的时候。"姑娘"们的言语行动使她微微的感到一些生趣，把心中那块石头稍微提起来一点，她觉到了轻松，几乎近于轻佻。可是，"姑娘"们走了以后，她心中那块石头又慢慢落下来，她疲倦，苦闷，仿佛生命连一点点意思也没有，以前是空的，现在是空的，将来还是空的。在这种时候，她特别的厌恶男人；以前她那个老丈夫给她留下的空虚与郁闷，使她讨厌一切男人。她愿意迷迷糊糊的躺着，可怜自己，而看谁也讨厌。她的脾气，在这时候，把她拿住，好像被个什么冤鬼给附下体来似的。

由唐先生所告诉他的，和他自己所能观察到的，文博士知道他第一须得到杨老太太的欢心；给她哄喜欢了，他才能有希望作杨家的女婿。这次，她是这么冷淡，他的心不由的凉了些。走好呢，还是僵不吃的在那儿坐着呢？他不能决定。这么走出去，似乎很难再找个台阶进这个门；不走，真僵得难过。杨家的男人，显然的没把他放在眼中，遇上他，只点一点头就走过去，仿佛是说："对了，你伺候着老太太吧，没我们的事！"那些女人呢，除了杨老太太，似乎没有一个知道怎样招待他的，她们过来看看他，有的也问他一半句无聊的话，如是而已。

杨老太太陪客人坐了一会儿，便回到自己的屋中去，连句谦虚话儿也没说，文博士偷偷的叹了口气。

他刚想立起来——实在不能再坐下了——向大家告辞，六姑娘进来了。她今天穿上了高跟鞋，身上像是挺脱了一些，虽然腰还来回的摆动，可是高跟鞋不允许她东倒西歪的随风倒。假若她的腰挺脱了些，她的肩膀可是特别的活动，这个往上一端，那个往歪里一抬，很像电影上那些风流女郎，不正着身往前走，而把肩膀放在前面，斜着身往前企扈。她很精神：脸上大概擦了胭脂，至少是腮上显着红扑扑的，把那点绿色掩住；嘴唇抹得很红，可是依然很小，象个小红花蓇葖；眼放着点光，那点懒软的劲儿似乎都由脸上移到肩膀臂上去，可是肩膀与胳臂又非活动着不足以表示出这点绵软劲儿来，所以她显着懒软而精神，心中似乎十分高兴。

文博士第一注意到，她今天比上次好看了许多。不错，她的那点红色是仗着点化妆品，可是她的姿态是自己的；这点姿态正是他所喜欢的：假若她是由看电影学来的，电影正是他心中的惟一的良好消遣，不，简直可以说是惟一的艺术。第二，他注意到她的高兴与精神。她为什么高兴？因为他来了，他可以想象得到。正在这么窘的时候，得到一个喜欢他的人，而且是女人，他几乎想感激她。冲着她，他不能走。不管这是爱不是，不管她到底是怎样的人物，他不能走。况且，假若不是为爱情，而是为金钱，他才来到杨家受这份儿罢，那么就把爱拿出一点来，赏给这个女人，也未必不可。把金钱埋在爱情的下面，不是更好看些吗。更圆满些吗？对，他等着看她怎么办了。他心中平静了好多，而且设法燃起一点儿爱火来。

她一闪似的就走到他的面前，临近了，她斜着身端起一个肩膀来，好似要请他吃个馒头，圆圆的肩头已离他的嘴部不很远了。他习惯的，伸出手来，她很大方的接过去握了握。屋中老一些的女人们把眼都睁圆了，似乎是看着一幕不大正当而很有意思的新戏。

六姑娘的眼光从文博士的脸上扫过去，经过自己的肩头，像机关枪似的扫射了一圈；大家都急忙的低下头去。仿佛爽性为是和她们挑战，她向文博士说了句："这里来吧！"说完，她在前引路，文博士紧跟在后边，一齐往外走。她的脊背与脖梗上表示出：这里，除了杨老太太，谁也大不过她自己去；文博士也看出这个来，所以心中很高兴。

她一边往东屋走，一边说，"这里清静，我自己的屋子！"

文博士想——按着美国的规矩——这似乎有点过火；刚见过两面就到她自己的屋中去。可是，他知道事情是越快越好；他准知道六姑娘是有点爱他，而她又是这么有威风与身分，好吧，虽然忙中往往有错，可是这回大概不会有什么毛病，既是已看清她的身分与用意。

　　一进东屋，文博士就看出来，这三间屋都是六姑娘的，因为桌椅陈设和北屋完全不同，都是新式的，而且处处有些香粉味。这又让他多认识了些她的身分。看着那些桌椅与摆设，他也更高兴了些。杨老太太屋中的那些也许可值钱，更讲究，可是他爱这些新式的东西，这些新式的东西使他感到舒适与亲切。北间的门上挂着个小白帘子，显然是她的卧室。外边的两间一通联，摆着书橱，写字台，与一套沙发。他极舒适的坐在了沙发上，身下一颤动，使他恍忽的想起美国来，他叹了口气。

　　六姑娘来到自己的屋中，似乎又恢复了故态，通身都懒软起来。刚要扶着椅背坐下，她仿佛一滚似的，奔到书橱去，拿出本绿皮金字的小册子来："给写几个字吧！"

　　文博士要立起来，到写字台那里去写，她把他拦住了："就在这里吧！"说完，她一软，就坐在了他旁边。

　　"写什么呢？"文博士拿下自来水笔，轻轻的敲着膝盖。"写几句英文的，"她的嘴几乎挨到他的耳朵，"你不是美国的博士吗？"

　　文博士从心里发出点笑来："杨女士有没有个洋名字？"

　　"中国名字叫明贞，多么俗气呀！外国名字叫丽琳，还倒怪好听。"她的声音很微细，可是很清楚，也许是挨着他很近的缘故。

　　文博士很想给她写两句诗，可是怎想也想不起来，只好不住的夸赞："丽琳顶好！电影明星有好几个叫这个名字的！"

　　"你也爱看电影吧？"

　　"顶喜欢看！艺术！"

　　"等明儿咱们一同去看，我老不知道哪个片子好，哪个片子坏；看完之后，常常失望。"

"对了，等有好片子的时候，我来约密司杨，这我很内行！这么着吧，我就写一句电影是最好的艺术吧？"

"不论什么都行！"

他翻了翻那小册子，找到一张粉色纸写上去。

丽琳拿出匣朱鸪绿糖来，文博士选了一块，觉得好不是劲儿。在美国，在恋爱的追求期间，是男人给女子买这种糖。现在，礼从外来，他反倒吃起她的糖来，未免太泄气。可是，她既有钱，而他什么也没有，只好就另讲了。

有糖在口中，两个人谈的更加亲近甜蜜了许多。文博士看明白，她敢情不是不爱说话，而是没找到可以交谈的人。

在谈话中间，文博士很用了些心思，探听丽琳的一切；她呢，倒很大方，问一句说一句，非常的直爽简单。自然，她也有不愿意直说的话，可是她的神色并没教他看出来她的掩饰。他问她的资格，她直言无隐的说她只在高中毕过业。这倒不是她不愿意深造，而是杨家不喜欢儿女们有最高的教育与资格，因为有几个得到这样资格的，就一去不回头，而在外边独自创立了事业，永远不再回来。杨家因此不愿意再多花钱造就这种叛徒。她很喜欢求学，无奈得不到机会。这个，文博士表示出对她的惋惜，也能十分的原谅她。同时，他也看得很明白：杨家不是没钱供给子弟们去到外国读书，而是怕子弟们有了高深的学问与独立的能力，便渐次拆散了这个大家庭。自家的子弟既不便于出洋，那么最方便的是拉几个留学生作女婿。这点，他由丽琳的神气上就能看得出来；她是否真愿去深造暂且可以不管，她可是真羡慕个博士或硕士的学位。她有了一切，就缺少这么个资格。把这个看清，他觉得这真是个巧事，他有资格而没钱，她有钱而没资格；好了，他与她天然的足以相互补充，天造地设的姻缘。

他又试着步儿问了她许多事，她所喜欢的也正是他所喜欢的，越说似乎越投缘。在最初来到杨家的时候，他以为这个大家庭必定是很守旧，即使婚姻能够成功，他也得费许多的事去改造太太，把她改造成个摩登女子。现在，听了丽琳这些话，他知道可以不用费这个事了，她是现成的一个摩登女子，像一朵长在古旧的花园中的洋花。他几乎要佩服她了。她既是这么个女子，就无怪乎她好像饥不择食似的这么急于交个有博士学位的男朋友，不是她太浪漫，而是因为她不喜欢这个旧式的大家庭。这么一想，他以为就是马上她过来和他接吻，也无所不可了。他是入了魔道，可是他以为自己很聪明，很有点观察的能力，所以怎么看怎么觉得这是件最便宜最合适的事。在她屋中坐了一点多钟，吃了四五块朱鸪绿糖，他仿佛已经承认他与她有了不可分离的关系，由着他的想象把她看成个理想的伴侣，把他最初所看到的她的缺点都找出相当的理由去原谅。

杨老太太大概是又忽然高了兴，打发个女仆过来请文博士与六姑娘到上屋去打牌。文博士有点为难。伺候老太太是，他以为，这场婚事过程中必须尽到的责任，他不能推辞。可是，手里是真紧，一块钱也是好的，何况一输就没准儿是多少呢。自然，用小虾米钓大鱼，不能不先赔上几个虾米；怎奈连这几个小虾米都是这么不易凑到呢！他一定是真动了点心，他的眼微微有点发湿。

丽琳的眼简直的没离开文博士的脸，连他的眼微微有点发湿也看到了。"哟，你怎么了？"

博士晓得须扯个谎："你看，我……"他叹了口气，"我看你这样的娇生惯养，一大家子人都另眼看待你；我呢，漂流在外，这么些年了，相形之下，有点，有点感触！"

"你就在这儿玩好了，天天来也不要紧，欢迎！咱们陪老太太玩会儿去；输了，我给你垫着，来！"她摸出三张十块钱的票子来，塞在他的口袋里。

"不！不！"文博士明知这点钱极有用，可是也知道假若接收下，他便再也没个退身步儿，而完全把自己卖出去。

"捣什么乱，快来！"她一急，几乎要拉他的手，可是将要碰到了他的，又收了回去。

文博士低着头往外走，心里说："卖了就卖了吧，反正她们有钱，不在乎！"

十四

秋天的济南，山半黄，水深绿，天晴得闪着白光，树叶红得像些大花。温暖，晴燥，痛快，使人兴奋，而又微微的发困。已过重阳，天气还是这么美好。

文博士把对济南的恶感减少了许多，一来是因为天气这样的美好，二来是因为丽琳已成为他的密友。他一点也不觉得寂寞了。济南一切可玩的地方，她都领着他逛到。许多他以为是富人们所该享受的，她都设法儿教他尝一尝。他已经无法闲着，因为她老有主意，而且肯花钱。这样惯了，他反倒有点怕意，假若没有了她，他得怎样的苦闷无聊呢？这样惯了。他承认了她该花钱，他应白吃白玩，一点也不觉得难堪了。他似乎不愿去再找事谋地位了，眼前的享受与快乐仿佛已经很够了似的。假若他还有时候想到地位与谋事，那差不多是一种补充，想由自己的能力与金钱把现在的享受更扩大一些，比如组织起极舒服极讲究的小家庭，买上汽车什么的。这么一想，他就有时候觉得丽琳还差点事，没有受过高等教育，模样也不顶美，假如他能买上汽车，仿佛和她一块儿坐着就有点不尽如意。可是，他能否买上汽车还是个问题；不，简直有点梦想。那么，眼前既是吃她喝她，顶好是将就一下吧。谁知道自己的将来一定怎样呢，已到手的便宜似乎不便先扔出去吧？况且，丽琳又是那么热烈，几乎一天不见着他都不行。见着他以后，她没多少可说可道的，可是几乎要缠在他身上——在他俩第三次会面的时候，她已设法给了他一个吻。她既这样，他似乎没法往后退，没法再冷淡，只好承认这是恋爱的生活。在他睡不着的时候，他屡屡的要怀疑她，几乎以为她是有点下贱，或是有点什么毛病。可是一见了她，他便找到很多理由去原谅她，或者没有工夫再思想而只顾了陪着她玩。在和她玩的时候，他不能不偶尔拿出一点热情来，他不能像握着块木头似的去握她的手，也不能像喝茶时候拿嘴唇碰茶杯似的去吻她。不，他总得把这些作得像个样子。惯了，他没法再否认他的热情，良心上不允许他否认已作过的事。他有点迷糊。一心的想在这件事上成功，而这里又是有那么多几乎近于不可能的事儿，不敢撒手，又似乎觉得烫得慌，他没了办法。他看的清清楚楚，不久，她一定能和他定婚。拒绝是不可能的，接受又有点别扭。没法不接受，只能这么往下硬淌了。那天，陪着杨老太太打牌，打到了半夜，他觉得非常的疲倦；杨老太太劝他吃口烟试试，他居然吸了一口。虽然不甚受用这口烟，可是招得大家都对他那么亲热，他不能不觉到一点感激；他是谁？会教大家对他这么伺候着，爱护着。虽然他反对吃烟，可是这到底是一种阔气的享受；他不想再吃。但是吃一口玩玩总得算领略了高等人的嗜爱与生活。假若这个想法不错，那么他便非要丽琳不可了，她是使他能跳腾上去的跳板。再说呢，这些日子他已接受了不少他所不习惯的事：济南来了旧戏的名伶，丽琳便先买好了票而后去约他。他一向轻视旧戏。可是看过几次之后，有丽琳在一旁给他说明，他也稍微觉出点意思来。丽琳自己很会唱几句，常常用她那小细嗓儿哼唧着。他开始怀疑自己的反对旧戏也许是一种偏见，这点偏见来自不懂行。这么一怀疑自己，他对一切向来不甚习惯的事都不敢再开口就批评了，恐怕再露客（切）。富人们的享受不一定都好，可是大小都有些讲究；他得听着看着，别再信口乱说。这不是投降，而是要虚心的多见多闻，作为一种预备，预备着将来的高等生活。以学问说，他是博士，已到了最高的地步，不用再和任何人讨教；以生活说，他不应当这样自足自傲。是的，无论怎么说，自己的身分满够娶个最有学问的女子，丽琳不是理想的人物；但是她有她的好处，她至少在这些日子中使他的生活丰富了许多，这样总得算她一功。天下恐怕没有最理想的事吧？那么，她就是她吧，定婚就定婚吧，没别的办法，没有！

有一天，文博士和丽琳在街上闲逛。她穿着极高的高跟鞋，只能用脚尖儿那一点找地，所以她的胳臂紧紧的缠住了他的，免得万一跌下去。

街上的人越爱看她，她似乎越得意，每逢说一个字都把嘴放在他的耳旁，而后探出头去，几乎是嘴对嘴的向他微笑。设法藏着，而到底露出一点那个黑而发光的牙。

唐振华从对面走了来。文博士从老远就看见了她。躲开她吧，不合适；跟她打个招呼吧，也不合适。他不知怎的忽然觉得非常的不得劲。又走近了几步，她也认出来他，并且似乎看出他的不安与难堪来，很巧妙的她奔了马路那边去。文博士拉着丽琳假装看看一家百货店的玻璃窗里摆着的货物，立了一会儿，约摸着振华已走过去，才又继续的往前走。他心中很乱。振华与丽琳在他心中一起一落，仿佛是上了天秤。振华没有可与丽琳比较的资格，凭哪样她也不行。可是，忽然遇上她，教他开始感觉到丽琳的卑贱。振华的气度与服装好像逼迫着他承认这个。他若是承认了丽琳卑贱，便无法不也承认自己的没出息。振华的形影在他心里，他简直连呼吸都不畅快了，他堵得慌。

可是，他知道他已不能放下丽琳。那么，他只好去恨恶振华。本来没有什么可恨恶她的理由，但是不这样他就似乎无法再和丽琳亲密。振华的气度与思想教他惭愧，教他轻看丽琳。他回过头去，把振华的后影指给了丽琳："那个，唐先生的女儿，别看长得不起眼，劲儿还真不小呢！"他笑起来。本想这么一笑，就能把刚才那一点难堪都抛除了去，可是笑到半中腰间，自己泄了气，那点笑声僵在了口中，脸上忽然红起来。同时，丽琳把手由他的胳臂上挪下来，两个小黑眼珠里发出一点很难看的光儿来。他开始真恨振华了。

他不敢责备丽琳的心眼太小，更不愿意向她求情，可是她两三天没有搭理他。他吃不住劲。为是给自己找一点地步，他认为这是她真爱他的表示，因爱而妒，妒是不大管情理的。好吧，他是大丈夫，不便和妇女斗气，他得先给她个台阶。经他好说歹说，她才哭了一阵，哭着哭着就笑了。

她不能不笑，因为她已经把他拿下马来。她没有理由跟他闹，她也并不怀疑振华，她只是为抓个机会给他一手儿瞧。她肯陪着他玩，供给他钱花，她也得教他知道些她的厉害。吻与打两用着，才能训练出个好男人来，她晓得。在闹过这一场之后，她特别的和他亲热，把他仿佛已经拴在了她的小拇指上随意的耍弄着。他也看出这个来，可是一点办法没有，自己为的是钱，那还有什么可说的呢？反之，他倒常常往宽处想：自己要个有钱的女子，竟自这么容易的得到，不能不算有点运气，那么，小小的拌两句嘴，又算得了什么呢！要达目的地便须受行旅的苦处，当然的！

过了几天，他又在街上遇着了振华。因为他是独自走着，所以跟她打了个招呼。

"文博士，"她微微一笑，"老些日子没见了。父亲正想找你谈一谈呢。为那个差事，他忙极了，他要找你去，看看你还有什么门路没有。父亲办事专靠门路！"

"一半天我就到府上去，我也没闲着，事情当然是！"他忽然截住了下半句。

"——门路越多越好？"她又笑了一下，"好，改天见！"

他没还出话来。说不出来的他要怎样恨这个女人，她的话永远带着刺儿；为什么一个女的会这样讨厌呢！他猛的唾了一口吐沫，像一出门遇上个尼姑似的那么丧气。

她的讨厌还不止于说话难听，一遇上她，他就马上想用另一种眼光去重新估量丽琳的价值。在这个时候，他能很冷酷的去评断，而觉得丽琳像条毒蛇似的缠上了他身上。

自然，过一会儿，他又去找那条毒蛇，而把振华忘掉。可是，他不能完全放心了，他总想找出些丽琳的毛病来，不为别的，仿佛专为对得起良心。振华使他难堪，不安，惭愧，迷乱。他找不到丽琳的毛病，因为不敢去找，找到了又怎样呢？莫若随遇而安。可是，可是，振华的形影老在他心里闹鬼；他没法处置丽琳，只好越来越恨振华了。

文博士愿意知道而不敢寻问的是这么一点事：丽琳是个又聪明又笨的女孩子。正像个目不识丁而很会摆棋打牌的人，她的聪明都用在了生命的休息室中。在读书的时候，她就会跳舞，打扮，演戏！出风头，闹脾气，当皇后。她的钱足以帮助她把这些做到好处。在功课上，她很笨。在高小，初中，高中，她都极勉强的能毕业；与其说她能毕业，还不如说学校不好意思不送个人情。她很想入大学，可是考不上。她并不希望上大学去用功，而是给自己预备个资格，好能嫁个留学生之类的男人。钱，她家里有；富商们，她已看腻了；所以愿意要个留学生，或是有名的文艺家什么的。她的那点教育仅仅供给了她这么一点虚荣心。

除了这点教育，她的招数与知识十之八九得自电影与伤感的小说。她认为端着肩膀向男人们企扈最合规矩，一见面就互道爱慕最摩登；她的生活是一种游戏，而要从游戏中找到最动心的最高尚的快乐与荣誉；所作的都顶容易，低级；所要获得的都顶高尚，光荣。像夏天的一朵草花，她只有颜色而无香味。

这些，已足使她作个摩登的林黛玉，穿着高跟鞋一天到晚琢磨着恋爱的好梦。在高小的时候，她已经有许多同性的爱人，彼此搂抱着吃口香糖。到了中学，她已会暗地里写情书，信写得很坏，可是信纸顶讲究。富家出情种，这并不能完全怪她。可是，她并不像林黛玉那样讲情，她所想到的便要实地的尝试，把梦想的都要用手指去摸到。杨老太太时常叫来妓女给捶腰，丽琳有机会去打听些个实际的问题。所以，她的梦不完全是玫瑰色的幻想，而是一种压迫，因压迫而想去冒险。她不是浪漫诗人心中的白衣少女，她要一些真切的快乐。闻着自己身上的巴黎香水与香粉味儿，她静静的，又急躁的，期待着一些什么粗暴的袭击，像旱天的草花等着暴雨。

杨家不断的有留学生来，可是轮不到丽琳，她是"六"姑娘。从虚荣心上说，她只好忍耐的等着，她必须要个有外国大学学位的青年。可是，她一天到晚无事可作，闲得起急，急躁使她甚至要把理想抛开，而先去解决那点比较低卑的要求与欲望，她请求杨老太太给她聘一位教师，补习功课，好准备考大学。来了位大学还没毕业的姓朱的，给她补习英文算学。这位朱先生长得很平常，年岁可是不大。几乎是他刚一进门，丽琳就捉住了他。不久，她便有了身孕。

身孕设法除掉了。她自己并不喜爱朱先生。她既没意思跟他，杨家的人也就马马虎虎把他辞掉，他们知道自家的姑娘不是为个大学生预备的。

文博士来得很是时候。在丽琳的眼中，男子都相差不很多，只须有个学位便能使她自己与杨家的全家点头。况且，文博士虽然不十分漂亮，可是并不出奇的难看呢。不，他不但是不难看，在她眼中他还有点特别可爱的地方。这并不是她爱与不爱，而是她由电影中看出来的。电影片中那些老实的规矩的丈夫，正像他，全是方方正正的，见棱见角的，中等的身材，衣裳挺素净，说话行事都特意的讨人喜欢……文博士有这项资格，那么电影上既都是这样，丽琳便想不出怎能不喜欢他的道理来。再一说呢，即使这个标准不完全可靠，他也不见得比以前来过的那些留学生难看，丽琳准知道她的二姐丈——留法的生物学家——长得就像驴似的，不过还没有驴那么体面。博士硕士并不永远和风流英俊并立，她早看清楚了。她不能放手文博士，即使他再难看一点也得将就着，她不能再等。况且，再等也未必不就等来个驴或猴子。就是他吧。她的理想，虚荣，急躁，标准，贞纯，污浊，天真，老辣，青春，欲望，娇贵，轻狂，凝在一处，结成一个极细密的网，文博士一露面就落在网中了。自然文博士以为这是步好运。

十五

唐先生几乎把吃奶的力量都使出来了。自中秋后，到重阳，到立冬，他一天也没闲着。他的耳朵就像电话局，听着各处的响动；听到一点消息，他马上就去奔走。过日子仔细，他不肯多坐车，有时候累得两腿都懒的上床。不错，他在表面上是为文博士运动差事，可是他心中老想着建华。他是为儿子，所以才卖这么大的力气；虽然事情成了以后，文博士伸手现成的拿头一份儿，可是他承认了这是无可如何的事，用不着发什么没用的牢骚。他知道大学毕业生找事的困难，而且知道许多大学毕业生一闲便是几年，越闲越没机会，因为在家里蹲久了，自己既打不起精神，别人——连同班毕业的学友——也就慢慢的把他忘掉，像个过了三十五岁的姑娘似的。唐先生真怕建华变成这样的剩货。哪怕建华只能每月拿五六十块钱呢，大小总是个事儿；有事才有朋友，有事才能创练，登高自卑，这是个起点。唐先生为儿子找这个起点，是决不惜力的，这是作父亲应尽的责任。给建华找上事，再赶紧说一房媳妇，家里就只剩下振华与树华还需要他操心了，可也就好办多了。对杨家的六姑娘，唐先生已死了心；建华的婚事应当另想办法。这个决定，使他心中反觉出点痛快来。假若他早下手，六姑娘未必不能变成他的儿媳妇。虽然杨家的希望很高，可是唐家在济南也有个名姓；虽然建华没留过洋，到底也是大学毕业。唐先生设若肯进行，这件事大概总有八九成的希望。即使建华的资格差一点儿，可是唐先生的名誉与能力是杨家所深知的，冲着唐先生，婚事也不至不成功。可是，他没下手，而现在已被文博士拿了去。去她的吧，她的娇贵与那点历史，唐先生都知道，好吧，教文博士去尝尝吧！想象着文博士将来的累赘，唐先生倒反宽了心；不但宽心，而且有点高兴，觉得他是对得起儿子。把这件事这么轻轻的，超然的，放下，他一心一意的去进行那个差事。这个，只许成功，不许失败。成功以后，那就凭个人的本事了。文博士能跳腾起去呢，好；掉下去呢，也好。唐先生不能再管。建华呢，有唐先生给作指导，必会一帆风顺的作下去，由小而大，由卑而高，建华的前途是不成问题的。这么想好，他几乎预料到文博士必定会失败，虽然不是幸灾乐祸，可是觉得只有看到文博士的失败才公道，才足以解气。好了，为眼前这个事，他得拼命帮文博士的忙，因为帮助文博士，也就是帮助建华。事情成了以后，那就各走各的了，唐先生反正对得起人，而不能永远给文博士做保镖的。

那个将要成立的什么委员会有点像蜗牛，犄角出来得快，而腿走得很慢。委员既都是兼职，自然大家谁也不十分热心去办事，而且每个委员都把会里的专员拿到自己手中，因为办事的责任都在专员身上，多少是个势力；即使不为势力，到底能使自己的人得个地位也是好的。大家彼此都知道手里有人，所以谁也不便开口，于是事情就停顿下去。争权与客气两相平衡，暂且不提是最好的办法。

唐先生晓得这个情形，所以他的计划是大包围：直接的向每个委员都用一般大的力量推荐文博士。然后间接的，还是同样的力量，去找委员们的好朋友，替文博士吹嘘；然后，再用同等的力量，慢慢的在委员们的耳旁造成一种空气，空气里播散着文博士的资格，学问，与适宜作这个事。一层包着一层，唐先生造了一座博士阵。这个阵法很厉害：用一般大的力量向各委员推进，他们自然全不会挑眼。他们自己手里的人既不易由袖中掏出来，而心目中又都有个非自己的私人的第三者，自然一经提出来，便很容易通过。他们还是非提出来个人不可，事情不能老这么停顿着，况且四外有种空气，像阵小风似的催着他们顺风而下。在这阵小风里刮来一位人，比他们所要荐举的私人都高着许多，他们的私人都没有博士学位；为落个提拔人才的美名，博士当然很有些分量。

这个大包围已渐次布置完毕；用不着说，唐先生是费了五牛二虎的力量。难处不在四面八方去托人，而是在托得恰好合适，不至于使任何一角落缺着点力量，或是劲头儿太多；力气一不平均，准出毛病。所以，每去见一个人，他要先计算好这个人的分量原有多么大，在这件事情上所需要他的分量又是多么大。这样计算好，他更进一步的要想出好几个这样的人来，好分头去包围全体委员。好不容易！

不过，不管多么困难吧，阵式是已经摆好。现在他只缺少一声炮号。他需要个放炮的人，炮声一响，文博士与建华便可以撒马出阵了。他一想便想到焦委员。假若焦委员能在此时给委员会的人们每人一封信，或一个电报，都用同样的话语，同样的客气；阵式已经摆好，再这么从上面砸下件法宝来，事情便算是没法儿跑了。他想跑一趟，去见焦委员。

可是，他又舍不得走，假若自己离开济南，已摆好的阵式万一出点毛病呢！谨慎小心一向是他的座右铭。况且，即使事情不能成功，这个阵式也不白摆，单看着它玩也是好的，就如同自己作的诗，虽然得不到什么报酬，到底自己哼唧着也怪好玩。什么事情都有为艺术而艺术的那么一面儿，唐先生入了迷。打发建华去吧，又不放心；会办事的人没法儿歇一歇双肩，聪明有时候累赘住了人，唐先生便是这样。既然不放心建华，他就更不放心文博士。文博士，在唐先生心中，只是个博士而已，讲办事还差得许多呢！振华是有主意的，可是唐先生不肯和她商议；近来他觉得女儿有点别扭。她老看不起他的主张与办法，他猜不透她是怎回子事。大概是闹婆婆家呢，他想。好吧，等把建华的事办完了，再赶紧给她想办法，嘻！作父亲的！他叹了口气。

恰巧，焦委员赴京，由济南路过。唐先生找了文博士去，商议商议怎样一同去见焦委员。火车只在济南停半点钟，焦委员——唐先生打听明白——又不预备下车，他们只能到车上见他一面，所以得商量一下；况且想见焦委员的人绝不止于他俩，他俩必须商议好，怎样用极简单而极有效的言语，把事情说明，而且得到他的帮助。要不然，唐先生实在不想拉上文博士一同去。

见了文博士，唐先生打不起精神报告过去的一切。为这件事的设计他自信是个得意之作，对个不相干的人他都想谈一谈；惟独见了振华与文博士，他的心与口不能一致，心里想说，而口懒得张开。他恨文博士这样吃现成饭，他越要述说自己的功绩，越觉得委屈。所以，他莫若把委屈圈在肚子里。

也幸而他没悦，因为文博士根本不预备听这一套。文博士已和丽琳打得火热，几乎没心再管别的事了。在初到杨宅去的时候，他十分怕人家不接受他。及至见着丽琳，而且看出成功的可能，他又怀疑了她，几乎想往后退一退。赶到丽琳把他完全捉住，他死了心随着她享受，好像是要以真正的爱去补救与掩饰自己来杨宅求婚的那点动机。丽琳给了他一切，他没法再管束自己，一切都是白白拾来的，那么遇上什么就拾什么好了，他不能再去选择，甚至不再去思索，他迷迷糊糊的像作着个好梦。他已经非及早的与她定婚不可了，定婚就得结婚，因为他似乎已有点受不了这种快乐而又不十分妥当的生活，干脆结了婚，拿过钱来，好镇定一下，想想自己的将来的计划吧。他相信丽琳必有很多的钱，结婚后他必能利用她的钱去作些大的事业。这样，丽琳的诱惑与他的甘心追随，把他闹得糊糊涂涂的；那点将来用她的钱而作些事业的希望，又使他懒得马上去想什么。所以，他差不多把唐先生所进行的事给撂在了脖子后头，既没工夫去管，也不大看得起它；他现在是度着恋爱的生活，而将来又有很大的希望，谁还顾得办唐先生这点小事呢！

唐先生提到去见焦委员。嗳，焦委员，文博士倒还记得这位先生，而且觉得应当去见一见，纵然自己浑身都被爱情包起来，也得抽出点工夫去一趟。事情成不成的没多大关系，焦委员可是非见不可。焦委员是个人物，去见一见，专为他回来告诉丽琳一声也是好的。他很大器的，好像是为维持唐先生似的，答应了车站去一趟，至于见了焦委员，应当说什么话，那还不好办，随机应变，用不着多商议。他觉得唐先生太啰里啰嗦，不像个成大事的人。

文博士的神气惹恼了唐先生。唐先生是不大爱生气的人，而且深知过河拆桥并不是奇怪的事，不过他没想到文博士会变得这么快，仿佛刚得了点杨家的便宜，就马上觉得已经是个阔人了似的。连唐先生也忍不住气了。唐先生给了他一句："婚事怎样？"

文博士笑了，笑得很天真，就像小孩子拾着个破玩具那样："丽琳对我可真不错！告诉你！唐先生，我们就要定婚，不久就结婚，真的！一结婚，告诉你，我就行了！我先前不是说过，留学生就是现代的状元，妻财禄位，没问题！定婚，结婚，还都得请你呢，你是介绍人呀；你等着看我们的小家庭吧！以我的知识，她的排场，我敢保说，我们的小家庭在济南得算第一，那没错！你等着吧，我还得求你帮忙呢。那什么，"他看了看表，"就那么办了，车站上见，我还得到杨家去，到时候了，丽琳等着我看电影去呢！去不去，唐先生？"

唐先生的鼻子几乎要被气歪了，可是不敢发作，他还假装的笑着，说："请吧，我没那个工夫，也没那个造化！"

"外国电影，大概你也看不明白！连丽琳先前都有时候去看中国片，近来我算把她矫正过来了，而且真明白了怎样欣赏好莱坞的高尚的艺术。教育程度的问题！好，再会了，车站上见！"

唐先生气得不知道怎样的走到了家。他甚至于想到从此不再管这样的人与这样的事。振华确是说对了：何不休息休息呢，为这种穿着身洋皮儿的人去费心费力干吗呢？！可是，到底还是得去费心费力，不为别人，还不为自己的儿子吗？有什么办法呢！

看完了电影，文博士为是没话找话说，把和唐先生会面的事告诉了丽琳。她晓得焦委员，并且为表示自己的聪明，她还出了个主意："达灵，你去，要不然我去，找卢平福一趟，教他去见见焦委员；他去比你去还强，他顶会办事了。你看我的烟土什么都是由他给买，他什么也会。他结婚的时候还是焦委员给证的婚呢！达灵！咱们结婚请谁证婚呢？"

"至不济也得像焦委员，那没错！"文博士并不认识一位这样的人，可是话不能不这么说；为是免得她往下钉他，他改了话："你看，笛耳，这个事值得一作吗？"

"焦委员给运动的事就值得作，卢平福原先走他的门子，现在还走他的门子。咱们不为那个事，还不为多拉拢拉拢焦委员？是不是？达灵！"

文博士非常的佩服丽琳这几句话。并不是这几句话怎样出奇的高明，而是他觉得大家闺秀毕竟不凡：见过大的阵式，听过阔人们的言谈，久而久之，自然出口成章，就有好主意。这不是丽琳有多么高的聪明，而是她的来派大，眼睛宽。假若看电影他须领导着她，那么这种关系阔人们的事他还真需要她的帮助。这样，不论她有多少缺点，反正为他自己的前途设想，她的确是个好的帮手，不信就去问问振华看，她要有半点主意才怪！别的暂且全放在一边，就凭这一点，你就得去迷恋丽琳。这他才晓得了什么叫作出身，和它的价值。对的，大家子弟，到底是另一个味儿，这无可否认。状元可以起自白丁，可是作宰相的还得是世家出身。他自己这个状元，需要个公主给他助威。他不能不庆贺自己的成功。

一迈步就居然走上了正路，得到丽琳。那么，也就没法子不更爱她了；他把"笛耳"改成了"笛耳累死驼！"

十六

车站上许多人等着见焦委员。文博士与唐先生的名片递上去，还没等到传见，车已又开了。

唐先生脸上的笑纹改成了忧郁的折叠，目随着火车，心中茫然。火车出了站，他无可如何的叹了口气。他直觉的晓得自己苦心布置的阵式，大概是一点用也没有了。

文博士心中可是有了老底，他知道卢平福必能替他把话说到，他自己见不见焦委员并没多大的关系了。他急于回去找丽琳，去吻她，夸奖她。越感激她，他心中越佩服自己——假若自己没有眼光，怎能会找到她呢？找到她便是找到了出路，一种粉红色的道路，像是一条花径似的，两旁都是杜鹃与玫瑰。

卢平福见着了焦委员。会见的时候，恰巧有位那个什么委员会的筹备委员也在车上，卢平福也认识他。卢平福一开口推荐文博士，焦委员微微的向那位筹备委员一点头，筹备委员马上横打了鼻梁，表示出极愿负责。

卢平福下车，那位筹备委员也跟下来："卢会长！文博士的事交给我了！可是，有个小小的要求：族弟方国器——方国器，请记清楚了！——托我给找事不是一天了。文博士若是专员，他手下必须用个助手，方国器——方国器，请记清楚了！——就很合适。一言为定，我们彼此分心就是了！"

卢平福点了头。

找到文博士，卢平福把方国器交代过去。

文博士点了头。

不多的几天，文博士与方国器的事都发表了。

文博士的薪俸是每月一百八十元，另有四十块车马费。他不大满意。就凭一位博士，每月才值二百二十块钱，太少点！可是丽琳似乎很喜欢，他有点莫名其妙：以她的家当而把二百多块钱看在眼里？能吗？不，不能是为这点钱。她必是，他想，愿意他大小有个地位，既是博士，又是现任官，在结婚的时候才显着更体面，更容易和杨家要陪送。是的，她一定是为这个，这么一想，他快活了许多。先混着这个事吧，结婚以后再想别的主意。他想应当早结婚。明年元旦就很合适。结婚以后，有了钱，有了门路，也许一高兴还把这个专员让给唐建华呢。他不承认自己有意骗唐先生，因为事情虽然是由唐先生那里得到的消息，可是到底是由卢平福给运动成功的；那么，把建华一脚踢开，而换上方国器，正是当然的。唐先生自己应该明白这个，假若他是个明白人的话。不过呢，唐先生未必是个明白人，这倒教文博士心里稍微有点不大得劲儿。好吧，等着将来自己有了别的事，准把专员的地位让给建华就是了。

又到了杨家一趟，他开始觉出自己的身分来。每到杨家来，他总是先招呼杨老太太一声，而后到丽琳屋中去。遇到杨老太太正睡觉，或是不大喜欢见客，或是出了门，他便一直找丽琳去，在杨老太太面前，他可以见着杨家许多人，可是谁也不大搭理他，有的是不屑于招待他，有的是不敢向前巴结。在丽琳屋中呢，永远谁也不过来，丽琳的厉害使大家不敢过来讨厌。现在可不同了，大家好像都晓得作了官，男的开始跟他过话，女的也都对他拿出笑脸来，仆人们向他道喜讨赏，小孩们吵嚷着叫他请客。有个新来的女仆居然撅着屁股给他请了个安："六姑爷大喜！"招得大家全笑了，他自己不由的红了红脸，可是心中很痛快。

这他才真明白了丽琳，丽琳的欢喜是有道理的。她懂得博士的价值，也懂得大家怎么重视个官职，她既是鸡群之鹤，同时又很能明白大家的心理，天赋的聪明！可惜她没留过学，他想；可是假若她留过学，也许就落不到他手中了。凡事都有天定，而且定得并不离，以他配她，正好！他怎么想，怎么看，都觉得这件事来得很俏。

仆人们讨赏，他没法不往外掏。请客，也是该当的，可得稍微迟一迟。对这两样事，他无论怎样可以独自应付，也应当独自应付，好给丽琳作点脸。

不过，一动自己的钱，仿佛就应该想一想，是不是从此以后，丽琳就把一切花费都推到他身上呢？若这是真的，他的心里颤了一阵！大概不能，她哪能是那样的人呢？把这个先放下，目前应花钱的地方还有许多：杨家的孩子们满可以不去管，就是被他们吵嚷得无可如何，至多给他们买些玩艺儿与水果什么的也就过去了。杨家的大人们可不能这么容易敷衍，无论如何他得送杨老太太一些体面的东西，得请主要的男人们吃一回饭。这些钱是必须花的。送了礼，请了客，那么婚事自然可以在谈笑中解决了。紧跟着便是定婚，戒指总得买吧，而且不能买贱的；哼，钻石的，将就能看的，得过千！即使能舍个脸，跟丽琳合股办这个，自己也得拿五六百吧？哪儿找这些钱去呢？定婚以后，自然就得筹备结婚。办场喜事，起码还不得一千块钱？即使小家庭的布置统归丽琳担任，办事的钱大概不能不由他出吧？至少他得去弄一千五百元，才能办得下来这点事。杨家不会许他穷对付，他自己也不肯穷对付。可是一千五百块钱似乎不会由天上掉下来。他有点后悔了，根本不应当到杨家来找女人，杨家花得起，而自己陪着都费劲哪！哪能不陪着呢，自己既是有了官职，有了固定的薪俸，他几乎有点嫌恶这个差事了；这不是出路，而是逼着他往外拿钱！

退堂鼓是没法打了。他与丽琳的关系已经不是三言两语便可以各奔前程的。再说呢，事情都刚开了头，哪能就为这点困难而前功尽弃呢。反之，只要一过这个难关，他必能一帆风顺的阔起来，一定。看人家卢平福！卢平福若是借着杨家的势力而能跳腾起来，文博士——他叫着自己——怎见得就弱于老卢呢！是的，连老卢现在见了面，也不再提什么制造玩具，请他作个计划了，可见博士的身分已经被大家认清了许多。那么，让他们等着看吧，文博士还有更好的玩艺儿呢，慢慢的一件件的掏给他们大家，教他们见识见识！

后悔是没用的，也显着太没有勇气。他开始想有效的实际的办法。对于定婚，他可以预支三个月的薪水。六百多块钱总可以支转住场面了。对于结婚，即使能作到与杨家合办，大概也得预备个整数；借债似乎是必不能免的。先借了债，等结婚后再拿丽琳的钱去还上，自己既不吃亏，而又露了脸，这是"思想"，一点也不冒险。就这么办了；不必再思虑，这个办法没什么不妥当的地方。浪漫，排场，实利，都一网打尽！没想到自己会这么聪明！一向就没怀疑过自己的本事，现在可才真明白了自己是绝顶聪明！

把这些决定了，他高高兴兴的去办公。心中藏着一团爱火，与无限的希望，而身体又为国家社会操劳服务，他无时无处不觉出点飘飘然要飞起来的意思；脸上的神气很严重，可是心里老想发笑，自己的庄严似乎已包不住心里那点浮浅的喜气。

委员会已过了唐先生所谓的"听说"的时期，而开始正式的办公，因为已有了负责办事的专员。委员会的名称是"明导会"。文博士是明导专员。委员们没有到会办事的必要，所以会所只暂时将就着借用齐鲁文化学会的地方。文博士恨这个地方，一到这儿来他就想起初到济南来的狼狈情形。为解点气，他一进门就把老楚开除了。老楚几乎要给文老爷跪下，求文老爷可怜可怜；他连回家的路费都筹不出来，而且回到家中就得一家大小张着嘴挨饿；文老爷不可怜老楚，还不可怜可怜小鱼子和小鱼子的妈吗？文博士横了心，为求办事的便利与效率，他没法可怜老楚，老楚越央告，他的心越硬；心越硬，越显出自己的权威。文博士现在是专员了。老楚含着泪把铺盖扛了走。

把老楚赶走，文博士想把文化学会的经费都拿过来，不必再由唐先生管理。可是心中微微觉得不大好意思，既没把建华拉到会中来，又马上把唐先生这点剩头给断绝了，似乎太不大方。暂且搁一两个月再说吧，反正这点事早晚逃不出自己的手心去。好吧，就算再等两个月吧。唐先生应当明白，他想，他是怎样的需要多进一点钱。这不是他厉害，而是被需要所迫。

老楚走了，去了文博士一块心病；不久就可以把文化学会的经费拿过来，手中又多少方便一些。他不再小看这个专员的地位了，同时也更想往上钻营；专员便有这么多好处，何况比专员更大的官职呢？是的，他得往上去巴结，拿专员的资格往上巴结，不久他——凭着自己的学位，眼光，与交际的手腕——就会层楼更上，发展，发展，一直发展到焦委员那样！

他开始去拜见会中那些委员。他的神气表示出来，你们虽是委员，我可是博士，论学问，论见识，你们差得多了！虽然他是想去巴结他们，可是他无心中的露出这个神气来。他自己并不晓得，可是他们看得清清楚楚。文博士吃亏在留过学，留学的资格横在他心里，不知不觉的就发出博士的洋酸味儿来。见了委员们，他不听着他们讲话，而尽量的想发表卖弄自己的意见与知识。可是他的意见都不高明。头一件他愿意和他们讨论的事是明导会的会所问题，他主张把那些零七八碎的团体全都逐开，就留下文化学会。然后里里外外都油饰粉刷一遍，虽然一时不能大加拆改，至少也得换上地板，安上抽水马桶，定打几张写字台与卡片橱等了。这些都是必要的改革与添置，都有美国的办法与排场为证，再其次，就是仆人的制服与训练问题。在美国，连旅馆的"不爱"都穿着顶讲究的礼服或制服，有的还胸前挂着徽章；作事说话，一切都有规矩；美国是民主国，但是规矩必须讲的。规矩与排场的总合便是文化。

委员们都见到了，他这片话越说越熟，连手式与面部的表情都有了一定的时间与尺寸。他自己觉得内容既丰富，说法又动人，既能使他们佩服他的识见，又能看明他的交际的才能，他非常的高兴。委员们心不在焉的听着，有的笑一笑没加可否，有的微微摇一摇头，提出点反对的意见：比如说，那个知音国剧社就没法儿办，因为在会的人都是有钱有势力人家的子弟，便为文博士愿意找钉子碰的话，就去办办试一试。

文博士以为事都好办，只是委员们缺少办事的能力，与不懂得美国的方法，所以把他的话作为耳旁风。他和丽琳说，和方国器说，她与他都觉得博士的主张很对。"你看，是不是？他们没到过外国，"博士热烈的向丽琳与方国器诉说，"根本没有办法，所以我有了办法也没用！我不灰心，我的方法还多着呢，慢慢的他们总有明白过来的那一天，哼！把委员们都送到美国去逛，先不谈留学，只逛上一年半载的，见识见识，倒还真是个办法呢！那个会所，那个会所！好，什么也不用说了，教育的问题！"文博士点着头，赞叹着，心里想好，而没往外说：幸而他们找到我这么个博士，不然的话……